by STEPHAN THOME
施益堅——著　宋淑明——譯

離心旋轉
FLIEHKRÄFTE

推薦序

定錨與漂流——在記憶之河，回溯而上的人生大旅程

（作家）鍾文音

談《離心旋轉》前必得先談《邊境行走》。

德國小說家施益堅的首本成名小說《邊境行走》，是我很喜歡的翻譯小說，也因此和他在當年的國際書展有了場對談。記憶所及，特別談及其小說帶著近乎「工筆畫」的描摹能力，著眼於故事細節，不斷追索心靈演變……種種特殊的細微察覺，可說是其長年閱讀與生活浸淫，加上不斷移動與旅程所思，所帶來的寫作行家的可貴訓練。

後來我又為《邊境行走》在《文訊》月刊寫了篇閱讀心得，以「異常與日常、桎梏與解放」為觀點，剖析小說藉著德國小鎮特有的「踏境節」所碰觸的各種人心與人性關係（情感）的各種可能越界：「邊界」何在？當感情崩落與人心渙散時，所有的邊界就失去了防衛，邊界也可能成為核心，核心也會退位成邊界，隨著年齡與視野的差異，邊界失去疆域，感情流離失所。

施益堅的《邊境行走》讓我想到書寫「節慶」是作家為了凸顯「異於日常」的獨特時空（節慶成了封閉劇場，人被迫逼視自己與他者的關係），幸福者渴望有節慶，失歡者有恐節日症，小說一針見血指出人對節慶又愛又懼的殘酷真相，節慶看似歡愉，實則殘忍，人際關係無所遁形，節慶讓人看見時間無情的流逝，小說很聰明地抓住了這個七年一次的時間主線，七年的時間正好可以讓小說的故事

展開啟航，這個骨架巧妙地讓故事安放該有的血肉，成了一本敘述悠遠的好看小說。

「時間」是作者認為影響人心最大的「作用力」。那麼接下來呢？一位首作即驚豔四方的亮眼作者，往往自己的作品就成了自己必須跨越的勁敵，該如何跳躍這座門檻成了作者下一步的思索。

回憶的時間之旅

施益堅的第二本小說《離心旋轉》，讓我們更確立他是真正的作家，也就是那種會把自己與他者的生命放在書寫放大鏡裡抽絲剝繭的作者，不閃躲任何心緒，不迴避書寫道德或者敘述的觸礁。

施益堅的首部小說，幾乎讀者都一面倒地讚嘆這位男作家把女性寫得如此幽微貼切，但施益堅這回卻改以年老男性作為主敘述者。同樣的「時間旅程」是書寫小說的「利器」，然而小說一貫的仍是他那十分緩慢的敘述基調，閱讀時常會被毫無進展的情節而散漫了焦點，但卻又捨不得放下，想要從敘述的迷霧旅程裡，打撈一丁點生命核爆後的碎片。

時間旅程雖是小說家運用的絕佳武器，但這利器卻不好使，使不好就像是大而無當的漫漫之旅，使得好卻讓人一路讀來怵目驚心（驚心這時光是如何將人生裁減扭曲於無形之巨大力量）。

因此回顧的旅程並不好寫，因為太多細節可以挑選撿拾，但也太多細節將被沖刷流失。時間惘惘，許多褪色的記憶要重新刷上新色，許多躲藏在暗處的感情幽魂要重新秤秤重量，能撐住敘述主線的旅程，往往是影響人物關鍵性的生命亮點，也是決定小說的一切。

施益堅的首部小說曾有過「帶著解放與幸福暈眩」的吉光片羽，這回的小說則筆調更疏離，人物年齡更往後推（更老），故糾結在生命的硬塊更需時光一一來化解。

他把主人翁何暮德送上了旅途。人為何要上路?為了尋找答案。人為何要尋找答案?面對失敗時，想找出生命拼圖裡「離心旋轉」的碎片。

老何暮德面對生命有開始踩空的感覺，首先是面對職場生涯改革的無能為力，長久以來婚姻失落感的累積，與女兒關係的挫敗感，種種萌生的不幸福感驅動了他上路：他經過法國、西班牙，一路到葡萄牙里斯本，旅程的孤獨與時光陷落，讓他銜接著「自我」與「他者」，「故里」與「他鄉」，同時這趟旅程也讓他重新經歷過去的回顧與現在心境（處境）的重新審視，像是曝光在「底片」的人生，將逐一顯影。

真實的旅程與回憶的旅程同時注入在這本小說的「雙重時間」，作者賦予何暮德的絕非是「垮掉一代」的那種疏離與虛無，相反地何暮德是步步逼近生命的現實全景，拿著探照燈逐一檢視在這幅全景裡被迫剝落離心（去）的人事物。

人生回憶與思辨如金線埋藏在小說的全景圖裡，閃閃發著亮光。小說不易讀，需要讀者慢慢進入何暮德的內心世界，與他同慨同傷。小說不易讀，除了情節進展緩慢外，人生旅途充斥不斷滋生與轉彎的回憶支線，場景與人物如此細微地被浮顯出來，故需要咀嚼再三，滋味才會慢慢釋放而出。

作者將人生的回憶著重在心境而不是情節，他把「心緒」和「時光」二者交叉與錯開的人事物放大開來，成為小說織錦圖的大面積色調。

且小說並非運用「拼貼」概念，為了強化何暮德面對的難題與抉擇，敘述必須不斷地將所有的敘述碎片環繞在他的身上，強化這個「旅程追尋」的命題，從各種旅程片段所遭逢的人事物去萃取這個命題的成分。

當然，小說的魅力本不在於溝通（讀懂），僅僅是某個描述氛圍，作者將我們帶到了其所欲抵達的世界，作者任務就完成了。在命題與辭意下，作者有很多路徑去「圍攻」一個他想完成的樣貌，比如何暮德已逼近六十歲，過去為了得到了他現在想要的一切：教授職位，娶理想之妻，愛護女兒……然而時光過去了，結婚二十年了，這種「不幸福感」卻愈來愈深。

追尋之旅

他究竟是要放棄一切或者是任感覺陷落在無可挽救的時間流沙？

作者不虛無，因此筆下的人物才得像似「奧德賽」般地航行於人生這片洶湧的海洋，這種精神失落而踏上追尋的鄉愁式奧德賽之旅，注定是一場可能的理想國烏托邦或是現實崩落的大幻滅？這只有看完小說才會有的答案（甚至沒有答案，因為小說的答案是盡在不言中……）

小說一開場下雪就十足吸引人，「雪飄」如同「回憶」與「心緒」，眼見其落下卻無從捕捉起。小說寫得好：「但是，眼下這個世界只是變得極為靜謐，而他只感知到幸福。猛地，他被自己腦海中浮現的這個字彙嚇一跳，但是這個詞卻如此貼切地說明事實。」

「幸福」，被太常掛在嘴上的通俗以致而廉價的字詞，卻驚嚇了何暮德內在的需索，原來碰觸的極端靜謐即是幸福，他逐步邁向現實世界瓦解後的人生旅程，如何尋找已然失落的？如何再現已然褪色的？

作者寫得好：「感覺是會移動的標的。我們沒有目的地，只能經過。」這讓我想起卡夫卡說過的：「開悟無法寫下，只能體驗。」

人生的過程美好絕不等於結局甜美，但至少我們捫心自問：歷歷刻痕行經，但求無過。施益堅往往將人物定型在日常知識分子身上，比如何暮德這樣的老教授角色，擁有「中產階級」的一切渴望：太太、孩子、職業升遷，房子車子地位……得到了一切的同時，也意味著即將從航行人生汪洋之海裡上岸。即將上岸時，大叩問來了：難道人生就是這樣，任現實與時光宰割？於是他拒絕上岸，將航行推進更深的心靈之旅，至於往後定錨或漂流，那是以後的事。

迫不及待的是，施益堅要人物不放棄，不妥協，即使明知這一切將灰飛煙滅。

面臨抉擇的何暮德，從一九七三年開始踩進人生大旅行，藉著真實的三千公里與長達一週的真實旅程，讓記憶一一回溯而上。

「在他眼前，是他這一輩子最漫長的週末，而且他已經有一百歲那麼蒼老！」曾經期許「幸福」的現實是如何崩壞傾斜的？「我還在美國時，妳懷孕了，我們的母親在信裡是怎麼寫的。她寫，一個受上帝祝福的好消息，這個句子我永遠不會忘記。」小說一路追尋下去就是叩問「生活的核心是什麼？」顯而易見，這是一趟初老之人的「人生旅程」。

「一個受上帝祝福的好消息，這個句子我永遠不會忘記。」老江湖如何回到初心，「永誌不忘」

是第一步，也就是在茲念茲。

一如首部小說，施益堅的小說是倒吃甘蔗，總是愈讀愈欲罷不能，隨著旅程即將結束，作者的筆刀也愈來愈精爍與犀利，一再地逼迫著何暮德逼視自己的黑暗。本身研究哲學的施益堅把小說角色也賦予為哲學教授，似乎也有解剖自己過去與未來的渴望，將叔本華、里爾克、黑格爾等思辨，置之於小說何暮德與一切周遭人事物的辯證。

小說讀來最讓我感同身受的是：何暮德在回憶年輕時光與面對妻女對其鄉愿詰問的部分，毫無甜蜜且又帶著隱隱的傷痕血腥氣味。

作者不濫情，對知識分子的鄉愿與犬儒也頗尖銳，不給讀者溫暖通俗的那種慰藉，但卻在這樣看似灰淡陰霾的敘述與色彩裡，悄悄埋藏著金絲萬縷，讓人讀來毫無低落與絕望。

總是同步和何暮德的旅程前進或後退（擱淺）：站在懸崖邊緣，逼視自己（與角色）一起眺望人生崩壞的一面，在即將自高處墜落時，作者筆鋒與情境總是一轉，因為柳暗花明又一村（這在第一本書已見的峰迴路轉，岔出支線是為了對照人生有很多的主路上，其實有很多時候是可以選擇繞道而行的）。

就像小說走筆至末頁，忽然就為何暮德的生命隧道鑿開了一片曙光：「他必須開車開足三千公里才能得來這一刻。……所有的離心力都靜止下來。」

離心力是什麼？拉扯人心不斷往下墜落（失望）的作用力，因而人必須踏上孤獨的長征，才能明白生命這塊畫布裡所有的歷歷刻痕其意義究竟何在？不再掙扎地看著離心力的本質與作用之後，忽然一切都如月之亮光，四周安靜了下來。

作者或許暗喻：還能為生命踏上征戰之路者，都是對生命還有熱情，還有機會的人。因為在孤獨旅程裡，慾望與失望交替時，生命的列車已然轟轟開過，頓時人才體會到：生命自有出路。在回憶的底片上，一一顯影的快樂或者失落，無望或者希望都是生命的一部分。

「時間」「旅程」在這本小說具有關鍵性的敘述，小說藉由旅程成功地處理了小說人物的內在情感：人在時間流逝下，不斷地回顧與前瞻生命的一切。

「施益堅看似給答案，但這小說卻留給讀者許多的想像空間，高明的小說家，永遠讓讀者懸念。磨劍多年的提筆者，一旦劍出鞘，鋒芒畢露。」這是我為施益堅首部小說所寫的文字，我仍用此文字送給一個用心的同業，此回是「劍」二度出鞘，鋒芒依然，且更讓我有了深深的同理心之哀愁感：彷彿看見暮色下，雪花飄落的靜謐。

不幸福的何暮德，其實就是目前的台灣中產階級生活的如實樣貌。

但什麼是幸福？那就和何暮德一樣，航向奧德賽的生命長征吧，不閃躲不逃避，至於結果則任它演化。

「雪下得再凶狠，堅固的建築渾不在乎。」我們的心時時刻刻承受著現實外界的動盪，但忽然讀到施益堅所寫的這一句，竟有了點穩妥的幸福感萌生，篤定地穿越人世陰霾與風暴。

離心旋轉而不頭暈。
好小說，給予我們多層次的體驗旅程，定錨或漂流。
詩小說，讓我們的心在塵埃滿室裡也能瞥見一束光。

獻給賀慕（Helmut）

一九七三年

向晚，世界開始變樣。毛絨絨、輕柔的小雪球在空中上下迴旋，彷彿地心引力被抽離。無聲地，這些雪花填占空間，在大學校園裡拉下一條濛濛的灰線。自從十一月以來，城市上空沉重地吊著厚實的雲，當大學生從課堂中解放，踏出教室進入室外時，旋即伸長脖頸，抬眼期待地仰望天空。而今，白雪輕輕擦劃威爾遜圖書館的窗櫺，卻不停留。單車騎士們從橋上疾馳而下，身後激起一道又一道白色的粉狀浪花。他的面前，小小的書檯上，放著《經驗主義與心靈哲學》。半個小時了，攤在眼前的仍是同一頁。何暮德呆望窗外，深深著迷。他盯住一瓣雪花，視線追隨著它翻飛的路徑。這時候他最想做的，是將臉貼近玻璃，用熱熱的、一接觸冰冷的玻璃即變成灰色的鼻息在窗面上作畫。他反正完全不理解「所與的神話」（der Mythos des Gegebenen）到底是做什麼用的。

終於，他想。幾個星期以來，空氣裡充滿了冬日的氣味，雖然正確說來，這其實並非是一種嗅覺能聞到的真正氣味，而是一種渴望，一種被滿足了之後，人們才會恍然大悟「哦！原來我在期待這個！」的渴望。所有的人都警告他，零下三十度的冬天會有可怕的暴風雪，房子被埋入雪中，結冰的地面滑溜難行。但是，眼下這個世界只是變得極為靜謐，而他只感知到幸福。猛地，他被自己腦海中浮現的這個字彙嚇一跳，但是這個詞卻如此貼切地說明事實。他周遭的同學們紛紛把頭從書中抬起，開始竊竊私語。

六點半，他離開圖書館時，天色已墨黑。在這個時段從來未曾如此寂寥的華盛頓大道大橋橫跨在大河之上。何暮德往上看時，總是覺得頭暈。他的腳下，黑色的密西西比河幾乎是靜悄無聲的流過。在這片陌生的水域上，每天他要經過兩次，有時候還更多。校園東端，福特樓謙沖的守著它的崗位。它的名字取自大學的某任校長，建築主體前有四方柱迴廊，雪下得再凶狠，堅固的建築渾不在乎。每天早晨他爬上三樓，胃裡裝著大考前因緊張而乏味的感覺。現在他經過大廳，穿過積雪有膝蓋高的林蔭道。賀維茲教授告訴他，沿著大學之道一直走。反正這篇章節老是不想就範，乖乖地進入他的腦袋，何暮德索性把它推到一邊，去研讀他總裝在袋子裡，紙上字跡擠得一些縫隙也沒有的兩頁筆記。還是無法專心。人會想念一個不想再回去的地方嗎？他想起滑雪橇的情景，在家旁邊下坡的路上。因為家貧，雪橇是父親親手做的。他在工廠將橇刀裁好，下班後在家裡才認真仔細地裝到木架底下，一如他做每一件事的謹慎。

　　當丁基鎮過去後，他蹣跚經過的是陌生的區域。宿舍可以辨認，還有一棟棟獨立的別墅建築也清楚可見。這些宿舍裡充斥耽酒縱慾百無禁忌的舞會，他是在學生餐廳從鄰桌交談的隻字片語中聽聞的。這是一座有著許多紅磚建築、骨節嶙峋的榆樹以及來自世界各處人臉的寬廣的校園。園中某處傳來歡鬧的嘻笑聲，鑿破如薄冰般的寂靜，停止在他身後。

　　三十五號州際公路的另一邊，他認出一個十字路口，十字路口之後就是教授的住所了。賀維茲教授之前還從未請他到府拜訪，是因為他想好好解釋，為什麼不收他當博士生嗎？因為他看不出為什麼要在有限的寶貴時間內，讓他將腦中的歐洲漿糊喃喃排出？賀維茲看到他所遞出柏林課程清單的第一眼就伴隨著一聲清楚的嘆息。唉，請問什麼是自修課？從此以後何暮德每兩個星期就得報告一次所閱讀的文籍。他勤快查閱每個不懂的單字，將它寫在小卡片上。記下它的意義以及在哪個句子中看見的，並且深深地被這些文本的聲調所吸引。在課堂上他幻想舉起手，發言道：「這種主張完全不合理。」實際上，他很少開口，而且他感覺三〇九教室裡的自己是在保釋期間被容忍著，在每個星期二和星期四。那麼，他是表現良好通過了？還是賀維茲教授今晚將打開大門，請他離開？

房子的建築是這裡稱為維多利亞的型式：外觀是木造，門口是比地面高的前廊，外牆迂迴凹凸、趣味橫生，一切都是藍灰色的，像家一般舒適安全，即使整座房子在紛飛的白雪中只剩下輪廓。好幾扇窗後都有光線透出，當他登上前廊的階梯時，何暮德清楚感覺到自己的心跳。手腕上的錶指針正對七點。這場會面將為時多久？他一想到另一個約會，真的不知道，到底哪一個令他更緊張？他說得很清楚，他不知道何時能夠脫身，但是一定不會在八點以前，而且路途比他預計的遙遠。可能會到九點了，也許是九點半也不一定。她的意思是，他願意的話，回程時順路過來一下。如果有必要，電影她也可以看晚場的。這是四天以前的事。這段對話之後，他在書桌前有時會忽然定住，好像從某處有一道眼光對他射過來一般。

他短促地按一下門鈴，鈴聲在門後發出的巨響卻嚇他一跳，接著他聽到一陣敏捷、不屬於他的教授的腳步聲。門開了，一個有些年紀、曾在教授桌上的照片中見過的女人對他伸出手來。「您一定是何暮德。哈囉！」

「晚安，賀維茲太太。」

她比丈夫矮了幾乎有半公尺之多。她微笑地示意他脫下鞋子，在他身後將門關上，問他是否很快便找到此處，一口氣將這三件事全部完成。她叫他的名字時，沒有說成「賀蒙特」，這並非很多美國人都能夠辦到。賀維茲太太介紹自己是瑪莎，接過他脫下沾了雪有些濡濕的外套，引領他進飯廳。室內的溫暖化成霧氣濛上他的眼鏡。幾盞燈的光反映在黑色的窗玻璃上。何暮德環顧四周時，瑪莎伸出指頭指著他，好像想到什麼了不起的主意。「熱茶！」一說完，她馬上轉身進廚房，根本不等他的回答。河對岸，瓦特屋宿舍裡總是浮著機油的臭味，地毯終年無法乾燥。在這裡，他相信他聞到肉桂、新鮮的麵包，還有……烤蘋果的香味！餐桌上、窗台上都鋪著白色編織布，站著美麗的燭台，光可鑑人的花瓶，以及鑲了框的照片。照片中有幾張是一個眼神樂觀、身著制服的男人，但是大部分照片中都是女兒的，有獨照、合照，在玩耍、騎在馬上，還有頭戴這邊大學畢業時必備的怪帽子。此外，照片中年輕的賀維茲教授總是高人一等，不管是誰站在他的身邊，而且儘管他那時已經有點駝背了。

瑪莎手上拿著裝滿了東西的托盤回來。她穿著一條裙子，上衣是夾克，上下兩件是同一式深灰的布料，配件是銀的項鍊和耳環，她的打扮看起來所想招待的並不是一個學生，而是明尼蘇達州立大學的校長。她小心翼翼地把茶壺放到小火爐上，滿意的看著它。

「我家不成文的規定，客人不必一定要吃瑪芬糕，但是我一定會問，您想吃嗎？」

「我……，現在已經過七點了。」他違背肚裡的飢餓說道。

「哦，沒有關係。賀維茲馬上就來。」她的眼睛往上瞄一瞄天花板。同一時間，二樓地板因為沉重的腳步而開始呻吟起來。「再說，他知道規矩。您必須知道，何暮德，這棟房子有兩層樓，在這一層樓我是主人，只有我說的話才算數。」

「既然如此……，OK，我就吃一個吧！」

「這只是我想出來的一個辦法，把我的榲桲果醬推銷出去。請坐。」瑪莎指給他一個在橢圓餐桌旁的位子，然後開始擺餐具。接下來的十五分鐘，何暮德吃著他這一輩子第一個英式瑪芬糕、喝了兩杯加了蘭姆酒的茶、聽聞克蕾兒、伊蓮和西西莉亞·賀維茲所有的人生大事：她們都是好孩子，希望她們再過不久就能有喜。瑪莎不停頓地說著，話題在女兒、住所、丈夫以及職業之間跳來跳去，但是每次他們頭頂上方的地板一響動，她的脖子便馬上一縮，而樓上的地板經常作響。她同時仔細的觀察何暮德，當他對她所說的有什麼不明白時，她馬上反應，重新再說一次並改變措辭。直到她微笑地將第二塊瑪芬糕放到他的盤子裡時，他才發現，他幾乎在狼吞虎嚥。幾個月來他都以三明治和學生餐廳裡便宜的餐餚果腹，他沒有說出來。他發言的機會極少，但輪到他說話時，他只提及他的家庭，而且讓瑪莎深深地贊同：每個星期日上教堂的雙親，一個即將步入結婚禮堂的妹妹。可惜你不能回來參加婚禮，露忒在上一封信裡這麼寫。而這一封他還沒有回覆。小笨蛋露忒站在結婚祭壇前的景象，真是一個令人錯亂的畫面。不知何時，樓上地板的嘎嘎聲停止了，瑪莎閉上眼睛嘆息。

「像我們結婚這麼久了，不但彼此之間人是透明的，連牆壁都會變成透明。何暮德，恐怕您得上樓去見他了。」

「好的。」

「如果他正在研讀一篇哲學論文，會像老僧坐定一般，幾個小時下來我什麼聲音都不會聽見。」她的手臂朝上，斜指大門入口處旁邊上方的一處。「真要說的話，我還希望這種情況常常有。以前他每天晚上總是坐在那裡。」

「嗯。那現在呢？」

「這個他自己馬上會告訴你。」當她再張開眼睛時，眼裡流露出疲憊。「何暮德，我可以問你一個私人的問題嗎？」

「當然！」

「您是一個年輕人，當然只需要對你自己的行為負責。但是，請不要怪罪我。您的父親在戰爭時職位是什麼，您知道嗎？」她的聲音變得很輕，而且令何暮德感覺，這件事她不是為自己問的。在課堂上，賀維茲有時候會講到第二次大戰，但他馬上又會放棄這個主題，就像提起時一樣那麼突然。但是，他從未問起他的父親。

「他沒有參戰。他是獨子，而且是半個孤兒，所以他……」「免服役」的英文怎麼說，他不知道，所以他改用別的語詞。「……沒有被徵召。他得照顧農莊，照顧他的母親。」

「好好，這很好，我是說……您知道的。」

對話中斷，瑪莎雙手捧著杯子，望著從杯中裊裊升起的熱氣。鄰室的壁爐裡爐火霹哩啪啦嘶嘶作響。很久了，哈瑙廚房的景像不曾像此刻這麼清楚的浮現眼前。低矮的天花板，牆上沒有照片裝飾，只有寫著摘自《聖經》的每日一句，日日被撕去一頁的掛曆。煤炭和食物的味道飄溢。他的祖母鎮日坐在窗前，望著窗外，一張口便是埋怨不滿。二十年來她有一張沒有牙齒的嘴，自從她因為假牙會夾到嘴裡的肉，而把它扔進化糞池後就這樣。父親為何免服兵役，可能跟他是鎖匠有很大的關係，他當時工作的地方在生產非常重要的軍備物品。或者這只是一部分的原因？無所謂，何暮德想。離家幾千里的他現在坐在一個溫暖的飯廳裡，雙頰感覺到不尋常的酒精味，更晚一點，他要去赴一個這裡的人稱為date的約。今天一整天他都緊張不安，現在他安靜下來了。如果賀維茲教授要拒絕收他當博士生的話，不會先讓夫人這麼款待他。不管今天教授要見他的理由是什麼，最重要的是，他將可以留在美國，好好念書，時候到了就會交到朋友，慢慢改善英語，逐漸變成中午時段他在學生餐廳所觀察的人群中的一員。成為這些人群中的一員，但他仍然保有他自己，這就是他的目標，他是為了這個來到美國的。

瑪莎放下杯子，清了清喉嚨。「您不知道教授為什麼請您過來？對吧？」

「是不太清楚。」

「賀維茲想請您幫助他做一個他在腦中已經構想了很久的研究。他不懂德語，您是知道的。但是在他開口請您幫忙之前，我也想請您幫我一件事：請您不要立即答應他。賀維茲他很……」她的眼睛在房間裡四處搜尋，似乎她想說的那個詞語剛剛還在眼前，怎麼現在不見了。「『執迷』，我是為了避免說出癡狂這個字眼，雖然他有時候真的是如此。」

「什麼性質的研究？」

「不要馬上決定，何暮德，他會接受的。畢竟，您來到這裡是為了研讀哲學，不是嗎？」她伸出手來，似乎想撫摸他的臉頰，最後一刻她還是把手放下。「您為了自己的學業已經有做不完的功課了。」

「好的。」二樓又再次發出沉重腳步的聲響，這次腳步聲持續沿著他進門時看到的窄狹木造樓梯走下來。「我會考慮的。」

在站起來之前，瑪莎將手按在自己的大腿上，點點頭。

「好。很高興認識您。杯子您最好帶著。當然您可以隨時下來，如果您還需要茶水的話。」

兩個小時後他踏出大門時，降雪的密度已經到十公尺外都看不見了。肚子裡因為蘭姆酒而產生的溫暖，消失得無影無蹤。但是，身體厚厚地被包在雪衣裡，呼吸冰冷的空氣，沿著街頭信步而行的感覺還是很好。他的頭還在嗡嗡作響。他吃力地凝神傾聽了整整兩個鐘頭。賀維茲是這麼專注在敘述上，完全不去察覺何暮德到底跟不跟得上。現在，就像腦袋裡一根筋鬆了，他開始因為筋疲力盡而顫抖。走著走著，他玩笑地嘗試把雪吸進鼻子裡，擦抹落在前額上的雪。直到過了亨禮平大道，他將手插進口袋，才發現口袋裡面還有一個餐巾包著的瑪芬蛋糕。猶如電影場景一般，他眼前浮現他的教授帶著一股費勁馴服的衝勁跑上跑下，尋找這本書那本書，把地圖攤開再捲起來，讓他不禁想像，瑪莎可能坐在飯廳眼睛盯著天花板，非常清楚上面在做什麼。

她會生他的氣嗎？因為他不假思索馬上就答應幫忙？

腳下一刻不停留，他將口袋裡的瑪芬糕拿出來吃起來。雖然滿嘴食物他幾乎吸不到氧氣，腳步還是加緊速度。頌德琳在等他，他卻感覺異常地輕鬆。到目前為止，他們就只曾在學生餐廳一起吃過幾次飯。早些日子天還夠暖的時候，他們也會一起坐在林蔭路邊的草地上聊天，他對她所知不多。她的老家在巴黎，平常只吃水果和沙拉，口袋有足夠的錢，尤其是很有主見。當他說話時，她透過黑色的牛角眼鏡看著他，好像每個字詞都值得她付出全部的注意力，雖然大部分時候她都有相左的看法。當她問，他想不想去看電影時，他什麼也沒有想地就說好。

山福樓的輪廓在紛飛白濛的細雪中漸漸露出線條。黑暗中反光的玻璃似乎浮游在空中。會堂前走道上的積雪一度被剷掃乾淨，現在又覆蓋上了薄薄一層白雪。何暮德朝管理處胡亂一點頭，便溜了進去。找到樓梯，他上到三樓。日光燈慘白的光照在門口的踏腳墊上，一扇扇緊閉的門裡傳出模糊的人聲和音樂聲，門前則站著一雙雙鋪了內襯、鞋底滲出白雪融化污水的冬鞋。

頌德琳房間門後，他聽不見什麼聲音。小心的敲了兩聲門，沒有回應，他正想，是否她沒有等他，自己一人去了維瑟緹劇院時，門就慢慢開了，門縫中擠出頌德琳戴著眼鏡的臉。隨著她的微笑，門內迎著他送出的是陣陣暖氣。

「準時的德國人都到哪裡去了？」她的口音比起他要少得多，但是仍然能夠聽出她是哪個國家來的。她雙手抱胸因為冷有些發抖，眼睛對著空蕩的走廊掃上掃下。

「對不起，賀維茲教授講得忘形了。我還可以進來嗎？還是……？」

「你頭上還有雪。」她赤著腳無聲地退進房間。這個房間沒有比他在瓦特屋的房間大，但是窗戶很高。明尼亞波利斯的天際線懸掛在窗裡，有模有樣的高塔閃著綠綠的微光，感覺上似乎一艘巨大的大西洋蒸氣郵輪就要駛進河來。何暮德把鞋子脫在走廊上，走進房間。當他正用雪衣的襯裡擦拭眼鏡鏡片時，他和頌德琳正好面對面站在房間裡少少的家具中間：一個衣櫥、兩座書滿溢出來的書架以及一張小書桌。她一個人住，樓上的空間成了她的儲藏室。

「我買了酒，」她說，「不好的酒裡我所能找到最頂級的酒。我本來想等你的，結果——我還是等不及了。」她一邊環顧四周一邊點頭，似乎此刻她才意識到房間裡的亂。不只是床上，到處都散落著東西，書、雜誌，尤其是一落又一落的唱盤。「我猜，你的房間比我整齊？」

「我的東西比較少。」他非常小心的脫下外套放到上層床，不讓雪水滴到任何一張紙上。

「你知道我注意到什麼嗎？你吃完三明治後，總是把包裝紙摺起來。」好像在等著他反駁似的，她伸出食指對著他。「沒錯，你就是這樣。其實我早就想到，你是下意識的，自己根本沒有察覺。這是你的第二天性。」

「你什麼時候發現的？」

「每次吃飯的時候啊，角對角、邊對邊，摺三次。」她微笑的看著他，而他好一會兒才意識到，他並不覺得被諷刺了。她淺褐色的頭髮用髮夾往後固定，整張臉完整乾淨，但似乎在作夢。課堂上她盤腿坐在椅子上，背整個貼在椅背上，頭上紮著馬尾，注意力專注，坐得直直的。有一天早上，必修課美國憲法，她也是這麼坐在他旁邊。她大概是遲到了，因為他沒有看見她，直到那個老是談愛國愛國的講師提出民主之母是美國，他的右邊有人用嘴唇發出啵啵的聲音，且說「你想得美，尼克森。」時，才發覺她坐在身邊。

「電影不看了？」他問。

「太冷不想出去了。而且，我有點醉了。」她轉身走向書桌，忙亂的提酒瓶拿出第二個酒杯。身上寬大、不同質料接縫在一起的褲子隱隱暗示纖細的臀形。「什麼事讓你抽不開身？賀維茲教授又想到五百本書，叫你一定要在放暑假前讀完？」

「他請我幫助他調查研究他弟弟的死亡事件。」

「哦！」她原先要遞給他酒杯的動作結凍，灰藍的眼睛直接與他相對。「說，他是怎麼死的？」

「戰死的。我不能跟任何人討論這件事。」

「說！」

為了和這雙眼睛接觸長一點的時間，他故意遲疑不語。他慢吞吞的拾起杯子，小啜一口。酒的味道並不怎麼樣，卻令人心神舒暢。燈光落在頌德琳的皮膚上，她蒼白的雀斑更加明顯。

「這是命令！」她說。

在敘述的時候，他愈說愈熱，到最後毛衣和襯衫都脫下來了，而面對他坐著的頌德琳身上只剩一件T恤。大部分的字彙是他前一個小時從賀維茲教授那裡聽來後，第一次使用。把德國講成是一個陌生的地獄，感覺很奇怪。不過，他的確在今天晚上以前從沒有聽說過德國北艾斐爾（Nordeifel）這一個區域，這一區在一九四四／四五年冬天，樹上掛滿殘破的屍體。頌德琳維持瑜伽坐姿專心傾聽，背挺得老直，一動不動，好像已經進入冥想狀態。窗外的窗台上，細雪緩慢的積成白色沙堆，將他們兩人和外面的世界隔離。

「我現在一個星期要去找他一次。」半杯酒下肚後，他才重新感覺到自己臉頰的熱度。「他收集了滿滿一整個房間的資料，但是他當然只能夠讀懂英文的。」

「他住的地方是老式的房子嗎？」

「是。他太太已經事先警告過我，他會有多狂熱。以前他念研究所時，在密西根大學這裡是一個有名的足球員，卯起來的時候，無人擋得住。他談起的這些往事，好像昨天才發生。」

「他弟弟叫什麼名字？」

「喬伊。教授是這麼說的。」

賀維茲住所的第二層樓主要是兩個低矮的房間，比較大的一間是書房。另外一間面向花園，用來存放文獻資料；還不知道應該歸向哪一類、只是暫時歸類的文件放滿書架長長的層板上，有回憶錄、信件、歷史研究。兩張地圖貼在如果沒有地圖便嫌太空的牆面上。比較大的那張地圖上，箭頭標示軍隊的移動方向。賀維茲把這間房間叫做他的基地，提及第二次大戰中犯最大錯誤的戰役。五十年來在最苦寒的冬天裡的一場戰役，沒有冬衣沒有軍備！完全沒有必要的廝殺！他講得愈久，怒氣就愈高漲，直到他們在門口道別時，他才重新找到平常的自己。一些的疲倦，但是仍在亢奮狀態的眼睛。所有的學生都懼怕跟他握手，在教授的手來襲之前，何暮德小心的稍稍彎下上半身做好受痛的準備。他沒有再看見瑪莎。

「我無法打斷他，」他說，「我無法告訴他，我等一下還有一個約。」

頌德琳將手一擺，表示不在意，接著倒酒。當他再次打量房間時，發現房間並不是凌亂，而是擺設隨興，就像頌德琳的人一樣，樸誠，卻一點都不刻意。他們坐在一堆抱枕中間，彼此靠得那麼近，他伸直的腿已經碰到她的膝蓋。她一度起身去唱機邊，換一張唱片，重新再坐下時，一樣靠得他那麼近，並且將唱片五彩的封面迎面遞給他。

「我爸居然寄給我這個。你喜歡歐洲爵士樂嗎？」

「不知道。」

「這是什麼回答？」

「我得先聽聽看。」

「你正在聽啊。」她看著他，而他感覺到小腿下面觸碰到她的膝蓋的位置。「我爸規律性的買書和唱片給我，希望我原諒他欺騙了我媽。其實我應該全部寄還給他，但是他是一隻老狐狸，很清楚我喜歡什麼。所以我成了他的共犯。」她把唱片封面頂在頭上，還維持了幾秒，然後唱片掠過她的背後，倏地掉到地上。「我的家庭成員：一個長得像電影明星費南德爾的花花公子、一個受過高等教育、聰明，但是整天不離阿斯匹靈的女人，還有我。你家呢？你從來不說。」

「他們為什麼不離婚？」

「懦弱吧！複雜的財產狀況、傳統。他們結婚是因為我母親懷孕了。有時候我傻到甚至會責怪我自己。很好笑，是不是？我們大家都只是規範中的人。」她肩膀一聳，伸過手來握住他的手。

他愣了一會兒，覺得被突襲，不知道該如何反應。然而，她只是繼續說下去。背景傳來的是他從未聽過的喇叭吹奏：不安、顫音很多，像曲折迂迴跑動的野獸。他自己倒是愈來愈冷靜。感覺頌德琳的指尖輕輕劃著他的掌心，傾聽她敘說一次計畫好的旅行。「大河之路（The Great River Road），」她說，好像這個詞是一個魔咒。路程似乎就寫在他的手臂上，總之，她敲打著一連串的點，還一邊念著他不認識的名字。何暮德想起以前馬克‧吐溫的故事，想起他幻想著蒸汽輪船，幻想自己建造的筏子。寬廣的大河水面上瀰漫一片霧氣，嘴裡叼著一根乾草。人能夠對自己從沒見過的地方產生鄉愁嗎？在頌德琳的敘述中，這個地方甚至觸手可及，只要沿著被雪覆蓋的校園外面流淌的大河上溯，往上往上再往上，就會到達遙遠的南方。

「你起了雞皮疙瘩，是因為我嗎？」

「妳要怎麼去呢？坐火車嗎？」

「我要買輛車。」

這時，他已經肚子朝天躺在地上。頌德琳鬆開他的手，去將唱片換面。在躺到他身邊之前，她把酒杯放到桌上，很自然地取下他的眼鏡，將頭枕在他的上臂，說：「敞篷藍色雷鳥。我的花花公子爸爸付錢。」

「妳什麼都計畫好了嘛！」

「差不多。」她伸長頸子，輕柔地來吻他的臉頰。這個觸感讓他想起威爾遜圖書館窗前的雪花。

「就是副駕駛座還空著。」

他慢慢把臉轉過去面對她。通常事情並不是這麼發生的，但是他毫不意外。整個夏季和秋季他在期待中度過。自從他踏上紐約，在這個城市徒步走了兩天之後，疲憊、乾渴、驚奇不斷。那以後他就明白了他的路是一條不能回頭的路。

「今天下午我有個感覺。」他說。「在圖書館裡，忽然開始飄雪的時候。」

「什麼感覺？」

「不知道。好的感覺。」雖然他對自己鼴鼠般的眼睛感到羞恥，但是他沒有反對頌德琳取下他的眼鏡。她的臉浮在空中，她的一隻手在他的臉頰上輕撫。

「在那之前感覺不好嗎？」

他能聞見她的氣息，紅酒和溫暖的味道。

「我以後再告訴妳。」

「這是我們的時代，你知道，尼克森一黨人快要下臺了。」

「是啊！」他說。「一定的，毫無疑問。」

喇叭長長地拉住一個音，聲音由弱漸漸加強。他的思緒漸漸沉入樂聲中。頌德琳的臉愈靠愈近。

外面飄著的雪，似乎暗示這會是個永遠的冬天。

1

「這是什麼問題？」彼得•卡洛猛地站起身，聲音裡第一次出現不耐煩。他嘗試用微笑去掩蓋被惹起的怒氣。他繞過書桌，和他面對面站著，彼得從一個小時以前就已經想用溫和的語氣遮蓋過去的誤解，但仍存在兩人之間。兩個不再年輕的男人，彼此之間的差異性大到不能再大，再怎麼為對方著想也找不到共同的話題。我們在這裡做什麼？何暮德不禁想。他也知道，即使是他，也能感覺到這股劍拔弩張。二十分鐘前要請他喝的咖啡，到現在都還沒有出現。一整個早晨他的喉間都是緊張的騷癢，強迫他比一般時候更常發出清喉嚨的咳聲。

「我的意思並不是想問是不是有規則存在，」他說，「我試著想像，到底應該是怎麼樣。如此而已。」他堅持不放的假設語氣，讓彼得的惱怒逐漸高升，束縛著他們的對話。

「了解。好。」彼得把手放在他的肩膀上，另一隻手打開他辦公室的門，指指走廊。「我應該讓你看看能夠幫助你有一個正確想像的東西，是嗎？」

一些同事透過玻璃隔牆往他們這邊看。隔壁的門是半開的，彼得推著何暮德走進刷好白色漆、空著的房間，房間裡一面直頂天花板的大片落地窗讓這一區的屋頂盡落眼底。一團團、淺色的雲朵在柏林上空像太空船駐防航艦隊一般。那一叢黑色圓頂一定屬於博物館島上某棟建築。但是，他對這裡的一切瞭若指掌的日子，已經是很久以前了，實際上，城市的東邊他從未熟稔過。

「請看，比我的辦公室還大。」

「這會是我工作的地方？」為了不著痕跡脫離在肩膀上的那隻手，何暮德往房間裡踏進一步。一如卡洛和克里格公司裡所有的空間，這裡也充滿新鮮的壁紙油漆、三合板和新的辦公室家具的味道。一種綜合的、令人感覺舒服、冷冷的味道散布整層樓，而且跟年輕同事間散發的氣息非常契合：專業、清晰。在這些房間裡瀰漫著一股寧靜的幹勁，這股熱情不只在腦中輾轉思量，而是要付諸行動的使命感。

「如果你有任何需要，」彼得在他身後說，「新的家具或者其他的東西，儘管說就是。你在我們這裡要覺得舒服才是。」

目前辦公室裡所有的裝備就是一張大書桌配備旋轉椅。兩扇邊牆有書架靠著，書架上立著出版社出版的精裝書，修長的書身非常優雅。一扇被百頁垂簾遮蓋的窗戶面向走廊，彼得．卡洛正抱著臂膀靠在窗戶旁觀察他。深藍的牛仔褲上套著絲綢的白襯衫，看起來比五十五歲年輕。仍然是金髮碧眼，薄薄的唇上一抹自負，因為適合他的型，所以並不討人厭。何暮德在寫字桌旁的椅子上坐下，椅子的液壓系統吱地一聲。他知道，他現在必須說點什麼，他很高興彼得的助理諾拉．維拉斯奎斯正好這時候進來，端給他他等待已久的義大利濃縮咖啡和一杯水。他的喉頭乾燥到令他覺得馬上會吐出一連串咳嗽，如果他張嘴說話。

「親愛的海巴赫先生，真不好意思，讓您久等。我們真的需要換一台咖啡機了！」她個子很高，瘦瘦的，稍微有些鷹勾的鼻子反而讓漂亮得平板的臉有了焦點。在她緊身的襯衫領口，當她在他面前躬身放下咖啡端盤時，他可以看見十字架項鍊在搖晃。

「我沒有嗎？」彼得問。

「你想要什麼，就能得到什麼。但是如果我再給你端來一杯咖啡，今天晚上我就會接到艾文的電話，他會說：小諾拉，我們約好了哦！」諾拉感謝她的高跟鞋，因為可以比老闆彼得還高幾公分，對這點她似乎很得意。

「我很感謝你為我著想，親愛的，但是你還是給我一杯咖啡吧！」

「當然，如果你要的話。」

何暮德從眼角瞄到他們兩人交換的目光。他喝一口水，試著讓自己的心靜下來，他最想要的是一整個月完全的孤獨。之前那個緊迫逼人的募款女人仍令他心有餘悸。他聞得到自己的汗臭，所以一個小時前他被介紹給出版社年輕同事時，他特別注意保持距離。他們之中有幾個的年紀比斐莉琶大不了幾歲。大家互相招呼寒暄，語調裡沒有學院式的自鳴得意和誇張的暗中評比，誰懂得比較多，誰的學問比較大，取而代之的是自我解嘲式的、機靈敏捷和……善意，浮現心中的雖然是這個詞彙，不知道為什麼這卻也引起他的不快。他暗暗希望有人振臂一揮，結束這一場戲。自從他踏進出版社後，就一直擺脫不掉陰鬱易怒的角色，揣測每個善意之後的陰謀，面對這個高大寬敞明亮的辦公室，找不出一句肯定的話語。諾拉•維拉斯奎斯離開辦公室後，留下了薄荷菸和秋澀的香水味。

「還有，瑪麗亞不知道我今天會來這裡。」何暮德說。「在我下決定之前，她也沒有必要知道。」義大利咖啡又苦澀又濃烈，味道剛剛好。他坐在這裡，談論著事情的決策，好像他真的在考慮要跨出這一步似的。

「了解。」

「因為她你才叫我來嗎？」

「你問我？」彼得說話會挑高眉毛的老習慣，讓人對他的話有做作的印象，而何暮德每次都想私下和他的助理談談，問他們彼得．卡洛到底是怎樣的一個人？是什麼樣的「人」，不是什麼樣的老闆。這個問題他當然也可以問瑪麗亞，但是她馬上會察覺他想的是什麼，而對他皺眉搖頭。

「我是說，就你自己看來，你是因為她的面子才提供我這份工作？」

「何暮德，我是生意人。你知道，我很喜歡你太太，但是這件和那件是我會分開的兩件事，也是必須分開的兩件事。」

「既然如此，你為什麼會想到我？我對出版事業完全沒有經驗。」

「經驗我們自己有，我們需要你做的是審評內容。」彼得看錶，短暫的吸一口氣，彷彿欲做最後掙扎，「我從頭再說一次。我們是一所在市場分類上頗有聲譽的專業出版社，像是文化知識、性別研究、媒體理論、設計等等。我們的產品物超所值、有公信力、時尚而且與眾不同。作者搶著要我們出版社幫他們出書，而且案子愈來愈多。簡單的說，就是我們是這幾年德語出版事業中的明星，OK？」彼得離開靠著的門框，走向左邊靠牆的書架，彷彿在那裡看見卡洛和克里格出版社的新增利潤也體面地在書架上按照最新學術分類排排站著似的。「現在我們想要擴展領域，向我們還未建立起聲譽的古典傳統人文學科進軍，所以我們在物色強中手來幫忙。你的專長、人脈和你自己，正是我們極其需要的。我們不想出版已經成千上萬的柏拉圖注釋，我們要的是新想法。哲學領域上扣人心弦的新發展應該出現在我們的出版品中。理由足夠了嗎？為什麼需要你的原因，我可以口水都不用吞一直說下去，何暮德，這是我的職責所在。當然我也可以換個說法，我喜歡你這個人，而且我再也沒有興趣當出版社裡最老的人。你自己選吧，看那個說法你比較能夠接受。」接著他用眼神示意：但是要快！

「我有點害怕失去自由。」

「你要我怎麼跟你說？我們有綱要以及出版社固定的取向，不是所有的素材都適合在我們這裡出版。內容方向當然要經過討論，其餘你都是自由的。我敢說，絕對比你在學術圈裡要自由得多。」

「有最後決定權的人是你，我猜？」

「你會看到，去信任同事的專業能力對我來說，絕對是沒問題。我知道，如果你來這裡工作的話，放棄了什麼。」

從何得知？何暮德想。隔壁房間電話鈴響起，來說牆壁似乎很薄。他的眼光落到書架上一本螢光黃封面的標題上：看！著！我！

「如果試驗失敗了呢？」他問。

彼得走回原先靠著的門框，一點也不矯情的說：「失敗已經不是我的風格。不再是了。」

「不是你的風格。嗯……」他們第一次見面的情景浮現在他的眼前：在一個照明很糟糕的月臺上，八〇年代中，東柏林的某處告別，還有彼得的眼淚。當時的他和今天一樣，都散發出容易受傷的特質，這種特質是如此根深柢固，不論是簡潔有力的話語或者是名家設計的襯衫都無法遮掩。根據瑪麗亞的敘述，他的人生經常失敗，做過實驗劇作，然後是學術研究、經營咖啡館，最後是一本名為《創新》的前衛藝術雜誌發刊人。沒有男朋友艾文・克里格的資金支持，很可能這個出版社的創建也會失敗。但是，現在出版社的員工幾乎多達二十人。

「何暮德，我感覺到你根本不信任這項企畫，為什麼？」

「我需要一點時間。」已經接近十二點了，他必須離開這裡，打電話給瑪麗亞，安靜的考慮一下。

「十天，給你十天考慮，因為是你才有的，而且最後的答案只能是答應我。我們的處境是困在出發點的黑洞裡。」

「OK，」何暮德放下咖啡杯，站起身。「就十天！」

出版社的位置在中庭內右翼的角落，幸好牆上砌的是淺色瓷磚，所以令人覺得可親。就是走廊上也站著一列一列書架，上頭置放著有出版社標誌、封面顏色醒目的書籍。海報裝飾性的貼在新刷的牆壁上，到處散落堆疊著紙箱。有些人看見他要走了，對他揮揮手。諾拉・維拉斯奎斯趕緊從她的辦公室裡走出來，跟他握手道別。

「海巴赫先生，不久以後再見。我們非常期待您的加入。」她手上成串的鐲子跟著她的動作琅璫作響。

「再看看吧！」

「我們這裡的氣氛還是不錯的，不是嗎？」

「當然。再次謝謝您！」

樓梯間是灰色的，空蕩蕩像未完成的建築。從玻璃帷幕望出去，何暮德能看見後排屋子。八月倒數第二個週末正要開始，豔陽高照，金屬窗框在陽光照射下閃閃發亮。窗戶後面坐著首都的居民，各自面前一台蘋果平板電腦，或者環繞著一張大書桌商討事情。

「也有像這樣的無法想像的吸引力，不是嗎？」何暮德聽見自己自言自語。這就是從他踏進出版社的那一剎那，就嘗試說服自己的原因嗎？冒險原就是人生的一部分，就算失敗也值得？因為不冒險只是等於將人所害怕的困境事先移走？這個想法是他最近在波昂的夏日電影院裡想到的。坐在大學裡拱形迴廊下，他是唯一的教授，並且問著自己，這樣的處境說明什麼？是因那電影內容如此吸引他，讓他不顧一切一定要來？

彼得聳聳肩。

「我看見你在這裡。」他簡潔的回答。「我們有一個優秀的團隊，一些成員年紀較大但經驗豐富，加上年輕同事的活力幹勁，這裡正有所作為，一起來吧！」

「我還是要請你尊重我的隱私，如果你在這段期間碰到瑪麗亞，請不要告訴她這件事。」

「請代我向她問好。如果你在考慮的期間需要有人踢你一腳，我要怎麼跟你聯絡？」

「我們電郵聯絡，郵址你有。」

他們握一握手，然後何暮德便走下樓梯。他很驚訝自己居然這麼急著想離開。他一直奔出，直到站在建築物外的人行道上，才停了下來深吸一口氣。仰望老式建築宏偉的外觀，再看新近才整修完成，窗戶沒有窗框的可憐平板屋。電線桿上張貼著抗議房租上漲的海報。當然，他也可以給彼得他的手機號碼，而不是像對待學生一樣，讓他可憐巴巴的用電郵聯絡。再謝上他幾句話，禮貌就更合宜。除此之外，還有安全感，他轉換職業應該比拯救婚姻有更多意義。何暮德穿過歌本廣場的綠地，雖感覺意志振作不起來，卻覺得輕鬆很多。眼前是塞得滿滿的垃圾桶，長椅上五顏六色的鬼畫符，草地正中央的一張木桌和兩張舊椅可以是藝術，也可以是被人胡亂扔棄的家具。他現在需要的，是一家待會兒可以和瑪麗亞相聚的咖啡館。這家咖啡館最好是在劇院附近。她中午休息時間不多。

玻璃帷幕外牆將陽光反照到人行道上。當何暮德從哈齊雪中庭穿出來時，人行道上的光令他不得不瞇上眼睛，放慢腳步。英國領事館門口仍是早晨經過時那一幕；四名年輕人正熱心的為一個名叫歐斯坊的組織招募會員。他們勤奮的搖動手中的小冊子，用眼光捕捉迎面走來的行人，等待一張抗拒表情比較薄弱的臉。早晨經過時，何暮德已經遲到了，因為瑪麗亞出於意料的十點半才必須進劇場。他們剛剛才經歷了一個相較之下比較好的短暫相處時光，而短暫相處則是兩年以來他們婚姻的質量遞減後剩下的。在德國劇院裡他們看了一場比較符合何暮德口味的《海妲蓋柏勒》戲劇製作。雖然如此，看完戲後兩人還是達到一些評價上的共識。一如既往，在他太太的公寓裡，他就是睡不好，早晨起床後，久久地站在蓮蓬頭下，避免在早餐桌上露出疲態。外面垂掛著一簾充滿希望的豔陽天。結婚二十年了，他們現在吃早餐的桌子還放不下一張攤開的報紙。瑪麗亞嫻靜的微笑告訴他，他的緊繃並沒能逃過她的眼睛。何暮德到達哈齊雪廣場時，差不多快十一點，他急急穿越馬路，沒有去管紅燈，結果直直撞上一個年輕女人的手臂。她一手拿著入會申請書的夾板，另一手拿著傳單，臉上戴著一張志工樂於助人的面具。她的眼睛周圍布滿過敏的紅點。何暮德想避開她的眼睛，但是太遲了，她選上他了。他馬上預感，一定不會有好結果。

「您想做對的事，我可以預見的。」

「我想去赴一個約。」他回答，笑容僵在臉上，腳步雖然放慢了些，並沒有停下來。這麼多來來往往的行人裡，她偏偏要選上他？他看起來像是很容易說服的人？他很想問她這個問題，但是他不想停止前進的動勢，不想被困在眼前要勸人為善的路障裡。在他面前有一場重要的談話，他必須專心。

「我們不會耽誤您的。」左右兩邊的行人經過他們，不自覺的手勢讓他們看起來像把第三世界的災難當成蒼蠅在趕，而何暮德已被蒼蠅紙牢牢黏住。他被這個年輕的女人和牆上貼滿海報的電箱夾住，前面又有擋路的腳踏車停靠架，很白癡的被放置在已經夠狹窄的人行道上。「為了公平的世界，請拯救貧窮。」這是她白色T恤上印行的綠色字句。

「我帶一張表格走，好嗎？」

「歐斯坊（Oxfam）是一個獨立的發展和援助組織，它努力的目標是伸張公義、解救貧窮。我們在危機地域實施緊急救助，並且揭發導致貧窮的基本結構。」她嘴角有白色唾沫殘留，說話又矯揉造作，更增添何暮德的厭惡感。「我們希望能提供持續性基本收入、健保、環保與教育機會。為了這些，我們現在在九十九個國家裡擁有超過三千個合作夥伴。」

他只要往前踏一步，她就往後退一步，總是直接擋住他的前方，所以如果他想擺脫她的糾纏，就必須繞過她，或者像跳欄一樣跳過四輛上了鎖鍊的腳踏車。

「您願意成為會員嗎？」很明顯的，她認為已經收服他了。

「現在不想。現在我有一個約要赴。」

「貧窮和落後是可以避免的。我們並不要對他們施捨救濟，而是要持續改善不公平的結構。您可以盡一份心。我們四分之三的經費是直接投入項目與宣導。」

他似投降一般的點頭，伸手去拿皮夾。她的微笑其實不會不迷人，只是那些過敏的紅點讓他不得不注意而覺得噁心。我們是同一國的，他想說這句話，或者是類似的句子，然後可以趕快離開。

「我們不收現金。請您填寫入會表格，可自己決定以哪種方式支援……」

「呃……」我覺得您在做的事很好。您在想什麼，怎麼敢這樣突襲我？——他沒辦法決定要對她說哪一句話，乾脆轉頭離開她充滿期待的視線範圍，希望能在人流中找到空位填補進去。一場重要的談話正在等著他，而他已經遲到了！「是！是！是！」一個年輕的男子帶著不耐煩的應聲從他們身邊走過，在他的掩護下，何暮德往右靠了兩步。不是因為幾乎被一條牽著狗的繩子絆倒，也不會撞到某人的肩膀，正當他慶幸脫離險境時，後面傳來那個女人的聲音：「那就多謝了，祝您還有美好的一天！」

回想起來，他真的不記得，她的聲音是譏刺還是認栽，也許二者兼具。被拒絕對她來說，是家常便飯了吧！也許她說的話，跟她對其他拒絕支持她的熱心的人說的，是一樣的。只是，她所說的話在早晨令他感覺像被人在屁股上踢了一腳。她先把他逼進這種逃跑的狼狽裡，然後還嘲笑他。在他回頭把像嘔吐般冒上來的話說出去之前，他再繼續往前走了兩公尺。別，不能這麼做，他心裡還想，但是，已經太遲了；「別跟我來這一套老好人的嘴臉！行嗎？」他甚至還威脅般的回頭往她的方向走去。「您所謂的公平結構請塞進自己的屁眼裡，不要拿來麻煩別人！」

他旁邊一個女人一愣，把帶著的小孩緊緊拉近自己。兩個穿寬褲的男子稍微拿開耳機，嘴角帶著嘲弄，指責一個年紀不輕、戴亞曼尼太陽眼鏡的男子在公眾場合咆哮，這景象根本就是一杯調得很糟的雞尾酒，冷的熱的都在裡面。何暮德聽見自己聲音的回音，裡面有刺耳的憤怒，這個憤怒比他原來感覺的還巨大。然後這個時刻就過去了，所有的人都遵循大都市行為調節法則：一看沒人受傷，眼光立即轉開。所有人——除了歐斯坊那個女人。她的雙臂疲倦的下垂，站在離他三公尺遠的地方瞪著他，成綹的金髮一縷一縷垂在肩上。我嗎？您說的是我嗎？她的眼睛在問。沒有惱怒，只有驚嚇，和幾乎可說是同情。這和您沒有關係，何暮德想。他沒有說出口，只是搖搖頭，繼續逃到街的另一邊。穿過哈齊雪庭院的入口，去卡洛和克里格公司赴約。

您所謂的公平結構請塞進自己的屁眼裡，不要拿來麻煩別人！他自己的用語。對著一個女人說！把他拉回到這個現實空間裡的，是他自己的呼吸聲。喝了出版社裡的義大利濃縮咖啡後，他的心臟就加速咚咚咚重重的搥打，加上這折磨人的記憶，心跳得更快了。對街那四個一組的人群中，他認出了那個女人仍在攔阻一個又一個的行人，她為的不是自己，嘴角上掛著堅強的微笑，重複述說自己的理念。他該過去向她道歉嗎？當他一開始惦量這個想法，街上重新鬧嚷起來。電車一路搖鈴預警它的到來。光線一如行人，從四面八方射來，對陰影和安靜的渴望制伏了他。他對她說的話，奇怪到他只能半心半意感到羞愧。比較讓他真的羞愧的，反而是他居然真的把話說出口，就在今天早晨，去應徵工作的路上？

他快步穿越馬路。在一排捷運站餐廳前，客人正嘲笑著一個拿吉他的傢伙，明明是破鑼嗓子，還獻藝要賞錢。何暮德艱難的擠過排得很緊密的桌子，踏進巨大的、幾乎沒人的、位於鐵軌橋下的餐廳室內空間。幽暗柔和的光線歡迎著他。右邊站著畫得豐裕華麗的柏林熊，左邊是通往餐桌的通道，只有兩桌坐了人。一個肩膀寬闊，頭頂剃得精光的酒保朝他點點頭。最後幾步路中，他的脈搏開始降下速度，他落坐一張粗重的木桌旁，脫下西裝外套，馬上就覺得好多了。輕巧的收音機音樂隔離了外面的吵雜。

酒保過來接受點餐，何暮德要了不加冰塊的水和一杯麗絲鈴白酒。到他必須開車上高速公路前，有三個小時的時間。

「馬上來。」高大的酒保將一份菜單留在桌上，轉身便欲離開。走之前又回過頭來問，「您還好嗎？」他的耳垂掛著黑色的圈圈，看起來像墊片。

「還好。外面很熱。」

「夏天嘛。」他再次點點頭，走了。

他把身體往後一靠，眼睛閉起來，深呼吸。早上跟瑪麗亞道別的時候，她堅持他離開之前，中午要一起吃個飯。手機告訴他，一刻鐘之前，她打過電話來。希望她不是臨時有事不能來，何暮德一邊猜測，一邊撥她的號碼。她什麼時候能離開劇院，必須配合很多因素：排練的進度、法克・麥凌恩即時的心情以及她電子信箱裡未回覆郵件的數量。電話才響了兩聲，她就接了，聽起來心情很好，問他現在人在哪裡。

「哈齊雪廣場，捷運站拱橋下。」

「坐在那裡不要動。我有一個小時休息時間。」

侍者把他點的飲料送上來。微酸、清涼的白酒纏綿在他的喉舌之間，然後下滑進入胃中。外面的陽光透過樹上的葉縫灑下遍地光點。彈吉他的街頭藝人捧著帽子穿梭在咖啡座間，再後面是一群龐克蹲坐在他們的狗之間。生活可以是這樣，他想像著，有天會坐在這裡，帶著在出版社裡忙碌一早上的滿足等待瑪麗亞。一份清爽的午餐，輕鬆的談笑，他和瑪麗亞波瀾不驚的生活交集。瑪麗亞大概會抱怨麥凌恩的情緒化，他則提到如何說服了一個作者採用他所建議的書名。他們可以一起取笑她在她的桌上收到的各式劇本，還有這些人在想什麼啊！本來一個小時後他還只需要問清楚，晚上他們會在家吃飯還是出去吃。

有一件事他當時就已經很清楚：彼得‧卡洛的建議勢必讓他墮入無法速戰速決的衝突中。這個約是兩個月前在普蘭岸邊訂下的。那是一個夏日的傍晚，一整天日曬的熱氣彷彿一隻遲緩的大獸，還盤固在街上，吸引所有的人想往戶外去。瑪麗亞在戲院還未完事，晚一點就會趕來會合。在那之前，彼得和他坐在「人民之家」（Casa del Popolo）餐廳前的大栗樹下享受羊乳酪配奇昂蒂紅酒，而何暮德猜想，到底彼得是因為酒力還是因瑪麗亞不在場的尷尬，令他滔滔不絕一直講述出版社的擴張。他們其實不熟。兩年前秋天的首演開幕會上，如果瑪麗亞沒有介入的話，他們一定會像陌生人般擦肩而過。那是自二十年前互相認識以來，他們第一次又見面。吃主菜時，彼得問他，要不要到卡洛和克里格出版社來出任部門主管。他以為彼得在開玩笑，坐在對面的彼得卻一臉嚴肅。瑪麗亞告訴他，自從大學制度改革以來，何暮德一點一滴地失去了在大學裡任教作研究的興趣。是時候該換個新的挑戰了，這是彼得的措辭。何暮德很清楚的記得那一刻。時間已經晚了，但是天色依然不肯暗下來。一對對情侶以及土耳其家庭不斷歡快地過橋到芬克爾岸邊去散步野餐，而他的喉頭陡然噎住，彷彿有一個巨大團塊吐不出吞不下。往西邊的方向視野開展落在他以前住過的地方。雁鳥振翅劃過水面，在烏爾班港前的小綠洲聚集。那一邊，大都會的天際線慵懶的掛著，事不關己。他熟知這種感覺，雖然已經很久沒有去想這種感覺了：想回家，卻不知道家在何處。只要感覺一下，到底感覺如何。在他能夠開口回答之前，他清了兩次嗓子：「我下次來時，再到你那兒去看看。」從那時候開始，他腦海中的船上多了一個瞎眼的旅客，不時因為多嘴、多舌、愛問問題而洩漏自己的存在。為什麼不？他在波昂的孤寂就這麼了不起，讓他無法捨棄？

十二點半，他看見他的太太正在穿越哈齊雪廣場。兩手扶著腳踏車把，她推車穿過人群。他很是享受了一會兒觀看她而不被發現的樂趣。他仍然著迷於她走路時優雅的姿態，眼中流露的輕柔自負。而他的驕傲則是，當他向別人介紹她時，音韻繞齒滿嘴生香的葡萄牙語姓氏。她靠好腳踏車，朝四周尋找地張望，正要走出他的視線範圍時，他打電話給她。

「我坐在裡面。」他說，「從路邊數過來第一間餐廳，名字是洛克、洛磯什麼的。」

「你在裡面？」她一邊搖頭一邊把手機收起來，隨即朝著他走進幾乎空無一人的餐廳內。她身上是淺色襯衫配黑色麻紗長褲，臉上還帶著不同意的表情，不知道是因為遇到的事，還是在想的事，希望她馬上會說出來。「怎麼坐裡面？夏天在外面！」

「外面沒有空桌了，而且我不想坐在滿身臭汗的觀光客群裡。」

「所以寧願一個人坐裡面。」她親吻他，雖然不虛應，但是很短促。她的眼光從桌面往上移到他的臉上。在一起度一個週末，意思就是要在不連貫中生活，要求極快的理解力與適應力。這點瑪麗亞比他擅長。

「午餐配酒，」她滿足的說，「飯後來一支菸。」

他們一起坐下，然後何暮德將玻璃菸灰缸往她的方向推過去。不知已經多少次他問自己，為什麼不喜歡她抽菸卻又喜歡看她抽菸。她尚未開口，魁梧的服務生已經回來了，瑪麗亞便點了一杯大的蘋果汁蘇打。橫攤在她面前的菜單，她看都沒有看一眼。沒有看菜單的眼睛瞟向他，一邊小心注意不要讓菸熏到他。

「你看起來有點累，是這樣嗎？」斐莉琶出生後他太太戒菸多年，現在回想起來何暮德相信，對尼古丁的癮與她後來逐漸成形、必要的話甚至單獨一人也要搬離波昂的決心有關。「或者不是累，而是……」打著問號上揚的眉替她完成這個句子。

「我沒有睡好。」

「在我的小床上。」

「另外，我在街上遇到不愉快的事。」他伸手去拿杯子，杯子裡的酒卻早就空了。短短幾句他交代了所發生的事，他的描述聽起來是為自己辯護，這一點他很清楚卻拿自己沒有辦法。瑪麗亞背靠椅子坐著，專注的聽，他們中間隔著一道從他的角度才能察覺到的鴻溝。

「『對她大吼』是怎麼大吼？」她問。

「很大聲。」

「生氣的大聲還是失控的大聲？」她想知道的其實是他是否又回到一年前，他們激烈大吵那一次，他完全無法控制自己的情況，卻不想直接問。畢竟這次他發作的對象是一個陌生人，而且在大街上。好吧，他再舉其他的例子。

「我感覺像那時候和賀爾衛一樣。他對待我像要把一個煩人的學生趕出研究室一般。我去找他的時候，隔壁突然間沒有人打字、沒有人講電話，全部安靜下來，每個人都豎起耳朵，心裡想：海巴赫先生是怎麼了？」

「賀爾衛侮辱了你。」

「我知道，我只是想跟妳描述那種感覺。」

「OK，」她吸一口菸，抬手把一綹頭髮順到耳後。「你覺得你的做法相對來說是適當的。」

他點頭，喝了一口水。相對來說適當只是幾乎正確的形容，雖然如此，他還是後悔跟瑪麗亞說這件事。如果他不願意坦承因為跟出版社的約讓他緊張的話，他的敘述便完全不具意義。

酒保帶來瑪麗亞點的飲料，問他們是否想吃點東西。何暮德點了墨西哥辣肉醬豆泥，他的太太按女人的慣例點了沙拉。彷彿因為這個城市也想對這件事說點自己的意見，所以外面傳來憤怒的聲音，陽傘下所有的客人一致轉頭，一句怒言惹出一串髒話，某人瞎了眼，另一人則表達厭惡，口角便繼續下去，緊張的氣氛卻很快消散無蹤。天下本無事。

「怎麼？覺得內疚？」瑪麗亞問。

「當然，她為了良善的目的奉獻不覺得有什麼好驕傲的，而我呢，不但誤解人家還生氣。」他把他爆發時所說的原話打了折扣，話裡的「屁股」換成了「別處」。如此一來，聽起來是小事一樁，而不是又一次脾氣失去控制。

瑪麗亞像是揮趕香菸的煙般抹去這個話題，嘴角帶著微笑。

「看女兒的一個笑話能不能安慰你一下？今天早上她寫給我的。」這就是了，就是這件事掛在她的臉上，當她進來的時候，原來是在回想斐莉琶的笑話要告訴他。

「好笑嗎？」

「在好笑到非常好笑之間。」

「那好，說來聽聽吧！」

他的太太在家裡素來以不會講笑話著稱，大部分是因為不會掌握時機，太早將笑點揭露，好似早早講完就能交差。她對劇場的熱愛一向以來是沿續自己想站在舞臺上的願望。但自己站在舞臺上的願望沒有實現，取而代之的，是在劇場裡扮演麥凌恩導演的助理，處理大小雜事，與媒體保持關係，並安慰敏感的演員，必要時候還得是喜怒無常的大師導演大發雷霆時的避雷針。

「我知道你不會笑，」她說，「但是至少微笑一下，好嗎？她給我寫了一封Email，沒有哈囉，沒有再見，只有這一則笑話。還附上非常恰當的主旨：笑話一則。」

「洗耳恭聽！」這種宣告聽起來倒真的是斐莉琶的冷幽默，是她的爸爸媽媽都沒有的。他的女兒在漢堡念大學已經三個學期了，這個夏天她人在聖地牙哥德孔波斯特拉（Santiago de Compostela）學習西語。她上一封Email是三個星期前進來的，內容不外乎請不要擔心、一切都很好、很快就會再見等等。

「說吧！」她臉上帶點不好意思的樣子非常適合她，他太太看起來很漂亮。「一個天主教的神父、一個基督教的牧師以及一個猶太教的拉比，在一起討論人類的生命從何時開始的問題。天主教神父一刻不猶豫立即說：受精。人類的生命在受精的那一剎那就開始了。基督教牧師思考了一會兒，然後得到結論：人類的生命在誕生時才開始。最後，兩個人一起看著苦苦思索，大頭還因此搖來晃去的猶太拉比……」她強迫自己停下敘述來營造緊張的氣氛，但是已經忍不住笑開，一邊還搖頭取笑自己講笑話的爛技巧：「拉比終於回答：人類的生命始於孩子長大離家的那一刻。」

他想笑，結果只產生似乎有趣的嗤鼻吁氣。隔著桌子他伸出手想去握太太的手，但是她搖手：「我就知道你不會笑。」

「這是一個很不錯的笑話，妳講得很好。」看吧，他根本就不像瑪麗亞說的那麼負面。這個笑話他真的覺得不錯，很狡獪。小孩離家以後，哈哈哈！更好的當然是，如果太太也離家！那這個人類晚上坐在客廳裡可高興得不得了！幸好現代社會有電話、電郵、Skype，各式的科技支持虛擬的家庭生活。畢竟斐莉琶答應回來時到漢堡來看他，瑪麗亞在哥本哈根客座演出後會回來波昂一段時間。誰知道，也許他有機會在共同的晚餐中敲他的玻璃杯宣布：哦，對了！我做了一個你們可能會驚訝的決定。剎那間他幾乎相信有可能對抗所有的理智和或然性。彼得・卡洛的邀請代表選擇是存在的。現在他面對自己的疑慮必須像對付一個狡詐的對手般部署。

「什麼事情這麼好笑，」瑪麗亞問，「除了我不得當的笑話？」

「我想的是別的事情。不過，也許笑話中的笑點有它的意義。不是人類的生命現在才開始。有可能也僅僅是，人類生命的開始可以不只一次。人類的生命由許多階段組成，每個階段都有開始。周而復始，一再反覆。」當然，按照這個推理，結束也是一樣，他只是想，沒有說出來。

「從你嘴裡出來一個發人深省的句子。」

「人要改變，永遠不嫌太老，不是嗎？我說的是真的、徹底的改變。」

「是，理論上不會。」

「哦吼，妳很壞哦！」他說得好像在開玩笑，也許也真的是一個玩笑。自從一年前那次激烈的爭吵後，他有時候不太清楚，他們兩人說出的話真的是心裡所想？他們對待彼此誠實嗎？他們對見面的期待程度，比期待見面時一切順利的程度多多少？而他們見面時一切順利卻是經常發生的狀態，令人驚訝。如果他說，經常到柏林來並沒有豐富他的生活，這是說謊。雖然如此：將避免衝突奉為最高圭臬的婚姻，並不能保證和諧，而是停滯。也許必須更懼怕別的，才能看出相較之下這是小事。

何暮德再次抓起太太的手親吻。他不知道自己應該要高興還是應該感覺什麼。如果有一個中立的人在隔壁桌看著他們，會看出他們站在漂移的陸塊上嗎？過去兩年教會他，愛可能是一個微弱的理由，比他孤寂的夜晚微弱，比他關機的沮喪微弱，或者進入瑪麗亞的公寓時奇特的感覺微弱。半空的架子，赤裸的牆面，她在恕哲街刻意臨時性的擺設，似乎是她利用柚木桌和一張四千歐元的沙發在報復多年前他強迫性購進的東西。有一次她愛上一張十九世紀的雷根斯書桌櫃，找到一家專門搬運骨董家具的搬家公司，大老遠將這件珍寶從葡萄牙運到波昂。這可不便宜。現在它變成梳妝台擺在她拜訪性回來過夜的房間裡，而且她根本不化妝。當她那天傍晚在普蘭岸邊找到他們，被告知彼得的主意時，她第一句話說的是：「我就知道可以讓你們兩人單獨在一起！」稍後何暮德告訴她行不通的理由，並無法讓她信服。他在學術事業上的升遷一直要求他全力以赴，她說，所以現在他無法相信，大好機會居然會放在銀盤上端到他面前。她觀察入微，也許也一針見血，但是她想說的究竟是什麼？從那以後她沒有再提出這個話題，他也沒有。

「今天傍晚還見得到你嗎？」瑪麗亞問，她的餐點送來了，所以對話暫時休止。

「我跟露忒說了不會太晚到。我想下午三點到四點間出發。」

「你什麼時候回波昂？」

「最遲星期一，比較可能是星期日傍晚。」

「那我們就到哥本哈根之後見囉！」

他點頭。瑪麗亞看錶。一刻鐘之後他們兩人已走出餐廳站在廣場上。何暮德試著計畫他的下一步。下個星期第一件事是打電話給法務部門，用許多假設語氣問清楚，一個教授需要注意什麼，如果他在考慮轉業，所以有可能放棄他的大學教職的話，假設國家公務員可以被允許轉業的話。

「那麼，到時候，」他說，「在美麗的波昂見。」

「你不能再多留一天嗎？你可以明天再去露忒和海納那裡嘛！」

「我已經告訴他們我會一起吃晚餐，因為妳說過，妳不知道今天什麼時候才能下班。」每臨分離，太太戀戀不捨的方式都令他又愛又恨。早知今日，何必當初！這種生活不都是因為妳的搬離！另外，她的話還讓他想起，瑪麗亞已經一年沒有回他的老家了，而且似乎愈來愈討厭他回去。他侄兒婚禮的那天，是他們最大爭吵的那日，可能也是原因之一。他擁她入懷，而因為現今的人會持續不斷與對人類靈魂的新發現相對峙，所以他現在想起一則特別新的：不用過激的感情去愛，是婚姻長久（大概與單純的幸福的相反）的祕訣。他是在哪兒讀到這些垃圾的？他已經忘記，也許是漢莎航空公司飛機上的雜誌。但昨天他是開車來的，因為瑪麗亞託他載些東西，而且回程他還要順道去看妹妹。

她的手臂柔順不求回應的環繞他的腰。他們的周圍各色的人往不同的方向去。在英國領事館前，他又看到歐斯坊的人孜孜不倦追求他們的善行。美好的這一天在A二高速公路的車上消磨掉真是太可惜。但是，他有足夠的問題可以在路上思考。如果一個人永遠不會因太老而無法改變是正確的，那麼，同理可證，兩個人一樣也不會太遲。當然，這裡不會說明，改變的雙方如何相處？

「孩子長大離家，生活可以開始了。」他輕輕的在她的髮際說。有時候，人只有話語。

「為什麼你不能簡單的只說：可惜我們現在要分開了。或者是：我會想妳的，瑪麗亞。」她的頭抵著他的胸口，熟悉又好聞。

「兩年來我一直在想念妳，我只是不想一再的重複。」

通常她對這種暗示的反應是很敏感的，但是現在她讓她的頭留在原處，手留在原處，說出的話，是他想聽的。這一天第一個完美的時刻，也是另一個他無法過沒有瑪麗亞的生活的理由，雖然這種生活早已開始。他的持續力僅僅是因為缺乏想像力嗎？

「跟我說一些我會高興的事。」

「未來的或者過去的？」

「都好。」

「我在考慮，我們可以飛去西班牙一趟。你的客座演出之後我們可以去西班牙嚇一下女兒，然後我們全家一起去葡萄牙。你父母一定會很高興，而我們的持續性也可以延續下去。」

「什麼？」

「到目前為止我們每年夏天都在西班牙。」

「找機票吧！」如果她心情好，瑪麗亞簡直就是全世界最不複雜的人。可惜是因為他的離去將她的心情變好。

他們這個年紀的人很少在公共場所這麼親吻，之後，何暮德就只能目送太太的背影。她的動作圓潤輕鬆，雖然在波昂她根本不騎車。他們的婚姻真的在緩刑中嗎？小時候他大起膽子測試自己的勇氣，只為自己而且只在腦子裡發想，他把頭縮進脖子裡，然後想：上帝是不存在的，然後他趕緊屏住呼吸，等待著狂風暴雨發作或者腳底會突然裂開一個無底大洞。然而，什麼都沒有發生，他很不解。上帝真的不存在嗎？還是祂無可震撼的在天上坐著，往下看著他這個傻男孩搖頭？現在他望著瑪麗亞的背影，一如小時候，大起膽子心想：我不搬到柏林來。我要離開妳。看妳怎麼樣！

如織的行人在哈齊雪廣場上穿梭。觀光客舉著相機，看到什麼就拍。一陣低吼逐漸捲起、快速的接近，靠站的捷運火車震動整片地面。

2

這個巨大的爭執是讓他筋疲力盡的這一年中的最高峰。在他，幾個月來所有加重他婚姻負擔的事都堆積到頂點：壓力、孤獨、無解的衝突。何暮德的系所裡一片風聲鶴唳和無所適從。新的學制雖然已經實施有一段時日，但是沒有人知道，它的面貌到底應該如何。必選和選修的課表是耗費心力討論、爭辯的項目。整個細雨綿綿的早春就在重新再修改每個新的大綱，和試圖改變每個已經變更過的項目中度過。小細節讓過程停滯不前。班乃迪克・賀爾衛無法容忍向英語借詞，非常激烈的為一個在古希臘羅馬哲學的教綱計畫中出現的概念詞「workload」抗爭。在會議中他不屈不撓的作對了幾個鐘頭後，終於提出一個相對應的德文詞「學生課業耗時之量化」，將之納入課程規章中。就這樣，在末日中各人尋求自己得不償失的小小勝利。

何暮德一時心軟，同意修改潤飾草綱。結果他竟成了語言強迫症、眾人都為一己私利的交鋒下的受害者。一如所有的同事，他對這個計畫的意義也深深感到懷疑。但是他並沒有時間再去深入了解熟悉這件委託。當他在電視新聞報導中聽到「高等教育學制改革」時，他常常自問，看新聞的人是否明白，在這個字詞背後的工作是多麼的不專業。但是他別無選擇。他對自己的配合生氣，也對同事的配合生氣，尤其當計畫因為某人不合作而停滯不前時，就更生氣。要決定新課程設定的系所會議已經訂好日期，何暮德每天都與法律部門聯絡，連最微末的細節都要詳細解釋清楚。米勒葛芙小姐的迷人風采，恐怕是這些模數、積分、歐洲學分互認體系（ECTS）的複雜數學紛紛追著他入夢，在長長的、灰濁的日子裡唯一的一道光線。即使是他這樣一個自信舒適的歐洲人，眼光一落在博洛尼亞進程計畫（Bologna process：歐洲諸國間在高等教育領域互相銜接的一個專案，以確保各國高等教育標準相當）圖標上時，後項也不禁毛髮悚直。

一天晚上，很晚了，是個五月天。何暮德坐在電腦前面，左耳聽到一個聲響。一陣彷彿金屬般的警鈴聲同時從腦中深處擴散出來以及從遙遠的地方傳進腦裡。短促戰慄的音頻，像拉帕（Rapa）的蟬鳴被機械性的模仿。他的面前，電腦螢幕上，顯示的是必修課程規範邏輯和先決條件的描寫。他的眼光落在考試題材學習目標那一欄的目標「例如對公式化方法範疇的理解」上，一時之間，他一個字都看不懂，猶如繩子猛然被砍斷一般，整個落空。他小心的站起身來，試著在房間裡走動幾步。從書架上選幾個標題來念一念，喃喃地半發出聲。然後走進廚房打開冰箱，拿出已經開瓶的酒喝一口。爐上的鐘指著十一點半，瑪麗亞應該已經睡了。他再一次用食指壓一壓耳朵，想起同事的故事，因為壓力的關係一直受苦於耳鳴，不管是暫時的還是持續性的，兩者都導致專注力喪失，專注力一喪失，專業能力當然也就喪失了。

該死，他想，屋漏偏逢連夜雨！

接下來的幾個禮拜，這個聲音不時出現，而且影響到他的睡眠。只是，他幾個月來早就不得安眠，所以這點影響反而無足輕重。瑪麗亞和斐莉琶搬離開家，早先支撐他度過壓力的心理平衡也被剝奪。一夜復一夜，他瞪著空無一人、黑暗的房子。斐莉琶在漢堡過得很好，這點讓人欣慰。電話中瑪麗亞聽起來心情不錯，而且充滿動力。他自己呢，則嘗試以盡量短程的方式來安排時間：到下一次通電話、下一次去柏林的時間，最長程的計畫則是到下一個寒暑假期。以前他伏案時從不曾聽音樂或者讓酒精陪伴。現在他將舊爵士黑膠唱片翻挖出來，而且發現，一杯酒能夠幫助他多支持一個小時。七月最後一個週末外甥佛洛里昂將舉行婚禮，屆時瑪麗亞和斐莉琶也會到場觀禮。再過幾個安靜的日子之後，瑪麗亞和他就可以飛去葡萄牙。斐莉琶是北方迷，要跟幾個同學橫越瑞典。五月在一次電郵交換中，他半開玩笑的告訴女兒，耳朵裡住著的小人已經在召喚他到拉帕去。但是面對瑪麗亞時，他一個字都沒有提。她搬走後，他覺得她愈來愈顯年輕，所以他不願因為這些身體毛病在她面前顯老。他咬緊牙關，盡力滿足行政工作的義務，每天晚上從十一點到凌晨一點準備夏季學校的演講稿，而夏季學校的最後一天剛好是弗洛里昂婚禮前的趕鬼宴。他必須在早晨就收拾好行李，上完最後一堂課便直接走人。

婚禮前最後一件值得提起的事，是他和班乃迪克・賀爾衛之間發生的衝突。這位同事如假包換是美語口語「臀部之痛」的最佳範例。想跟他修學分的學生，他會親手交給他們一張指令，其中有：「條款七：書面報告的題目中不得有『和』字。」賀爾衛教授既傲慢又乖戾，身穿英式粗呢西裝，打蝴蝶領結，從不敢對視跟他說話的人，儘管他能寫出傑出的論文，卻是一個很糟糕的講者。在講台上他幾乎就是一個緊張得手足無措、說話顛三倒四的應考生。

賀爾衛總是將研究室反鎖，所以何暮德每星期四找他時，總要費勁敲半天門，他才遲疑的將門打開。雖然如此，他還是抱著熱切的信心和希望大步走進去。只剩這次與他的談判以及在大學的夏季講堂，渴盼的暑假就到了。這個夏天銳利的光芒雖然打退了多雨的春天，但是濕腐的氣味仍盤據在這個房間裡。

「請問您有何貴幹？」賀爾衛從鼻子裡哼出的聲音，令人聯想到英國訓練有素的男管家。

「談一談，您有時間的話。」

「談一談？談什麼？」

「我們何不先坐下來。」何暮德一邊說一邊往研究室裡擺著座椅的角落移動腳步。兩張美麗的單人舊皮沙發，其中一張顏色被學生緊張的汗水浸濡得顏色較深，當他們坐在這裡，對面的賀爾衛不留顏面指出他們論文中錯誤的希臘文引言。窗外一片綠色的樹海起起伏伏，遮蔽了對面的城堡教堂。為什麼賀爾衛不開開窗讓新鮮的空氣進入呢？這是他眾多怪癖中的一項。他僵硬的站在門邊一會兒，喃喃地重複他自己的問句：「談一談？談什麼？」

何暮德強忍住自己就要脫口而出的嘆息。

「很抱歉，我還是必須再跟您談一次今天早上在會議上的事。」

「決定的時間延期。」

「正確說來，不是決定時間延期，而是我們趕不上進度。同事們該做的事都做了。下決定唯一的阻礙來自您這邊……」

「這個我們可以在下次會議上討論。」

「下次會議時間已經是下個學期。我們絕對沒有這麼多時間。」他聽見自己的聲音像一節一節僵直豎起的脊椎，這根脊椎支撐他站在這個房間裡，並且向他的同事發出訊號，抵抗是沒有意義的。賀爾衛離開會議室之後，其他在場的同事一致認為大家沒有別的選擇。決議必須要進入紀錄了，賀爾衛的同意可以之後再補上。事關一個整個系所都包含在內的決策，而且其他系所早就已在實施了。他們不能因為有一個反正下個學期就退休的舊制大老胡亂反對改革，就和別人不同頻道。「這場鬧劇必須有個止境。」甚至系所裡另一個老歐洲先生、毫無疑問是賀爾衛盟友的柏伊格曼教授也這樣說。

他的同事賀爾衛根本沒有要坐下來的意思，何暮德無奈只得自己先坐下。「您知道的，」他盡量讓聲音聽起來是友善的盟友，並且對著書牆微笑，「我們之間沒有人喜歡被規範像穿塑身衣一樣綁著，但是改革的意義很明顯在於建立可比較性的努力，而這份努力又要求某種……」內容的標準化，這是他還想說完的，但是他背後的聲響逼他不得不將句子打斷，轉過頭去。這轉頭一看，讓他半晌作聲不得。

一言不發，賀爾衛又將門打開，右手抓著門把，左手的手勢示意何暮德，他希望他離開。賀爾衛的眼光死死的盯著地上。三個小時之後，當何暮德跟太太講述這件事，說到這個地方時，他的原話：到這時我再也忍不住了。

「門關上。」他聲音的強度連自己都嚇一跳。混合威脅與命令的語氣聽起來一點都不像他。但是賀爾衛堅持不動，何暮德跳起來，手一伸，將門用力一搧，砰！回聲嗡嗡震動整棟舊建築，其他辦公室裡的同仁因為驚嚇而抬頭的景象，幾乎在他眼前。同樣這一隻手，對著賀爾衛指向兩座沙發。

「坐下聽我說！」

接下來的三分鐘，他把賀爾衛罵得狗血淋頭，對學生他還未曾如此，更何況對同事。隱忍這麼許久，他終於允許自己將對賀爾衛的不滿爆發出來，直言賀爾衛的行為是不可理喻的，最後他下通牒要求他道歉改正，然後帶著一種無可言喻的感覺離開他的辦公室。

「我會覺得內疚、不好意思嗎？是，但同樣的我也很有快感，很享受當下。」兩杯酒下肚後，他才能承認這些。他把電話聽筒換到右邊，很辛苦的傾聽。左邊的耳朵反正不能用，聽不見。除了同情被自己責罵的同事以外，他為自己感到驕傲。說出來也許很幼稚，但是這次決鬥是他贏了！男人之間的對決，他以勝利者的身分離開戰場。

「現在怎麼辦？接下來呢？」

「反正暑假開始了。最糟的情況就是我們從此是仇敵，但是明年春天他就退休了。更何況，賀爾衛不會耍心機、不會記仇，他只是一個怪人罷了！」

「好吧！」瑪麗亞似乎還不想放棄這個話題。他工作上內部的問題會引起她的興趣，這實在不像他太太。他自己都不知道，下一個工作計畫會是什麼。最近完成的一本書已經在印刷廠裡，他的直覺告訴他，這本書的未來並不看好。而且對寧願逃到學術中互無關聯的枝節迷陣，也不願承認實際生活中難題的同儕來說，這本書既不夠精準也不夠技巧。

「柏林有什麼新鮮事？」他在客廳裡走來走去。賀爾衛的樣子一直在他腦海裡抹不去。他坐在他面前，像一個懺悔的學生，緊緊抿著的嘴唇，最終沒有吐出一個字來。瑪麗亞敘述著，麥凌恩在下一季演出中，一位戲分吃重的女演員想離開劇團。面對這種出乎意料的事，所有主事者的反應幾乎都是憤怒和驚慌——瑪麗亞沒有細說，但是何暮德能從她的字句中聽出來。

「到處都是低迷的氣氛。」他喝空杯裡的酒，馬上感覺到自己對下一杯的渴求。

「這件事的影響可能是，婚禮前一天的趕鬼宴我無法趕到。」瑪麗亞說。

「妳是開玩笑的吧？」

「法克在那個周五安排了一個集會，」比麥凌恩正常的人會直接召開會議，「婚禮我一定會到，但是星期五我真的不行，很對不起。」

因為他不知道要說什麼，所以他放下酒杯，把聽筒換到另一隻耳朵。外面天色漸漸迷濛。他很驚訝，這個消息對他的打擊竟然這麼大。他們下次再見的日期就只是推遲一天，這很糟嗎？露忒會因為嫂嫂缺席趕鬼宴而覺得有所遺憾，但是並不會表現出來。這只是一個氣氛上小小的缺陷，星期六在婚禮上很容易就可以掩蓋過去。何暮德走到冰箱前，拿出一瓶新的阿薩里紐白酒。

「不能怎麼辦，不是嗎？」他說，並且答應瑪麗亞，星期六婚禮的那天早上去馬爾堡接她。

「我很期待！」掛斷電話前，她跟他如此保證，好似他們在那場婚禮前不會再聯絡了。

講完電話，他站在敞開門的露台前，望著夜色。兩個慢跑者踏著輕鬆的碎步往維納斯山上、第一次大戰後立起的卡塞市長紀念碑的方向去。白酒香凜，也增強了暈船搖晃的感覺。自從貝爾哈德・陶胥寧離開哲學所後，他再也沒有能夠隨興約見的朋友了。他一夜復一夜坐在書桌前，坐在寂靜不斷地洶湧轟隆的客廳裡，沉湎在自己的思緒中，飲啜著酒。所謂婚姻中的有品質時間，他反而比較能在一瓶酒裡想像。雖然沒有主動去尋找機會，但是一些時候以來，他已經察覺到自己對一些顯露細微機會前兆情況敏感度的升高。在輔導時段裡一個比友善還多一點點的微笑。新近在電話中，誘人的米勒葛芙小姐已經兩次用「我剛剛正想到您。」這個句子開場。事情還是那個該死的模數調整。她是否需要將最新的準則寄給他？還是——「不了，您知道嗎？我反正得去一趟您那邊。您有時間嗎？」不一會兒她就穿著帥氣的褲裝，手上拿著打印出來的文件，頭髮高高盤起，踏進他的辦公室。眼裡的神情是：我來了！我們接下來做什麼？

手上拿著電話，人名和號碼一一跑過螢幕。「陶胥寧」這個姓氏下仍存著貝爾哈德早就成為空號的電話號碼。下一個號碼是叫計程車的號碼，以及腦中浮現的一個問題：他何不自己單獨去萊茵河？很單純的走走看看，因為這是一個美麗的夜晚？

從卡塞爾到法蘭克福的區間普通車誤點十二分鐘。廣播終於宣布火車要進站時，何暮德觀察著周遭一切，在月台上已經站了半個小時。苦苦等待的旅客眼中流露出惡劣的心情，神色緊張地提著沉重行李爬上月台後的鬆一口氣。年輕的情侶相擁，沉浸在兩人世界裡堅持不肯回到人間。然後，大家都動起身來。行李被提起，小孩被抱起，在雙層車廂的普通車吱吱響的停靠完畢之前，大家準備著要上車。何暮德掩住耳朵，廊下的時鐘指著兩點十五分。

一扇開著的門裡他看見妻子，舉起手揮一揮，在擁擠的人潮中朝她的方向走去。瑪麗亞穿著一件他還未見過的洋裝，他們兩眼交接，然後彼此張開雙臂將對方擁入懷中。從上次分離至今，幾乎已過一個月。他們動彈不得，被夾擠在人潮和行李堆間，但是這一刻是只有兩人的世界。

「我行李好多，好像在搬家。」瑪麗亞笑著說。

「好久不見。」

「哦，對！你好嗎？」

他再一次將她按近胸口，在她下一個親吻貼近之前說：「等一下，我還要更多。」他提起行李，拿起兩個旅行袋中較大的那一個，兩人便順著旅客潮往出口移動。吵雜紛沓，歡笑聲和因激動而喋喋不休的小孩到處都是。出了車站，迎接他們的是無雲夏日的暑氣。到了停車場，他將行李關進後車廂，然後坐進方向盤後面，朝旁邊的妻子微笑。他們如常地，只要有一段長時間沒有見面，便有說不完的話，致使話匣子打開之前，兩人會突然陷入沉默之中。車程三十分鐘，足夠他述說暑修、昨晚趕鬼宴的事、漢斯彼得和蘿莉的問候以及他準備升級飛里斯本的艙等。這是前天晚上突如其來的念頭：這麼多的忙亂之後，幹嘛不坐商務艙享受享受？

「一路上順利嗎？」他終於打破沉默。他停下車子，在路口等待經過火車站往城外去的車流空出一個位置。馬爾堡總是讓他想起從前，而火車站幾乎沒有改變。

「火車裡差不多沒有空位。剛好碰到一個學校在旅行。」當他從側面看她時，她顯得有些疲倦。她的高速火車發車時間是早上八點半，而她昨日的集會應該是到深夜也未必已經結束。身上的洋裝非常適合她，強調曲線，花朵叢叢，不明顯的亞洲風。

他決定不上高速公路，從城中心穿過。圍繞著主教堂四周的人行道上滿滿都是人，整條克辰巴赫街的咖啡館坐滿大學生，正在享受早午餐。在何暮德太陽穴裡已經築巢長住的頭痛開始蠢蠢欲動，也許優質睡眠得等到下週在拉帕才會降臨。他已經幾天沒有耳鳴，但是他相信，自己並沒有痊癒，耳鳴只是變成德國民間傳說裡的頑童寇波特，在跟他玩捉迷藏，躲起來讓他好等。

「妳熱嗎？」等紅綠燈時他問，「要開冷氣嗎？」

瑪麗亞搖搖頭。「跟我講講昨天晚上。」

「挺有意思的。」他的視線跟在一個從他們車前過馬路的盲眼女人身上。只是很短的時間，他聽著那個女人的手杖敲打著柏油路規律的節奏。昨晚來的賓客是一個色彩繽紛的組合，他們會一起出現在森林中一個寂靜的小木屋中，是因為參加一個物理系助理教授和一個宗教系韓國女學生的婚禮。雖然昨晚新娘的名字一定被說出超過幾百次，何暮德卻仍然記不住的這件事，他隻字不提，反正所有的音節似乎都是K開始。她和佛洛里昂是在英國劍橋大學念書時認識的，兩人現在住在海德堡，一個星期後將飛去韓國，再次舉行韓國式的婚禮。「經過這學期最後一個禮拜，我有點累得無法提起慶祝的興致，」他的結語，「十一點半我就上床睡覺了。」

「露忒有沒有說什麼？」瑪麗亞問。

「說什麼？」

「有關我不在的事。」

「我覺得，我從來沒有看過我妹妹這麼高興。她自己的婚禮如何，我不知道，我人不在德國無法到場。她看起來很享受，稍晚還跟著阿巴（ABBA）的音樂跳起舞來。」他自顧自笑了一下。「妳覺得我們也能看到斐莉琶披上婚紗？」

「何暮德，她到底有沒有說什麼？」

他感覺到瑪麗亞的目光從旁邊掃射過來，警覺到自己正在被考驗忠誠度。這也不是第一次了。他一笑，試著化解她的憂慮。

「說可惜呀。但是，重要的是，妳今天在。上個星期我沒有告訴她這件事，她昨天又太激動，根本沒有心神想這件事。」

過了貝靈藥廠，他們將城界拋在腦後，道路轉成上坡。紅白色的警示牌告訴過往車子，這裡是野生動物出沒之地。他對瑪麗亞說的接近事實。露忒聽他說瑪麗亞不能來趕鬼宴鬧婚時，一邊遺憾的點頭，一邊輕撫他的手臂，似乎是為了他感到遺憾，但也有可能是他想太多。總而言之，他度過了一個美好的晚上，雖然他感覺跟周遭的發生並無太緊密的關係。佛洛里昂的同事和朋友與年輕的韓國女孩們熱鬧的調笑，一群身穿同款T恤，就算沒有穿一樣的衣服也散發相同氣質的兄弟會學生，虎視眈眈看著她們。當然他必須多次說明太太為何不在，她現在在柏林做什麼。他甚至相信，自從她搬走後，露忒根本很少再用「瑪麗亞」這個名字，而比較常說「你太太」。但是，這又是另一樁多慮的事。

「你們昨天的集會怎麼樣？」他問，為了換話題。「問題解決了嗎？」

「不完全。」

「有什麼障礙？」

「是你在問還是……？」

「我在問。」

她猶豫著，眼光轉向旁邊的窗外。

「你怎麼用這種語氣。」

他雙手放開方向盤，做了一個「我能怎麼辦」的手勢。我們談談吧，他想，雖然他自己也清楚，她不喜歡他語氣中出現的是什麼。的確他的口氣有點太輕鬆，似乎在歡呼，每當她在柏林的差事不順利時，他都用這種語氣說話。瑪麗亞知道，他的問題背後，其實與她離家前的一個約定相關：只要與法克・麥凌恩有關，他可以毫無忌憚的探問。語調中故意的不經意，雖然不是約定中的一部分，但是她也拿它沒有辦法。

「集會很不成功，」她終於開口。「法克無法就事論事不做人身攻擊。即使再微末的枝節裡，也總是存在著……存在著一種神經質的緊張。有時他會刻意小心不要傷害人，這不是常有的情形，但是反正也沒有用，他就是狗改不了吃屎。」

「他對誰做人身攻擊？妳嗎？」

「也許他的脾氣就是需要藉這樣的方式來宣洩。他的批評都不是關於內容，只是為批評而批評，更為的是顯示他自己高人一等。演員們最恨的就是這一點，現在一個演員要跳槽，原因可能跟這個有關。」

「妳不覺得他令人討厭？」

「我跟他很熟，我知道怎麼處理。」

「他為什麼如此憤世？」

她以一聲嘆息，聳聳肩來回答。何暮德伸過一隻手放在她大腿上。薄薄衣料下的肌膚觸感，喚起他對溫柔的慾求。火車整整誤點一個小時，但是即使沒有這些意外，回到貝根城後，到距離三點半婚禮儀式開始，也只有一個小時。

「雖然如此，我也討厭他這一點。」瑪麗亞輕聲說。「我處在導演和團員之間，幾乎成了大家的出氣筒。也許他一開始就是為了這個功能僱用我。他需要一個人當他的溝通橋梁。」

他們開上山脊，山道的走勢令人不覺加速。陽光落入旁邊杉林保育區，在柏油路上投下長長的樹影。

「妳沒有回答他為什麼這麼……」

「因為我不知道為什麼像他這樣的人會像他這樣！當初沒有人要他的戲，沒有人把他當一回事。柏林圍牆倒了以後他成功了，紅了，維持了一段高峰時間。現在所有的藝評都說他鋒利的牙齒變鈍，不能再咬中要害。也許就是因為這樣他才變得憤世。」

「他當紅的時候也這麼尖酸嗎？」

「不知道。那時候我們沒有聯絡。」**你不是全都知道，還問什麼問？**但是她只是安靜的回答，沒有一絲勉強。幾乎像瑪麗亞還住在波昂時，他們晚間坐在客廳裡閒聊的樣子。

「所以，一切都很累人，是嗎？妳在柏林的工作？」

她瞥了他一眼，笑出來，彷彿很清楚，他說這些想得出什麼結論。閃動的光線，日光和暗影不斷快速交替，讓他頭暈，讓想念柔軟懷抱的渴望更加強烈。有一刻他真的很認真的考慮，是不是轉進路旁的林蔭小徑，然後……他將手從瑪麗亞的大腿上收回，不禁失笑。

瑪麗亞轉過頭來。

「怎麼了？」

「沒什麼。只是有時候覺得自己很好笑，如此而已。哦，對了，漢斯・彼得和蘿莉向妳問好。他們覺得在家裡沒有見到妳很遺憾。」漢斯彼得是他早期在柏林的同事，去美國定居已經三十多年。現在他是柏克萊大學的教授，何暮德邀請他到暑期課程中主講最重要的一個講座。只要會議是在文化活動豐富的地方，他太太蘿莉便陪著一起來，以滿足她不知飽足的文化胃口。

「幫我謝謝他們。這次蘿莉攻下了多少博物館？」

「這次也不例外，她卯盡全力。瓦爾拉夫里夏茨博物館、東亞美術館、路德衛希博物館。啊！又是科隆美好的一天！」他學蘿莉帶美國腔的口吻，以前瑪麗亞一聽就會笑。「至於她在波昂看了些什麼，我就不知道了。我們只一起吃過一次飯。」

「他們好嗎？」

「兩個人一點都沒變。蘿莉講什麼事都是一副陶醉的樣子，而漢斯彼得則是對什麼都解構分析像拿著外科手術刀比劃。無論他說什麼蘿莉都感興趣，而他只對哲學感興趣。兩個人基本上在雞同鴨講，但是他們從來不吵架。真是有趣！」

「嗯。」

「我每次見到漢斯彼得，總是禁不住回想他初次邀請我的時候，那是七一或者是七二年吧，他請我一起慶祝他拿到的第一個獎學金。他租的地方在美靈誕大街附近，忘記是何時了，我想提出的時候，他說……」

「女人，女人真是麻煩。」瑪麗亞複誦時沒有看他，而是將眼光掃到窗外。

「好吧！也許我已經講過了。」

「他又惹你生氣了？」

「沒有。我老了。對不起，不會再發生了。」雖然他正駛進一個彎道，他的手還是離開了方向盤，這次的手勢意思是既表示無辜，又發誓會改正。好不容易相見，她卻毫不留情，他真的覺得沒有必要——雖然這是他要求的，只要他有老化的蛛絲馬跡，瑪麗亞就該直說。

他們離開林區。這條路很明顯才剛拓寬。每次駛上這條路，都比他記憶中更寬更直。遙遠的風景裡白雲懸掛。村鎮集落在作物叢生環繞的山丘凹處。這裡是他的故鄉，如果只客觀的取字義而不言其他。

「我們回到之前的話題。」他打破沉默。「生活的核心是什麼？對未來而言，這些有什麼意義？」

「什麼是什麼？」

「妳的期望實現了嗎？還是沒有？妳談工作的時候，聽起來沒有特別滿意。」

「工作嘛，」她簡扼的說，「你也沒有每天晚上都滿面春風的回家。」

妳怎麼知道？他想。但是他只是點點頭，把加速檔往上推，並沒有說出心裡的話。

「我記得妳那時候說妳想試一年看看。」

「這種便宜工作的合約都是一年一年簽的。」

「瑪麗亞，他媽的，回答我！」

他聲音的強度嚇得她跳起來。

「幹什麼？何暮德，你問的問題要精準，我才能回答。什麼核心什麼的？我早就知道，到了柏林日子沒有那麼好過，而這個預想，也得到證實。這是你想聽的？」她比手勢請他降低音量，提醒他注意一直以來運行良好的相處方式：要討論，歡迎！要爭辯，必要時也沒辦法避免！但是請不要咆哮！他自己其實也被自己的語氣嚇到。不是因為聲音的大小，而是突如其來的脾氣爆發。他很高興她在身邊，對即將一起度過的夜晚充滿期待。他們上次一起跳舞是什麼時候的事了？精靈頑童寇波特真的附身在他的腦子裡？他不再如傳說發出呼呼呼，天體般的螢光，而是控制他的聲帶？

「抱歉！」他說，「我的精神狀態還沒有放暑假。」

斐莉琶現在應該已經起床了——他不知道自己此刻為何會想到這個。他開著車出發時，她還躺在床上，顯然昨晚玩得很盡興。昨夜他們兩人都在露忒和海納家過夜，今晚他想和瑪麗亞一起住飯店。「我只是希望妳乾脆告訴我，妳還想延長工作一年。這並不是我不知道妳的意向，只是很簡單的，把它攤開來表明，也是出於尊重。」用錯詞了，話一出口，在瑪麗亞搖著頭將非難的眼光投射過來前，他已經意識到。

「啊，現在是有一點……」

「有一點什麼？」

「這些我們不是早就討論過？你的意思是，我有工作是對你不敬？」

他的右腳下壓，速度計的指針即刻反應。他感覺到車速高時，車子的顫抖，他冷冷的握住方向盤。粗糙不平的路面讓車子發出悶悶的聲音。奇怪的時刻：以瑪麗亞的眼光看視這個世界——他很努力不要露出倔強反抗的表情——卻沒有因此而與她更親近。道路兩旁的田野上散落著紮好的圓柱形麥稈堆，令他想起從前。大家都說是「K葉」，意思是將乾燥的麥稈堆紮成圓柱形狀，讓麥稈在田野上不會受潮。這是這些圓柱乾麥稈堆最終被儲入穀倉前的作業。然而他從來無法確定，這個詞到底是動詞還是名詞？乾麥稈被K葉？還是乾麥稈堆紮成K葉？他能確定的只是，他恨這件工事。有的時候連夜堆紮好的麥稈圓柱，隔天又被分散開，據說，這麼做會讓麥稈變得柔軟，柔軟的麥稈牛覺得比較可口。又是一個農民的迷信……

「何暮德！」

他一驚，整個人坐直。只不過多沉浸在回憶中幾秒而已，竟沒有警覺前方即將到來的一個圓環路口。他們飛向入口，瑪麗亞直往鼻子裡吸氣，何暮德全力踩緊煞車。感謝防鎖死煞車系統車子很穩定，但是他們兩人幾乎被安全帶勒死。有一剎那他幾乎已經看到兩個安全氣囊對著他們的臉衝出來。終於，車子在白色的停車線前幾公分停住，他們兩人一致的齊往後靠。對著他們的圓環路口駛來的大貨車司機丟給他一個白眼。輪胎橡皮發熱燃燒的味道飄進車裡。

「真的很對不起！」戰慄的電流仍在往他的指尖竄流。「這裡以前沒有設圓環。」來的路上他走的是另一條線。

有幾秒鐘的時間他們兩人靜靜並排坐著，只是深呼吸。下一個村子停下來休息一下好嗎？他想問。妳需要後車廂裡什麼東西嗎？他慎重其事的重新發動車子，心跳的回音敲著他的喉頭，想不起來他們之前最後一個話題是什麼。瑪麗亞用食指和中指壓住太陽穴。

「我們快到了嗎？」她問。

「再一刻鐘。」

駛出下一個村落之後他們跨過蘭河轉彎進入B六十二號公路，何暮德在腦裡搜索，想說些什麼來熱絡氣氛。瑪麗亞既然沒有問起女兒，那麼他可以肯定，兩人今天應該已經通過電話。斐莉琶昨天下午到達的時候，冷不防用禮物給了他一個驚喜。那是一個小枕頭，在內墊裡藏了一個喇叭可以外接光碟機。她解釋說，這可以緩和因為耳鳴帶來的睡眠問題。但是她這件東西是在德國網路耳鳴店買的，讓他的欣喜度下降了幾分。他該跟瑪麗說，他被逼著聽了一段〈馬太受難曲〉，而且還是當著全家人的面，側躺在露忒和海納家客廳的地板上。舒服嗎？想睡嗎？能把耳鳴的情況再說清楚一點嗎？他的外甥菲利克斯在某種熱線上聽說，這件產品能把各式的耳鳴聲音消除。他建議，何暮德把他耳鳴的聲音錄下來，睡前在床上聽。既然耳鳴的聲音是從外部傳來，那就不再是耳鳴了，不是嗎？

他身邊的瑪麗亞發出奇怪的聲音。剛開始何暮德以為這個聲音是打嗝，但是他轉過頭去卻看到瑪麗亞伏在膝上，肩膀抽搐正在哭泣。他被奇襲般幾秒都反應不過來，無法問她怎麼了。他無力地尋找路邊能停車的地方，腳放開油門，將右手放在她的肩上。

「親愛的，怎麼了？」

瑪麗亞搖搖頭，抽噎的聲音塞滿車內。她的頭髮往前散落，露出潔白細瘦的頸項。

「瑪麗亞？」他的視線不停的在瑪麗亞身上和人行道之間梭巡，內心卻異常的平靜。一段時間之後，瑪麗亞才直起身來翻找紙巾。這樣的崩潰很少發生，他更有理由好奇，她開口後會說什麼。

瑪麗亞擤擤鼻子後，拿開紙巾。她的眼睛直直的瞪著街道。

「我們之間發生了什麼事？」她的聲音比他預期的要堅定。

「什麼意思？」

「我們之間到底怎麼了？為什麼我們再也無法溝通？」

「我們不是一直在溝通嗎？」

「沒有交會。互相迴避。隨便你怎麼說。」她伸手拭淚，動作卻異常果斷，彷彿因為剛剛的崩潰而生自己的氣，想把因而產生的印象一舉抹殺。「你說的話好像對我的工作很感興趣，但是實際上你所問的問題，目的都只是想知道，我什麼時候會拍屁股辭職走人。」

「你想工作的意願無可厚非，我一直都很支持……」

「對，沒錯，如果這個工作是在社區活動中心教葡萄牙語的話！」陡然的，在瑪麗亞來說是極不尋常的手勢對著他伸出。「我教了五期，五期！」

「那妳想聽我說什麼？去柏林吧，親愛的！打電話給法克・麥凌恩，問問他有沒有需要妳的地方。反正妳在波昂只會讓我心煩而已。是嗎？妳想聽我這樣說嗎？」是她自己在告別的時候信誓旦旦，堅信分開會讓他們的關係更好。但他沒有相信過。

「最近我常想，有那麼多事我想和你分享。但是每次我還未說出口，就已經知道這場對話的方向走勢。我很清楚，你會在哪些環節進攻。只要我一說有什麼困難的時候，你就暗自高興。我一說有什麼麻煩的事，你不但不體諒，還一副我早就告訴妳會這樣的嘴臉。而且，我覺得很難過，因為我知道我讓你抱著希望，又讓你失望。第二：你一直逼迫我扮演自私追求自己的人生計畫，不惜危害婚姻的角色。」

「我們的婚姻被危害？我怎麼不知道？」

「你很清楚！」

何暮德伸出右手開冷氣。這真是新聞。他們的婚姻有危險，這從來沒有在議題中出現，而瑪麗亞不會輕易的胡言亂語。雖然情緒很激動，她說這話時是冷靜的。何暮德把手放回方向盤，思考著，這場對話的方向將往何處去？少少幾句話，她就將開場鋪陳完畢，開始條陳，比她的眼淚乾得還快。

「你不知道，」她繼續說，「危害我們婚姻的原因，多少是因為這種行為。」

「請解釋。」

「一年以來我們進入一個處境……」

「兩個處境。」他的右腿又開始抽搐。突然，他的整個內在似乎都開始在抽搐。「把情況更清楚的攤開來看，沒有害處。」

「……不但沒有進步，而且還把我們在一起的短暫寶貴時間浪費在一直重複但是沒有結果的話題上。」

她這段話的起因似乎是從他問候她的工作情況而起，而他得到的答案總是迴避。沒有結果，她說的沒錯。為何這是他的錯？很明顯他必須指正一些事情。瑪麗亞知道這些日子在他的眼裡是如何過去的嗎？為什麼他突然變成被告？

他的太太還沒有說完。

「本來這可以豐富我們的生活——我的經歷加上你的經歷。這些加在一起，我們有那麼多的話題，那麼多事可以分享。這本來可以那麼美好，如果……」

「如果我終於改正我的想法，不再認為我們最好一起生活在同一個城市裡，對嗎？如果我終於明白，我們之間相隔的五百公里，是夫妻之間最佳的距離，那我們的生活就會如同巧克力一樣濃郁甜美。幹！我們什麼都能和彼此分享，除了餐桌和床！」

「你聽聽你自己說的話，何暮德！你聽起來像是誰欺負了你！」

他最恨這個！他太太責備他因為不常見到她而難受。下一步呢？她會認為他是個懦夫，因為他愛她？

「等一下！」他說，而且必須努力抑制提起手來，在她的眼前做手勢的衝動。「妳責備我強迫妳扮演一個自私只要自我實現的女人。我可以提醒妳一下嗎？第一，這個角色是妳自找的，妳也演得非常好……」她緊握的雙手告訴他，他正中要害。這確實是偷襲，但是難道她就嚴守遊戲規則？「第二，事實剛好相反，是妳逼迫我扮演一個角色，哦，不不不，好幾個角色！被遺棄的丈夫、晚上在家等電話乞討關注的乞丐。這些角色一個比一個更糟，我操你媽的爛角色！」

「這就是我們的問題：在你的感知裡，我做的所有事都是為了傷害你。」

「我們的問題是：你做什麼都不怎麼考慮，是不是會傷到我。」

「這是自私！」

「說的真不錯，就是自私！」

車子進入一個小鎮，他們停下來。在一座叫做里亞爾多的冰淇淋咖啡館外，年輕的父母領著孩子沐浴在陽光下吃冰淇淋。整個上學期就只是一場戰鬥，一整年是一連串的不如意，何暮德感到極度的堅決想要留下一個驚嘆號。已經拖得太久了，他對自己說。跟賀爾衛吵完架的第二個早上，他的祕書遞給他一封密緘的信，信裡他的同事以各種不同的方式表達對自己不當行為的歉意。有時候明確的捍衛立場是必要的。也許他為了所謂的和諧放棄捍衛的態度太久了。

瑪麗亞嘆口氣，換一種語氣說話。

「我們能不能從頭開始？」

「每一對老夫老妻的夢想，從頭開始，可惜……」

「我們可以從頭開始嗎？拜託你停止這種可笑的譏刺，好嗎？」

「好，我聽妳說。」側眼看去，他看到她的嘴唇在發抖。雖然憤怒與挫敗，她還是決定繼續談下去，而他第一次真正了解到，她確實在避免爭吵。這個認知，在他腦中掠過像窗外倏忽的風景。

「對我來說，最重要的是，你能夠明白為什麼我當時只能這麼做。在當時。為什麼這並不是自私，我……」她說話速度變快，為了讓他沒有插嘴的餘地，但是她自己卻語塞。「……工作機會來的時候，只能接受，或者要是一輩子悔恨當初為什麼要拒絕這個工作，我不但會責備我自己，我也會責備你。這是因為我們在波昂的生活……」

「你總是說『在你的波昂』，但是實際上你想的是：在我身邊的生活。對嗎？」

「如果你不在我說的每句話裡都能聽到責備你的暗示，對我們會有很大的幫助。」

「事實是，為什麼我要這麼做？多年來為了工作我冷落我的家庭，沒有支持你找到一個有意義的工作。這不是責備，這是事實，不是嗎？」他再也無法激怒她嗎？她知不知道，她之所以能做這份工作，是因為她在柏林的房租是他付的？是因為他經濟上的支持？是因為他支付她搬家的費用？犧牲最大的人是他，而他還要聽她抱怨？

「何暮德，你從什麼時候開始這麼憤世嫉俗？」她非常冷靜的問，此時此刻，她會準備好說我愛你。他太清楚她本質核心中無可動搖的虔誠，因為埃什特雷拉山區天主教的嚴格，在她父母的故鄉，那裡的婦女每天晚上都念《玫瑰經》祈禱文。他如果讓她這麼說，她會向他保證她知道而且也承認在過去二十年來，他為了家庭，工作有多麼辛苦——條件是他終於對她搬離的事釋懷。搬離，其實是出發。

「是啊，從什麼時候開始的？」他說。

「我了解，原來我對這個也有責任。」

「這從何說起？到現在為止所談的一切都是我的錯。」

「就是這樣，我說的就是這個。我們已經無法對話。我們甚至沒有辦法談『我們』。」從她沙啞的聲音他聽出，她的眼淚馬上又要奪眶而出。她重新掏出面紙，手停在臉前面。現在要看他了，看他怎麼展開攻擊。

「純粹就是我的錯誤的事情一籮筐，要從哪裡說起呢？我不支持妳去工作，雖然我出錢讓妳去工作，但是經濟支持在妳眼裡不算支持，只不過是一種精密心機、從上對下的傲慢。我有眼無珠認不出妳的工作如何豐富我們的婚姻生活，從無數的電郵來往中，我們只談了什麼時候有時間打電話。此外，我還重複犯相同的錯誤，一直問妳，妳過得好嗎？我的確是尖酸刻薄，我天生如此。而我好像犯的錯誤還不夠似……」

「不要說了，」她低聲說，「請你不要再說了！」

他很想，但是他有選擇嗎？他一邊說，一邊加速使心裡漸漸清楚。風景消逝，他只見眼前的道路。今天是他幾個月來下意識中心所盼望的一天。是他危害了他們的婚姻？怒意膨脹，他的頭快要爆開了。

「好像我犯的這一切過錯還不夠似的，我當然對妳工作的內容一點都不想了解。」

「拜託別說了！」

「妳就老實說吧，妳認為我對現代劇場藝術的認識就是一個鄉巴佬的程度。」

瑪麗亞抱著膝蓋蹲伏在座位上。他只要閉上嘴就會沒事，但是他控制不了自己。上次參加首演時，他沒有誠實說出他對《歐洲屠宰場》一劇的看法，這不過是他自欺的另一件事罷了，為了不讓家裡的氣氛受到影響。哦，他明確的感覺到一旁的彼得•卡洛看他的眼光，當瑪麗亞過來吧台陪他們的時候，他忽然停止不再說這個劇是青少年叛逆期的胡鬧，而改口說這齣戲深具爆發張力。他一直以來小心呵護著，結果呢？危害婚姻的人竟是他？

「在舞台上面對觀眾自慰是前衛的！」他的聲音比平時高了半音，聽起來有些瘋狂。前面的路是一條長長的彎道再轉進一條更長的筆直的路。遠處貝根城的城堡，何暮德已經看見，其餘就只剩下兩旁被速度席捲而去的道路。他推上第五檔，抓住方向盤，像一個腦筋已經不太正常的教授一樣，滔滔不絕、無法停止。

「自慰意味著解放，而我們需要的就是這個：解放！從謊言和束縛中解放！丟開小市民常規！矯飾當道已經太久了。我們所有人都在欺騙自己。我們應該要感謝他，感謝這位大師，他……」

「不要說了！」瑪麗亞的聲音充斥整輛車內部，她似乎當他是玻璃杯，想用聲音讓他破裂。他從來沒有聽過她這種聲音，也沒有聽過自己這樣。這下可好！

「本來就是這樣！」他大叫。「我們可憐的生物常常不知道自己有多可悲，多不自由。我們多幸運哪！柏林文化局出錢支持一些相關的文化實驗，讓我們有一面鏡子可照。它們的話語尖銳，可以刺破所有的謊言。我們真正要的是什麼？戈特弗里德・貝恩不是早就告訴我們：消除對洞和性慾的障礙！或者西方戲劇大師的第一號指令：幹！」

砰！

這時候輪胎吱吱直響，中間的車道偏向右邊。他腦中被暴風圍繞，孤絕的理智燈塔告訴他，這是他太太出於自衛的行動，她一個字都無法再忍受。他該把車子撞到一旁的樹上嗎？車子開始燃燒，而他卻不想停下，直覺想再製造一個更大的撞擊。

「再來啊！」他大喊。車子重新被控制住，但是停留在對方來車道上。接下來是什麼？雞飛？狗跳？烏鴉呱呱叫？

「在這個像瘋人院一樣的婚姻裡我在做什麼？」瑪麗亞的聲音裡混著哭喊、歇斯底里和沙啞。他們終於拋開一切界限。他繼續加速。

「妳沒有做什麼。完全沒有。妳只是百分之百變成我的犧牲品。」

「為什麼你現在要破壞一切，何暮德？告訴我為什麼！」

「將破壞我們的破壞掉，我們以前不都這麼說嗎？或者不是『我們』說的，是別人。我坐在書桌前。」

「讓我下車。**開回原來的車道去，該死的！**」

他們面前三百公尺處，一輛車轉進上國道的叉路，對著他們迎面而來。電影裡這類的畫面他看過很多，自己還未經歷過。做這件事的人是他嗎？《野草莓》中激烈爭吵的夫妻：丈夫雄辯滔滔的尖酸刻毒，妻子沉默的絕望。這些真的在發生嗎？

前面的車子對他們閃燈。

「**開到右邊去！開到右邊去！**」

「妳要什麼我都給妳！」

他陡然大力一扭，開回右邊的車道。又聽到輪胎嘎吱，一聲拉長的喇叭，迎面而過車子裡的白眼。副駕駛座上的人舉著右手在臉的前面左搧右搧。

瑪麗亞的喉嚨迸出一聲痛苦的尖叫。何暮德的腳離開油門，知覺甬道的盡頭，他看到寫著地名的牌子出現。首先左邊有賓士車的展示門市，然後右邊出現沒有營業的加油站。速度指針往左降，好像在指示車子裡的壓力。

瑪麗亞無聲的流淚，僅僅是啜泣。

這個時刻寬闊的人行道上人煙不見。一棟房子的車道入口停著一輛車，主人正努力在刷洗。他們必須再上一次國道，這次何暮德只上到第四檔便不再加速。一隊摩托車噗隆隆超過他們。兩分鐘後車輪慢慢滾進貝根城，而他卻不知道能繼續往哪裡開。兩點快半。沒有閃方向燈他直接經過飯店，穿過中心廣場。幾個陰沉的人坐在戰爭紀念碑前喝著罐裝的啤酒。這是他想得起來唯一的一條路，瑪麗亞擤擤鼻子，搖頭。

「你休想現在就到你妹妹那裡去。」

他點頭。難道他會這麼做嗎？籠罩在城堡山的陰影下，路漸漸往上。轉彎的話就會到露忒和海納家，但是他直走。這是上山到小茅屋的路，昨天的晚宴就是在那裡舉行的。昨晚怎麼就像很久以前，而這個目的地跟其他的沒什麼兩樣。他現在唯一清楚的感覺就是口渴，但是水瓶遙不可及的躺在瑪麗亞的腳邊。

道路變成鋪著柏油但是路旁兩排黑莓灌木叢圍籬。左邊視野漸闊，貝根城山谷開展在眼前，好大一盆映著豔陽的翠綠。瑪麗亞伸手去抓她放在後座的手提袋，拿出香菸。他突然非常想小便。

僅僅只有兩輛車停在樹蔭下，四處一個人都看不見。瑪麗亞一鬆開安全帶，儀表板上便開始閃燈。現代科技管理的麻煩！等到何暮德熄火，閃燈才停止。他故意放慢動作，想維持這份寧靜。但是瑪麗亞立即開車門出去，一言不發將門關上。一股森林裡來的溫暖空氣填補了她留下的空位。

也可以是這樣，這個想法穿過他的腦中。

兩手放在方向盤上。他的妻子順著小路往小茅屋走。他什麼都無法做，只能這麼坐著看著她的背影。等著他的，是無休無止快樂的婚禮賓客、婚禮儀式、婚宴、音樂以及持續到午夜的跳舞。露忒昨天跟他描述了婚宴的菜餚以及五人樂團。瑪麗亞已經轉彎不見。樹叢間何暮德看著山谷中閃爍的空氣和坐落在山頭的城堡。

在他眼前，是他這一輩子最漫長的週末，而且他已經有一百歲那麼蒼老！

3

下班了。六點過後，何暮德離開大學行政大樓，俯瞰中庭裡散漫輕鬆的人群。草地上坐著大學生，三三兩兩、單獨一人或者一整群都有，專心看書的、被五彩雜耍球包圍著的、喝著啤酒的。這是一個天氣晴朗的星期一傍晚下課時段。年輕的母親牽著小孩，走在回家的路上。何暮德做完了一篇無聊論文的審查——文辭通順、考據歷歷卻毫無內容、以前他會深入批判的那種文章，打了不同性質的電話，被吃力的懶散感打斷。他站在窗前，思考了一下，然後直直向著出口往地下停車場走。藝術博物館前兩個年輕人在玩飛盤，兩人在飛盤來去之間拉長聲大叫。

有一些日子，時間的運行彷彿在和大氣壓力作對。根據亨特維格太太的說法，原因是持久不去的高氣壓。結果現在高氣壓也鬧得她混亂不堪。她為了這些特別糟糕的日子，在系辦公室的小廚房裡藏備小瓶氣泡酒，下午請他喝了一杯。喝了酒之後，工作的速度更形緩慢，而且對緩和神經質的效用只一瞬間，剩下的只是胃酸。

他的手錶告訴他，只剩不到兩個小時。何暮德強振起一口氣，欲從樓梯往地下停車場去時，他聽見身後有腳步聲，然後是尷尬的輕咳，最後響起早晨便在耳邊的熟識聲音，自他在辦公室桌上發現三本裝訂好的、紅色封皮的博士論文後。這些書猶如紅色磚塊，重重的壓在桌上。其中一本是何暮德現在握過手後，將手提箱放下的原因。

「日安，海巴赫教授！」即便在德國生活了六年，林查爾斯每次握手打完招呼後，看起來還是鬆了一大口氣的樣子。

「您好，林先生。」

他的博士生穿著褐色的燈芯絨褲、淺色襯衫，站在他眼前。亨特維格太太叫他查爾斯王子，雖然這兩人外表無一處相似。他比何暮德矮一個頭，正拚命將臉朝上方微笑，姿勢是軍隊裡的立正。他的左手提著已經磨損的公文包，說：「今早我去過您的辦公室。」

「我看到了。您給我留了一張紙條。」

「是的，一張詳盡得不能再詳盡的紙條，不是嗎？」

「恭喜，我沒有預料到您這麼快就把論文完成。」

林先生很有重量的點一個頭，絲毫沒有察覺到他的指導教授對於繼續談下去的興趣並不急切。不但如此，他反而還溫吞吞的吐出典型的林先生不完整句型，雖然聽起來沒有多大意義，但是卻能讓人認出，他想說什麼。

「轉換精神思想不停歇的努力」，他的博士論文專題是一些晦澀難解的中國思想家對黑格爾注釋的闡釋。也許因為如此，所以他的一些表達方式聽起來彷彿是黑格爾和孔子合力完成的句子。前次博士候選論文發表會上，他的話語也引起聽者中冷不防間歇的笑聲。

「連今天也不停歇的努力嗎？」何暮德問，「您沒有慶祝一下博士論文的完成？」

「沒有，我今天也在圖書館。」

「了解。但是今晚也許會慶祝吧？」

他的問題被報以一個籠統的微笑，既非是也不表示非，而且是非之間的一切意義都有可能。他的這個博士生，瑪麗亞見過一次，之後她提到這位林先生有一雙悲傷的眼睛。她有時候這麼說，是因為她對這個人有莫名的好感。但對何暮德來說，是一種容易被忘記的輕微反感，如果他兩人兩個禮拜沒有見面，他就忘記了。與其想著為什麼如此，他反而以禮貌來保持距離，至少他試著這麼做。他們兩人看著灑滿陽光的中庭，有一段時間不知道該說什麼的。然後林先生忽然冒出一句：「您喜歡里爾克嗎？」顯然博士論文的完成雖然沒有令他有想慶祝的心情，卻引起他閒聊的興致。

「里爾克啊，我比較喜歡表現主義派，不過那是我還有時間讀讀詩的時候。但是，我不知道您對詩歌感興趣。」

「心靈和感官不應該被忽略，黑格爾改正得很對。」

「的確如此。」心靈和感官。過去六年中，林先生的博士論文《世界思想回歸中國》的無數個段落，何暮德讀過，但是不能判定文章的好壞。林先生按時規律的來與他討論題目內容，結果同樣是徒勞。林先生恭順的接受指導教授的每一個建議，同時對待他卻像對待一個反應遲鈍、必須尊敬的長輩，遇到了就得容忍。不能排除的是，何暮德的反感是因為如此謹慎小心的隱藏與互動。雖然如此，這樣的場合還是需要一點表面功夫維繫。

「如果您不介意，我是否可以請問，您博士畢業以後有什麼計畫？」

「回家。回到我太太和女兒身邊，然後成為正教授。」

「您在波昂的一整個求學期間，您的夫人和女兒都留在中國？」

「剛開始的三年她們跟著我生活在這裡。然後她們必須回去中國。這和世界思想是一樣的。很對不起，我是不是開了一個玩笑？」是啊！天大的玩笑！到底林先生保留了粗魯無文的論文題目還是按照指導教授的意思更改了，何暮德並不清楚。他只知道早上心裡罵著髒話將這磚頭收進公事包中，根本還沒有翻開看題目。想到要批閱這本論文，他就開始煩躁。論文題目範圍跟他的領域相差太遠，文筆和作者本人的談吐恐怕一樣不純正。真是吃力不討好。

他不想皮笑肉不笑，但是想不到更好的解決辦法，只好也回敬一個笑話：三個宗教導師對於生命開端的看法。他的博士生專注的聽著，笑點揭露後，沒有顯現任何表情反應，而且似乎在等待故事的繼續。幾秒鐘過去後，他才點頭說：「真是非常有趣。」

「笑話出自我女兒，她今年二十歲。」

「很顯然她的思想挺有境界的。」

「確實可以這麼說，雖然她念的是營養學。您知道什麼是營養學嗎？」

「願聞其詳。」

「我其實也不知道。但是對女兒有興趣的事物，做爸爸的就只好投降，不是嗎？」何暮德聳了聳肩。雖然他一點興趣都沒有，但是他還是考慮請林查爾斯到傳統驛站酒館喝一杯啤酒的可能性，然後直接去鮑爾區。他很渴，也需要轉移注意力，而且對這位可憐的先生的同情正油然升起。他猜他今天仍然會蹲在四壁蕭條、位於坦能布壚區學生宿舍的房間裡，讀里爾克或者黑格爾，不會找人和他一起舉杯慶祝博士論文完成，長達六年孤獨的工作。頌德琳完成論文那時候還請他吃龍蝦大餐，他的第一隻龍蝦。

「耶！」後面一個玩飛盤的人大叫。

像林查爾斯這樣的博士生，很久以前就已經成為他學術生涯中的宿命。自美國學成歸來擔任教授以後，在萊茵大學裡他開始實施一人的基本改革，研究室大門永遠是開放的，以及其他類似的、各式各樣的改革嘗試，這些行徑給他在系所裡帶來了對學生親善的名聲，卻不見得是好事。任教開始的那幾年，隨著這些改革想法而來的，是出現一些已經三十多歲仍未拿下一門課的學生，他必須費力重新整理他們思考下的研究產量。由於大學學制改變，現在這類學生的案例已經消失，但是他的名聲卻仍然吸引各國來的這類學生，他們或是因為無法克服語言困難、沒有經濟能力或者嚴重思鄉而妨礙學業的長進。也許他之所以照顧這些學生，是因為他們讓他想起，當時他自己在指導教授賀維茲的輔導時間裡，所有的問題都只能以點頭來回答，當大教授在書桌後方以「別擔心，年輕人，我們會幫你的！」（Don't you worry, son. We'll get you through this.）來允許他離去時，他有多麼高興。可惜以人性的一面來處理大學的事務是必須付出代價的。同事之間的暗語，海巴赫教授是如意門，那些根本沒有資格拿到萊茵大學經過嚴格考驗、鐵打燙金以取得畢業文憑的學生，卻可以從他這裡快速通過畢業的窄門。對林查爾斯，他自己同樣抱著懷疑。但是要證實這樣的懷疑，他必須先了解這個人到底在做什麼。而正是這件事，而不是安靜的考慮未來，在這幾天似乎占據著他的心思。不過，這件事他確實拖得太久了。

他決定今天先不和他的博士生下班後去喝啤酒。晚上八點他訂了餐廳，之前他還要去買日用品、淋浴，和編好一個合適的說法。米勒葛芙太太倒是一點都不遲疑的答應了他的邀約，但是他必須小心的表達他的目的。大學的走廊裡，謠言是走得很快的。何暮德點個頭，手離開欄杆去拿他的公事包。

「林先生，我有事要先走了。這個星期我不會再到辦公室，但是請你下個星期過來一趟，星期四吧，我們好好談一談。最重要的是，我們需要再找一個考試委員來審查您的論文，如果您自己還沒有人選的話。這位教授最好熟悉中文，您是知道的，我不會中文，而陶胥寧教授已經不在我們這裡任教。您認識漢學系的阮豪斯先生嗎？」

「阮豪斯教授嗎？嗯，他中文不怎麼好。」

「不好嗎？不論如何，我們需要一個人。林先生，請您好好想一想，哪位教授可能是適合的人選。下個星期我們在我的辦公室見。」

「我樂意之至。」他的博士候選人一如繼往滿懷信心的向他保證。然後他在樓梯平台上等待，直到何暮德踏入地下停車場，轉彎時再次回顧了一下。

穿過城區時，何暮德在想，這件事情該如何進行，他怎麼才能讓公事包裡的論文通過波昂考試委員會的審查。如果論文的內容和他的預想相符，這件事可能很棘手。週末時他才跟露忒說過，每次他要召集考試委員會時，都沒有人正眼看他。當他說到，現在被歧視的程度都已經到了只要是他指導的博士候選學生考試，就會出現差別待遇。你太誇張了，她說。《哲學通訊》上有關他上一本書的評論，言下之意是如果教授把自己當成獨創天才，就會像這本書一樣。也許他真的過於誇張，但是他的伊朗博士生在答辯慘敗後，伯伊格曼教授確實請他退一步說話，請求他以後不要再發慈悲心做善事收那些雖然很可愛，但是能力不足以做學術研究的外國學生——更何況除了瑪麗亞，可沒有其他什麼人認為林查爾斯可愛。他異常明顯的固執性格，在遇到何暮德之前不知道已經冒犯過多少人。

當他在羅博寇荷街轉彎，順坡上維納斯山時，暫時先把這個難題放下，將手肘放在打開的車窗上。德國西部廣播電台放送桿高聳的插進傍晚藍色的天空。以往他習慣在這個時候迎接一天中舒心的部分，但是自兩年前開始，他連打開冰箱看到綠色瓶子的奧爾瓦黎歐白酒的喜悅也逐漸減少。此外，他在地下室發現了一箱影像光碟，幾乎有一百張之多，這個箱子是他在找電動割草機依附的裝草袋時看到的，裡面很大一部分是美國的影集和電影，反映出青少年的喜好。一定是斐莉琶去漢堡念書前清理出來這樣一份人生階段結業證書。而他身為她的父親，在有些夜晚，寂寞到要以這些影像為伴，她恐怕到今天都不知道。為了不至於太過墮落，他選擇原音，告訴自己，這是為了重溫自己的英語聽力。葡萄牙語的電視劇也在其中。

瑟爾圖那街上的商店早已關閉。這條街上的店鋪反正少得可憐，只有麵包店、書報攤和藥局。威利・布蘭特（譯注：Willy Brandt，一九六九—一九七四年任西德總理，一九七〇年在華沙的華沙之跪引起全球矚目，一九七一年諾貝爾和平獎得主。）還住在這條街的轉角時，零售商的日子比現在好過許多，這是何暮德在商店裡收錢的櫃檯聽來的八卦片段。他繼續開到凱薩連鎖超市，採買火腿、乳酪和一箱礦泉水，然後又再坐進他的福斯Passat裡，打開一瓶礦泉水，貪婪的猛灌入喉。他的四周充斥車門關上、發動引擎的聲音，兩個小學生年紀的男孩故意全速推回購物車，而且擦過超市入口水果攤子時，只有一髮之隔。他們的笑聲傳到他耳裡，模糊不真實。

緩緩的，他駛離超市的停車場，三百公尺後轉彎進基翡路，觀賞了一會兒街角有三角形的山牆，一棟當時他們也納入考慮要買的房子。這棟房子現在的主人是大學裡自然科學系一位年輕的教授同事，何暮德能從籬樹叢中的色彩分辨出來兩個孩子中的一個。身穿綠色園藝工作圍裙的太太，他也看見了，她站在通往露台的石階上。當他看見似乎有動作朝向他揮動時，他已將車子掉頭繼續向前駛，三分鐘後他便到了自己的房子前面。

他沒有將車子駛上車庫前的車道，而是停在路邊，手放在方向盤上沒有拿下來。四鄰絕大部分都已經度假去了，百葉窗緊閉，似乎在瞌睡的房子等待著居住者的歸來。他自己家裡的捲簾雖然掛得高高的，看起來卻仍像是被遺棄的地方。前院的草已有膝蓋這麼高。屋前的平台上躺著兩個裝著園藝土的黃色大袋子，其中一個在早春時被鼬鼠咬了一個大洞，暗色的土從袋中流出。瑪麗亞在家時，連這些在無心照料也存活下來的少數盆栽都沒有時間照顧。

在假期的寂靜和鳥聲吱喳中，何暮德一動不動坐在車裡。他的手自主的攀抓住方向盤。這是九月初，一個極為尋常的星期一。夏天正要奮力變身為秋天，維納斯山上第一波落葉已經離枝，此刻坐在車中的他看著街道，當時搬家的貨車停著，車上是瑪麗亞少量的家當。那是早上九點半，當然他也幫瑪麗亞搬運裝車。然後他們兩人站在人行道上，而他至今仍記得腦海中的念頭，清楚得像白紙黑字所印：我不知道妳為何要離開。整條羅博寇荷街停滿車子，只要是醫院探病時間都是如此。樺樹和細瘦的楊樹在早晨的空氣裡搖曳。

瑪麗亞的想法是往前看：「我們夠堅強，絕對可以成功的。」她的手來探尋他的手，她的眼光太過努力想要認真。她想告訴他，他忽略了一個重要的因素，不能打心底高興起來。她身穿牛仔褲、針織上衣，腳上是球鞋，好一位來自里斯本的瑪麗亞・安東妮亞・帕萊拉。他不知道她居然有球鞋。她看起來一向比實際年齡年輕，此刻的她更是朝氣勃勃。她將及肩的頭髮紮成辮子，鬢邊不聽話的髮絲在微風中顫動。她看起來完全就是那個他不想與她相距五百公里遠的女人。

我們夠堅強，絕對可以禁得起荒唐的折騰，他想。至少妳有信心。斐莉琶一早就到一個朋友家去了，對即將逃家的母親只有一句簡明扼要的招呼：到時見。短時間內她自己也將離家。

幾日前瑪麗亞在打包一些餐具、碗盤、杯子時，很小心的注意著，不讓櫥櫃裡出現空隙。地下室裡有一座其實已經不堪使用的舊床架，她覺得正好適合她簡樸的需求——她不想給這個家增添麻煩，她只想離開這個家。衣服裝進行李箱，幾本書裝進紙箱裡。她是不是也小心留意著，不要在他在場時快樂的哼歌？

「我們的生活從此以後不同了，也許也會有不容易的時候。」她說，「但是也會常有美好時光。我們見面的頻率減少，但是一見面就都是我們的時間，專注在我們彼此之間。那時候你住在多特蒙德，我住柏林時，日子也很美好，不是嗎？」

「那時候妳才快三十，而我還不到四十歲。」

「所以呢？」

「我們那時候剛剛認識片刻。那時候我們還不知道，我們是否會繼續在一起。」

「何暮德，你現在難道想聽我說，生命中的一切都是暫時的？我們會堅持住的，相信我，而且這對我們的關係甚至是有益的。」她深深的吻他。他幾乎要用力才能掙脫她的懷抱。

「要的東西都帶了？」

「除了你的同意以外，都帶了。」

「你把這張條子放在廚房的矮櫃上，我當然知道要把妳忘記的東西寄到哪裡去。」

「你真的願意幫我寄東西嗎？」她看著他，沒有氣惱，只有請求、期待。他感覺到自己心中深切的意志，絕對不苦澀的告別——包括對這件事和苦澀。他將斐莉琶不久要離開家當成改變自己生活作息的契機：減少工作、週末休息、和瑪麗亞一起出遊。在波昂住了十五年，他們還未曾去過艾菲山，阿姆斯特丹也沒有去過。他想多去電影院看電影，想多讀些小說。此外，他也考慮接受漢斯•彼得長久以來的邀請，到柏克萊大學去客座一年，讓瑪麗亞高興高興。他必須開授一門課，寫點文章，而她則可以重新溫習英文。最終仍剩下大把時間，足夠他們一起去納帕山谷探尋葡萄美酒。他曾經想問，比起留在波昂，卻因為樓上再也沒有人大聲聽著音樂而感到不對勁，這樣豈不是比較好？

「我已經是一個腦筋不清楚的老人，不知道我該做什麼。」這些是他終於打破告別的話。

「也許你可以等我一下，我們再一起變老。」她轉動手裡的汽車鑰匙，跟自己掙扎著，終於在頰上給他最後一吻，轉身向車子走去。

他看著她的背影，他不要這樣。不，他不願意。這些他都不要。他不夠堅強，他的太太很快會察覺到這一點。

一輛救護車閃著藍色的燈，急速駛近醫院的停車場。但是，直到車子離開他的視線後，警笛才將何暮德拉回現實。儀表板上的時鐘顯示七點過一刻。他將手慢慢的從方向盤上拿下來。週末時露忒出乎他意料的問他：「你會怕她不再愛你了嗎？」一個很好的例子，他的妹妹很清楚的知道，什麼在折磨著他，卻無法真正了解他。當他晚上一個人坐在客廳裡時，害怕不過是眾多感覺中的一種。然後他傾聽自己的內心，像聽一場辯論過程，他不想參加，但是對方的言詞又刺中他的要害。同時他也感覺到自己正在緩慢的接近一個點，對他意義重大的立論正在敗退，而他只想放棄。和佛洛里昂婚禮那時不同，卻是一樣的結果。

約定時間過後十五分鐘她踏進餐廳。秀髮自然披散，色澤比何暮德記憶中更紅。她將夾克甩在肩後，眼光一掃，發現他坐在角落。她對迎著她來的侍者示意「看見他了」，眼睛招呼他，一邊把車鑰匙丟進手提袋，一邊踩著高跟鞋向他走來。她還未走到桌前，何暮德自座位中站起身，已對她伸出手。

「甘迺迪大橋上塞車，」她說，「總是如此，今天也不例外。」

「我也剛到。」他說謊，「您來了，我很高興。」

她一落坐，空氣中馬上飄滿她的香水味。適當的領高露出貼著銀色項鍊誘人的胸口，額上一些香汗的痕跡。她身後是餐廳中光線適度的昏暈。這家餐廳是*bonjour*雜誌在高品味的室內設計一欄中的推薦。溫暖的紅、棕色調，桌上點著蠟燭，插著花束，站著高腳的玻璃杯。

「如我所見，您已經決定了喝什麼酒。」米勒葛芙太太在手提袋裡翻找，似乎再一次檢查手機螢幕。

「看這酒的瓶子，您對了我的口味。我就先信任您吧！」

「這款比較乾。」何暮德向侍者招手，再點了同樣一杯里奧哈。他再見到她的喜悅比預期還大。雖然他們兩人的辦公室之間只隔著幾級階梯和走廊，但是離上次見面到現在已過了六個月。除了在大學裡，他們在別的地方還沒有碰過面，他因此覺得該給她一個解釋。

「我在放假期間聯絡您，您一定覺得很奇怪。」他說，雖然他不想一開始就揭露他的目的。

「反正我並沒有出門去度假。」她說，並且補上聳聳肩的身體語言：確實覺得有點奇怪，但是那又如何？「我兒子參加一個夏令營，而我發現，讀讀小說也是度假的活動，只是常被遺忘。以前我經常閱讀，現在我坐在陽台上，書一拿起來，腦子就想說服我，還有很多事比這個緊急。」

「這個感覺我很清楚。我上一本小說……」

侍者上酒，何暮德想起，他已經不知道那到底是哪一本書了。從柏林回來的路上，在馬格德堡一個空蕩蕩的休息站裡，他打電話給法律部，那邊告訴他，米勒葛芙太太再放兩個星期的假才會上班。第二天他試著撥了她的手機號碼，沒有抱很大的希望。結果她居然在波昂，而且沒有覺得他的電話是一種打擾，正好相反。所以他就不在電話裡諮詢，而是約她出來，甚至不覺得瑪麗亞會不贊成他的行為。除了米勒葛芙太太，他不認識其他人可以在這方面幫助他。

「現在，」他說，當她的杯子被斟滿後，「希望這一款您也會喜歡。」

「敬您！」

他們喝了一口。何暮德記得自己已經觀察過她眼睛周圍的小皺紋，並且自問，為什麼這些皺紋會使她的面容更加美麗。現在她放下杯子，看起來對酒有些意見。

「不合您的口味？」他問。

「有點太乾，會不會？」

「真是對不起。您想馬上換別的嗎？」他正要舉手招人，她笑著揮揮手。

「這酒也沒有那麼糟糕，何況會漸入佳境。剛才我們不是在說別的事嗎？」

「閱讀小說，更確切的說是嘗試閱讀小說。」

「我今天問我自己，這是不是就是工作狂週末沒有事做的感覺：沒有能力去享受閒暇？這實在不像我。」

「也許這不過是過渡階段。」他說。「我每個夏天也都如此。幾天過去以後就適應了，常常是第二天。」

「我還記得您辦公室裡那美麗的照片。照片裡的地點我不記得了。」

「那片地區在埃什特雷拉山脈，拉帕村，只有荒脊的山和酸澀的酒，但是我想不出比那裡更能讓我恢復元氣的地方。」

「今年您不去？」

「今年嘛……這麼說吧，我的假期雖然已經開始了，但是今年很不尋常，因為一些因素，我還不知道假有多長。」

「OK，總比我嘗試在陽台上讀小說更令人興奮。也許我不該一開始就選托爾斯泰？」

「也許！」何暮德說，一邊拿起菜單。「我們點菜吧？」

她進餐廳以前，他已經大致看過菜單。現在他現學現賣，幫助他的女伴決定餐點。在她考慮如何搭配前菜和主菜以及選酒時，他的思緒飄到柏林。瑪麗亞今天晚上和彼得‧卡洛有約，是他下午從一封短短的電郵中得知的。為什麼他們要見面，他就不知道了。自從他太太又住柏林後，彼得常常請她去普蘭岸邊的義大利餐廳吃飯。他會告訴瑪麗亞他們上次碰面的事嗎？雖然上星期五他保證過不會跟瑪麗亞說，但是他就是這麼一個誠實的人，無法欺瞞任何人。何暮德暫時關上手機。他自己跟米勒葛芙的約會，昨天電話上他並沒有提。要怎麼提呢？怎麼說才不會說出整件事？每隱瞞一件事就得隱瞞另一件。這就是人為了自由發展的空間必須付出的代價。

他們點好餐後，米勒葛芙太太馬上直接問他們見面的原因。「您瞧，我並不是在記錄我的電話對談，」她說，「但是我記得您在星期六的電話中好像提到一件您不想在電話中和我詳談的事。您說您想聽聽我的看法，而且說的時候用的是您公事公辦的聲音。」

「我公事公辦的聲音？」他假裝驚訝的問。星期六他站在露忒家的露台，不確定穿過敞開的廚房大門，裡面能夠聽見多少。

「請別叫我模仿，我不擅長這個。」

「在這件事情上您是對的。也許我們可以在餐點上來之前討論這件事。其實麻煩您我有點不自在，尤其現在又是放假期間，但是我真的需要您的專業意見。」

何暮德喝一口酒，試著專心。首先他不能提起卡洛和克里格出版公司的名字或者所在地，只能籠統的說是某家出版社的邀請。為什麼考慮這個職位的真正理由也不能公開，只有賴在職業倦怠和因為外行領導內行的學制改革而產生的無力感上。敘述中他把彼得・卡洛所說，他感覺迎接新挑戰的時候已經來到的話語拿來用。繼露忒之後，這是他第二次向人披露這個計畫，並且一直要和尤其是自己必須被說服的感覺抗爭。這一次不僅顯示他對這個計畫有多認真，而且他們兩人是因為這件事所以坐在這裡。米勒葛芙太太似乎覺得他的故事很有趣，這從她的眼中可以看出，而且也表現在她驚訝的語調上：「我沒有誤會嗎？您真的認真在考慮要放棄您的教授專職？」

「我知道這聽起來有多麼不合情理。現在離我真的下定決心的這一步還很遙遠。但是既然有出版社這個職位出現，我至少想要知道，如果接受的話會是什麼情形。您了解嗎？」

「理論上我可以想像。但是從大學換到一個小出版社？」

「想像起來確實讓人有些頭暈，但是這也是這件事有趣的部分。」他實際所想根本沒有像現在所說的這麼具有雙重意義。

「您的意思是說，就是因為很不理智，所以您想做？」

「首先的首先我最想知道的是，是否有可能？在什麼條件之下有可能？」正確說來，他試著做的是，對這個可能性保持一個微妙的距離，使事情發生的可能性無法完全地發揮出它的吸引力，不至於讓他看起來像一頭熱。讓自己能夠被控制自如的事物吸引住，很難。

「也許這裡我該說說自己。」米勒葛芙太太伸手拿起酒杯。「我婚姻失敗的原因是我先生無法從學術仕途失意、拿不到教授專職的挫敗中振作起來。至少是很大一部分。他完全被吃掉了。」

「我很為你難過。」他說，「您的先生以前是……？」

「現在還是，他雖然已經不是我先生，但是他還是一個在科隆教書的藝術史學家。剛開始他是一個無法養家、讓自己被剝削的兼課講師。然後高等學校講師層的學制改革實行後，連少得可憐的講師費也被刪除了。反正這種報酬也不過是一個笑話，頂多補貼一下租金罷了。這幾年來他在萊辛書院，給對梵谷有興趣的一般民眾或者差不多類似的人上課。您別誤會，這與您一點關係都沒有。我說這個只是因為，我在您之前還從未聽說有人自願放棄教授專職，尤其還是人文科系！」

「貝爾哈德・陶胥寧是我認識的教授中唯一的一個。他原先在我的系所任教，三年前出乎大家意料的離職了。」

「這事我沒聽說過。那時候我才剛剛開始上班。」

「雖說那是五年一聘的助理教授職位，但是他放棄職位時離合約期滿還有好幾年。據我所知，他現在在南法經營一家酒莊。」

「很不錯啊，」她簡單有力的說，語調中卻藏著一絲不贊同。「您也知道，我的專長並不在勞動法。對您這個案例我提供不了什麼意見，更別說什麼我都還未查據參考，得即席回應的情況下。如果您願意，我會去查，我想，您是要我做這個吧？」

「在我還不清楚事情怎麼進行之前，希望大學裡不會有人知道，所以我才無法打分機三三詢問探查。」

「明白。但是我可以去調查，當作個人進修。」

「這樣我會非常感謝您！」他可以從她的表情讀出，她知道她被告知的，不是全部的事實。他們沉默的瞪著桌面一會兒。米勒葛芙太太有一雙修長的手，一雙他想去握住的手，告訴她，他不是只為了這件事打電話給她。一個與握她的手同樣的願望，渴望變換，能夠就只是很簡單的誠實坦白。

「不過，我現在就可以跟您說，時間點對您不利。」顯然米勒葛芙太太也有單純只辦公事的聲調。

「我知道，轉換職業跑道我的年紀太大了。」

「不，剛好相反。從大學系統裡提早退休來說，您太年輕，或者說太健康，隨便您挑一個說法吧！您能做的只剩下辭職，或者休假。採用第二種辦法的話，退休金會減少。到底會減少多少，視您的服務年資以及休假長短而定。關於這些，有很複雜的分配比例計算方法，但是所有的一切都要在申請被批准的條件下，而申請理由想當然耳必須非常充分、無可辯駁的。」

「您看，這就是問題所在。我只要一考慮到這些因素，就覺得這件事太瘋狂。」

「我會好好研究研究，然後再向您匯報。今天就先這樣？」

「非常感謝。我的困難是，很快我就必須做決定，給對方一個答覆。」

「包在我身上。整天讀托爾斯泰我反正也受不了了。」她將雙手平攤在桌上。「現在您得原諒我必須離開一下。」

他回以微笑，伴著他的微笑她低頭將手伸進手提袋裡，然後站起身。她一離開視線範圍，何暮德馬上把手機拿出來，開機。雖然他已經對他人懷疑的反應和官僚體制的阻礙有心理準備，還是不免覺得洩氣。這個計畫是不太切實際，也該是承認的時候了。電話顯示無人來電，只有瑪麗亞的一個簡訊。何暮德趕緊按鍵讓它顯示，螢幕閃動一下，然後短文出現：我和彼得從柏林問候你。**Beijinhos**（葡萄牙文：親吻）。瑪。

簡單粗糙的短文顯示在藍光螢幕上。除了她在晚餐過程中想到他以外，看不出任何其他的意思。她在那邊跟一個同性戀的男性友人在一起，他在這裡跟一個有魅力的女同事在一起。自從她離家之後，她想到便會發送簡訊給他，而且每次都能成功表達出她就是她，不論句子多簡單平凡。不管她是在說話、愛或者笑，到處都是這種尖銳的坦率真誠。他們上一次通電話，是昨晚他剛剛從露忒和海納家回來時。他穿著西裝上衣，鞋子還沒有換，站在客廳，手上拿著從斐莉琶裝滿光碟的箱子裡拿出來的**DVD**，腦子裡在想，他是否應該試著看一集《慾望城市》。瑪麗亞叨念著因為劇團要去哥本哈根演出所產生的壓力。那是一個戲劇節，只不過是一齣在柏林已經演過十幾次的戲在那裡上演兩場，但是情緒化過頭的法克・麥凌恩逮到機會就發洩。何暮德聽著聽著，聽見自己的心聲，發現自己根本無法投入。他似乎必須非常勉強自己才能說服自己，表現出對她的感同身受更勝於一切都是她自找的。同時他的無所謂也讓他困擾，因為這個無所謂並不是真的無所謂，而是一種嘗試與寂寞相處的辦法，無所謂讓他更寂寞。他想要把這個想法想得更透徹一些，但是瑪麗亞結束了她的報導，轉換話題時聲調也換了。她愉悅的聲音要求他猜測，她最近成為哪一個國際救援組織的會員。

他馬上知曉。她為什麼要這麼做？他問自己。

不知道，他答說。哪一個？

星期五告別後，她騎著車經過英國大使館，忽然被攔下搭話，瑪麗亞敘述著。也許就是同樣的那個女人，長頭髮，眼睛周圍奇怪的發紅，對嗎？何暮德聽著太太說話，想起那時她在車裡說：在你的感知裡，我做的所有事都是為了傷害你。是這樣嗎？如果是的話，他的感知可以仍然是對的嗎？整個週末他都在努力將這件難堪的前史忘掉，現在瑪麗亞又把它帶回來了。DVD的封面上他讀到「凱莉、米蘭達、莎曼莎和夏洛特在尋找真愛——或者刺激的性愛路上的瘋狂大冒險」。又來了，這令人精疲力盡多重意義的曖昧，它從佛洛里昂的婚禮開始就主宰他們的談話。無聲的試探，辨別真正說出來的和所想的是什麼。他思索著恰當的回答，但這番遲疑效果就如同直率的承認。

他們根本沒在想，如果他自問的話。只不過在對的時候有對的感覺罷了。他現在敗興了嗎？她想的是：我為你而做，承認這一點不是過分的要求。他承認，卻希望她不是為了他而做，這終於將對話的輕鬆感徹底破壞。瑪麗亞接下來問他，週末要做什麼，可以聽出來，她問這個不過是還不想掛電話罷了。他是否轉達了對露忒和海納的問候？有，他隨便回答，反正她並沒有拜託他。星期五傍晚他們很親善的相處，星期日晚上他在自己的知識上增加一條，他婚姻甜蜜期的半衰期是兩天半，而這個數據只有在她不想溝通時有效。雖然他們比教育電影裡的婚姻治療還更常和對方談話。他想發洩的話，就對著要求世界需要更多的公義的女戰士錯愕的臉咆哮。而這好像不夠丟臉似的，瑪麗亞還要趕去案發現場替他贖罪。歐斯坊只需要做到至少有幾名衣索匹亞小學生能從他們的婚姻中獲利。

他瞪著手機螢幕，不知道該怎麼辦。問候和親吻。不夠，他想，似乎是他太太糟蹋了最後一個機會一般。她直率的示好以及頑固的堅持相隔兩地的生活對他們是有好處的，如果他敞開心扉接受的話。好似他對她的愛是一種冥頑不化的形式。如果這感覺起來像一種侮辱怎麼辦？昨晚通完電話後，他站在客廳裡，想著今天這個約會，約會的性質從資訊諮詢變成其他的內容，是多麼容易的事。也許只需要兩杯酒。第一杯他已經下肚。現在他看見去廁所的通道上隱約有動靜，便重新關上手機。卡特琳娜・米勒葛芙經過吧台時，暫停下腳步跟侍者說話。當她回到餐桌時，臉上少許凝重的痕跡已經消散，似乎在這短短的時間內她下了什麼決定。

「當時在美國將爵士樂傳染給你的女朋友是誰？」她就座，拿起酒杯當成麥克風舉到他面前。「這個問題不會太侵犯隱私吧？」

他有些吃驚，最近幾天以來他確實想起頌德琳幾次。

「我……，我說過她是我女朋友嗎？」上一次談話的內容，他僅記得他提著一瓶酒站在她的辦公桌前，差點就要說出他腦中的念頭：新學制改革的每個決定，不過都是他藉機用來跟法律部的她聯絡的藉口。但是他到底說了什麼，他已經忘了。

米勒葛芙太太搖搖頭：「沒有，但是您說話的樣子，洩漏了這個資訊。」

「原來如此，真高明。」

侍者帶來新的酒杯和一瓶新酒。倒完酒後，他讓酒瓶站在他們的杯子中間。米勒葛芙聳聳肩：「我想得——太多。」

「我們會喝完的。」

他們嘗了一口，她不問他對酒的味道是否滿意，反而將酒杯放下，饒有興味的對他點個頭：「請繼續說。」

「我那時的女朋友，」他說，「是巴黎人。我們一起在明尼亞波利斯完成博士學業。她很多東西都比我懂。我這輩子第一次喝到比較像樣的酒也是跟她在一起的時候。現在這一款也不錯。」雖然這麼做會凸顯他們之間年齡的差異，他還是挖出記憶中美國七〇年代的印象，而他無法想起上次提起這些是什麼時候。民權運動與反文化，那些該死的鄉巴佬（those fucking hillbillies），他當時的房東總是這麼說那些住西岸文化混雜的居民。他很滿意的感覺到，卡特琳娜喜歡聽他述說。侍者送上她的餐點。此刻有另一個女人對頌德琳有好感，讓他有動機繼續談她，還有那時他們和南方白人之間的爭執，有幾次他得拖著她上車，免得事態變得無法收拾。他提起年輕時對馬克•吐溫的喜愛，稍後興趣轉向福克納。他把密西西比河說得雄偉壯麗又悠緩，尤其在流速飛快的支流密蘇里河匯合處，更能體認出來。她的興致鼓勵他繼續說些小故事，包括那裡的人怎麼問他，德國有沒有冰箱啊？他覺得希特勒如何？卡特琳娜大笑，用手當扇子揮。餐點很可口，何暮德陷入究竟要說話還是吃的兩難中。對吃和談話的慾求似乎來自同一個源頭，而且他愈拜倒在她的石榴裙下，慾求便愈大。

「您看過《末路狂花》這部電影嗎？」他一邊咀嚼一邊問。

「我最喜歡的電影之一。」

「我們旅行時，開的就是同一款車型。」聽起來像在吹牛，卻是事實。「一輛一九六六年份的雷鳥。我女朋友堅持一定要這輛。坐在車裡手握方向盤，感覺起來像在開遊艇。」

「Okay！」在她的臉上他看見誘人的想像，年少輕狂、戀愛中而且自由自在開著敞篷車穿越大陸。有一會兒何暮德只能驚異，對他來說，這根本不是什麼想像，而是他真確經歷過的事實。

「我的第一趟長程旅行，」他說，「這種事一輩子不會忘記。」

「如果能再回到從前，我會晚點結婚，晚點成為母親。我會趁年輕時多去看看這個世界。」

「密西西比河貫穿所有的一切，整片大陸都是。我們只管沿著河走就好了。有時候河兩岸分屬不同的聯邦州。在明尼亞波利斯我們的校園橫跨東岸和西岸。我住西岸，每天去學校都要橫越密西西比河。而每次在橋上我都驚嘆，哇，密西西比河！我在蘭河邊長大的。」

「可以請問您和這位頌德琳還有聯絡嗎？」米勒葛芙太太把襯衫捲起的袖子放下來。

何暮德指指自己塞得滿滿的嘴巴，慢慢細嚼，不急著回答。她可以這樣請問嗎？他實在很難忽略不去看她襯衫下若隱若現的胸衣帶子。

「我們會通電子郵件，」他說。「現在沒有以前那麼頻繁了。」上一封是三年前或四年前吧。

「我想知道是因為很難得有男人會承認在女朋友身上學到很多。」幹得好！她的眼睛裡露出這樣的訊息。

「如果不提我的指導教授，其實我所學的全是拜女人所賜。起碼重要的事情都是。」

「聽起來也許很天真，但是我覺得分手之後還能做朋友真是美好。這是好的關係應該得到的。我前夫和我可惜總是為了一點小事就爭吵。他什麼時候該去接馬可，馬可是我們的兒子，早二十分鐘還是晚二十分鐘，去車站或者在家等。好像一切就只是為了爭吵，爭吵才是目標，而不是……」她沒有說完這個句子就中斷，搖著頭說：「啊！我們說別的吧！您請繼續。」

何暮德毫無困難的接下話頭繼續敘述，他已經很久沒有這麼無拘無束，這麼健談了。「拿到博士學位後我其實不打算回來。我的夢想是在中西部或者新英格蘭某個學院任教。但是我的指導教授有他的計畫，而且他不是那種學生可以在他面前說得上話的人，保守的說法。如果不是這樣的話，我現在說不定是個美國人。」

「很古怪的想法，不是嗎？」

「以現在來看的話是。但是當時完全不奇怪，奇怪的反而是再回到德國來。這裡的車子這麼小！」

她大笑，拂去臉上的髮絲。無所謂了，他想。他的腿靠她的腿這麼近，他忽然感覺到一股搔癢，一直往上傳到脊骨。時間已經往前邁進一大步。他們不是已經對視了好一會兒，除了對話之外他們還感覺到其他的？何暮德把鞋子稍稍挪到旁邊，最後一點猶豫消失，感覺到他的喜悅在不能共存的承諾、要求與威脅感中崩潰。雖然如此，他還是將腿繼續往前伸。餐廳裡這許多的蠟燭重新引起他的注意。還有，人比他剛進來時少得多。

「有一陣子我還自認為講德文時有美國口音。」他故意用很重的美國口音講這句話，在明尼蘇達當然沒有人這樣說話。桌子底下的接觸讓不受拘束的談天漸趨困難。他們之間隔著空盤子，酒瓶裡等著最後一口酒。米勒葛芙太太將這一點酒分倒進兩個杯子裡，說：「其實我們可以省略敬語了吧！」

「那……」他想找到一個漂亮瀟灑的回答，沒有成功。「何暮德。」

「卡特琳娜。」

「吃點甜點？還是想要咖啡？」

「不，不了。」

「好吧！」何暮德招手叫侍者，請他拿帳單過來，同時將信用卡也一起給他。然後他們起身離開桌子，何暮德幫助她穿上夾克，朝四周看一眼，確定在場並沒有認識的臉正在觀察他們。另外，他其實不太相信正在發生的事。櫃檯邊的餐廳服務人員向他們道謝，祝福他們有一個美好的夜晚。沒有人跳出來喊等一下！

請等一下！有人喊。原來是要還給他忘記拿回來的信用卡。

從萊茵河上吹來的清涼空氣讓人稍微清醒。岸邊的樹叢後面，聳立的電信大樓和朗恩尤金大樓在夜裡發著光。瑪麗亞可能正坐在地鐵裡。他強迫自己去想或者他被強迫去想？他的太太正在回柏林潘寇區兩房公寓的路上，四壁空蕩、地上滿布著她劇院工作相關的物品如目錄、宣傳海報、磨損起毛手稿的房間，而她有時候是不是必須自問，她真的在過她想要的生活嗎？一年前他的行為像個白癡，但是現在還不晚，何暮德想，一邊抬起手臂搭在卡特琳娜的肩膀上。卡特琳娜的臀部配合著他們的腳步擺動。他們沉默地沿著街道走。停車場的後面會變得多黑暗，他們轉過街角時，他已經知道了。

「我們還能開車嗎？」

「大概剛好在界線邊緣吧。」但是開去哪裡？

「明早我得去我母親家接馬可。」所以是去城南邊，如果他記得沒有錯。以兩點間直線算，離這裡不到一公里，但是他們首先得往回開上甘迺迪橋。

「像我這樣的翩翩騎士，當然是把風險攬在自己身上。我開妳的車送妳回家。」

他認出自己閃著金屬光澤的車子，以及自己因為尷尬的作態。因為卡特琳娜沒有指揮他走其他方向，那麼她正在走近的那輛小飛雅特應該就是她的車。車尾有一張貼紙，請求後面的車別按喇叭，假如駕駛人正夢到科隆足球隊。

有一刻那麼長的時間，兩人掉進沒有顧慮的深淵。他們頭上兩扇亮著燈的窗應該是餐廳的廚房，灰色的煙一直從旁邊的排油煙管冒出來。其他還有四輛車停在停車場上，停車場後面黑暗的花園也不知有多大。然後兩人再也忍不住。

他們並不是緩慢的、溫柔的靠近彼此。何暮德聽見手提袋掉到地上的聲音，下一秒他已經在吸吮豐厚的紅唇。他的手伸進她的襯衫裡，撫摸溫暖柔軟的肌膚，急躁的想伸進胸衣裡，正如她的手在他的腰帶下動作。他的後背靠上她的車，然後她再次停下。腳步聲？車門聲？他們真的要在這破落的後院做嗎？卡特琳德更緊的環抱他，在他的胸前喘息訴說他不明白的話語。他兩手抓住她的雙臀。

她抬起眼時，他將眼睛閉上。在最後一秒或者遲了一秒。不管她接下來想說的是什麼，都已經散播到空氣中。這些話語只須被組合以及說出來。而何暮德已經相信他感覺到那親密，以及她壓在他身上的身體重量。先是一絲預想，然後更多。對某事不確定的感知，最遲明天他便可逃脫。

一九七八年

「終於！」他妹妹不斷重複這句話，一邊說一邊不肯放手，一再的擁抱他，像水流受到石頭的阻礙便分道從石頭旁邊繞過，從他們身邊經過的旅客也是如此。他感覺到頰上的濡濕。列車長吹一聲哨子，沿著車廂逐次將車門關上。何暮德想去提行李，但是露忒的手還環掛在他的脖子上，完全和過去那個時候一模一樣，只是當時的他不是到達，而是離開，在去法蘭克福的火車上。還好現在妹妹沒有哭，而是整張臉在發光，頭髮剪得短短的，就像他已經在照片上看到的一樣，但是他還是被她的外表嚇一跳。

「終於！」他妹妹說最後一次，然後笑著兩人面對面挽著肩，像是沒有音樂卻得跳舞一樣有點尷尬。露忒不再是他記憶中牆邊的小花。睜著好奇的眼睛她打量著他的臉。

「你長白頭髮了。」她的食指交替的指他兩邊太陽穴，他不知道怎麼回答。輕微的緊張嚇退了持續幾個鐘頭從火車窗戶向外看的恍惚。在火車窗外他看的是隱藏在圍籬後、遙遠的地平線上有些村舍的東德。月台上他們周遭的人逐漸減少。過邊界的時候沒有發生什麼事，他想說。但是露忒完全沒有問，只是挽著他拉著他向前。

「快！我車子停在紅線上。晚了，晚了！」她心情很好的指揮他下樓、上樓，進入尿騷味撲鼻的火車站大廳，鴿子蹲在出入口頂的欄杆上。「我出發的時候，佛洛里昂剛好來要一張ＯＫ繃。他們一個人拿到了ＯＫ繃，另外一個一定會來要。還貼在同一個地方。」

「他們兩個知道我是誰嗎？」

「知道得可多了，你要小心。他們對你非常好奇。幾次叫你寄照片來你都不肯，現在他們當然認為，即將見到一個黑頭髮的舅舅。你說，你的頭髮什麼時候開始白的？」

露忒的金龜車停在計程車招呼站前的人行道邊緣，引起幾位計程車司機的不滿。何暮德記憶中還是工地的高速公路大橋，現在已將城市景觀全部擋住。馬爾堡的火車站垂頭喪氣的站在通向它的馬路旁，疏導通勤的人往各村子去。所有的一切都既熟悉又新奇。當時他一個星期坐一次火車去管理學校，之後則每天通勤上大學。露忒不給他時間沉浸在鄉愁式的觀察中，而是將前座往前推，讓他把唯一的一件行李費力的推進後座。在他所認識的哈瑙城裡，沒有穿著這麼短的裙子的年輕母親上街。此外，她穿著涼鞋、領口大開的紅色襯衫。她知道她的改變讓他多吃驚嗎？上車後她戴上巨大的太陽眼鏡，轉頭看他。

「海納說，我戴著這副眼鏡看起來像蒼蠅，你說呢？」

他現在才驚覺，她居然跟他說標準德語。沒等他回答，她有力地將變速桿一推，跟進車流中，方向是離開城市。露忒・布能，她從夫姓後的名字，用四年了。

他沒有帶禮物給雙胞胎外甥，她點頭表示知道了。溫暖的空氣從開著的窗戶外流進來，被捲進漏斗裡漩渦中的感覺在侵襲他。省道沿著蘭河右邊走在灑滿陽光的田野和綠色小山丘中，穿過如畫的鄉村田園風光，他一眼就能認出，並且不如他自認為的那麼討厭。老式木框架建築、穿越村鎮的車道、細心經營的花園。格構柵欄和教堂尖塔。他，不再是當時離開的那個人，理解到這一點，感覺很好。

他從九月起是試用公務員，總收入一個月三千二百九十馬克又九十四分尼。一個星期以來他總在想這個數字，像一個甜美的祕密。想當年，父親的薪資進入四位數時，他們有多讚嘆。

「何暮德不說話。」露忒說。

「這麼多年之後，感覺很奇怪。」他將一隻手臂伸出車外，感覺行車時的風在手掌上拂過。「妳從沒想過要離開這裡嗎？」

「我們買了一棟房子。海納的工作在這裡。」

「我是說之前，基本上。」

「有過到國外生活一段時間的想法，去一所海外的德國學校任教。但是剛好有這個房子要賣，從那以後……」她聳聳肩。「有自己的房子真好，即使現在還在整修。」

「了解。妳不想回醫院工作了？」

「目前最需要我的地方是家裡。另外，我從來不像你，對一切這麼不滿意，這麼憤怒——一直想離開。」

車行的左邊有一家咖啡冰淇淋店，生意興隆，一大堆嬰兒車和腳踏車停在繽紛的傘下。咖啡冰淇淋店的名字叫做里阿爾托（Rialto：根據在威尼斯世界有名景點里阿爾托橋命名，它是義大利威尼斯三座橫跨大運河的橋梁之一，也是其中最古老的一座，屬於文藝復興風格，也被稱為「白色巨象」）。

憤怒，他想著這個詞，而小孩的叫鬧聲在車子經過時灌入他的耳朵。他在美國這麼多年，他的憤怒跑哪裡去了？

「你呢？」露忒問。「你沒有過鄉愁嗎？」

「鄉愁？想念哪裡的鄉愁？」

「沒有啊，那你說，她叫什麼名字？」她丟給他一個眼光，似乎想在下一個句子之前即刻展開全面搜索。「我可沒有爸媽那麼好騙，相信你在美國除了課堂以外就是圖書館。」

「啊！」

「快說，她的名字叫什麼？」

不自覺的，他的臉轉向右邊，森林邊緣的林木像一條綠色的帶子往後滑。不久之後貝根城的城堡就會出現在它的山頭。和露忒聊這個話題似乎不對勁，而另一方面：在柏林他一個人都不認識。上個禮拜僅有的兩次晤談是和房東以及他在科技大學的新老闆。下一個轉彎之後，峽谷擴展開來，城堡高踞在那裡，沐浴在陽光下，無表情的像一隻蹲在石頭上的青蛙。

「頌德琳。」他說。

「聽起來不太美式。」

「我們改天再談這個。」

之後他們沉默著，直到露忒將車子開進城堡山後有林蔭的窪地，再開進陽光裡。一個新的社區橫躺在山坡上，一整排木頭的屋脊，還掛著為慶祝建立的杉樹冠。曬得黑黝黝的建築工人緩慢的走向他們的運輸機。露忒向左轉，如果他的方向感沒錯的話，現在他們是朝著舊區公所去。也許他身體裡浮升上來的是憎惡感，但更強烈的是感到驚愕，果真又回到這裡來了。史丹・賀維茲以為替他說話是幫他的忙，是他多個夜晚蹲在小房間裡工作的報酬。沒有工作的話，居留簽證早已到期無效。

他妹妹讓車子繼續滾動，用下巴指指前面那塊被野薔薇樹叢團團圍住，只能看見有兩棵杉樹的三角錐頂的地。

「我們到了。」

「前面是去舊區公所的路吧？」

「左轉，再走兩分鐘就到了。應該就會到了。」

「爸媽呢？」

「爸爸還在工廠。我們先喝咖啡，然後我再去接他們。」

何暮德點頭，試著想透過樹叢看到房子。當然他妹妹寄過房子的照片給他，他囫圇吞棗的讀過可辨認的幾行字後，照片就消失在抽屜裡了。現在他感覺到露忒的眼光盯在他後腦勺，而且知道她要說什麼。

「對他們好一點，好嗎？兩個小傢伙對你真的極端的期待。」

「Okay。」

「你一點都不期待嗎？」

他再一次轉頭看她，下車以前。

「妳從什麼時候開始這麼愛說極端的？」

一開始是方形石板，在灌木叢中的草地上鋪成一條通道。房子基地稍高，簡單的外形配上一個露台以及兩側石翼，右翼尚未粉刷，紅色的空心磚赤裸可見。左邊的屋頂有一座山形牆，原來是窗戶的地方掛著塑膠布。裡面傳出電鋸的慘叫聲。

「我們的工地。」露忒在他身邊停下。

「很不錯的地方。」房子的陰蔭下有一個菜圃。綠意盎然的陽光不斷從樹叢的縫隙射落在花園偏遠角落三棵幼嫩的山毛櫸上。

「樹那邊計畫要蓋樓梯，目前那個地方還叫強盜窩。我相信，兩個小強盜現在應該在裡面。」樹的枝幹和葉子深處隱約有動作，不一會兒兩個小男孩躡手躡腳溜出木叢，金髮、全身赤條條，面對新來的人站在安全距離外。一個頭戴軍帽手上拿著斷掉的摺疊量尺，另一個手上還在把玩自己身上的小雞雞。

「你們這是見客的樣子嗎？」露忒搖頭嘆息，但是身為母親的驕傲那麼明顯，好像她寫在海報上舉在頭上伸臂吶喊。「你們兩個沒有褲子嗎？」

「誰是誰？」

「戴著帽子的是菲利克斯，另一個就是佛洛里昂。喂！小強盜，你們的褲子呢？」

兩個沒穿衣服的小孩又潛回樹叢中，何暮德站在露台上還可以看見他們透過葉縫正在觀察這邊的行動。眼前的景象和他的期待不同，他覺得舒坦——像全身冷透後坐在陌生人家裡的壁爐邊，穿著別人的襪子喝太甜的熱巧克力牛奶。這塊地方頭頂上沒有一片雲，山谷裡露天游泳池裡戲水的鬧聲直上天聽。當他還是小男孩的時候，有一次站在三公尺高的跳水板上，卻沒有勇氣往下一躍。那時他才九或者十歲吧，站在跳板的最前緣卻一動都不能動，深淵就在眼前，最後雙頰漲著羞恥的紅熱，又從梯子爬下來。為什麼他現在想起這段往事？

「美國人。」敞開的廚房大門裡，他的妹夫正在洗手。「好久不見，歡迎到我們的工地來。」他們互相握著手。他的妹夫中等身高，肩膀寬闊，胸上長毛，手臂上肌肉虬結。沾滿工地塵灰的褲子上套著一件內衣，有木頭粉末和新鮮汗味。臉上的紅印是因為剛剛戴著護目鏡。總的算起來，這是他們第三或者第四次見面。

「我們是強盜！」一個細薄的聲音從野薔薇叢中傳出表明身分。

「我想，那是引誘的呼喊。」露忒說，「你可以找一下他們的褲子在哪裡嗎？藍色的短褲，屁股上有補丁。」

當他走下山坡，撥開幾枝樹枝，踏進洞裡的時候，感覺像在被考驗。山毛櫸的樹枝伸向圍籬，底下自然形成一個像洞穴的空間，大小足夠停一輛車。洞裡的地上丟滿玩具、工具，一個藍色的氣墊，一輛三輪車，塑膠涼鞋。

「原來這裡就是你們的強盜窩啊！」他朝兩個直勾勾瞪著他、身上一絲不掛的小孩說。在他們的眼光下，他覺得自己巨大而可笑。他上一次和孩子說話是什麼時候？

「你住在美國。」戴著帽子的那個說，應該是菲利克斯。兩個白皮膚的小人，兩張一模一樣何暮德無法辨認差異的臉。他聽見房子前面傳來露忒和海納在準備咖啡、擺桌子的聲音。洞穴裡沁人心扉的陰涼。

「之後不住了，啊呀，很難說。反正我是在那裡住過一段很長的時間。也許我會回來住。」坐在地上他還是比兩個小孩高。孩子柔軟還未成熟的童稚臉龐，有著如露忒一樣圓圓的眼睛、圓圓的臉頰，戰勝爸爸那方的稜角分明。

「晚上一隻刺蝟睡在那裡。」佛洛里昂用棍子指著樹叢裡。

他們兩人允許他進入他們的世界的方式裡，有一種令人無法拒絕的樸直。何暮德聽他們說著，刺蝟有時候推著一只牛奶碗穿過露台，還一邊哼哼叫。兩個孩子學刺蝟的哼叫聲讓他聯想到的是豬，他們的遊戲是愈來愈緊的包圍住在氣墊上坐著的大人，似乎想把他捲入他們呼嘯的軌道中。不用多久，一個就被自己的腿絆倒，他忙著扶他起來。再一會兒，另一個緊緊吊住他的肩膀。兩個孩子不著痕跡的將阻隔他們的陌生感一一消除，最後以一人一邊坐在他大腿上來宣布對他的所有權，對占領的過程顯而易見非常滿意。

「你們兩個不冷嗎？」兩條短褲掛在杈枝上，而且何暮德很確信聞到輕微的尿騷味。

菲利克斯聳聳肩，從嘴裡推出一聲長長的嘆息。也許什麼都得要跟大人解釋，時間一長也是很累的。

「我們是赤裸強盜。」

十分鐘之後露忒將這兩件濕掉的衣物收拾掉，給她的小孩換上新的褲子和T恤。咖啡桌擺在靠近房子的一片窄長草皮上，無疑是父親做的木墊填補了地面的不平。兩個男孩頭髮裡有李子蛋糕渣，臉上沾了鮮奶油，拉扯桌布，發現天上飛機飛過，很有技巧的不斷測試大人對他們不同程度的耐性。

「這是第二個階段。」海納解釋給大舅子聽。「首先是害羞的保守態度，然後是突然的一八〇度大翻轉。」

菲利克斯和佛洛里昂睜著好奇的眼睛觀察他。海納努力讓有關費平恩退位的對話進行下去，而露忒在桌子的對面望著他，彷彿所有的一切對他，不願歸鄉的歸鄉人，都是寶貴的一課。在火車裡他讀五年來第一份德文報紙。在《明尼亞波利斯論壇報》裡只占據一個小角落的報導，現在是中央版面。德國總理叫做施密特，而且是德意志聯邦共和國左派的敵人。一再地何暮德從埋首報紙中抬頭望向窗外，似乎想將所讀和所在兩相比較，在這裡發生過的這麼多事情，當他坐在威爾遜圖書館裡書寫有關言語行為理論的博士論文時。不過，露忒想的不是這些。

「我是不是想在國家第一電視台的新聞裡聽到：巴登符騰堡的首長羅梅爾解釋……，我真的不知道。」

「何暮德，你還要咖啡嗎？」

「我還有，謝謝。他就叫這個名字，他能怎麼樣？」

「海納，再給你兒子一塊蛋糕。」

「我只是說：這聽起來很奇怪。菲利克斯，不要鬧了！你知道規矩。佛洛里昂，你也一樣。規矩你們兩個都要遵守。放回去！」

「你要一起去哈瑙嗎，何暮德？還是要在這裡等？」

「我要去哈瑙！」
「寶貝，你們的安全座椅不在車子裡了，而且我只是去把爺爺奶奶接到這兒來。」
「我們不是要烤肉？你有時間去一下哈潑嗎？幫我拿電鑽回來。」
「那麼重！」
「伯恩可以幫你抬上車。沒有電鑽我樓上的工程無法繼續。」
「烤肉！烤肉！」
「今天是星期六，我去哪裡買肉？何暮德，你說了你是否……菲利克斯，我聽到了！我們不是正在討論嗎！」
「在哈瑙冷凍食品店裡還有騎士節剩下的小香腸。」
「我想，我還是留在這裡吧！」何暮德點頭說。他忽然覺得過去這五年奇特的迷人。這裡有小孩出生、房子也建蓋起了，還有傻傻的小露忒也變成母親。而他對這些不知所措，可能是內心對這些極端的反差、變化仍有距離感，卻又在眼前上演。他想到，頌德琳此刻正坐在威爾遜圖書館前的草地上，沒有他的存在。或者她還在睡眠中？他感覺，多年來原本是他生活中心的事物，不斷的被推到他生活的周緣。但是中心呢？在這期間，中心空了，而且會一直這樣下去不知道多久。他只能等待。
露忒搖頭。
「等一下，你不會是想明天要把這道牆拆了？」
「然後他還站在那裡說，別人都錯怪他了——他！我是說，你還可以再不要臉一點嗎！」

「不敬主先生，明天是星期天耶。」
「我知道，親愛的，但是明天伯恩要踢足球，星期一他又要上班了。沒有人有我這麼長的假。」
「我也要一起去哈瑙。」
「你們兩個留在家裡幫爸爸和何暮德把火生起來，好嗎？我要買多少香腸回來？」
「我要兩條！」
「帶整包回來，露忒。我怕我們的孩子可能開始要去跟鄰居乞討了。」
「我要三條！」
「你在美國吃飯時是什麼情形？也這麼熱鬧嗎？」
「我通常一個人吃飯。有時候兩個人。」
「兩個人的情形晚一點再跟我多說一些。各位親愛的，我跟媽媽約五點。生火的事你們清楚了：只有大人在場，你們才可以碰火，知道嗎？媽媽離開前給媽媽親親！」

喝完咖啡後，菲利克斯和佛洛里昂把三輪車推到草地上，何暮德則跟著妹夫的導覽參觀房子。新蓋的部分裡面要比從外面看起來的程度接近完成：客廳裡新鋪的木塊地板，在保護塑膠布下閃閃發亮，大窗外的景致可以一直看到城堡山以及貝根城山谷。

海納驕傲的展示肩膀高的瓷磚壁爐。

「這可是我們最貴重的東西。其實對我們的預算來說，這個太貴了。但是露忒和我一致同意，至少也要瘋狂一次。時間上來說，我們還貸款的時間究竟還要多兩個或者三個月，到最後也無所謂了。」他說完聳聳肩。「每個月一千二百馬克，要二十三年，從去年開始。西元二千年我們將還完貸款，我到那時是五十四歲，露忒四十九，那兩個小子……唉！另外的辦法是租一個沒有院子的公寓或者很小的房子。」

他們踩著吱吱作響的樓梯上二樓。海納叨絮著絕緣的工程有多困難，而他則在想，他如何在查爾斯林白機場登上飛機，告訴自己：從現在開始我在等待。所有的一切都取決於頌德琳博士論文的進度、她與她的指導是否合得來。他已經覺得，飛到柏林的旅程好長。

兩天後他坐在電信大樓恩斯特・西蒙的辦公室裡。太累了，緊張不起來。他表達了美國帶回的問候，且和沉重的眼瞼拔河，等著西蒙教授把所知道的史丹・賀維茲小故事說完。出於某些原因，每個人都知道他的某個故事。在明尼亞波利斯的同事中流傳的故事可多了，大部分是課堂上離題講戰爭歷史，講他在球隊裡當四分衛的英雄事蹟以及深沉的悲傷，雖然是一個巨人也流露出一個孩子般的孤寂。他從不流露感情，而是相信若是重要的感情會自己顯露。有很多事等著你去做，他告別時這樣對他說，好似為了一個重要的任務把何暮德送到遙遠陌生的國度，送到遠方。而瑪莎止不住的淚流滿面，似乎令他非常難堪。

「您見過他喝醉的樣子嗎？」西蒙開頭問。

外面陽光落在動物園的綠色屋頂上。這間在十二樓煙霧瀰漫的辦公室裡，同樣可以坐著一個令人捉摸不透的電影製片，如果不是何暮德認得一些的那兩千冊書，對面坐著的那人幫他倒咖啡，而且絲毫不急著說完他的故事。在一排接一排長長的英文書名中意外雜著一本《存有與時間》，何暮德想起賀維茲說過，恩斯特・西蒙對哲學的理解「不太對勁」。這句評語對西蒙雖然沒有捍衛，但願意嚴肅看待的，歐陸趾高氣揚的廢話並沒有斷然摒棄，像這類的人讓賀維茲這樣的人感到的不是憤怒，而是可悲：透過簡單的把戲就能誘出的聰明才智。

「喬伊。」

「一年也只有一次。」西蒙教授淺嘗一口咖啡。「十一月六日，他弟弟的忌日。」

「您知道這件事？」

「他的弟弟在第二次大戰中陣亡。」

「他弟弟在家裡被認為是年輕的天才，有遠大的未來。四歲就會寫字，跳級兩年，九歲就聞名全郡。一九四一年他開始在哈佛念物理，馬上就引起關注。史丹說，他青少年的時候是多麼嫉妒這個天才弟弟。您認識他，他這麼高大，怎麼可能屈居別人的影子下。然後戰爭開始。喬伊大概想證明，他不只是會思考和計算。」

何暮德將反應簡化到只是點頭。西蒙顯然不知道，喬伊去報到從軍，是代替斷了腿在醫院休養的哥哥，足球訓練時受的傷。半年之後他的腿應該又斷了一次，不然四四年的十一月就不會是喬伊，而是史丹到許爾特根瓦爾德去，他當後備隊員，沒有前線經驗。

「有一次我剛好也在。」西蒙說，「研討會結束後晚上在飯店裡。五六年十一月的第六天。外面下著雨雪，裡面是史丹賀維茲，他的聲音愈來愈大、憤怒愈來愈激昂、離哭泣愈來愈接近。我嘗試勸阻他，但是根本就沒有用。到最後所有的人都圍到我們這一桌來，大家都聽他說這個故事。服務生、客人、同事，我在裡面是唯一一個德國人。雖然他完全不知道到底發生什麼事。」西蒙擱下咖啡杯，戴起眼鏡，直視何暮德。「為什麼我們在說這個？」

接下來的對話和何暮德想像中的應徵面試一點相近之處都沒有。整整一個半鐘頭內西蒙抽了八或九支沒有濾嘴的濃菸，抱怨德國小嫩草一般的分析哲學，詢問何暮德對教授資格論文的計畫，何暮德少少幾句對資格論文的描述後，他就下結論有人寫過了，似乎讓他高興，但是他的眼光卻表達出他可以是另外一個人。

「您在美國沒有多少接觸德國文學的可能性。目前您需要補上一些，不必太多，一些就好。請您即刻開始。」

「我會努力的。」

「請您馬上就開始。」所提及的那本書就放在西蒙的椅子旁邊伸手可及，而當何暮德離開那間空氣沉窒的辦公室時，手上拿的變成不只一本。除此之外，他生命中第一次可以領正職薪資。他去握朝他伸出的手，以為西蒙要和他說再見，但是西蒙卻說「歡迎加入」，害他不敢說出他必須先和女朋友商量。他坐電梯下樓，步上恩斯特羅德廣場。這一天已是暮夏，天上飄著幾朵雲。行人道上三三兩兩站著幾群大學生。奇博特書局外面擺了幾張堆滿書的桌子。現在呢？他被自己不知道該怎麼辦的感覺麻痺了好一會兒。

「你媽不是總說：你不能什麼事都不做。」海納站在他面前，指著附有絕緣材料的棍子，滿臉懷疑：「有些東西不是自己能作主的。」

「什麼？」

「危險的東西，可能還會危害健康，但是我們的屋頂用玻璃絨絕緣是唯一的可能性。」

「哦，了解。」

「啊，講到媽媽，你可能要對眼淚有相當的心理準備。你的歸鄉是今年情感的最高潮。也許還是這十年來的最高潮。」海納敲敲屋頂的木板層，這個動作沒有什麼特別的意義，只不過是為自己親手做出來的東西感到驕傲而已。

「了解。」何暮德重複這句話，一邊環顧四周。未來的工作室裡，前窗還未裝上，還有出去陽台的門。他的驚異已經逐漸消失，無法和他周遭的日常相比較。露天游泳池的鬧聲又充滿他的耳朵。既然回來發展是無法避免的，那麼就努力做到最好吧！要有耐心，並且寫完下一個論文。這聽起來平庸無奇，但是，生命真的就只是一直不停繼續。下面花園裡的兩兄弟發出呼喊聲，聽起來卻比較像印第安人而不是強盜。然後何暮德聽見街上一輛車子停下，車門打開，父親熟悉的嗓音響起：「恁哪停卡邊啊，阮嘛卡好落來！露露！」

4

鋪著白色瓷磚、蝸牛殼一般，樓梯蜿蜒向上。繽紛的廣告海報上人人笑顏逐開，而地鐵出口鑽出的是熱風。為了避免流汗，何暮德慢慢的走，而且讓路給一群青少年，他們的足音在下一刻落在他的耳膜時，已經成為空洞的回音。拉馬克庫蘭蔻地鐵站居然也有電梯，他爬完最後一級階梯離開時才看見。

出口彷彿是一條水平的隧道從山裡出來。各式頹廢的人物坐在階梯上，喝著鋁罐啤酒和葡萄酒，用黑話大聲交談。蒙馬特花店還在，配有不受風露天咖啡座的小酒館也都還在。拉馬克路在兩旁富麗堂皇的房屋立面環伺下緩緩上坡，他雖認識，經過這許多年之後卻不再感到熟悉。地鐵站對面巴黎的屋海開展在眼前。一整天以來，天色蒼灰冷酷的掛在城市上空，現在雲層漸散，保證一個晴朗的星期三傍晚。何暮德踏進花店，給店員二十歐元，用手指指插在花瓶裡的各色花束。然後當店員的手將伸向下一枝花，用帶問號的臉看他時，他只點頭，說「Oui」（好）。之後再說三次「Non」（不好），在店員包紮花束，提供他不同的玻璃紙作選擇時。只不過是幾公尺上坡，睡眠不足雖讓感覺敏銳，卻也給事物表象意義一種概括的印象。昨天在高速公路上就已經這樣，期待的興奮幾乎被逼隱退卻。

他考慮在小酒館裡喝杯酒，隨即又否決掉這個想法。他身上既不想有酒味，也不想有汗味。就這樣，他將煩躁壓抑下來，順著拉馬克路走到十字路口，遠遠的他就認出房子的入口。在上次他們一起進餐的餐廳後面。那是一九九九年的秋天。一切似乎都沒有什麼改變，卻又不是那麼一回事。屋前闊廣的大門，何暮德站住腳步，在口袋裡搜尋寫著大門密碼的那張紙條。早上早餐用畢後他便離開了飯店。他想在戶外走走，但是沒走到幾百公尺，他就碰上歌劇院前的石山，不知該如何了。一個胸部豐滿的女人沿著人行道在慢跑，完全不在乎路人瞪視的眼光。巴黎是一個美麗的回憶，一個他不想干擾的回憶。沒有耐心的風在屋頂上追著雲跑。買東西的人如潮水般湧進拉法葉百貨公司。半個小時後他又回到飯店，拿出查爾斯林笨拙的德文來消遣時間。當文字在他眼前開始跳舞時，他將本子推到一邊，起身往蒙馬特出發。

對講機裡喀喀喀傳出回應。「Too early. Of Course.」頌德琳用消遣他的聲音說。

他用肩膀抵開大門。一排信箱以及剛剛上蠟的木地板，反映頂燈的光線。門房的門上貼著一張手寫的小紙條。一切如昨。何暮德進入百年老電梯升上五樓，在最後一級樓梯間時，他聽見頭頂上大門被打開的聲音。他經常想像這一刻，而且變換著版本。但是這一刻的來臨，卻異常迅速。經年成為以秒計算的時間，光陰過程煙消塵散。因為光是從公寓裡打向陰暗的門廊，何暮德首先能夠看到的是她的剪影。她似乎比以前矮小了一點，他覺得，但她的肩膀同樣如當時令他憐愛，不用香水，伸手擁抱他時，一隻手放在他的頸項上。電梯升降引發的涼風吹進樓梯間，他們兩人互相抱著對方的上手臂，花束已不成樣子，何暮德不知道該說什麼。有人的微笑是一種讓人變得更老的獨特方式？

頌德琳在他的注視下聳聳肩。

「你期待什麼？畢竟已經有些年了。」她的英語韻律聽起來有點怪，法語腔比他記憶中更重。寬大的麻紗長衣讓她可以是教授藥草醫學或者是密宗冥思方法的老師，但是根據昨天的電郵，可見她仍繼續授課，並且在民族學系有幾門課。大學的名字他想不起來，反正是第幾大學。

雖然撫摸對方但是幾乎無法感覺到彼此，是很奇怪的事，似乎他還沒有真正到達這裡，他很期待的在等待一切。

「你什麼都不說？」她問。長髮紮成一束馬尾，馬尾裡這裡那裡到處閃著銀光。

「見到妳真好。」

再一次他們互相擁抱，然後頌德琳往旁邊站，讓他進屋。一條小的、明亮的走廊，她的鞋子在地上列隊。她接下花束，搖頭表示怎麼這麼見外。這麼多年來，他們只交換電郵信件，這麼多年後，一束花她覺得太少？太平凡？

他脫下西裝外套的同時頌德琳說：「根據這個可以知道，你不是專程來看我的。」

「那我是為什麼來？」

「問你自己呀！」她嗅一嗅花，忽然臉一拉，「我都不知道我是不是有合適的花瓶。你什麼時候來的？」

「昨天晚上，信裡我告訴妳了。」

廚房小得像食物儲藏室，也像食物儲藏室般裝得滿滿的。暖氣前堆疊了書、書裡混雜繽紛的音樂光碟的封面以及雜誌和文件夾。在這間閣樓公寓的狹小空間裡，頌德琳的父親以前用來偷情。頭上傾斜的木板屋頂確實有它的魅力，從高高的窗戶望出去，是一片大海般的屋脊、防火牆、細瘦的煙囪，也可以望進這個寬廣的城市。

「現在這個時間你喝什麼？」頌德琳問他時，打開好幾個櫥門又關上。「咖啡還是酒？」

「妳有酒嗎？」

「你猜！」她簡短的說。

一本*Paris Match*的封面上，總統勝利的容光朝他照來。頌德琳對把房間以不同功能區隔使用不以為然，或者根本不把她工作的地方限制在一處。黃色寫著參考文獻資料的便利貼貼在餐具櫃上和門框。有一會兒兩人都沒有說什麼。幾年來他一想再想，想來拜訪她，現在他手指勾著西裝外套掛在肩上，站在她的廚房。公寓裡面沒有什麼改變，同樣的，咖啡的香味和舊紙的味道也沒有變，只有此處的高度讓他吃驚：在無數房子、公園和大道之上懸浮的視野。

「你住哪裡？」頌德琳找到一個花瓶，把花束插進去，視線在尋找一個空位。

「約達路，歌劇院附近。豪斯曼飯店。」

「不知道。為什麼住那裡？」

「隨便找的，在巴黎我還沒有住過飯店。」

「你早點說要來的話……，為什麼突然這麼急？你在逃亡嗎？幾年來沒消沒息，然後：喂，我明天去找妳。要是我去度假了，怎麼辦？」

他用手指冰箱。

「那邊有地方，冰箱上面。」

「好像你已經不知道我怎麼生活，你就不能買小束一點嗎？」

他們互相等待著，面對這個有點尷尬的時刻覺得有趣。現在和下一個共同點之間是很多年的時間，在那段時間裡他們做的是頌德琳最後一次電郵裡寫的「對的事」。她轉過身向水槽，打開水龍頭。他的緊張這麼快就消失，幾乎讓他有舒坦的失落感。一整天以來，他都好像即將出發去大冒險。現在他的花束擺上了冰箱，因為沒有別的地方有位置。這樣很好，他想。也許他昨天坐上汽車，為的就是讓自己幻想破滅，此時又以其他方式再一次經歷。

「不容易，是吧？」頌德琳背著他說。「在這裡。」

「只有剛開始的時候不容易。」

她必須墊起腳尖，才能把插得滿滿的花瓶放上去。而何暮德發現，她瘦了。落下的袖子裡露出在衣服外規律動作的手臂，但是從整體印象來看，是全部身體中最弱的部分。豐滿的臀部她從沒有過，現在在她的肉體上也已經出現，不久的將來她將是一名老婦人的前兆。

「不要再打量我了。」她仍背對著他沒有轉身。「年初的時候我生了一場病，現在還沒有完全恢復過來。」

「生病？」

「這不是我們需要談的事。如果你真的在逃避，你在逃避什麼？」

「我沒有這麼說。不過，我也許是在尋找。你一定得這麼折磨我嗎？我才剛到。好久不見，妳好嗎？」

「尋找？尋找什麼？」

「……很多事物，一個對我的未來正確的決定，思考我在波昂的生活的距離，也許還有尋找我自己……」

「尋找你自己？祝你好運！希望你來找我，不是為了拿這些陳腔濫調來煩我。尤其是，我絲毫不明白，為什麼你偏偏要在巴黎尋找你自己。我在這裡已經很久沒有見過你了。」

「真是的，妳一點都沒有變。妳還記得鋼刷是什麼意思嗎？」

「那你還記得鄉愿是什麼意思嗎？」頌德琳手插在腰上，頭偏一邊。沒有維持多久，她就搖手笑開了。她的眼神令他想起昨天開車時的一個念頭：幾個月以來──不，也許兩年以來，他一直處在誇大的狀態中。昨天中午從波昂出發，對他而言似乎就是一個解脫的行動。進入比利時，離開比利時。出現的都是過渡以及緩慢更換的風景。他應該早點來的，不該只是想想而已，然後讓這些不切實際的期待壓垮。這又是一個例子。

「我還能找誰說話呢？」他問。雖然說英文他不習慣，但是感覺很輕鬆，這是他年輕時熟悉且親密的語言。

「不知道。叔本華嗎？要說什麼？你的信裡寫得好像我們每個星期都在通信，又到了該見面聊聊的時候了。我是不是錯過了什麼？」

「那是星期一晚上很晚了，我又喝了一點酒。」

「你看起來不太好，如果沒有冒犯你的話。」她表情嚴肅的朝他往前跨一步，舉手撫摸他的臉頰，並不是溫柔的碰觸，而比較像測試，在尋找一個介乎親近或保持距離之間敏感的平衡。她專注看他，他也早就注意到：眼睛下面延續到鼻翼周圍皮膚都泛紅。上一次身體檢查他沒去做，藉口沒有時間。

「老實說，」她說，「你喝酒嗎？」

「是喝得比以前多。」

「因為工作還是家務事？」

「兩者都有。」

「你還是已婚吧？」

「沒有以前那麼活在婚姻裡，基本上只有週末。當然我還是已婚，什麼問題！」

她點頭，繼續察看，靠他的臉那麼近，要是跟著她的眼光，他的眼睛會變成鬥雞眼。瑪麗亞和頌德琳有些共同的地方，是他言語無法形容的。「沒有以前那麼活在婚姻裡」這樣的說詞被記住，而且被認為太不經心。這麼說的人不是沒有認識到危機，就是情況根本不緊張，而他有別的計畫。這兩個女人只有在他的幻想中見過面，彼此之間互相尊重，但是相互沒有好感。

「然後你來了。」她輕聲說。

「見到你感覺真好。」

「這個你說過了。」原本她臉上即將要綻開的一朵微笑，短促遲疑之後，她還是讓它發生。「我考慮了很久，到底要不要回你這封怪怪的信，你聽了一定不高興，但是我本來很生氣。不是我覺得這些年很重要，但是完全不當一回事也不行吧？」

「妳在要求一個解釋嗎？」

她搖搖頭。

「我們去那邊開一瓶酒，還是煮杯青草茶顧顧你的肝？」

「小淘氣！」他盡量裝出凶狠的口氣。

在進入公寓裡那個若稱為客廳會讓人不知所以的寬敞空間之前，他透過半開的門偷看了一眼臥室，空間裡確實擺了一張兩人座沙發，一張很舊了、像籃子般的單人沙發，但是膝蓋高的茶几現在是用來堆東西的，毫無縫隙的書堆、雜誌跟無主孤魂似到處飄的紙張，還有舊照片和撕開的信件。頌德琳的電腦放在瘦高的兩扇老虎窗之間的寫字櫃上。何暮德瞥見斐莉琶會說是「老骨董」的凸面螢幕，螢幕上蒙著一層細細的灰塵。

「我可以幫什麼忙嗎？」廚房裡傳來打開酒瓶軟木塞「啵」的聲音，他問。

「清個可以放托盤的地方。」

「我不想亂動妳的東西。我知道，這份凌亂之後藏有某種秩序。」

「真是這樣就好了。」她兩手滿滿的端著東西進來。寬大的袍子裡她看起來有某種神仙氣質，他比較喜歡她以前的嬉皮裝扮。「那只不過是一種顧到面子的說法，我現在已經放棄了。你只要堆出一個平面可以放東西就好了。」

「Okay。」他趕緊動手收拾。頌德琳站著等他把東西堆成理想的結果。一張照片裡看著鏡頭的是兩個心情不好的年輕人，他看了兩次才認出來，那是頌德琳和他自己。肩並肩背靠著欄杆，背景是模糊的綠色。甚至是他的筆跡的信也在桌上躺著。何暮德的目光掃視過一個叫馬蒂厄・迪博斯特的學生的作業以及波羅的海三小國民族學協會自命不凡的信首。圖樣看起來像一個有傳統的貴族徽章。

最後頌德琳禁不住笑出來。

「何暮德，隨便疊一疊就好了。」

「但是不能讓它倒下來啊！不是嗎？」

「但是也不必讓它永遠不會倒啊！你還記得我們要找一個地方放托盤吧？」

「不要分散我的注意力，我在工作。」

「你和以前一樣一點都沒有變！」她說這句話時的激動讓他心中一驚。「你需要工具嗎？我有一把鎚子。」

「急事緩辦。」他用德語回答。也許她會憶起從他父親的家訓中來的這個生活準則。

跪在桌子前面，他開始一張一張的將A4紙張分成兩疊，直到頌德琳把托盤放到地上，坐到他身邊，用兩手捧住他的臉。改變最少的，是她的眼睛。灰藍色，此刻眼瞳周圍正因濕潤而發亮。

「我都不知道那已經是多少年以前。」她的手指拂過他的臉頰，像一個看不見的人用手在讀他的臉。

「為什麼？」

「我不知道。但是我常常想念妳。」

「你說謊。我們都知道為什麼，因為我們不再是孩子了。」

「我也這樣告訴我自己。」

也許這一刻該接吻，但是時間錯了。頌德琳靠著籃子沙發，倒酒，拿給他一杯。

「敬我們。」他說。「也該是時候了。」

「雖然不知道你在說什麼，但是我都同意。」

桌上的信封上貼著陳舊的德國郵票。他那時的字跡往右邊傾斜，字母後面似乎拖著重擔。其中一封信印著黑色的、半褪色的章：郵政——這樣我們比較能夠彼此了解。信大約一共有一打，他臆測，並且用下巴指指那些信。

「妳對我的來訪做了功課？」

「你沒有給我很多時間。我看信的時候發覺，你在明尼亞波利斯時寫信都用複寫紙，自己還留了底。你是不是預料到，將來有一天你全部的書信會結集出版。」頌德琳也指著那一疊信件，「這些你那裡也有複本嗎？」

「當然。」

「為什麼？預設有一天你需要找尋自我時可以用？」

「或者找尋別人也可以。」他一放下酒杯，手又開始翻找。

「那張索引卡片還在我眼前，高高的疊在最上面：『Take care, man.』翻譯是怎麼說的，我已經忘了，但是一定非常貼切。」這個回憶讓頌德琳笑了出來。「你什麼都要寫下來，一開始我以為，這一定就是德國人對秩序要求嚴謹的民族性，要不然就是強迫症。我不知道，一個人可以這樣規則性系統性的教育自己。老實說，我還是有點懷疑。」

何暮德點頭。頌德琳屬於少數能夠開他玩笑，而他不會介意的人。但是這一刻，他希望她不要這麼直接的命中靶心。他一時不知道如何回應，便拿起桌上一張照片。這張照片是新近拍攝的，頌德琳身邊站著一個深色頭髮的年輕女人。兩個女人都站在戶外，戴著太陽眼鏡和攀岩設備，對著拍照的人伸出大拇指。背景是明亮的淺色岩石，明顯是砂岩。妳什麼時候開始會擺這種運動員姿態，他想問。但是頌德琳搶先一步說話。

「我最年輕的表妹，薇姬妮。兩年前她搬到巴黎來後，讓我也愛上了攀岩運動——或者更確切的說，她讓我不再害怕，那之後，就自然而然的喜歡上了。從那時起，她成了我最好的朋友。我們甚至考慮要住在一起。」

她的表妹很苗條，幾乎不比頌德琳高，頭髮是長的，紮成辮子。她穿著無袖的運動上衣，而且如果拍照的人不是她的男朋友，就是她對人的態度挑釁、坦率。

「人滿好的。」頌德琳模仿比較年輕的人的姿勢，他可以從中認出某種她從學生時代就有的善於諷刺的優越感。一個長袖善舞的地方政治人物的女兒，他最後以心臟停止的方式從眾多的賄賂訴訟脫身。有時候頌德琳會說，自己繼承到父親的狡猾和詭計多端，但這是她少有的撒嬌作態。又一個與瑪麗亞相似之處。

「薇姬妮是個好寶貝。」她宣稱，並把照片從他手中拿走。「過去這兩年來我最好的時光是和她一起共度的。誰會想到我有一天會找到嗜好，而且還是在戶外需要體力的運動。或者有一個可以是我女兒的好朋友。」

「如果我沒有記錯的話，妳甚至怕高。」

「我練習啊！」她說。「我的朋友們週末因為孩子或者孫子要回來而緊張，而我則期待和薇姬妮去山上。這是我休息的方式。你不覺得現在的年輕人不可思議的健康？他們擁有健康的樂觀心態以及對健康的思考。我相信，我們這一代從沒有這樣過。」

「我知道，我不是這樣的。」

頌德琳搖搖頭，好像他說了什麼反對她的話似的。

「首先，我們很天真。然後我們不是變成憤世嫉俗，就是變成剛愎自大。現在我們則是麻木不仁。自從我認識薇姬妮後，和朋友一起吃晚餐的對話讓我愈來愈無聊。相同的話題，相同的語調，聰明過度的冷漠無情。我們什麼都知道得比較多，但是只是比以前多，而這完全不代表什麼。」雖然她才半杯酒下肚，眼神中就已暗藏一場何暮德想趕緊阻止、氣勢洶洶的長篇大論。這也讓他想起她在車上長篇大論的談有關美國種族歧視、公民權以及哪一種宗教狂熱與文明是相容的問題。聰明過度的冷漠絕不會發生在頌德琳•鮑畢庸身上。這是她性格的一種特質，一種不一定總是容易被珍惜的特質。

「我對妳的表妹沒有惡意，但是我的職業所接觸的都是年輕的世代……」

「我知道，事實上他們都只是容易妥協、膚淺、只想有飯吃。這些我不想埋怨。我們曾經崇拜過毛澤東。」

「我沒有。」

「你當然沒有。你去參加休伯特．韓福瑞的集會了。」

他確實去了一次，一九七六年的秋天，當韓福瑞競選參議員時。最近他曾經想過，並且發現：他對沒有魅力的政治人物特別不能抗拒。雖然他一輩子都投票給德國社會民主黨，卻對梅克爾有好感。但魅力引誘擁有魅力的人變得不真誠，這點卻容易讓人忽略。兩相情願的互相濫用。

「如果早知道妳會取笑我這麼半天，我就留在家裡了。」

「你不吸大麻，也不喝酒，也不是馬克思主義者，還反對所有形式的政治暴力。連摩門教的都會取笑你年輕時的不檢點行為如果列清單，連他們都不如。」

「現今的年輕人妳說他們健康。那我當時呢？聖人？」

「你最大的不檢點就是愛吃英國馬芬蛋糕。現在還愛吃嗎？」

「我現在開始了解，為什麼我那麼久沒有來了。妳為什麼對我這麼凶？我做了什麼事？」

「你是一個穿著醜陋襯衫、有德國口音的怪人，我不想改變你身上任何事情。一點兒都不。我只是事後才想起，這是滿罕見的。」她注視著他，像之前語氣迅速變得侵略但也很快的消失。「正確的說，這是獨一無二的，所以你就不要抱怨，你喝醉了寫來一封信，我就開始把舊信拿出來看。我是設想要對你凶一點，這是有預謀的。」

「Okay。」

她自顧自的點幾次頭，喝光杯子裡的酒，將酒杯放到桌子上。表妹的照片又回到其他的照片裡去。

「上個月卡森•貝克死了。」她說。

「上個月才死？」

「跟我想的一樣。我剛好看見新聞報導。想要引用他一段文章——為了批評他，當然——當我在網上搜尋時，他的訃聞落入我的眼中，很短的公告。他應該有一百歲吧？你想得到比他的驕傲自大更有說服力的例子嗎？一百歲！」

「結果妳還是引用他的文章了？」

「用了，但是贊同他了。」從他踏進屋到現在，她第一次如以前那般開懷大笑。多年來貝克教授和她一直僵持不下，因為頌德琳堅持在論文裡把私刑當成一種原始的宗教儀式來研究。當時這是一個大膽的延伸，她的指導教授不想要跟這個言論有關係。一個白髮、來自蒙大拿的斯多葛派學者，即將邁入七十歲，對女學生認為他頭腦狹隘、目光短淺的批評不為所動。他認為這個題目是不合適的，而且察覺到頌德琳的態度有典型的法國文化沙文主義。隨著貝克的名字，何暮德的思緒回溯到飛回國前的一個下午。當時頌德琳受到莫大恥辱，說她的教授建議她最好還是寫理論式的論文，寫關於民族學本身的方法問題。她的憤怒主要來自貝克毫不作聲就假定，以為她，頌德琳•鮑畢庸，真的有可能應用一個屬己的概念，把自己等同於那些在密西西比和肯德基州嗜血成性（注：排斥黑人）的一般公民，或以他們的文化視角作為自己的。她盡所有的能力否認，把所有的怒氣發洩在何暮德身上，因為他以為貝克的反駁很好笑：How about Louisiana, then?（那，路易斯安那呢？）這場沒有結果的爭吵導致她離開明尼亞波利斯，搬到東岸，那裡有一個大學證實其自由的名聲，頌德琳能在那裡寫她想寫的東西。

「生命很怪異，」她說，而且似乎跟他一樣在跟隨一個想法。「我不想承認那個老頭是對的，結果付出該付的代價。最終，我失去了超過三年的時間。」

「還有我！」

「對極了！如果不是因為這樣的話，今天跟我離婚的人就是你，而不是喬治。」她雙手一拍，對自己惡意的注解感到非常得意。桌上的信件中有幾封內容是乞求的請願，信中的他白費力氣的懇求他的愛人、想說服她的理智以及一切其他頌德琳歸類於她與生俱來的驕傲之下的事物。她從未有普遍常見的虛榮心，也從來不為錢工作，在她出身的家庭裡錢總是不缺，此外還有呂貝宏的度假別墅、保母貝娜黛特和在餐桌上才會交談的神經質父母。

她朝他挪近，並且把頭靠在他肩膀上。

「你想過會這樣嗎？像今天。」

「我尤其想的是，希望妳不要太挑剔我。」

「我害怕，擔心這麼多年之後再一次見面會感覺多餘。這許多心神上的消耗，就為了一起懷想往日舊情。何必？」

「妳可以很惡毒的說話，但卻不是愛計較的人。妳一定不是這麼想的。」

「你憑什麼如此確定？」

「沒有什麼憑據。我只是不相信。」

「雖然如此，我說的還是正確的。我幾乎要拒絕你了。」

當何暮德向她投去懷疑的眼光，她想推開他，但是他把手放上她的肩膀，緊緊握住。在她繼續說話之前，頌德琳將手臂環抱胸前。

「我不想重新再開始，但是如果你堅持一定要的話。聽著，而且不要一臉受害的樣子，好嗎？我是說真的。」

「好，我聽著。」

「你沒有什麼理由要覺得受傷，我已經完全康復了，像以前一樣。我甚至可以攀岩，雖然醫生覺得很冒險。」她似乎很鎮靜地在思量下面要說的句子。何暮德眼光轉向巡視室內。她的腳邊躺著一本夾著書籤的書，封面是兩個男人打開車門正要坐進去。一個是白人，著深色西裝，另一個是黑人，穿著廚師或者是理髮師的白色工作外衣，也許他是司機。兩個人都板著臭臉望向攝影師，彼此似乎因為這個無以名之的行為而產生連結，猶如福克納的描寫。*There Goes My Everything–White Southerners in the Age of Civil Rights*（我失去了一切：民族覺醒時代的南方白人）是這本書的標題。明顯的，頌德琳對她的舊題目興趣不減。

「去年冬天，」她指指那本書，「我在儂特爾接了一門課，一個星期一堂，星期四下午。黑與白在美國。在我認識的人之中，誰都小心翼翼的隱藏他們對此不感興趣，光是因為這樣，我就不得不總是重新開始。沒有什麼比面具本身更能顯露真面目。對了，這句話是卡森•貝克那個老頭說的。」

何暮德的背靠進沙發，他很高興頌德琳沒有因為在講話就鬆開懷抱。

「在去年冬天啊。」他說。

「我們坐在課堂上，解析一篇文本。也就是說，我用英文念一段，他們粗略的翻譯一下。那時候在上麥克朗對抗卡森巴赫的案子，你應該記得。為了精確，我做的筆記比一般還多。念到某一個點，我抬起頭來看那一排的臉，想知道有沒有人睡著。兩扇窗戶是開著的，外面施工的聲音可以聽到。所有一切都很正常，是一個有陽光的日子，而課堂上專注力只有中等的水準我也習慣了。我想：好，繼續看文章。上級法庭前的辯論。但是我無法說話。我到現在還是不知道怎麼形容。從這一秒到下一秒什麼都空了。沒有字、沒有句、沒有語言。我是清醒的，有意識的，也沒有什麼地方會痛。基本上我甚至知道我要說什麼。只是這個什麼東西並沒有形式。當我看我的紙條時，上面是我的字跡寫的句子，但是要念出其中一句幾乎就像海克力斯的任務一樣難。從何開始？學生開始慌了：大家都瞪著我竊竊私語。過一會兒我聽到一個女學生跟救護人員說，她發呆了兩分鐘。我想，兩分鐘？亂講！我只不過需要幾秒來集中精神。同時，我很清楚，我看起來很奇怪，所以我想說抱歉。可是不行。我只聽見我自己說的是巴拉巴拉！不清楚的語音從我嘴巴裡發出。這是什麼亂七八糟的，我想。我沒有驚慌，而是生氣。然後有人把手機從袋子裡拿出來，開始講電話。我真的生氣了，現在這些小孩開始無法無天了！但是我一句話都說不出來。世界一如往常在我眼前，我卻被鎖在自己的身體裡面。雖然我能夠思考，甚至比平常更精確、更詳盡，但是沒有次序。很奇異的感覺！對了，對你的來訪我真的做了功課！我查了幾個專有名詞，因為我很清楚，早晚必須要跟你說這件事。我的小抄還在桌上某處。」她彎身向前，想去桌上摸。「我年紀愈大，就愈像你。好可怕！」

「不要找了。妳到底是什麼病？」

「技術上來說是中風。」他看不見她的臉，因為她手撐在桌上，正在紙堆裡翻找。「只是，你永遠知道你的東西放在哪裡。」

「什麼？什麼叫做『技術上來說』？」

「這只是我選擇的表達方式，為了不想說中風這個字眼。啊，在這裡！」手上拿著一張黃色紙卡，她重新靠緊他，眼睛看著紙上的內容。「記得我們的約定，不許愁眉苦臉。」

「快說，頌德琳！」

「打手機的那個學生後來說，他的祖父也發生過這種事，所以他認得這種情形，就馬上打電話給急診醫生。我中斷了上課，從門外還來了救護人員。我這輩子第一次躺在擔架上被抬來抬去。也是第一次坐在有閃燈和警鈴的車裡穿過城市。我四周的人在說什麼，我都聽得一清二楚。司機跟別人說：我因為肚子餓所以暈倒了。然後我心裡想：巧克力在袋子裡。巧—克—力。我覺得，似乎沒有那麼複雜了。但是，門開了，我繼續被抬在半空中。」她指了指卡片上的第一項內容，說：「這裡，在法國叫做UNV，英文叫Stroke unit（腦中風加護治療）。」

「妳真的中風了？」

「沒有，何暮德，因為你從波昂遠道而來，這是我特別為你準備的餘興節目。喝口酒助助興？」頌德琳必須彎著脖子才能看他。不是嚴厲，反而有點難為情，似乎是想說：別被我的語氣騙了。所以他閉上嘴巴。她故事的開始令他想起他耳鳴開始的第一次，那一天晚上那個短短的中斷。頌德琳的事件顯然嚴重得多。

「部門的人，」她說，「你可以想像有如熱鍋上的螞蟻。剛開始的那一刻什麼都像雲煙一樣飄過我身邊。一切經過都太慌忙，好像可以消化吸收似的。時間就是大腦，處理這類事件的準則。我被檢查有沒有癱瘓，被送進一個管子裡又被推出來。一堆醫生做了一堆檢查，好像在演偶戲。請用右手去摸左耳！請跟著我說一遍！之後不久，我又可以說話了。剛開始說得比較慢，因為我怕一說出來又變成巴拉巴拉，但是過一會兒之後，一切都恢復正常。幾小時之內。之後有人告訴我，這就是有名的緊迫的警告。身體告訴你，它的作用是沒有保障的。大家都受制在這個情緒化生活伴侶的合約中。正確來說，根本就沒有什麼合約。每個人都是運氣好，運氣一不好就完蛋。」

「沒有其他後續損傷？」

「我住院一夜觀察。醫生跟我解釋，我的腦沒有出血，是心臟一時出問題。」她念出卡片上下一個字彙，這次這個字很長，何暮德不認識。「這個字的核心意義只是協調缺失。一點點血留在心室沒有跟著循環，所以血管中出現凝塊。醫生開給我清血管的藥。這個藥原先還是老鼠藥，不騙你。我的醫生沒辦法跟我解釋，人怎麼會發現老鼠藥可以用來治療。我現在一輩子都得吃這個藥：可待因。聽起來像一種印度香料，卻是老鼠藥，味道有一點像香草。」

「然後你又開始攀岩。」

「醫生認為，我必須自己決定是不是要冒這個險。跌下來的話，對清血的人很危險。薇姬妮只說：那妳就不要跌下來，不就結了！如果你問我，為何和這個可以是我女兒的表妹要好——這就是原因。因為我這個年紀的朋友大家都搖頭告訴我要療養，再三提醒我要好好注意。我畢竟是一個人住！如果又發生怎麼辦？夜裡發生怎麼辦？薇姬妮認為，最好的療養就是像以前一樣繼續生活。一個人也許有他特殊的喜好，但是必要的話他還是能睡著。預防中風，老鼠藥比較有效。」

「我進門的時候妳說，妳還沒有完全恢復。妳瘦了。」

「你不喜歡我了嗎？」她仍緊緊靠著他，頭倚著他的肩。雖然如此，她卻有些不同。不再那麼緊張，不再張牙舞爪，而是需要人安慰，雖然違反她的意志。「也許我根本就不該告訴你這些經過，畢竟也沒有發生什麼很糟的事。那之後第一個禮拜，我繼續以前的生活，像我表妹所想。只是這堂課沒有繼續上，因為我每天必須去驗血。這幾乎比中風更累。如果每天都得去見醫生，怎麼能夠覺得自己是健康的？然後某個時候就開始了。我坐在書桌前，盜汗不止，而且突然就發生。醫生說，這種情況也是有的，事情過了以後才出現驚嚇症狀。身體比腦容易恢復健康。有時候我會夢見那些我在腦中風加護治療時見到的人。他們半邊身體癱瘓，必須做三個月的復健才能自己去方便。這一切是三月的時候發生的，從那以後，我感覺到在自己裡面有另外一個自己。一個弱小的女人，一個我從來不願意接近的女人，一個我現在也不願意靠近的女人。我這一輩子都把她鎖在櫃子裡，突然間她從裡面想破門而出。這真是太諷刺了！你知道我在想什麼嗎？」

她的父親或者是她的母親，何暮德都沒有見過，連照片都沒有。但是頌德琳的敘述栩栩如生。他心中描繪出一間陰暗的房間，裡面充滿鮮花和香皂的味道，還有靜靜地朝天花板伸出的手。

「我還記得妳是怎麼描述她的：一個受過良好教育、聰明的女人，不管吃進什麼東西，都把它叫做阿司匹靈。」

頌德琳對他的猜想點頭確認，且幾近感激。

「她生命中最後三分之一的時間是在療養院度過的。對兩人來說，這是最好的辦法。我父親能夠工作，和情人約會。而我母親則完全放棄了她的苦難，將自己從生命中的每一個責任中解放出來。我從美國回來之後，不常見她。對我而言，這是最好的解決辦法。其實我不能原諒她的軟弱。一個身體健康的女人偏偏要臥床度日。十五年前她去世後，我很少再想到她。薇姬妮，除了她還會有誰會跟我解釋，我心中被鎖在櫃子裡的那人是誰，我所害怕的那人是誰。我不願相信，我們之間居然有相似性，但是我們之間當然有相似性。怎麼可能沒有?她是我母親啊!」

何暮德沒有說什麼，伸手過去將她的握住。她的手比之前都還要冷。他很想再記得多一點，當時的對話所說的地點、情形，但是他腦中只有偏移的片段、零落的短句。

「那之後我嘗試避免一些衝擊。」她說。「我毫不羞恥的以自我為中心，雖然以前的我會覺得難為情，比如工作少點、定期規律的去給人按摩等等。不再看那麼多新聞，酒也幾乎不喝了。我不喜歡現在的我，但是至少在一段時間之內我必須接受這樣的我。」她陡地站起身，看著他，似乎將她的話在自己的腦中再過一遍。「這是對我第一時間思考如何回應你的電郵冗長的解釋。我看了信之後，有一會兒的時間我覺得：不見了吧!」

「理解。」

「然後我對自己說：去他媽的！如果這人一定要來，就讓他來吧！我之前不是說，要不要回信我考慮了好一會兒？正確的時間長度是半個小時。」

直到何暮德將她的手舉到自己的唇邊，他才想到，這是自己表示誠摯的溫柔的姿勢之一。如果頌德琳也感覺到的話，她沒有洩漏半點。外面的天氣正由一個陰涼的下午轉為暖和的傍晚，陽光穿過打開的陽台門外射進來。今早他在歌劇院那邊觀察的雲層，正從巴黎上空退散。慢慢的，在西方，一抹蒼白的紅霞出現。這一刻他不需要說什麼，也讓他覺得舒坦。

「既然我開始說了就接著說吧，」頌德琳繼續。「最近有一件奇怪的事發生，是一個有時候湧現在我心裡的好例子。也許你會喜歡。我在角落那邊的蔬果店買些平常週末吃的菜時，也買了一袋馬鈴薯。從在美國生活後，我就喜歡吃馬鈴薯。我拿著馬鈴薯袋，正要放進我的籃子裡時，你好像站在我身邊，說：**They are such a pain to pick, you know.**（採起來很辛苦。）」她模仿他的聲音並沒有成功，頌德琳笑得左右搖晃，似乎覺得不好意思。她的手也顫抖不止，但是何暮德緊緊握著不肯放開。

「馬鈴薯真的是這樣。」他說，「即便我是在你的幻想中，我還是知道我說的是對的。這是一個好兆頭。」

「我能夠聽到你是怎麼說的，好嗎？直接在我旁邊，好像你緊貼在我身後看著我。一開始我大吃一驚，想：糟了，時候到了，我瘋了，像我母親一樣。但是同時我又想大聲笑出來，在店裡面。這不是一個好笑的句子，只是在那個時候聽起來完全就是你會說的話。你明白我的意思嗎？我站在那裡，一個不再年輕的女人，手臂上掛著籃子提著一包馬鈴薯，沒事在大笑。我居然做出這種事。」

「近幾個月以來，我也有過幾次這樣事後總是必須問我自己『我是怎麼了？』的行為，也許這很簡單的屬於……」

「你不明白我在說什麼，何暮德。」她在聲音裡加進他從以前就熟悉的迫切性。「那是一個美好的時刻。我完全不在乎別人是否盯著我，別人怎麼想。根本什麼都無所謂！」

拉馬克路上輪胎吱吱嘎嘎。喇叭聲大作。然後頌德琳搖搖頭，伸手去拿酒瓶，把瓶裡剩下的液體都倒入他的酒杯。

「也許接下來我們該吃點什麼。你覺得呢？」

「好啊，我今天只吃了早餐。」

「本來我想請你去奧雷麗吃飯，但是我現在沒有興趣出門了。我們隨便叫點吃的，可以嗎？」

他點頭，順便指指空了的酒瓶。

頌德琳站起身，當她再轉過頭來時，人已經在門邊：「幫我回想一下，有什麼東西是你不吃的嗎？海鮮、豬肉？你的牙口還行嗎？」

「感謝妳考慮到我，點妳愛吃的就行。」

「沒問題。然後我就要問你，到底是什麼風把你吹來的？」

「我們時間很足夠，我會詳細的把一切都告訴妳。」

「時間足夠，嗯？如果你這麼說的話。」

然後他聽見頌德琳在廚房講電話。

他的手錶指著七點半。他的左腳已經麻了，為了讓麻癢的感覺趕快過去，何暮德站起身來在房間裡走幾步。他看看架子上書背的名字。幾本美國小說的名字他覺得似曾相識。裡面還有很多民族學的文獻，主要來源出處是結構主義，同樣為卡森•貝克所不喜，猶如當初頌德琳的博士論文題目。直到一九八〇年代末遊歷過一所又一所的學院，對美國鄉下感到厭煩後，頌德琳才回來。三年的婚姻生活不算，至今她都生活在拉馬克路這所明亮的公寓裡，把裡面的空間變成她個性的寫照：不拘小節、簡樸無裝飾、東西滿溢以及不是每個人都能覺察到的暖意。來訪的客人能喝到昂貴的波多葡萄酒，卻只能坐在地上。別人愛怎麼想，是別人的事。

何暮德把下午吸引他目光的照片拿在手上，照片上是他和頌德琳模糊搖晃、變質的快照。他們靠在一處欄杆上，仔細看會發現是懸崖邊緣的欄杆。攝影的人沒有想要特別謹慎的隨手一拍，前面左邊有別人的肩膀進入畫面，年輕的這一對似乎下一秒就即將失焦，加上兩人保持距離，看起來像是被迫湊在一起拍照。混濁的水光在背景閃爍著。

眼見這兩個在按下快門的那一刻，就被困在錯誤的記憶裡的友人，照片裡的年輕男人已經有幾天沒有刮鬍子，彷彿相信頰上的鬍渣讓他看起來有男人味。他的表情居然同時有憂慮和傲氣，讓人很難對他產生好感。女人披散著頭髮，短短的衣服，圖樣像是炸開的花圃。背景的河水是密西西比河？還是美國中西部兩三步就一個的湖泊？他聽見頌德琳掛了電話，就把照片放回去，站在敞開的陽台門間。外面城市上空紫光開始閃耀。艾菲爾鐵塔的尖頂幾乎碰到了鐮刀狀的月亮。

兩隻手臂撐著門框，他深呼吸好幾次。今天的後半天一樣過得既迅速又緩慢。昨天早晨他的宿醉如此嚴重，他如果推遲一天再出發，就不能在預定的夜晚趕到飯店。所以他沖了一個長長的澡，喝了三杯咖啡，才坐計程車到鮑爾區去取他的車。在七重山峰上醞釀的暴風雨讓空氣重重的壓著，當他終於又站在這個停車場上時，他連手指都沒有動就已經滿身大汗，感覺到對瑪麗亞聲音的想念，同時又害怕手機響起。他環顧四周，似乎想在地上尋找在他的福斯Passat車旁停車位的痕跡。他們站在這裡幾秒，幾秒內彷彿又是他無法避免的結束的開始。

到現在不到兩天的時間，而他如果誠實的話，從那之後他幾乎沒有想起過這件事。

5

又一秒過去。靠著車子，何暮德感覺著他動盪心神的混亂以及嘴上的乾燥。從卡特琳娜的頭上望過去，他看到一排閃光的車頂。地皮交接處衣物還掛在曬衣繩上，床套及白色床罩鼓脹在從萊茵河畔吹到花園來的涼風中。不行，總而言之一句話。何暮德把身體的重量換到另一隻腳上，等待失望的來臨。

下午他才想過在什麼點上他會覺得一切都無所謂了，會不再矜持。卡特琳娜的手此刻在他的背上游移，一如瑪麗亞在哈齊雪廣場和他道別時所做。這是一個寂靜的夏日夜晚，在這一夜他站在自己身邊，觀察著自己這個老人如何相信他能夠與一個年輕女人在這個穢暗的後院裡做愛。是他自己的作為，經歷起來卻像別人加諸的。幾星期幾個月以來，他感覺著挫沮如何在他身體裡面長大，但是他不貫徹所為，反而讓一切在短短的這一刻裡煙消雲散。基本上，什麼都沒有發生，他驚異的想。

「我做不到。」卡特琳娜的頭靠在他胸上，他們站著動也不動的抱著似乎很久了，她的手提袋掉到地上似乎是不小心的，而凌亂的衣裳似乎是風吹的。「跟一個已婚的男人我做不到。」

他很想告訴她，他不需要她解釋。在腦中他想像著另一種不會發生了的結果：第二天早上不自然的尋找藉口，難堪、結結巴巴的責備、辯白。取代這些的，是一大早收拾行李出發。敞開的廚房窗戶滲出說話聲音和餐具的碰撞聲。停車場後面樹枝停止搖曳，在葉縫間竊竊私語。

「兩方的理由我都知道。」她輕聲說。「這是他安慰自己在職場上受到的屈辱的方式。而我這邊呢，則是要報復他，結果可想而知。」

何暮德手臂環住她的肩膀。沒有受到她所言的攻擊，他覺得舒服。責任不在他。似乎想證明這一點，卡特琳娜抬起頭，親他之前稍微猶豫一下。兩人都跨過了這道門檻，前路仍然受阻，但是此時此刻，在黑漆夜晚停車場的車陣中，他們是自由的，能做任何他們想做的事。他聽見從街上傳來的歡樂的聲音和腳步，幸虧又逐漸遠去。

「然後我就對自己發誓，不再做這種事情。不想再是受害者，也不想再是加害者，即使加害的對象是我不認識的別人的妻子。」

「妳真是……」他先輕咳了兩次，才能繼續說下去。「妳真是好人。」不然他還能說什麼？最後一次他撫摸她的背，感覺柔軟的衣料以及臀部開始的曲線。慾望仍然在那裡，被困住的獸，牠的需求不再被重視。然後他放開她，說：「我送妳回家。」

各人整理了一下衣冠，上了車。車後座散落著翻舊的漫畫書。何暮德將座椅往後移，調整後照鏡。踩下離合器，嘗試性的去推手排檔，很感謝卡特琳娜沒有讓他們淹沒在沉默中。

「當我知道的時候，我整個人都毀了，雖然早知如此何必當初。也許我只是一廂情願的希望他比真正的他強壯，這也是為什麼他得表現得比真正的自己強，卻又表現在錯的地方吧。直到現在，在我們的小吵小鬧之中，我才了解，他和我想像中的他是多麼不符合。」

「是他先背叛妳的，首先。為什麼女人總是喜歡認為，丈夫出軌責任在自己身上？」何暮德一邊問，一邊讓車輪慢慢滾出停車場。雖然他喝了幾杯，但是現在已經沒有酒意。取而代之的，是罪惡感的先發部隊到達，一個小小的偵察隊先來探測一下地形，準備給明天的大軍紮營。

「在某一點上我的人生經驗比你豐富。」卡特琳娜說的時候，比之前冷一點。「即使離婚不再是少有的事——沒有經歷過的人，還是不會了解接踵而來的破滅。所有的人事都是見證。家人、朋友，跟所有的人都必須解釋，也許真有人做得到，但是那種全線失敗的感覺還是在。我們之所以會有兒子，是因為我們相愛。現在他卻必須兩邊跑，而且兩邊還為了他住的時間長短小氣的討價還價。認為錯在於他開始在先，對我有好處嗎？」

「也許你是對的。」何暮德把車子開上甘迺迪大橋，然後轉進空空蕩蕩的阿德瑙大道。他費力的瞪著速度表和街道，聯邦審計局過去不遠轉往城市南區。每一次換檔，車子就震動一下，每震動一下，就把何暮德已經躺在舌頭上的對不起震回肚子裡。有一次停紅綠燈，警車就停在他們旁邊，而他們兩人緊張得僵直瞪著前方，直到紅燈轉綠。對話也逐漸消聲。當他們十一點半到達列辛街時，街角的小酒館正在收椅子打烊。街道兩旁是美麗的古典建築和高大的菩提樹。卡特琳娜指揮他停進唯一剩下的停車位，似乎是她專屬的。離這兒不遠，在波昂山谷路上面，瑪麗亞、斐莉琶和他住過幾年，在剛搬來波昂時，他們還是一對年輕的夫婦帶著一個稚齡的孩子。現在他想起來，他已經很久沒有來過城市的南區了，他記憶中這附近並沒有這麼保守。

「你生我氣嗎？」他轉熄引擎時，卡特琳娜問。

「完全沒有，這樣比較好。」

「我應該早點告訴你的，必須早點告訴你，我也想早點告訴你。只是，我還沒有這麼難說出口過。一個人過日子時，會自問，遵守原則有什麼好，遵守原則只會讓一個人過的日子更漫長罷了。」

我們互不相欠，他想說，卻只搖了搖頭。這樣的方式本身就已經是錯的，尤其現在他們又嘗試彌補一切，不想讓對方失望、覺得受辱或者覺得羞慚、後悔。別再欺騙自己了，他猙獰的想，遵守原則是有德之人中的豆腐香腸，無肉乏味。但是他沒有說這些，他只淡淡的說：「吸引力比我的意志力強大，所以我原諒我自己。」

「好吧。」

在他的腦海中，另一個他正舉起雙手放在她的胸脯上。不過現實裡，她已踏出汽車，往她房子的入口走去。沙漏中最後一顆沙子正滑下瓶子的腰間，她走到了門口，他交出車鑰匙像是象徵投降。

「那麼，」卡特琳娜頂著凌亂的頭髮站在他面前，何暮德雙手插在口袋裡。隔壁是分析式完形療法協會，小花園的籬笆上鎖著腳踏車。

「陽台，」他說，下巴朝天一指，「哪一個？」

「四樓。有關暫時停職的事我會查清楚，然後告訴你。」卡特琳娜用雙手捧著接過鑰匙，似乎當鑰匙是一隻掉出鳥巢的小鳥。「原因是你太太，對嗎？」

「是。」他沒有想否認。她要不是猜的，就是感覺得出來，要不然就是從大學裡的謠言聽來的。

「尤其是這很複雜，出於很多理由，不只是因為我的義務而已。我們也許可以下次再談，好嗎？」

「好的，那就下次。」

最後一個吻後他們互道晚安，然後他就只能看她走開的背影，讀出她的遺憾，以及和門鎖短暫的打鬥。他看著她的形影在走廊裡消失，在腦中計畫搭計程車回鮑爾區。很長的一天過去了，而他在家還有幾件事得完成，比如說，再喝幾杯。車子明天再拿吧。沿著萊辛街他慢慢走下去，往右轉，踏上以前他去大學的路徑。一家學生酒館的門前年輕人互相道別，用親吻以及熱忱的擁抱，彷彿今日一別明日天涯。何暮德經過他們，覺得自己在與平衡重心的對抗中成了廢人。以一種既舒服又傷痛的方式孤獨著。覺得失望但又鬆了一口氣，亢奮又疲倦。當一輛計程車在韋伯街超過他時，他舉起手，看見煞車燈亮起。車後座迎接他的是宜人的香草和皮革的香味。後照鏡裡是探問的眼神。

「請到維納斯山，謝謝。」何暮德關上車門，繫上安全帶。這個決定非常奇異，忽然站在他眼前，根本沒有經過考慮。頌德琳也許會覺得驚訝，而且會先奇怪的問，但是，他還能去哪裡？離上次見面已經過了這麼多年，他甚至無法一下子想起來，到底是多少年以前。他們在奧雷麗吃飯，在她的住處附近。一頓沁蘊著友誼溫暖同時又氣氛感傷的餐聚。他們一起喝了一瓶酒，把話題控制在遠離他們真正的心底話之外。他在想這件事，也許是因為即使是當時他也不明白，為什麼他對罪惡感的調適如此遲緩，好像在完成一個麻煩的義務行使。

「美好的夜晚。」他喃喃自語。

晚餐之後頌德琳送他到地鐵入口，雙臂交抱，如許沉默，這樣的沉默只有她悲傷時才會出現。經過她的住處，沿著拉馬克路而下。他抬頭觀看房子的立面，問自己還會有機會再踏進她的公寓嗎？這是七年前，還是八年前的事？

「請問您是海巴赫教授嗎？」這個問題將何暮德從思緒中拉回現實。他反射性的坐直挺胸，抬起他的頭。

「是，我是。」

「您不記得我的，我只上過您一門課。十年前，維根斯坦。」那張司機向他轉過頭只有很短時間的臉，他並不覺得見過。一個年紀三十出頭的男人，戴著無框的眼鏡，頭髮已經稀疏，表情像是因為滿足而覺得無聊。

「您是哲學系畢業的？」何暮德問。

「建築系。哲學只是一個嗜好。」

「了解。」他寧願一個人安靜的沉浸在回憶中，但是既然與以前的學生同乘一輛計程車，那就讓情況變成最好吧。這一門課他們讀的是「邏輯哲學論」，他詢問才得知的。他的司機姓麥雅，而「世界是所有與生的事」，當時這句話讓麥雅思考了很久。一邊開車經過各家酒館依然熱鬧無比的波貝村，麥雅先生對著後照鏡如對著轉動的攝影機講話。其實就像事實所構成的荊棘叢林，維根斯坦只是說法不同罷了。從無限的句子中要說出這個重點，是沒有成功的希望的，雖然很天才，而且以他自己的方式非常的英雄氣概，但是沒有實施的可能。維根斯坦自己在晚期也發現這一點。照後鏡中的臉似乎在等待一個評論。

「您現在是建築師？」何暮德問。

「多多少少。」目前沒有固定職位，女朋友懷孕了，而找到固定工作的可能性──「唉，反正報紙上都寫得很清楚。」比如說副駕駛座上就攤著一份《總合報》。美國房地產的局勢也不會不影響這裡，他說。何暮德隨便聽著，對自己今天這是第二次有這種方式的對話感覺奇異，第一次是下午和林查爾斯，他可能剛剛讀完里爾克，他的司機告訴他，他有一個經驗豐富的精神層次。麥雅先生手伸到放在手煞車旁的紙袋裡拿出麵包來，似乎考慮了一下是否該請請後面的乘客。

「人有了孩子之後，」他一邊咀嚼，「很多事都會改變，對吧？」

「我是這樣的。」何暮德心中惦量，想著該不該講那三個宗教導師的笑話。克雷門司奧古斯丁街的酒館已被他們丟在後面，現在車子停在紅燈前。何暮德的視線落在空寂的人行道和黝暗的櫥窗上。十字路口的文具店擺出各色提供給新生的文具選擇。斐莉琶上小學的第一天得到一個內裝上學用品的藍色禮物筒，筒上銀色字跡寫著「我上學的第一天」。他為什麼現在回憶起這件事，或者只是剛好在這一秒看見夜裡在車後消逝的櫥窗，當紅燈變成綠燈時——其他很多在他眼前行進的事物，總和會如何都很難說。時光最終如何計算總和？也許他該重新開這門已不再流行的「邏輯哲學論」。文本中討論很多無法解釋為什麼這些會組構在一起的合成。不論何暮德何時拿起已經讀爛的那本書，眼前便浮起史丹・賀維茲在黑板前忽高忽低的身影，全身凝聚一種興奮，也慢慢感染給聽講的學生。一大堆存疑的句子，就事論事的冷靜卻神祕的深奧。**1.21 Eines kann der Fall sein oder nicht der Fall sein und alles übrige gleich bleiben.**（每一個情況都可以是這樣或不是這樣，其餘所有的條件都保持不變。）是這樣嗎？還是與之相反，如果有改變，所有一切便都改變？畢竟這是相互關係，不是拼湊。

「當我的女朋友告訴我她懷孕了時……」麥雅先生找到一個比起早先的維根斯坦，令他更感興趣的話題。「夜裡我躺在床上幾個小時都無法闔眼，我想：哦，天哪！現在呢？我當然很高興，只是我無法入睡。您想知道嗎？從那以後我又開始在夜裡開計程車，像學生時代一樣。」

何暮德又看到麥雅先生沒有表情的眼睛，忽然間他對這位司機產生好感。他提到在第一個孩子降生之前興奮的慌張，這種感覺他很清楚。斐莉琶出生時，他還是兼任教授，沒有專任的固定收入，像卡特琳娜的先生一樣，不確定明年的時候，整個家會在哪裡。

「我當時寫日記，」他說，「那之前我很少寫，那之後再也沒寫過。但是有幾個月的時間我想，我要緊緊的抓住這個無法讓人輕易把握的改變。這個嘗試是值得的。」這本寫滿無助反應字句的綠色本子一定在書房的某個箱子裡躺著，那之後他沒有再打開看一眼。

他們沉默的沿著羅博寇荷街駛上去。十五年來他每天開這條路，每天都享受著這條路輕柔的彎弧，似乎一轉彎，日常規律便被擺脫落下，即使兩年來，等待他的是一棟空寂的房子。距離他上次去游泳池接斐莉琶回家至今，已經過去多少年了？何暮德看著窗外。電波塔在上空徒勞的一閃一閃，而有什麼不可挽回的改變了，但不是在這個世界上，而是在他的腦中。

「我還沒想到這個主意呢！」麥雅先生比較像在對自己說。「寫日記聽起來有點像回顧，不是嗎？」

「對您來說，是的。我的意思是您這一代人。前面請靠左。」

他夜裡獨自一人坐在客廳裡已經兩年了，聽著四周花園裡的聲響，緊緊攀住希望，期盼瑪麗亞會宣告她搬去柏林是一個錯誤，並願意回到他身邊。這個無謂的願望，正好占滿必須下決心的地方。這次不再像三天前在哈齊雪廣場，只是無傷大雅的隨意想像，不，不是在腦中測試膽量，而是來真的。他必須有所行動。

「在這座山丘上面買一棟房子一直是我的夢想。」麥雅先生說，當他們在樹林邊緣石塊路面上慢慢滾動時。計程表旁邊的無線電傳出斷斷續續的嘶嘶人聲。

「我的房子很快要出售了。」何暮德聽見自己這麼說。他聽著自己說完才想，這是否會不合情理呢？還是不可思議？無論如何，這個句子至多就是有點膽大妄為罷了。「我女兒在漢堡念書，我太太在柏林工作，我自己一個人住這個房子太大了。前面那棟花園荒廢的房子，謝謝。」他從袋子裡拿出皮夾。他享受說出的話比他自己的意志走在更前面，是好還是不好的訊號？他會跟著說出口的話去做？還是一早起來發現喝太多，給了自己一個揮之不去的念頭。

「九歐元六十分。」麥雅先生停在門前正中央。「這個花園確實可以整理整理，雖然不大。」這是今天第二次何暮德從汽車裡望出去看自己的地產，黑暗、荒涼，而且的確需要整整容，如果想讓買家多看一眼的話。

「我沒有時間整理，您了解嗎？」

麥雅先生伸出手來指著露台旁邊那棵櫻桃樹。

「對了，說到時間，這棵樹遲早會爬上您的地基。它長得太靠近房子了。要開收據嗎？」

「不必，不用找了。」何暮德遞過去十二歐元。然後他看著打開的皮夾，然後決定，順勢往前跳一大步。「如果我再給您二十歐元，三十好了，您願意跟我進去看看房子，然後告訴我，我這個房子可以賣多少錢嗎？」

「現在？」麥雅第一次將頭轉過來正視何暮德。他當年在課堂上一定是敬陪末座的學生，不然就是太少來上課，不然何暮德一定會覺得他的臉有些面熟。

「我好幾個星期以來就一直想讓人來估估價。」何暮德說，「但是一直沒有時間。明天我要開車出去玩幾天，希望可以徹底計算一下。您對波昂的房地產市場熟悉嗎？」

「還可以。正確的說，很精通。」

「那您還猶豫什麼？」何暮德從錢包裡抽出一張紙鈔，遞到他面前。「一個大概就好，讓我有點概念。」

「錢您收起來。」麥雅先生手一揮，用很糟的演技假裝生氣，把安全帶解開，打開車門。「您明白，這不會是一個可靠的估價。其實我根本不被允許做這個。」

「感謝。」何暮德從另一邊下車。一點不意外，維納斯山丘上總比山下城裡的溫度低二至三度。他的目光沿著黑夜中清空的街道走下去，落在一排彎著頭將光灑在黑色石塊路面上的路燈上。那個時候他能買得起這一棟在最好的區域的房子，主要必須感謝岳父經濟上慷慨的支助。房子的車道入口前，兩年前曾停著一輛搬家卡車，將瑪麗亞簡單的用品收進去。從那以後，他就生活在四下尋找太太的感覺之中。屈服於精神壓力和孤單之下，沒有察覺他的渴求變得多麼大，沒有察覺他已走在前面，注視著街道消失的盡頭，追隨太太的去處——他以前沒有這麼做過嗎？維根斯坦不是針對此一事實寫過：3.02 思想包含思想所想的實際事態的可能性。能想到的，就是可能的。可能是對的，或者不是。

但是想知道的話，必須先跨出第一步。然後再跨一步。希望藉此能從自己的動作中找到推動力。

「好了。這是我對為什麼到這裡來的這個問題非常詳盡的回答。」何暮德閉口，看著頌德琳的臉。直到現在他才意識到，他敘述了多長的時間。幾乎一整個小時，整篇故事從瑪麗亞搬出去、那一場劇烈的爭執直到前天晚上所有發生的一切。連他自己幾乎都驚訝了，事情怎麼這麼沒有停歇的一件牽連著一件。就只是所有的發生所導致的結果有些牽強，無論如何，他所覺察到的行動力並沒有所覺察到的抗拒力強。

「了解。」頌德琳的腳縮在懷前蹲坐在椅子上微笑。燭光映照下，她嘴角的皺紋成為細瘦的黑影。她眼睛裡有些促狹的神氣，似乎即使是她，也在他的果決中感受到猶疑。

「我們進屋，」他說，「那個傢伙開始四周察看，我在旁邊想：幹！可能我所牽掛的，畢竟既不是這棟房子，也不是波昂。他走了之後，我就寫了這封電郵，訂了飯店。第二天早上，我只收拾一下行李就離開了。」

「所以你人在這裡了，這麼多年之後。」

「我不記得當時我們分手時是怎麼約定的。我只是很清楚，離我們上次見面已經太久了，而我絕不願意我們就這樣斷了聯絡。」他拿起桌上的長頸水瓶，給自己倒了一些。

「你真的想賣掉房子？」頌德琳說，不理會他的註腳。「職業可能也會換了。我承認，我從不認為你有這個膽量。」

「最近我讀到美國的成年人平均每五年搬一次家。在美國，舊的丟下，重新開始新的，是很平常的事。妳考慮搬去和薇姬妮一起住是很正常的。為何在我就不是？」

穿過陽台的門，冷空氣徐徐進來。他們面對面坐在何暮德細心鞏固像下午為托盤所布置的地方一樣的摺疊桌邊，隔著空盤子對望。在那篇報導中另外還描述了對生活的預期以及搬家意願之間的直接關係：若愈能夠預見美好的未來的話，搬家的意願就愈高。而德國對這件事的價值觀點，作者寫道：相對來說期望比較低，但是有增高的趨勢。

「房子到底會怎麼樣，」他說，「當然不是唯一馬上得做的決定。甚至還不是最重要的。」

「這個我已經明白了。」

「我還剩下一個星期的時間，但是現在我一開電郵，就已經緊張了。也許出版社在我有機會和瑪麗亞討論這件事以前，就已經得回覆他們。」何暮德掰下一塊法國長棍麵包，用麵包將盤中剩餘的橄欖油抹淨，送進嘴裡。頌德琳所謂的義大利前菜小拼盤，結果是豐盛的大餐，有海鮮、義大利薄火腿、哈密瓜切片、燻鮭魚以及油漬蔬菜。搭配的沙拉是兩人一起在廚房準備的，一邊做一邊取笑他們自己當時在宿舍嘗試做菜時的糗事。在他們肩並肩站著切番茄、不時拿起酒杯喝口酒的期間，這幅情景就是他想像拜訪她時的樣子：互道往事，共同經歷過的地方、人名。那個酒吧叫什麼名字來著？當他們煮的東西太難吃，總是逃去那裡避難的那個酒吧！帕馬酒吧？帕馬咖啡館？或者就只是帕馬？現在頌德琳雙臂交抱坐在她的位子上，帶著疑問看著他。

「我們再開一瓶酒呢？還是……你要咖啡還是茶？」

「我要聽妳的意見。」

「我的意見？」

「妳的表妹會建議：繼續像以前一樣生活吧。畢竟我的情況和妳的不一樣。」果然他突如其來的勇於抉擇在昨天晚上就已經被蓋第一個火鍋。房子的價格麥雅先生不肯透露。地下室的牆壁是一個不確定的因素，他必須白天光線好的時候再來看一次，當他們看完一圈，回到廚房的時候，他說。屋頂似乎很堅固，但是新的屋主一定會馬上想把磚換掉。至於水管系統，他還是不要提這個燙手山芋了吧。這個臨時起意請來的鑑定人員對他的工作非常認真。房地產買賣最重要的還是要看地皮的價值。只有業餘的人才死抱著房租市場價格不放，真正的專家看的是地產標準值。維納斯山上面這一片價格每平方公尺在四百歐元以上。何暮德若告訴他，這塊地有多大，他可以幫他算出市場價格。不用等，他可以脫口說出，但是不保證買者會服膺這個價格。

何暮德一口喝乾杯裡的水，馬上又倒一杯。

「我整天沒有喝到什麼水，」他說，「妳還要吃嗎？」

頌德琳搖搖頭。

「你都還沒說，你整天做了什麼？你看了些什麼？」

「今天早晨我在歌劇院那邊轉了一圈，進了那個什麼百貨公司看看。然後我回到飯店房間，批改一份博士論文。題目是世界思想在中國。除了這些，我不知道一個人在巴黎還能做什麼。」

「世界思想在中國是做什麼的？」

「如果我懂得沒錯，作者要把進入的現代留住。他怎麼做得到，是他的祕密。論文的語詞不通順到簡直是噩夢。」

頌德琳的表情沒有顯露她是否對他的回答感興趣。夜愈深，她和他的思想的交集似乎緩緩的在互相飄離，何暮德不甘心他們變成這樣。

「寫這部論文的博士生是中國人。」他說，「論文寫了六年。兩天前我和他聊了一下，發現我對他所知甚少，並且也沒有興趣想知道。我一邊埋怨，有天分的學生不找我指導，另一方面卻又狠不下心拒絕需要我照顧幫助的學生。實際上我也沒有在指導照顧他們，我只是引渡他們畢業。雖然我曾經想對學生盡心，像當初賀維茲對我一樣。」

頌德琳點頭微笑。

「我已經在想，你怎麼還不提那個高塔神父和他神祕的研究。你居然景仰一個投票給尼克森的人——他還投給他兩次！我當時真的很難接受。就是馬後砲一下，因為我之前說過，我不會要你改變一點點。」她給他的指導教授取的綽號叫高塔，不是因為他身材的巨大，而是影射福克納小說《八月之光》裡的高塔神父，在他的腦中南北戰爭的騎兵隊呼嘯來去，就像在史坦的腦中第二次世界大戰的步兵部隊不斷行軍一樣。現在她彎身向前，似乎差不多是時間允許聊天了。

「賣吧！何暮德！賣掉你的房子、換工作、搬到柏林去吧，在寂寞將你拖離正軌之前。你的狀態已經很不好了。」

「這是妳的建議？」

「我們上次見面時，你惺惺作態不願承認你有中年危機。但是你現在比起那時候，連一半的安全感都沒有。」

「如果你這麼說的話。我已經不知道我當時是什麼感覺了。」

「別再咬文嚼字了，你不是像你自己所想像的這麼不自由。你只不過是害怕罷了！」

「有些勞資方面的法律問題我必須問清楚。這樣的職退可不是小事。」

「那就問清楚。然後把心一橫，行動吧！」她激動的把椅子往後一推，站起來。「我馬上回來。」

「好的，沒問題。」

頌德琳離開房間時，燭光逼著影子在架子上顫抖游移。黑暗令他想起洞穴，洞穴的狹窄讓他覺得不舒服想逃，於是他重新站到通往陽台的門下。夜晚清涼的空氣拂上他的臉，令他心曠神怡。行動吧！他想。同樣的句子他前天晚上也想對自己喊。摸尋了一會兒，他找到房地契，將它攤平在桌上。麥雅先生躬身拜讀，他感覺，他尤其只想找到支持自己的證明。一塊五百平方公尺的地產在今天的情勢來說真的不大，保守的估計應該很難賣超過二十萬歐元。他聽說過一些案子，這些案子裡每一平方公尺賣價四百二十歐元，當然也會付給房子一點錢。失望與惱怒從何暮德心中升起，當麥雅先生說，因為房子建材用料一般，所以地上物的價值估算很少。投資在這上面讓房產增值是不值得的，他的潛在買者應該只是因為對建築用地感興趣，期望地皮的價格會上漲。結論，或者如何暮德在課堂上所言——綜合以上——要看何暮德自己了。麥雅先生多肉的手指轉著的自來水筆不是他的，他似乎一點都不在意。他得意洋洋的扮演一個房地產仲介的角色，正在給一個財力不雄厚的顧客講解市場的無情。似乎他接著就會說：不然，我們去別的地方看下一個物件。

行動，即使經濟計畫上不是聰明的？

他等了頌德琳好幾分鐘不來之後，走到廚房，看見她交抱著手臂站在窗前。洋蔥和橄欖油的味道混進了他所送的花香之中。水槽上裝置的桌燈發出朦朧的燈光，而窗外是大都會入夜後的霓虹繁華。有那麼一會兒，他猶豫著是不是必須就此告辭。

「我會想念這扇窗外的景色的，」頌德琳說，「等我搬去和薇姬妮住以後。」

「什麼時候搬家已經確定了嗎？一個新的公寓？」

「什麼都還沒有定，房子我們還在找。」

「我的問題讓妳無聊了？」何暮德的臀部靠在洗碗槽。「如果是的話，請妳原諒。」

「我只是想在這裡站一下，想一想事情。」

「Okay。」

他們兩人一起無言的望著窗外，一段時間。塞納河像一條黑色的帶子蜿蜒梭游在這片光之海上。然後頌德琳回頭看他一眼，似乎想確定他是不是仍站在她身後。

「自從上次見面之後，我們改變了很多嗎？我感覺是。」

「改變？什麼樣的程度？」

「我在聽你說話的時候想到的。我們這麼坐在那裡，談著，反覆思考著關於婚姻、工作、健康。」這段話聽起來，她似乎將接上更長的一段話。但是她只是搖搖頭，將杯子湊到唇邊。何暮德看不出來，她是否能從窗玻璃觀察到他，像他看她一樣。

「妳還是被我的無聊影響到了。」他說。

「這不是你的責任。我自己還不是一樣。我的意思是：以前我們不是帶著敬畏在看未來嗎？你來找我，為了和我上床，以及共度一個有意思的週末。我總是很期待。儘管那是錯的，沒有希望的，而且是遲來的，這個我們很清楚。但是我們還是不顧一切的做了。至少我沒有後悔過。」

「雖然妳的婚姻因此毀了？」

「我的婚姻在這之前早就有問題。我現在並不是在說後果，而是：你那時候來是多麼刺激有趣。現在我們見面喝兩杯酒，我敘述我中風的事，而你……」一個興致蕭索的手勢結束這個句子。「今天下午我站在這扇窗前，以前的感覺又回來了。我沒有期待什麼，你知道嗎，我只不過是感覺到了回到從前的感覺——彷彿能夠期待什麼。這個感覺是多麼的美好，我幾乎已經忘記這個感覺是什麼感覺了。」

「那麼我會帶著花來。」

「你也想像一下我的熱情。什麼花！呸！下次要帶酒餡巧克力。」

加上電毯，他想說，但是他不知道電毯英語怎麼說。

「妳和喬治有聯絡嗎？」

「我知道他生活在蒙特利爾，就這麼多了。」她和窗玻璃上的她自己面對面站著，透明，模糊，聲音沙啞。「有時候，我很想像別的女人一樣：灑幾滴眼淚，然後去做頭髮，去買鞋。如果有人真的能從物質上得到滿足，那麼，他是幸運的。我要的，總是比物質多太多。所以我會清醒的站在鏡子前看著我自己，或者站在一扇窗前望出去。剛剛我還在想，你的故事中最好的一部分是，當你在車子裡失去理智時。真的！不僅僅是，這表示你深愛著你太太，而且還因為那是對的反應，而且痛快。我不是一個氣閥。雖然我不是運動健將，但還是喜歡去攀岩。薇姬妮並不能讓我忘記害怕，雖然怕得要死，我還是強迫自己上去，特別是中風以後我攀得更多。也許只是為了讓我自己與我母親不同。」

「只要妳在攀岩時小心照顧妳自己，不要像我們旅行的時候那樣。」

「你到底有沒有在聽我說？注意我自己的身體健康已經變成我的職業。從三月到現在，我沒有一次錯過吞我的老鼠藥。害怕自己不能再自主生活，需要別人照顧，這種感覺一直在我背上。我全部的生命意義都懸在這一線上。在岩壁上我拚命爬高，為的就是把這一切踩在腳下。你懂嗎？」

「妳不必再重複了。」他說。他很想把她輕擁入懷，但是他不知道，她是否願意。「妳按時吃藥，乖乖去驗血。這是很理智的，而且……」

「說到關鍵字了。」她輕蔑的哼一聲。「最近有個醫生說：鮑畢庸夫人，我希望，所有的病人都能像您那麼理智。那是個有游泳健將身材的年輕醫生。他對我這麼說時，我真是恨不得把他的眼睛給挖出來。像我這個年紀的女人，沒有什麼比理智更容易了。能夠輕狂的機會反正非常稀少。你可以和年輕的小東西在停車場胡搞，我呢？」

「她也沒有那麼年輕了。」

「和你的年紀相比，她是很年輕。我想和年輕的小東西胡搞得用錢買。你知道嗎？說不定我什麼時候就真的去買了，錢我不是沒有。人生除了理智以外，還必須有點別的什麼吧！」

「頌德琳！」

「頌德琳什麼？」她氣惱的大叫。「你的故事中這個部分是我最討厭的。我們那個時候你不願意欺騙你太太，現在更不想，那麼你就不要做。當時和我上床，你是看在舊情的份上。Okay，但是，單純只是色慾？拜託，請你對自己也誠實一點！」

「有時候我們做出來的事，不一定是我們想做的，不一定知道我們為什麼這麼做。」他感受到她藉由窗玻璃反射給他的怒火。一如當時她在駕駛座上，當他袒護史丹•賀維茲，或者不願意說福特總統是犯罪分子時。當他對頌德琳的問題愛搭不搭，因而惹她發脾氣時。然後她就會說他無可救藥，十哩之後又停靠路邊，求他原諒，一身繽紛的衣裳坐在他的懷裡，在廣闊的自然天地中，又悔又恨，就是不是愛搭不搭。實際上她是想改變他的。

「你有沒有想過，」她現在說，「你自己可能是唯一一個對你的反應行為感到驚訝的人？只要稍微知道你的為人，就會知道這些行為是有邏輯的，有計畫的。你太太當時一定知道你到巴黎來做什麼。你到底是怎麼跟她說的？」

「這個妳不必知道。」他很溫柔的說，卻不容商榷。

「這個問題屬於我們不該問的範圍。」

「這個範圍很大。」

他小心的在她身後向她靠近。他看著窗玻璃映照他的動作，頌德琳也注意到，但她不為所動。她的肩膀靠緊他的胸脯，下半身與他保持距離，避免太親密的身體接觸。對，她對他的親密感在很久以前就已經根生，自從那時候，親密感是前提，不需要被證明。她，或者是他，都不需要努力。他還記得，他們如何站在窗前，他穿著內褲，而頌德琳身上只有一條毛巾，手上拿著半空的酒杯。總共三次，在三年內。不抱希望的、遲來的祕密的生活，卻總比沒有好。第一次是瑪麗亞帶著斐莉琶回葡萄牙的時候，之後他就假藉職業上的理由。說謊是醜陋的，但是一點都不困難。需要的只是嚴謹，而他有的是。最後一次他和頌德琳雙方都同意，不能再這樣繼續下去，所以就沒有再繼續。無論如此或者非如此都沒有繼續。

他的面前，在窗玻璃的倒映中，是兩個堅持保持距離，甚至連身體的親近都要計較的老人，他們的年輕韻事擺明在旁邊的桌子上，照片中頌德琳和他身在船中。當她進廚房時，何暮德將照片取在手上，打算問她。現在他的眼光重新落到照片上那兩張不開心的臉，他第一次相信自己抓到了回憶的一角：漢尼拔，密蘇里，馬克•吐溫的出生地。滯悶的濕氣，充滿蚊子的空氣中，街道上固執的柴油味盤據不肯離去。

他用左手指著照片。

「這不是我們吧？是嗎？我們那時不高興？」

「這是一個隊友拍的。他說的話煩到我們。那個人是一個戴船長帽覺得自己屌很大的傢伙。」

「你相信如果我們當時有機會的話，今天我們還在一起嗎？」何暮德問。

頌德琳掙脫他的懷抱時，他怕她生氣了，想走回客廳，但是她只是從餐桌櫃上拿起打火機，點燃桌上的兩支蠟燭，將洗碗槽上面的燈熄掉，一邊喃喃自語，她從未喜歡過這盞燈的燈光，一邊坐到桌邊，手臂交叉在胸前轉頭望著他。

「你接下來要做什麼？」她問。「我是說明天。你要回波昂去賣房子？」

「還沒。我既然已經丟下工作，我就要好好的享受這份自由。首先我要繼續往南開。」

「開去哪裡？」

「以前的同事在米米藏經營一個酒莊。我早就想去看看他了。」

何暮德一坐下，桌子小到他們面對面就會膝蓋碰膝蓋。木頭的桌面上堆滿雜誌和書籍。桌上空處的大小正好讓他放手。他的手一放下，頌德琳馬上伸手過來緊緊握住。之前她一直極力避免身體上的接觸，所以這個動作讓他很驚訝。他該怎麼辦？如何去問為什麼，但是其實根本不想知道答案？

「從一開始我就很喜歡你的手。」她說，沒有看他。「我還記得，你那時候覺得有多奇怪。怎麼會喜歡手？很顯然沒有人告訴過你，女人會覺得手很吸引人。」

「確實有些事情我是從妳那兒第一次聽說。我相信，這些第一次我沒有忘記太多。」

「你知道你來找我的原因嗎？」她問。「你到我這裡來，為的是確認你當時的決定是對的，表示你沒有做錯事，至少這一件沒有。在你必須做下一個決定以前。是吧？說，誠實的告訴我。」

「那個時候不覺得會是一個決定。」

「但是那仍然是。」她帶著微笑把玩他的手，將他的手貼上臉頰，撫摸他每一隻手指，這些動作和她的話語似乎沒有關聯。「我父親，一個見多識廣同時也是渾蛋的有趣組合，他曾對這個題目說過：最好的情況是能夠下一個決定，然後徹底執行，這一點他自己很少能做到，但這是他的見解之中，少數我記得的。」

「對一個政治家來說，這個想法不錯。」

「這是你必須做的，下一個決定，然後盡人事，但並不是事先去追問你事後才會知道的。」

「聽起來像是全世界最容易的事。」

「並不是，但聽起來是你要面對的事。」她注視著他，而他明白她意指為何。在他們腳下，巴黎千萬盞燈閃閃熾熾。直到現在他才發覺，整個晚上她沒有放音樂。那時的音樂'Purple Sun'是父親給她的禮物，也是很多現在要說已經太遲的事情的開始。頌德琳觸摸他的手，已經屬於告別，而她不會容忍他將告別戲劇化或者庸俗化。重要的都說了。當他抽回自己的手時，她僅點個頭。

「我得走了。」他起身。

「我還記得我們站在明尼亞波利斯的機場裡。你說到柏林，而我極力忍住情緒。我幾乎就說出來了，但是怕你會反駁我，然後我們會在分別的最後一刻爭吵。這是我所不願看到的。」她仍然直視，彷彿他就坐在正對面。

「我自己知道，」他說，「這不實際。」

「之後我一直不開心，偏偏在最後我沒有誠實以告。這是長久以來唯一一件我很後悔的事。」

「就算當時你誠實了，也不會改變任何事。」

「雖然如此，為了我們，我應該誠實的。」

他想做點事：杯子放進洗碗槽、把盤子從客廳收進來、把搖搖晃的餐桌收起來，隨便什麼事。但是他沒有，他反而從廚房的桌上拿起相片問：「這個我可以帶走嗎？」

「我有紀念品要給你。當我在找你的舊信時，一起找到的。」她起身走進客廳。

同一天下午的部分回憶又回來，在一個有紀念品店和咖啡店的荒涼落後小鎮。空蕩蕩的街道以及看著頌德琳短裙的異樣的眼光。那是一九七四年的夏天，尼克森退位後不久。除了坐蒸汽船橫渡密西西比河外，漢尼拔小鎮沒什麼好玩的。然後一個穿制服的傢伙從橋的另一邊閒閒的走過來，發現他要找的目標，不懷好意的笑掛在臉上，直接朝頌德琳走來。

頌德琳手上拿著一張唱片從客廳裡回來。一張單曲唱片，只用白色的內套裹著。圓形的標籤上寫著Voice-O-Graph，其餘什麼都沒有。

「我猜，在你家還有唱機。」她說。

「我甚至還有卡帶錄音機。這是我們錄的嗎？」

「聽聽看，你就會想起來。很獨創。」

「我想起在船上那個傢伙來了。他要我手臂環抱妳的肩膀，我沒照做，他就譏刺我是娘娘腔。」

頌德琳踮起腳尖，在他頰上一吻。

「然後你一整天都在生氣沒有說一句話。我們下船後，馬上就出發開到聖路易斯。」

他在她身上所想念的一切，忽然之間全都回來了：發送溫柔小動作的隨機不刻意，卻清楚知道她在做什麼的方式。她對感情歸屬的認真嚴肅到幾乎是忠心。她的微笑有一半是向內收回、隱藏著傲性，同時完全不容置疑的堅定，他們即將做的是互相最後一次擁抱。帶著酒餡巧克力來的日子不會有。他們的故事到此結束。

手牽著手他們走到公寓門前。何暮德從衣帽架上拿下他的西裝外套，尋找藉口想再看客廳一眼。他看一下手上的唱片，點了頭。

「謝謝。」

「我很高興你來了。」她說。

當他擁她入懷時，門已經打開。從樓梯間吹來的，彷彿是隨著他從波昂過來的清醒味道。片刻之間。她一隻手拂過他的臉頰。

「妳要好好的。」他盡其所能的堅定。

頌德琳點頭。在門口她又成為一個模糊的形影，一如他到來的時候。

然後，他離開了。

一九八〇年

八〇年代開始，天氣就很冷。柏林周圍所有的湖都結冰了，而且清早屋頂上到處升起垂直的白煙。報紙譴責蘇聯軍隊進襲阿富汗，並且嘗試預言東德加入聯合國安理會對東西德關係會有何影響。二月初一個星期四下午，何暮德和反應敏銳的學生以及一個在家準備好對的問題與扼要清晰的回答、在課堂上對答如流的講師一起完成一個有成效的研討課。一個那些柏林齜牙咧嘴的冬天都耐他何的日子之一。一星期中必須密集工作的日子結束，頭頂上司又不在。何暮德右手拿著課表和空的咖啡杯，左手在摸索鑰匙，站在他辦公室的門前，當身後一個充滿菸味的聲音傳來對他說「嗨」的時候。

他轉過身去。

她叫做德蕾莎，在自由大學的拉丁美洲中心工作，一週兩次來恩斯特羅德廣場，為了幫忙題目是恩內斯托•卡迪南的輔導課。她和其他的助理教授一起和何暮德吃了幾次中飯。在一次這樣的機會中她積極的想說服他，新約是包含接近馬克思社會主義條論的一部書。「你現在不能再只簡單的說『東歐』，你必須聽我說，**mi niño**（老弟）。」同事迪特馬賈可伯的生日慶祝會上，他見過她舞動的身影，他腦海裡的這幅景象遠比她提出耶穌在山上對門徒的教訓是馬克思主義原型的論調來得動人。她矮小結實，腰部纖細、臀部寬圓、胸部豐滿。深色的捲髮被髮帶束在腦後，耳上掛著造型複雜的耳環正隨著她的言論輕輕點擺搖晃。當他們面對面站著時，他注意到她黑色的眼睛裡所射出的眼光不在他臉上，而是像在他的襯衫衣領上尋找什麼汙點似的。

「哈囉，」他說，「吃過了嗎？」

「最近我和一位女性朋友說起你的圍巾。在哪兒可以買到？」

他們兩人的眼光一起投到那暗色的喀什米爾羊毛面料上。

「卡德威百貨公司。」

「你真愛附庸風雅。」她滿意的下結論。「我可以摸一下嗎？」

他還未來得及回答，她已經抓住他脖子上的圍巾，他的頭不得不往前傾，像頒獎台上受獎的運動員一樣。他靠近她的當下，聞到洗髮精和一絲菸草的味道。

她將鼻子湊近聞嗅，差點沒勒死他。圍巾的一端在肩背後懸空擺盪，前面的一端則擠在她的兩個胸部之間。妳圍起來會很好看，他想說。但是她搶在他之前。

「下個星期的星期六我們要慶祝一個朋友拿到碩士。這樣說對嗎？我們慶祝碩士？」

「基本上你們慶祝的是那個朋友。但是這樣說也可以。」

「不是你們，是我們。你也在內。如果你願意來的話。你被邀請了。」

「謝謝！」

「謝什麼？」

「謝謝邀請。」

「那你來嗎？」

「當然。」

「先到我們住的地方來。然後再看看。」

「謝謝。」

「你說過了啦。真是一個有禮貌的紳士。但是革命以後已經沒有這種派頭了，Okay？」她把圍巾重新幫他圍好，用手撫平。然後她告訴他地址，回頭朝電梯的方向走去。何暮德看著她的背影，衡量下午做什麼的許多可能性。他該去買書呢？還是投資在新的服飾上？讓德蕾莎再來裝模作樣的羨慕一番？最後他慢步走向另一個辦公室，辦公室裡一個女同事提醒他，每星期四是安娜的機械日（處理卡片穿孔），她會在社會系所辦公室而不在這裡。他穿上冬天的夾克，趕往法蘭克林街。

空氣冷冽，聞起來像會下雪。三月橋下運河上鴨子划過水面，身體前傾嘎嘎嘎的尋找吃食。與德蕾莎的短暫相逢讓他有些飄飄然，這份輕快他想分一些給安娜，但是如何分給她，他還不清楚。不管他怎麼做，總之不會讓安娜真的知道他好心情的由來。

他在三樓看到她伏在打孔機上，走近一看才發覺她不是專心的低頭在看自己的論文，而是臉埋在手心中哭泣。她旁邊有一疊卡片，卡片上是近似盲人點字般的符碼。安娜必須幫她的指導教授將手寫的調查問卷轉抄到穿孔卡片上，而她每次都因為要不就是在編碼，要不然就是在下指令的時候發生錯誤，而毀了全部——這不是不常發生的事。幾個小時的工作，結果被證明是白費工夫，當機器沒有給出想要的結果，而是乾巴巴的告訴你，有些地方填錯了。寇乙茨教授雖然表示諒解，但是要找到並改正錯誤，同時再重新來一遍，安娜又得待在日光燈管慘白照射的機械室裡好幾個小時。何暮德站在她身後，手放在她肩膀上。

「很糟嗎？」他問。每次安娜發生什麼不幸時，會以令人害怕的方式變成她母親的第二個自我。她繼續將一個項目填進草率且充滿錯誤的目錄裡，這個目錄彷彿就是她一生的主線。克勞斯用他粗短的手指來回擦拭，將填入的項目括號起來又刪除，最終是什麼都沒有。從克里特島回來後，安娜說起他的方式改變了，變得很麻煩複雜，他是最了解她的人，卻也是最幫不了她的人。

「說啊！」他按摩她的肩膀。外面開始下雪了。明尼亞波利斯的天氣。

「打錯了一個字母，分析系統馬上就掛了。」

「這種事一定會有。可能很惱人，很費時，但是並不糟糕啊！」

「你不糟糕，我糟糕，這已經是同一件工作中第三次了。」

「看，」他說，「下雪了。」地上的積雪迅速增厚，安娜賭氣不肯看，他就雙手捧著她的臉轉朝窗外。「妳第一次滑雪橇是什麼時候？」

「七五年的十二月。」

「知道得這麼清楚？」

「我們在赫茲過聖誕，和克勞斯的同事一起。那是西德那邊的某處。第二個星期五我們去滑雪橇，克勞斯和我同坐一輛，我們一直滑，直到地上的一個洞讓我們失去平衡。我們倒在雪地上，你看我我看你，克勞斯忽然說：『嫁給我吧！安娜！』一九七五年十二月二十六日。」

「我們去吃飯吧。」

「我不餓。」

「還是去吃一點吧。」

「你一點感覺都沒有嗎？」

何暮德看著雪花順著窗玻璃擦落，心想，如果他剛剛是一個人去吃中飯有多好，可以就這樣呆看著窗外，不必和任何人談話。他當然有感覺，沒有感覺的話，他何必刻意去忽略？

「我就知道會這樣。」她說，「也許在你第一次踏進我的辦公室時，我就知道了。我沒有辦法和一個人這麼親近，但是不愛上他。」

「妳和克勞斯的同事也很親近。」

「他是禿頭，而且屬於荷曼范文（Herman van Veen）那型。再說，我和他並不親近。我不曾在他家過夜。」

他們各自無言直視前方好一會兒。六個月以來他們的關係一直都只是權宜之計而已，兩個人都有罪惡感，卻都不承認，似乎在等待事情自己走到盡頭。至少他在等。

「我不知道我還能這樣多久。」安娜說。「愛你的話，為什麼我還是克勞斯的太太？你不愛我又為何和我在一起？我根本不想做學術研究工作，我為什麼還要讀博士？我的生命中還有什麼是有意義的嗎？」

「妳愛妳的丈夫，妳常常這麼說。」

「該死的蘇聯心埋治療，這就是我們話題的全部。你知道巴甫洛夫的神經病理學失去領導位置已經六十年了嗎？」她的聲音尖銳苦澀。

「安娜。」

「而這個理論本身還是德國心理學的遺產，這點常被忽略，也實在太過頻繁了。除了這個不會被他忽略以外，其實我先生對其他的一切都看不見。」

「安娜，我問個問題別見怪，妳是不是月經來了？」

她緊緊抿住雙唇看著他。她的表情令他想起，以前他叫露忒的愛哭鬼的臉。

「如果只是因為月經就好了！」她說，「但是這是我的生活。」

對此他沒有說什麼，只是把卡紙堆推旁邊一些，沿著桌緣坐下。有些時候他帶著自己都驚訝的冷靜觀察她。他心裡對她這心醉神迷的荒謬面具冷笑，不想聽她一直抱怨自己的母親，鄙視這些以顫抖的肩膀和淚濕的眼睛表現的小花小草式的敏感。他在床上愈來愈覺得像以前在哈瑙運動場上一樣，獨自一人繞著圈圈跑步。一圈完了再一圈，沒有其他目標只為了消耗體力。當他完事後躺在她身邊時，便會想起那個時候，靈光一閃的念頭，就像從河流中拾起的瓶中信：人可以逃離自己——只要你能不間斷的逃。

「我無法解決妳和克勞斯之間的問題。」他說。

「你要和我分手？」

「妳是有夫之婦。我不是妳問題的解答。」幾乎他就要加上一句：我妹妹也這樣認為。露忒每通電話裡都勸他趕快結束和這個有夫之婦的曖昧關係。安娜的先生不但知道他們見面的事，而且還祝福他們，露忒不認為這讓整件事比較好。為什麼你不找一個能夠真正在一起的女人？上個星期日她又舊事重提，他應該找一個在他那兒過夜的時候，不必打電話給先生的女人。事實是，他很努力在找。他在齊柏特書店二樓所看的並不是手上的書，而是那兒的女顧客。當他坐在咖啡館裡、乘地鐵時，或者在超市購買與排在他前面的金髮女人手中同一款酒的時候，他無時無刻不在努力。他最近參加過的派對上，和他對話的女人向他散發訊息，她們中不乏性感美麗者對他送秋波，看看他會怎麼反應。是啊，為什麼不接受呢？這是一個高領毛衣、滿臉鬍鬚的時代，一個玩樂者的時代，不再需要繁文縟節。他有時候觀察到，只要點個頭意會便可一同攜手走到一旁的男女。還有一件事他藏在心裡沒有對露忒說：他不願意真的和一個女人在一起，因為頌德琳總有完成博士學業的時候。

安娜的眼光變得緊迫。

「有時候我覺得你根本不了解我有多難。我到底有什麼問題？我沒辦法過我想要的生活，這點已經很清楚。但是是因為我？還是因為我母親？是命運嗎？另外，最近你說的也很有道理：愛，是依賴的一種形式。愛，是兩人相愛，否則就令人難以忍受。」

我要走了，他想。

「克勞斯堅持要認識你。」她說，「他認為你一直在逃避和他見面，很不尊重他。」然後她轉過身，不論她的問題是什麼，這些問題的根源是什麼，是因為她先生有性機能障礙或者她母親複雜的社會背景，這些都在她努力壓低音量，結果又幾乎變成抽噎的聲音中，找到一個宣洩口。「再怎麼說，你性愛的對象是他的妻子。」

「Okay。」他說，為了逃開這個句子之後的沉默。

「下週的星期六，在我家見。」

他點頭，不想再提德蕾莎的派對。他反正可以晚點再過去。他暫且先拍拍安娜的肩膀給她打氣，然後指指門。「那我們先去吃飯吧。」

接著的那個星期二，安娜溜到他的辦公室，臉頰緋紅、眼睛明亮地說，他不需為星期六擔心，也不必帶什麼東西來，只要好好期待和她以及克勞斯有一個美好的晚上。克勞斯打算做他拿手的醋燜牛肉，配菜是馬鈴薯丸。她神經質的咯咯輕笑，蓋頭蓋臉的吻他。當他暗示，他還要為下午的課準備，並把她推出門外時，她也沒有生氣。書桌上躺著一篇還未完成的文章，這篇文章西蒙教授已經等很久了。前不久他不小心發覺自己在離開辦公室時，會先探出頭去看走廊的動靜。再過不了多久，他就得走樓梯到下一層樓去等電梯。

整個禮拜都在下雪。佛洛里昂和菲利克斯在電話中跟他講述他們滑雪橇的事時，音量總是興奮得過於大聲，甚至夏洛德堡城區的人行道也被積雪遮蓋，雪被鏟到一旁形成鑲黃邊的火山口。他門前的栗樹樹冠一直到枝枒最稀少的那一層，都被白雪覆蓋著。低氣壓盤據在城市上空不去。對於今晚情景不同的想像，跟和他過夜的女人的丈夫見面，還有跟他渴望與她過夜的女人見面，成功或者是失敗的景象都一直在他腦中迴旋。他驚訝，德雷莎如此輕易便辦到，可以在他白日夢中理想的房子裡鋪好了床，並在那裡等待著他，當他偷偷潛入到她身邊，脫她的衣服前要將門關上時，卻發現夢裡門外出現的臉並不是安娜，而是頌德琳的臉。

星期六晚上七點差五分他從海德堡廣場站的地鐵上來，一點都不費力便找到指示的入口。五層樓的建築，建築物立面是新藝術風格。他們住在這裡，那個為愛瘋狂的莎芭赫女士和她寬容大度的丈夫——現代群體心理治療協會的創始人之一，是早年好幾次在有關憲法保衛法的報導中出現的人物。這些人現在都已有國家保險認可的診所。

對講機沉寂無聲，但是門開了的「嗶」聲來得如此迅速，彷彿有誰在門鈴旁站崗似的。樓梯間的韌皮膠毯吃掉了他的腳步聲。一扇又一扇大大的木門，門後他猜想，是一間又一間緊鄰的沙龍。他聽見頭上傳來「咔啦」門鎖轉開的聲音，心中希望在門口迎接他的是安娜一個人。突然，他期待見到她。

她站在門口，看起來與平常不同，身上穿襯衫和裙子，張大眼睛迎著他，裡面是感激、害怕和高興。

「哈囉。」他說。他感動了，她這麼害羞的用唇親吻他，唇上還有他第一次見到的一抹胭脂。

「哈囉。」她伸出手去摸他頭上的短髮。他為了消遣時間，下午去理了髮。

她拉起他的手，帶他進客廳。走道寬敞，地上是鋪木地板，空間中充滿好滋味的肉香。左右兩邊都有門通往光線良好的房間。何暮德光是經過已經注意到這些房間放滿書架。他還未來得及脫下大衣，安娜繼續拉著他進了廚房。「好了。」她說，肩膀往下一鬆，當丈夫和情人終於面對面站著。

克勞斯綁著圍巾、袖子往上捲，站在爐子前。一個結實的男人，滿臉鬍鬚，戴眼鏡，額頭兩端頭髮伸進髮際線。

「何暮德。」他說，一邊朝他走近兩步。「很高興認識你。」他沒有說「終於認識你」或者「畢竟還是認識了你」，而是用力握住他的手。何暮德原先潛藏的保留態度，在這表面的友善中，就算要嫉妒也徒勞無功。

「我也是。」他回答。

「我馬上好了。其實不是我，而是爐上這傢伙。」他的聲音舒適的低沉——安娜曾經說過這一點，他馬上想起來。這是能讓你馬上放下戒心的聲音。

廚房裡瀰漫暖暖的水蒸氣，窗戶都濛上一層白。電爐上站著一個巨大的鍋子，鍋子裡冒出的水汽垂直向排油煙機上湧。何暮德開始冒汗，脫下大衣，將圍巾塞進大衣的袖子裡。安娜手中拿著衣服，消失在走廊裡，而他必須壓抑自己想跟著她走出門外的衝動。

「要怎麼開始？」克勞斯問。「先喝雪莉酒還是一杯義大利氣泡酒？」

「一杯雪莉吧，為什麼不呢？」

克勞斯指指門外客廳的方向。當他領先帶路時，何暮德發現，他行動很困難，髖部非常僵硬，而且彷彿穿著太小的鞋。這個人四十三或者四十四歲，但是看起來比實際年齡老。客廳裡他朝一個玻璃櫃走去，櫃子裡的酒種類之多，可以和一個飯店的酒吧相比。幾打的玻璃瓶上貼著各色標籤，櫃子的上層是令人咋舌的玻璃杯大展，似乎每一種酒專屬的玻璃杯都齊備了。安娜坐在已經擺好餐具的大橡木餐桌邊，摩擦著下手臂。窗戶後面，白色的雪落入深黑的夜，落到海德堡廣場上廣闊的空間，似乎再也沒有停歇的意思。

「雪莉。」克勞斯說，遞給他一個細瘦長腳的杯子。「希望你喜歡吃燉肉，今天的菜是很少人做的燉豬肉。」

「一定很好吃。」

「在萊茵省我們叫這道菜『呸呸澀』，為什麼這麼說，我到現在找不出原因。」

「雖然你真的努力過——去找原因？」安娜說，克勞斯投給她一個充滿父愛的眼光。

「妳也想喝點什麼嗎？」

「我的杯子還在廚房裡。」她又消失了，留下他單獨面對她的丈夫。架子上是一片小心維持過的凌亂，書籍有時站著，有時躺著，地上則散落包著內裡白紙的黑膠唱片。一開始何暮德以為自己聽錯了，但是背景音樂的薩克斯風的確是Jan Garbarek吹奏的Going Places，毫無疑問。這是巧合，還是克勞斯與他之間有共同的音樂喜好連結著？安娜倒是從來沒有提過她喜歡爵士。

「哲學！」主人忽然大聲說，似乎在給全神貫注的聽眾宣布一位特別人物的到場。「我一直都很感興趣。雖然在美國的哲學我不是那麼喜歡。我覺得，美國哲學在逃避原來真正重要的問題，遁入一個……不是重點的精密分支裡。」短短的遲疑洩漏出他為了這個場合事先想好這個句子。何暮德啜飲他生平第一杯雪莉酒，覺得還不錯，不想馬上開口回答。

「我是說，在一整個分析哲學的範圍裡，有沒有一種超驗的概念？分析哲學家有沒有想到『怎麼改善我們的世界』這個問題？」

「超驗？」

「歷史性的。例如馬庫色（Marcuse）所提出。」
「我覺得呢，努力試圖了解我們身處的現實，並不代表就缺乏政治意識上的批判性。」
「但是我如果對於現實沒有一定的政治立場，還是能夠了解現實嗎？而我如果沒有交替的概念（一個更好的現實概念），還能夠站在一定的政治立場嗎？現實不是本來就存在，是人自己創造出來的，也許我們可以創造出更好的現實。」
何暮德傾聽著廚房那邊傳來的聲音，但是只聽到鍋裡丸子自顧自滾動。
「安娜跟我警告過你。」他說。
克勞斯將手中的酒杯放到一張較矮的桌上，拍著大腿大聲笑出來。他是有幽默感的，但是幽默感的中心似乎並不以他為中心，而在某個邊緣地帶，這也是為什麼開懷大笑指令的通達在被認真執行前需要一點時間。然後任務完結，他又嚴肅起來。
「十年以後不再會有人能夠了解我剛剛提出來的問題。這才是問題所在。」
「已經開始了嗎？」安娜在門口問。
「已經開始什麼？」
「你這麼快就已經跳到世界和事務的局勢裡？」
「先知在自己的土地根本不算數。」克勞斯對著何暮德的方向說。他坐到一張椅子上，腰上還綁著圍裙，雙手放在膝蓋上，彷彿馬上會跳起來大喊革命萬歲。何暮德不能確定，他感覺到好感還是反感，尊重還是同情。克勞斯放棄振臂領頭搶攻巴士底獄，問起廚房裡丸子的情況。安娜搖搖頭，克勞斯沉重的起身。

「那總統只好親自出馬了。」在門口他停下腳步，在太太的頰上印下一吻，才繼續移動。何暮德打算下次再跟他妹妹描述這個吻——笨拙不靈巧的吻，跟他們的父親在聖誕節時收到太太每年都送的自己打的毛衣，打開包裝後在身上一比，說：至少是合身的，然後以吻來答謝的情況一模一樣。

「感覺很糟嗎？」安娜問。她在門框那邊看起來非常悲傷。

「不會。」

「他比他願意承認的程度還緊張。」

「他沒有給我這種印象。倒是妳看起來很緊張。」

「我放鬆不下來的，誰知道我媽媽幾時會打電話來？」她朝他走過來，以半開的唇吻他，他感覺她的深處似乎因為寒冷或者渴盼在顫抖。「等一下我可以和你一起走嗎？」

「我們不能一起從這裡離開，留下他一個人洗碗收拾。」

「說，說你在乎我。」她靠緊他，他看了一眼門那邊後，手環過她的腰。她真的在發抖。

「安娜，妳怎麼了？」

「沒什麼，我只是真的很不快樂。」

「會不會妳只是……」他聳聳肩。不快樂。為什麼總是要用這麼嚴重的字眼呢？

「我只是怎樣？」她的頭往後一仰，眼睛冒火的看著他。「又發情了？又需要狠狠的被幹一場？」

「妳不讓我把話說完。」

「說啊！」

但是他不知道該說什麼。他根本不想和她有這類的對話，尤其她的先生還在隔壁房間準備萊茵式燉肉，是鮮少有人會做的燉豬肉。他到底陷入了一個怎麼樣的情況啊？他愛的那個女人，安娜完全不知情，也沒有聽過她的存在。而他以為將這個女人逐漸減少的來信深鎖在抽屜裡，他就可以不必面對現實。為什麼？他害怕安娜不了解他的感情還是他自己不能解釋他的感情？

「你要說的真的是這個。」她搖頭，強忍住眼淚。「你認為，我只要被幹就好了？你不知道發生什麼事情了嗎？我對你而言是什麼——陰道？」

「請載入紀錄：我要說的不是這樣。而且我不知道到這裡來是不是一個好主意。」

她突然轉頭，從桌上抓起她的酒杯，仰頭一飲而盡。而他想不出有什麼更好的舉動，也就學她乾杯了。然後他們不再發一語。Jan Garbarek的薩克斯風聽起來愈來愈不耐煩，外面的降雪似乎像老天也受夠了他們之間這難堪的戲碼一般。

燉肉倒是非常的可口。入口即化的肉塊完全吸收了克勞斯所說的醃浸了兩天的漬汁：刺柏果梅、月桂葉、丁香、胡椒粒和芥末粒。在醬汁裡的是酒、葡萄乾、紅包心菜以及亞琛城的辣餅。何暮德記得，安娜稱她先生為世界上最不感性的人，裝填揀選這些食材似乎比他廚藝的成果更讓他高興滿意。飯局上，有口味較重的紅葡萄酒佐餐，以及談到有關伊朗局勢的話題。自美國大使館被占領以來，已經超過三個月了。克勞斯說：「每個革命，即使是反動分子，在心中都會牢記改變的可能性。那是他們進程的核心。我之前所講的分析哲學……」他手上的餐刀指過來何暮德的方向。

「可以允許我說點別的嗎？這是我吃過最好吃的丸子。」

「妳男朋友在躲我哦！」克勞斯帶著無可撼動的好脾氣轉向他的太太。「妳帶進家門的是一個自由黨人。好吧！我不再提政治或者哲學了。我發誓。」

從這以後，這個晚上便變得舒適愉快。在甜點上桌前，第二瓶酒就見底了，而克勞斯展現了出人意表、自我解嘲的幽默，當他談起當年草創心理治療協會時，如何醉心於理論、充滿熱情和幹勁，以及與病人有效益的接觸，用他的原話就是「和我們比起來他們健康多了。但是這就是我們想讓病人知道的。有一次一個女病人對我說，她很願意繼續她的療程，但是只有在我好好刮乾淨鬍子的條件下。當然我照做了，而且還是當天馬上就做。」

「我認識你的那天，你看起來像馬丁‧布伯（Martin Buber）。」安娜手放到胸脯的高度。

「我也像他那麼有智慧。你呢，何暮德，從來不曾留過鬍子嗎？」

「在美國的時候，我曾經四個禮拜沒有刮鬍子。就這樣了。我留鬍子不好看。」

「再來點酒？」

「我先暫停一下。」

「你不是酒鬼，也不抽菸。穿衣品味很好，鬍子刮得很乾淨。你一點腐敗的地方都沒有嗎？」

有那麼一會兒他衝動的想說，是否對人妻有特別的慾求，但是他說出來的是：「我對鬍子的聯想是得道高僧。我小時候沒有一個神父是沒有鬍子的。為什麼是這樣呢？」

「問得好。我對鬍子的聯想是男人的氣概。很奇怪，不是嗎？」

這是一場奇特的決鬥。他們唇槍舌劍，而安娜安靜的看著，她的手則不停歇的把弄任何能抓到手上的東西，餐巾、餐刀或者玻璃鹽罐。她是唯一一個在這個晚上的推進中沒有逐漸輕鬆下來的人，喝完第三杯酒也沒有幫助。

接近十點的時候，何暮德開始想起德蕾莎的邀約。紅酒讓他的腦子變慢並且渾不在意。他們之後還在電信塔碰見兩次。他很喜歡德蕾莎總是將調情的語句掛在嘴邊，她叫他「可愛的男孩」之類的，一點都不隱瞞她有多被他吸引。她是否知道他和安娜之間的關係，他並不知情。但是如果她知道了，她應該也不會視為是一種障礙。

甜點是香草冰淇淋淋上熱櫻桃醬，何暮德很驚訝，克勞斯是有糖尿病的人，居然吃下和他一樣多的分量。然後又一杯義式白蘭地，何暮德覺得醺醺然，想要到外面的雪地裡。他的臉在發熱。安娜赤裸的腳尖順著他的腳踝來回摩挲，克勞斯則推論結果，因為耶穌和其他教堂的聖者都是以大鬍子的形象被紀念，所以神父當然有樣學樣。終於，沉默瀰漫在餐桌上。餐點都上完了，何暮德將被撫摸的腳縮回來，因為他怕這樣的沉默下，安娜溫柔撫挲的聲音會無所遁形。大家瞪著面前的空盤子，一陣寂靜。

「我差不多該走了。」他必須很努力，才能將話語乾淨的吐出來。「這麼大的雪，不然等一下沒車了。」

走廊上克勞斯對他伸出手，似乎找不到告別時該對他說什麼。他開始說，他很高興云云，情況也真是……對他來說很重要的是……對安娜來說，也很不容易，但是……。他聳聳肩。

「希望以後可以常常見面。」

「謝謝你的晚餐。」

「但是總有一天你一定要給我回答，為什麼人會走回頭路，掉進這種半生不熟的實證論裡？」

「因為人不能總是建蓋空中樓閣。人總也要有時能夠腳踏實地。」何暮德說，覺得自己很蠢，彷彿是一個中學生在搬弄從大人那裡學來的語句。

「這個理由不夠。好好回家吧！」克勞斯在廚房那邊消失，何暮德和安娜站在樓梯間裡，適度的清涼與黑暗。他要狂歡，要喝酒，要跟德蕾莎上床。慾求在他身體裡面升起，不只是渴想另一個女人的身體，而是渴想一切。三十出頭的他，經歷過什麼？先是什麼都沒有，然後是百無聊賴和寂寞，最後是頌德琳。她寧願和指導教授僵持下去，也不願趕快到柏林來。他不想再等了！他幾乎要抓住安娜交叉在胸前的雙臂，用力搖撼，更何況是要叫他當一個先生雖性冷感但又很可親的女人的安慰劑，而這個先生親切關懷到太太不能離開，卻又乖僻到令她無法和他相處。他對這樣的性事感到可悲，這些平躺在床上的加班，早已經不刺激了。別再來煩我！他想大聲咆哮，他在安娜安靜的注視下愈來愈憤怒，她的眼光一再提醒他所做的踰矩行為，清楚的告訴他，她才是受傷的那個人，而他是行凶的人。外面整座城市在等著他，某個充滿女人和誘惑的地方，他現在必須去，必須開始過他的生活！

「不要就算了。」安娜說，轉身要進門。

「妳非常清楚，那根本就不是我要說的。而且也沒有這麼說過。」

「我知道，比起我的不幸，你有更重要的事。」又是一個她繼承自烏蘇拉‧薩巴赫的句子，還有她的大眼睛以及蒼白的皮膚。難怪她的父親滯留巴西二十年不歸。她抿得緊緊的嘴唇應該也屬於家族遺產。閉緊的唇，然後一切情感從眼睛裡滿溢而出，但是現在這個時刻他完全沒有意願想要安慰她。

「我們改天再談吧。」他說。

「我們從來沒有談過，也許以後也不會談。我對你而言是不舒服的人。基本上你和你家那個窮鄉僻壤裡信仰虔誠的農民根本沒兩樣。我不過是你鄉愁中的垃圾。幹完就丟。」

「我不明白妳為什麼現在一定要說這個。」

「停止吧，別再自欺欺人了。你做得好像很體諒，但是你根本什麼都不了解。你有時候看著我，好像我有什麼殘疾似的。也許我不是我應該存在的那個人。但是，你覺得你自己是那個人嗎？」

短短幾秒之內，他想要離開的感覺彷彿被扭轉成自己被驅趕。眼淚從安娜的臉頰流下，但是她不在乎，只是看著他。她似乎能看穿他的想法，這個感覺這麼沉重的壓抑著他，讓何暮德只能嘗試什麼都不要想。又是一個這樣的接近真理的時刻，他想說的語句找不到，想自我防衛卻不知該如何。

慢慢的，他搖頭。

安娜將門闔上。

6

雖然兩人之間有十五歲的年齡差距，但是面對貝爾哈德．陶胥寧，他從來沒有覺得自己是長者，無論是在大學裡，還是在萊茵河邊度過的愉快夜晚。儘管貝爾哈德打扮頗具風格意識，卻不以衣帽取人，他們因此相處融洽。他同樣的不理會伯伊格曼．亞呂仁和赫爾維斯．史努倫的想法，對他來說重點在於過時、走下坡的哲學傳統所謂的「本質」上。為了這件事能夠做到多麼極端徹底，直到貝爾哈德放棄他的助理教授職位，到南法去經營酒莊，尋找一種與他獨特的信念一致的生活方式後，他才知曉。那兩年半間他們是朋友，抑或只是好同事，這也是何暮德今天早晨在出城的路上重新思考的問題之一。

衛星導航引領他開上一條塞得滿滿的公路幹線，他穿越一團混亂後駛進A十號高速公路。灰色的雲重重垂掛在原也是巴黎的天際。告別頌德琳後，他睡得很不好，亂糟糟的夢以及今早在飯店喝了比平常更多的咖啡。現在他必須小心注意從照後鏡中穿出重重車陣、節節逼近的摩托車。奧爾良和圖爾是方向，米米藏是目標。在最近一批電郵中，貝爾哈德寫道「斯人如爾」，可能無法想像人生走出這麼一步，但是他絲毫無悔。思考不僅是對過去學說的恪守、爬梳，還須包括個人言行的實踐。當貝爾哈德和他還常常鬥嘴時脫口而出的一個典型的陶胥寧式句子，通常惹來伯伊格曼傲慢的反應：「聽聽看、聽聽看」。此外他還這麼寫，隨時歡迎何暮德來他的住所。從那以後已經過了三年，這三年間何暮德經常想再與他聯絡，並且向貝爾哈德問個清楚，他所謂的「斯人如爾」到底是什麼意思？因為靜心在辦公室裡偶爾才會出現，這個問題也就懸在那裡。伯伊格曼式的辯論：在一個工作的地方能夠辦成什麼事，如果最重要的事情總是被蜂擁而來的急件淹沒？

雖然因為昨夜太軟的床讓他的背疼痛不已，何暮德仍然感覺精神抖擻充滿活力。最後一批灰水泥建築物已被拋在後面，三線道的公路也漸漸真的能夠三線流通。比預期更快的，巴黎已被他拋在身後。兩天前他帶著宿醉的頭痛坐在方向盤後面，眼睛看著比利時境內窄小的高速公路，現在則開始預想真正旅行時舒適的單調。景色主要由收割完的田地與小片小片的林子交織而成，這麼扁平與開闊，讓地平線幾乎消失無蹤。奧爾良過去不久，衛星導航以女聲建議：「請繼續行駛這條路，還要一段時間。」何暮德回答：「好的。」然後送進一張新的音樂光碟。雲層漸開，光色漸漸明朗。通往建築景點的指標擁擠在這段路程上，法國過剩的文化遺產，在他眼裡是隱形的。貝爾哈德一定會很驚訝。何暮德占據中間車道往南駛去，一邊手指在方向盤上跟著音樂打拍子。你沒想到吧，哈哈！他聽見自己說，對像我這樣的人來說，這種舉動真的是一時興起。

那個時候大學改變得那麼徹底，很長一段時間他沒有發覺。回顧起來他很難理解，但是貝爾哈抱持德的請教態度尤其改變了系裡的氣氛，往好的方向改變。因為他們的辦公室相鄰，所以兩人自然而然結伴去吃中飯，在走廊上繼續吃飯時未完的辯論。手上拿著冒煙的咖啡，隨興自然。貝爾哈德・陶胥寧是一個熱血愛辯的人，喜歡挑選毫無希望的論點出發，活潑固執的捍衛它。當貝爾哈德第一次說出，大學不是適合他待的地方時，共同開課的計畫正逐漸成形。何暮德記得在他辦公室的一次商討，而商討的內容主要是沉默，兩人默默看著窗外一語不發，他必須警告自己，對同事的抱怨要抱著有興趣的態度。這類的事不只是在大學裡發生，家裡也有。前一天瑪麗亞和斐莉琶兩人激烈爭吵，斐莉琶氣得離家在一個朋友處過夜。除此之外，他想辭去一個條件很好，還有三年效期的教書合約，這不是邏輯思考的產物，而是嬌生慣養和愚蠢的表徵。他的手指在口袋裡把玩手機。振作一點，他很想這麼說。做好你該做的事！瑪麗亞沮喪的在家躺在床上，他必須和斐莉琶談談，但是她不接電話。

你愛怎麼樣，就怎麼樣吧！最後他說。

「你愛怎麼樣，就怎麼樣吧！」好像他不知道，像貝爾哈德這類的人就是會這麼做似的。半年之後，他離開了。車行到普瓦捷附近，風景裡的天空變成藍色。小村莊在陽光下昏昏欲睡。妮娜・西蒙唱著：**I wish you could know what it means to be me**。遠處飄著的幾朵白雪般的雲，彷彿在光滑如鏡的高空空氣中的峰頂。在輕柔的起伏和大地系的色彩中，田野一重又一重過去。高高的玉蜀黍站在田中，有時也出現核心焦黑的向日葵。

早晨的時光便如此漂流過去。

到達波爾多前兩百公里處，音樂光碟已經轉完兩次。何暮德的背愈發疼痛，口也愈來愈渴。車外的氣溫不能遏止的一直往上飆高。他按下方向燈，腳板離開油門，往下一個休息站駛去。一個樸素的綠地分隔了加油站和停車場。兒童在高大的白楊和栗樹的陰影下嬉戲。何暮德找到一個停車位。他下車時，腋下感覺到暖熱的風吹拂過來。一輛車號明斯特的房車前，一家四口坐在露營餐桌邊，樣子幾乎就像在自家的飯廳裡。

他去過男生廁所洗把臉後，買了咖啡，坐到貼著遮光紙的窗戶前面。拉著小小孩、臉上疲倦不已的母親匆匆奔向洗手間和育嬰室。當他悠哉的攪著咖啡裡太多的奶油產生的浮油時，他忽然想到，這麼多年來這是第一次，不論是瑪麗亞、斐莉琶，或者露忒，甚至亨特維格太太，都不知曉他身在何處。早上在飯店他考慮了一下，想著至少也把他的到訪意圖向貝爾哈德知會一聲，卻還是改變主意只將他的地址抄下。酒莊擁有一個酒紅色、品味很好的網頁，網頁上光是照片集就令人印象深刻，輕鬆、興致高昂的客人舉起勝利的手勢，舉杯朝相機鏡頭致意。網頁上主人的照片顯出健康的膚色，除此之外他沒什麼改變。瘦瘦的臉上閃亮的眼睛，眼睛裡流露出對周遭環境抱持譏諷的距離。系所上的教授們把這個眼神當成傲慢自大，不能原諒他。

貝爾哈德會很高興見到他這個不速之客嗎？遠遠的看去，何暮德可以隱約看見一段在中午豔陽下閃爍不定的高速公路。下一秒他忽然跳起來，因為褲子裡的手機突然振動起來。

來電顯示「瑪麗亞」。

一開始他驚訝得無法接電話。他們上次說話是關於什麼？在何地？瑪麗亞以為他在哪裡？她又是從哪裡打電話給他的？何暮德在人來人往的休息站無助的環顧四周。櫃檯後廚房的黑人助手一定站在那裡一段時間了，他現在才發覺她的存在。繫著藍色圍裙的她綁著一條辮子和各色珠子組成的頭巾，手上一把長勺不停忙著。哥本哈根，波昂，問好和親親的簡訊。他們要飛去西班牙。何暮德做個深呼吸，然後按下綠色的按鍵。

「哈囉。」

「哈囉。我已經以為你沒空接電話了呢。我打斷你什麼事嗎？」

電話裡有雜音，但是瑪麗亞沉靜的嗓音讓他馬上也隨之鎮定下來。在書報架上五顏六色的字母拼出「遁逃」。

「沒事。」他回答。「手上一杯咖啡，剛剛在內十塊，我的太太現在在做什麼。真好，妳就打電話來。」

「我今天喝了太多咖啡，心跳得很奇怪。」

「哥本哈根很忙嗎？」

「其實我比較想聽你說話。這裡的事讓我不太高興。」她嘆息，然後開始報導舞台布景的麻煩，持續不斷為了安排排練時間的爭吵。那是一個為了慶祝新劇院開幕的國際戲劇節，自然所有的演出團體都要爭取至少一次上劇院舞台排練。法克・麥凌恩似乎相信他的劇團有某種特權，瑪麗亞承認，有時候會為了他的舉止言行感到羞慚。何暮德聽著。直至電話成為他婚姻唯一的溝通管道之前，他很喜歡和太太講電話。她的聲音在他耳邊聽起來很美，正確的說，非常性感。僅此一次，而且事後沒有在她面前坦承，他在某處開會的飯店房間裡自慰，當瑪麗亞在電話裡敘述她一天的經過時。現在他想，電話裡的背景聲音會不會洩漏出他的所在。但是瑪麗亞似乎什麼都沒察覺。也許她以為他在波昂的學生餐廳裡。

「我好希望你在這裡。」在他還來不及開始麥凌恩這個話題前，她結束敘述。「我不喜歡一個人在飯店房間裡睡覺。你在波昂如果沒有很急的事要處理，可不可以飛過來？」

「然後在飯店房間等妳回來？」

「我會高興的。」

「那我整天做什麼？」

「帶你的工作來啊。最好是一份很糟的報告，晚上你可以念給我聽。」

「順便告訴妳，妳的好友林查爾斯寫完他的博士論文了。」

「我的好友林查爾斯。」她笑。「用德文寫的嗎？」

「中—德文（注：像用中文文法思考的德文）。儒家思想世界語。學術誦讀困難的國際行話。」

不在預期內的電話讓他嚇一跳，但是沒有幾分鐘的時間他已經相信，這不過是一通和太太話家常的電話。在僵直疼痛的背能夠忍受的範圍內，何暮德往後傾靠在椅子後，腿伸長到桌子下面，享受得知被瑪麗亞想念的感覺。

「所有國家的哲學把你們統一起來，到何暮德・海巴赫門下完成博士學位吧！」他說，「我就像一般地區性健康保險，所有的破爛都得收。」

「你聽起來不像在抱怨。」

「我老了，沒那麼多火氣了。妳現在在哪裡？」

「在巨大的新戲院前面曬太陽，抽我今天第一枝菸。我還沒有時間好好的看看這個城市，但是好像很漂亮。我們要不要一天晚上在漢堡過夜，在哥本哈根過一個週末？喔，我婦科的帳單來了嗎？」

「來了，」他隨口一謅，「來了吧。」

「先放一邊，我要先檢查過。上次她收我太多錢。」

「好。」他空的一隻手去摸窗台上擺著的塑膠花。大拇指和食指感覺著塑膠材質，心中想著當他把花束送給頌德琳時她的疏離。為什麼他自己沒有想到，花是不恰當的？

「我覺得我們好像很久沒見了，」瑪麗亞說，「超過一個禮拜。」

「我總是這麼覺得。上次你和彼得‧卡洛吃飯怎麼樣？」

「不錯。」她吐出一口菸，電話中出現小小的雜音。然後兩人都沒有說話，瑪麗亞似乎知道，這個問題不會是他想讓她以為的隨口一提。櫃檯後面黑女人定住不動，左手拿著一個盤子，但是櫃檯前沒有她必須服務的客人。她的眼光對著入口，幾個互相推擠的青少年正在進來。他應該要插嘴繼續問清楚嗎?彼得到底有沒有對瑪麗亞說什麼?

「當然他要我問候你。」她比他先開口。「你還記得，你第一次見到他的時候?記得我帶給他的那本書嗎?《尼采集》?」

「我記得。」那是一九八五年早春去東德的一次一日遊。他和瑪麗亞初吻之後不到幾分鐘，彼得‧卡洛便從那時候名叫馬克斯恩格斯廣場，現在叫哈齊雪市場的地鐵月台，把瑪麗亞接走了。真是奇異的巧合，那是他們初次接吻和最後一次接吻的地方。

「你看，我就忘記了。顯然我偷偷的為他把那本書走私過邊界，然後說，是你夾帶的。是這樣嗎?」

「完全正確。」那之前他在西邊的柏林工作了許多年，對圍牆對面的生活沒有感到興趣過。相對的，瑪麗亞常常找機會過邊界，將法克的手稿帶過來在戲劇圈裡發表。她和彼得・卡洛在人民劇院裡結識。那冷戰時期美好的時光。

「為什麼現在忽然想起？」他問。

「直到三天前，彼得都還以為是你把書偷渡給他的。我們會說起這件事，是因為他說，你一開始就給他很好的印象。因為這本書的關係。」

「然後呢？」

「我想破腦袋都不理解，為什麼當時我會這麼說。目的是什麼？要撮合你們兩個人嗎？」一陣鮮有的滑稽感油然而生，剎那間加深何暮德的思念。短短的一刻他真的考慮，是否回頭往北去丹麥，在陌生的城市裡晃蕩，直到瑪麗亞從劇院回來，他可以愜意的外出晚餐，將選項都攤開在桌上，與他的太太好好的討論。而且，他第一次希望，若當時放棄與卡特琳娜・米勒葛芙胡搞，那麼現在他在她面前，會比較容易說出口。

「我後來問你，你說，彼得是那種很容易感動，心懷感激的人，即便是為了很小的事情。而這個特質讓你覺得不舒服。」他們三人最終在彼得的瓦布鎮下車，為了在誰家聽一個表演藝術朗誦。何暮德坐在後排，回味唇上還留著的第一個吻的滋味。眼前的瑪麗亞在她的包包裡翻找，說：何暮德帶了東西給你。《悲劇的誕生》，他沒記錯的話。在東德這不是明令的禁書，只是買不到。現在他倒是感到驚訝，一個星期前他們告別時，他居然沒有想起這件事。也許是因為車站前的廣場已改變太多。

瑪麗亞吹出一口氣，準備改變話題，聽起來這個電話也即將結束。

「在波昂有什麼新的事發生嗎？」

「我打算僱人來把花園整理整理。屋前的櫻桃樹可能要砍掉，不這麼做的話，恐怕樹的根會長進房子的地基裡。」

「嗯哼，誰說的？」

「妳先生。其實，我在考慮的是想把房子賣了。」

「什麼？」

瑪麗亞的聲調裡有某種東西，對他的思念，像小女孩撒嬌，然後以退為進——刺激了他。他坐正，雙肘撐在桌上。

「那個房子我一個人住太大了。」他盡量說得滿不在乎。

「Okay。你什麼時候開始有這個想法的？」

「這不是一個想法。這是實際情況。它真的是太大了。」

「也許真的是如此。但是，你讓我在電話裡面對這件事，太不公平了。我得進劇院了。」

「我什麼都還沒有做，瑪麗亞，只是在考慮而已。我是有點驚訝，那個……我是說，我們不能認為妳對這個房子有依戀吧。」

這可能是一場爭執的開始，但是瑪麗亞沒有時間，或者她沒有這份閒情逸致。

「我感覺很奇怪。」她說。「你不是這麼想的：房子我住太大，那我就乾脆賣掉。這是我們的房子。而且，你不是唯一一個最近思考很多事情的人。」

那群青少年從洗手間裡出來，何暮德轉過頭去。透過有顏色的玻璃窗看出去，陽光渾濁又刺眼。

「我在聽。」他說。

「我們現在無法討論這件事。我真的得回去工作了。下個星期再說，好嗎？你看好機票了嗎？」

「還沒有。」

「但是你還是要跟我飛去西班牙吧？去找斐莉琶，然後繼續去葡萄牙。這還在計畫中吧？」

「是。」他說。「一定。」

「我希望我們的生活安排成別的樣子。怎麼做我不清楚，但是，無論如何，我們誰都不能受苦。我們能夠成功嗎？」

他首先想到彼得・卡洛一定沒有守口如瓶，跟她說了他們在柏林碰面的事。不然的話，二十年前他們認識時的印象為什麼要提出來？但是果真如此的話，瑪麗亞不會兜圈子說話，一定會馬上提到他搬家情勢的可能性。若她知曉了彼得的建議，她不是隻字不提，就是：到柏林來！何暮德一時想不到比瑪麗亞搬家時曾說過的，更好的話語：「我們夠堅強，我們會成功的！」

「何暮德，我錯了嗎？我的意思不是我傷害了你，或者是讓你面對這樣的情況很為難。我是說，我**錯**了嗎？」

「就我所能見的，還沒有不能改過的。我們會一起找到路的。」

「你向我保證。」

「你從哥本哈根回來後，我們再談。」突然間他感覺到眼球後面有點壓力，在能夠繼續說話前，他必須吞嚥兩次口水。「我們的女兒有什麼新鮮事嗎？」

「上次的信就是一個禮拜前，有笑話的那次。但是我已經有兩天不能上網看信了。」

「我會寫信給她。她一定有男朋友了，妳覺得呢？」

「我得掛了，何暮德，好好照顧你自己，好嗎？」

「妳也是。別讓那個暴君欺負妳太甚。」

瑪麗亞重新吸氣，彷彿還想說什麼，但是只有喀啦一聲，線就斷了。

何暮德遲疑的將電話緩緩從耳邊拿開。雖然他一刻鐘前才去的洗手間，現在他又想去了。而且，他的胃裡咕嚕嚕作響。他對面的桌上，躺著一本運動雜誌，封面上某人勝利的握著拳頭。何暮德腦中一片空白，無意識的在捲起的襯衫袖子上擦拭手機又闔上。起身時他喝乾杯子裡的咖啡，摸了一下車鑰匙還在不在。他還得買水，還不用加油，若要思考的話，路上多得是時間。眼前的路還很長。

當何暮德快到達海岸邊時，太陽開始西沉。平坦遼闊的大地面對海洋延展。過了波爾多之後，他相信，下一片松林的後面，他能隱約感覺到已經臨近的大西洋，就在大部分像箭一樣直的十號國家公路右邊。但是眼前所見的只有一片在地平線那頭、坐落白色雲朵上的深藍天空。他僵硬的肩膀愈來愈疼痛，直到他心所盼望米米藏的方向指標出現。沿著整條窄瘦的省道到處立著「森林是生命」的標語，這條路就是他衛星導航指示的最後幾公里了。乾燥的路上似乎被人清掃過，底層的沙清晰可見。地名路牌之後是有著細心照顧的花園、透過林立商店中心區很清楚的整齊乾淨的小城市。市中心旁邊是必定會出現的教堂。房子之間很多的綠樹綠地，幾位較年長的遊客坐在市中心飯店前酒紅色的布篷下。再幾公里之後，米米藏在藍色覆蓋下的疲乏中，何暮德才開始感受到一個度假勝地在旺季時的商業氣息。當他在遊客中心前停車下來時，狂亂的海洋氣息與支離破碎的法語單詞撲面而來。

這個小地方位於一個拉得很長的沙丘後方，海洋藏在後面。當他步行在路上時，成群的海灘遊客對著何暮德衝撞過來。很明顯，他們是第一批帶著捲收好的陽傘、用過的毛巾、充氣動物泳圈以及疲累的小孩踏上歸程的人。人行道緩坡上去到處都播放著音樂，小攤子上五花八門的商品，露台也吸引著遊客，咖啡和可麗餅的香味飄溢。一個綁著灰色辮子賣銀飾和西藏祈禱紋旗的男人，以一副「算了，就賠本吧」的表情在做買賣。一個小男孩手上的蛋捲冰淇淋掉到地上，開始大哭。日常的好心情和小悲劇。從這裡到餐廳裡，擠滿顧客的時間不會太久了。

朝上走的巷子裡，半路上何暮德找到小酒館的霓虹燈招牌。這裡不是一個只賣酒的店，他第一眼就能認出。入口一直走進木棧露台，露台像觀禮台一般護圍著海邊人行道。前面白色的陽傘下擺著六張桌子。房子裡面既小又昏暗，而且幾乎是空的，何暮德站在開著的門前觀察，兩扇老舊的風扇揮掃著被雷鬼音樂充斥的空氣，一個長髮的酒保正在設計新雞尾酒，將新酒倒進一個小玻璃杯，飲啜一小口，反手又倒掉。他並不知貝爾哈德·陶胥寧的影蹤，如果何暮德早上沒有在網上見到他的照片，也不會料到他會在這種地方。

他跟從容悠閒來到他桌邊的棕髮女服務生點了一杯啤酒，用帶著無可避免口音的法語向她打聽「陶胥楞寧」先生。她的回答以及手指在手錶上敲點的手勢，他猜，貝爾哈德應該快出現了。何暮德道過謝，伸直了背脊，用雙手去按摩，在腎臟的上方尤其嚴重，太長久都以同一個姿勢坐著導致的疼痛。他規律性的去按摩已兩年，其實幫助並不大。他有時候會想買張站著工作的書桌，卻沒有去找。現在他很高興，這個階段已經結束了。他做個深呼吸，專心享受美景。

啤酒放在他面前時，他才突然感覺到自己有多口渴。

曬得膚色棕黑的年輕女人在臀上纏一塊布，男人大多襯衫扣子敞開，下身寬闊的短褲，三三兩兩的人群手上拿著酒杯站在窄長的吧台前。何暮德覺得令他感到賓至如歸的不是這個地方，而是長途旅行到達後可以慵懶休息的虛脫所致。在拉帕的時候，他第一件事總是走到老城那邊，去瑪麗亞的阿姨開的咖啡店裡喝一杯冰涼的沙格勒斯啤酒，坐在咖啡店後面的陽台上，欣賞埃什特雷拉山脈光禿荒蕪的景致。因為他在波昂很少喝啤酒，所以酒一入喉，度假的滋味即刻在嘴裡散漾開來。他在南方，海灘遊客和閒晃的人潮一直在增加。人群中巴布・馬利的歌聲：「我射殺了警長」。

這是他和貝爾哈德都同意的事情之一：所有有關對南方的渴欲都得投降。貝爾哈德的父親是慕尼黑附近的一個法官。而他自己又會拉小提琴又會畫畫，他被聘到波昂來，因為法國哲學在課程計畫中應該要出現，但是勢力不可以被壯大。後結構主義當結構主義的結語太過偏離迷亂，這不是赫爾維斯個人的想法，是蟪蛄不知春秋，對一個助理教授而言太足夠了。最多五年，新的思潮便會取而代之。而貝爾哈德・陶胥寧上的高中是專研古代語言的，他精通古語，卻仍然推崇德希達（Derrida），讓人更加起疑。他這樣一個彬彬有禮的年輕人，穿著得體，學識淵博，卻認為系所裡灰髮的元老教授，只不過是夜間警衛，卻以大老闆自居。

「不可思議，今天早上我才想到你。」

何暮德聞聲抬頭，貝爾哈德就站在他的桌子旁邊。太陽眼鏡他拿下來了，所以必須瞇著眼睛往亮處看。他的臉更窄長了，短短的棕髮裡幾束銀白的髮絲。雖然他的手平舉在眼前，看起來還是比何暮德所預期給他的驚嚇平靜很多。說是驚嚇，倒不如說是靜靜的高興。在他這邊，何暮德反而吃驚不小，匆忙起身卻不知從何說起。

「你寫信說：隨時歡迎。」他說，感覺到自己嘴邊為掩飾自心中湧出的感情而歪咧的笑。「所以，我就來跟你喝一杯囉。見到你還真高興。」

他們互相伸出手，有點難為情。手一拉，兩人不靈活的擁抱了一下。和他的客人不同，貝爾哈德沒有穿著海灘裝，而是白襯衫和一條米色麻料長褲，薄底軟皮鞋。再次認出以前熟悉的刮鬍水味道，感覺真是有點奇特。

「真的是一個大驚喜。」當他們又像往日一般面對面站著，貝爾哈德說。「我想到你，因為跟某個人說到一部電影，然後想起來這部電影你跟我提過，是《野草莓》，但我還是還沒看過。」

「不是最好的，但是很典型的柏格曼電影。英格麗・圖琳真是太美了。」

「總有一天我會找來看的。」貝爾哈德一邊坐下，一邊抬手招呼服務生，手放在桌子上，疑問的看著何暮德。「你——是剛剛到的？還是昨天就來了？自己開車？」

「嗯，從巴黎開來的。」

「從灰撲撲的巴黎來的。自己一個人？」

何暮德點頭，一邊舉起手。

「十分鐘前到達的。地址是我在網上找的。今天早上在飯店看到的，興之所至。」

「你是在要去葡萄牙的路上嗎？」

「看看吧，也許會。我主要是想先來拜訪你。我想看看你的酒莊長什麼樣子。」

貝爾哈德手指在空中轉個圈圈。何暮德的理解是，他不想馬上談這件事。他的眼睛裡有某種迫切，這種迫切有時候讓學生退縮。似乎他想馬上知道所有的事，瑪麗亞說的。貝爾哈德的確很喜歡問問題，而且問很多的問題，他自己也說，這是內在的不自在需要藉這種方式發洩出來，尤其是面對陌生人的時候。

「以前一個大學同學擁有的，」現在他說，「他想頂讓。應該是要變成一個酒莊的，我也能便宜得到幾支好酒，但是賺的錢不夠生活。」

服務生送來第二杯啤酒。他們碰杯，喝了一口，然後貝爾哈德以短短的幾個句子完結了過去三年的經歷：他接手餐廳，目標是把它經營成高檔次客人會再次光臨的店；也很快理解，對提供多樣化的酒品來說，顧客人潮的流量不夠多。現在他放下身段，隨波逐流，好酒留著自己喝。猶如從前他演講時可能繼承自父親的表情手勢，矜持又適中。他說完了以後，又將話題拉回何暮德來拜訪他的理由。

「獨自一人在法國行動，聽起來不太尋常。你太太在哪裡？」

「瑪麗亞在工作。我一定得離開波昂透透氣。」為了不會太唐突，何暮德朝著頭的方向做個不確定的手勢，「從改革的壓力中稍微喘個氣。從你離職後，事情完全沒有好轉。」

「她在哪裡工作？」

「在柏林一個劇院。法克・麥凌恩，你記得的。此刻她和劇團正在哥本哈根。」

「哦。但是你們還……」貝爾哈德的手停留在空中，彷彿不知道如何以手勢表達「在一起」。

「兩年了，我們週末才見面。據說，對我們的關係有好處。防止我們的感情生鏽。」

「在你臉上這種幫助確實很明顯。」

「整個來龍去脈以後我再告訴你。現在我滿腦子想的是你的事。你經營的其實是酒吧？」何暮德轉頭四處張望，做出恍然大悟的樣子。

「我知道你什麼意思，一個酒吧。」

「我只是很感興趣。這比待在大學裡好嗎？」

「本來這是過渡的計畫，從大學裡過渡到比較好的另一種方式。沒想到也一段時間了。下一步會怎麼樣……再說吧。這種冗長的事我們以後再聊。」他笑著往後朝椅背一靠。也許因為何暮德的眼光，他又補充，他賺了些錢，去年春天還買了房子。往內陸的方向車程大約一個小時，在無人的草原林中。

旺季時他住在酒吧樓上一間小公寓裡，從秋天到春天他只偶爾過來看看是不是一切安好。然後他們沉默下來，何暮德覺得，他聽到遠方傳來固執規律的潮聲。街上的人潮鬧聲仍然不斷增加。酒吧的對面賣的是超過百種口味的冰淇淋。中間穿插巴布・馬利的聲音，唱著〈救贖之歌〉。

我們坐在這裡，何暮德滿足的想。三年是足以讓成年人改變，但無法知道會如何變化的時間。在波昂，貝爾哈德就已經是一個成熟但是很奇異的，還未完成的人。他既敏銳熟巧卻又笨拙不熟練，無可救藥的喜愛所有多義模稜，但是信念堅確，而且直到現在都以一種面臨萬仞的方式表達。他四十歲才開始學中文，不畏懼回答提問的問題，有可能最終仍沒有答案。總之，他不是一個視界狹隘的人。一抹正在想什麼的微笑此刻出現在他臉上。「我總是在想，如果你會來的話，你一定事先不會告知就出現。雖然你不是這種沒有禮貌的人，但是這是唯一的可能性。」

「你清楚我的生活：波昂和葡萄牙。在這兩者之間，我只知道從飛機上往下看的樣子。」

「意思就是完全不認識。斐莉琵好嗎？」

「很好，至少我認為如此。她在漢堡念書，很少回波昂。目前她在西班牙的聖地牙哥學西班牙語。如果她有時間的話，我想從這裡開車過去找她幾天。」

「在波昂的時候我真的是這麼一個不合時宜的人物嗎？」這個問題他以挑高眉毛的方式提出，使人無法認出，他是認真的還是開玩笑？

「以黨的路線看來，你是在浪費時間。你對大學的想法不適合二十一世紀。你的想法應該靜謐的躺在波隆尼亞（譯注：歐洲大學學制改革開會的城市）的墓園裡。」

「只要把二十一世紀搬出來，什麼亂七八糟的都能言之鑿鑿。」

「比如說：人類是不斷交換資訊的中繼站以及一輩子都在準備資訊。這個句子是我在準備上學期被逼著要開的，題目是溝通的系列講座中的資料裡看到的。是資訊，而不是思想。」

「中繼站，沒有人格。你相信嗎？」

「你的離開，我最不能接受的是，赫爾衛和伯伊格曼在那以後可以拿你做例子來為他們的癖好辯護，說什麼寫教授資格論文能讓你把你的荒唐念頭徹底消除，這一點他們到今天都還這麼認為。」

對此，貝爾哈德只剩勉強一笑可應對。「無可救藥，這兩個傢伙。有時候我還挺想念他們的。」

到這時候，所有的桌子都坐滿了，大部分是年輕人。太陽雖已深沉，仍在發送光線，溫暖的暮光在通紅的天空流動。

「你自己怎麼想呢？」何暮德問。「你不後悔走這一步，這個論調還有效嗎？」

「有時候這樣，有時候那樣。總的來說，我比你有時間讀書。而且讀書時沒有需要發表論文的壓力。」

「讀書？真的？」

「不然要做什麼？」貝爾哈德第一次以他們舊時討論得火熱時的語氣反應。一開始只是有些氣惱，但是如果繼續激他，他就會真正發起脾氣，從容不迫的態度一去不返，取而代之的是不明事理，微微厭惡的表情。

「我以為，你已經放棄了。」

「那是你以為。我可從來沒有一刻想過不讀書了。我只是一秒都不想再跟這種弱智的制度妥協。這也是我覺得你可恨之處，你居然還答應要起草學制改革的條綱。你是答應了，對吧？」

何暮德能夠回答之前，服務生有事過來找貝爾哈德談話，絆住了他。酒吧裡他們左近隨著玻璃迸碎的聲音吆喝聲四起。八點已過。巷子裡來往的男人個個秀出發達的肌肉，眼睛尾隨年輕女人。何暮德喝口啤酒。為什麼他突然間感覺自己內外合體？不再有抵抗的、自衛、維護自己道理的需求，感覺解脫，自由！背部的疼痛也無影無蹤，他想去看看海，然後繼續喝酒談話。直到貝爾哈德的職員奇怪的看了他一眼，何暮德才驚覺，原來自己在傻笑。

「抱歉。」貝爾哈德解決事情後對他說。「今天晚上有人請假。我們最好喝完這杯，然後我帶你去飯店休息。我的公寓很小，而且酒吧會鬧到很晚。你打算待多久？」

「幾天。都不知道已經多少年了，我沒有時間規劃的在外旅行，這是第一次。」

「一定是有什麼很糟的事情發生。」

「在我告訴你這些事之前，我想去和大西洋打聲招呼。今天一整天我都在期待見到大西洋。」

貝爾哈德點個頭，喝口酒。然後他停下，似乎在找尋他們之前對話的線索。

「你知道嗎？我忽然想起，有一次伯伊格曼到我辦公室來。我們坐在靠門不遠的地方，我忘記他為了什麼事來。大概又要跟我囉嗦他措詞得很好的凡夫俗文，什麼有時候人不得不適應、妥協，妥協只是實務上理智的另一種說法等等，一堆廢話。你自己說，你碰到過像這種能以這麼親熱的方式對你放下身分的人嗎？而且還不太讓人討厭。但是我所記得的是我那時候所想：我是沒有辦法說服他了。我能提供的，對他來說只是玩具錢。而他的貨幣已經流通了幾百年。他絕不可能想去咬咬看，然後發現那也是金屬。」

「伯伊格曼說，沒有人能像你這麼有禮貌的執拗，聽起來幾乎已經是對你的尊敬。」

「誠實的說，雖然如此我還是滿喜歡他。不論如何。誰今天還用像『山野村夫』或者『難以取悅』這樣的語言。」

「我們去海邊吧！」何暮德說，喝乾杯中的酒。房子上方出現紅色的光影在天空盪漾。他不想再聽大學的任何事了。他的耳中還一直回響著奇怪的強調語氣，瑪麗亞在電話裡說「你錯了！」的語氣。現在這個時刻他不感到恐懼。對她和對他一定有路可行，一定！

「等我呀。」貝爾哈德急急的說，當何暮德毫無預警就站起來時。

從海濱林道下去就幾步路而已。出租的牌子到處都是，貼在空的公寓窗戶上。他們一到達上面的沙丘上時，大西洋帶著規則的韻律即刻將海浪送上岸。人聲與小兒的喧譁充塞在鹹鹹的空氣裡。寬廣、凹凹凸凸的海岸線向北又向南延展，消失在暈黃的氤氳中。何暮德伸出手往北方的沙灘一指：「我們往那邊走走。回來的路上就去飯店。」

一個飯店的階梯通往下方。青少年坐在階梯上，捧著油膩的紙盒在吃披薩。只有寥寥幾人在水中嬉戲，多數是玩球的年輕男人，他們的叫聲回響在沙灘上空。較遠的海面上，衝浪人正在破浪。風很強勁，從西北方帶來舒服的涼意。海天交接處沒有一艘船隻。

「你說什麼？」何暮德問，因為風把貝爾哈德最後一個句子吹散了。手上提著鞋子，他們走進水裡。當他回身張望，覺得沙丘上的房子彷彿都漸漸在往後退去。太陽光反射著窗玻璃。貝爾哈德和他自己的影子有二十公尺長，又瘦得像賈克梅蒂的雕塑人物。

「堅持的韌力，我說，」貝爾哈德將袖子捲起，臉上映著傍晚柔和的光。「伯伊格曼這點讓我想起我的父親。有修養的男人，真正的知識分子。他們懂經典古文，能夠引經據典。我父親平常並不上教堂，但是星期日他一定戴領帶，即使他不出門。然後中午有酒喝，有甜點，還有精緻的蛋糕。孩提時代我覺得這一切再正常不過，現在卻覺得真是出色的人生：協調一致。他所活過的人生就像穿著一套量身訂做合身得恰到好處的西裝。或者反過來，是他之於人生，誰知道。總而言之，他就是他應該的樣子。去年他過世了。」

「這個我不知道，很遺憾！」

「當我想到他的時候，會問我自己，這是什麼感覺，這種協調度日的狀態是努力得來的，還是自然蹴成？能如此適應生活，找到他的位置。我只知道，在他來說絕不是因為目光短淺頭腦狹隘，但是，不是的話，又是什麼呢？」

遠方的海面上一隻海鷗迎著風飛翔，以堅定的節拍搧著翅膀，完全沒有移動位置。何暮德點頭，沒有說什麼。這種問題他已經問過自己幾千遍，沒有找到答案。

「以前我們會一起去健行。」貝爾哈德說，「一年兩或三次去整個週末。揹著背包，帶著我們的瑞士小刀。因為他不常在家，所以路上他總是教我，他所認為的基本人生是什麼。如果今天這些刊在某篇文章的話，沒有人會認為那是七〇年代的想法。那是永恆的定律。現在這些已經不見了。」

何暮德雙臂交叉在胸前，看著遠方的大海。他的第一把小刀是自己買的，當他在貝根城的州署當見習生的時候。那把不是正牌的瑞士小刀，而是刀柄灰黑色的，已經躺在羅斯巴赫的櫥窗裡非常多年的小刀，那家專賣家務工具、連著加油站的店鋪，位於十字路口的上端，那個十字路口在哈瑙叫做「尖峰」。他背上襯衫曾經汗濕的地方變成令人不快的陰涼。一個衝浪的人上岸，筋疲力盡的躺倒在沙灘上。一段時間之後，他們繼續往前走。腳下柔軟的沙，感覺很舒服。

「我一直想問你……」貝爾哈德必須提高嗓門，免得聲音被風和浪捲帶而去。這兩個元素似乎想剝奪他的說話權。「你父親是納粹嗎？」

「什麼？」何暮德搖頭，轉過身去。「不是，他不是。你怎麼會這樣想？」

「用年代來算？而且你從來沒有說過他的事。」

「他早就不在了。他既不是納粹，也不是知識分子。我對他的印象是他穿著灰色的工作袍。工作和生活在他是沒有分別的。」何暮德用力向前方瞪視著大海，直到眼睛感覺痠痛。真是古怪，聽起來像非常非常久遠以前的事。一個雙手有力不顯眼的男人，年老的時候滿頭茂密的白髮。何暮德感覺到的，是羞慚，雖然隨著十幾年的時間慢慢減弱，但是在內心深處絲毫不變。為了甩掉這個感覺，他朝海水走近一步，說：「水有多暖或者多冷？」

「舒適的涼。二十度。明早再跳進去，我得回去了。」

「給我一分鐘。」他簡潔的做個手勢，讓貝爾哈德等著。沙地很實，而且顆粒比上面的沙灘粗大。他前進走到海浪可以淹上他的小腿。回想在星期日散步的路徑上可以得到一小塊卡林巧克力，有時候只有半塊。上個禮拜他和妹妹露忒才講過這件往事，這麼多年來第一次提，而且他們的記憶是相同的，也不用爭執。他妹妹認為，那不是便宜的巧克力，而是特別的、好的巧克力，而且父親有時候還必須要訂購才能買到，在火車站裡的菸草店。他記得的是，巧克力在嘴裡開始融化之前，那帶點肥皂味的滋味。此刻淹過來一個舒服的白浪，在他的手臂上留下雞皮疙瘩。他不再感覺到風了。

海鷗跟遠處的白沫搏擊。浪花朝他捲來，天際線擴展得如許開放舒坦，這個景致令他暈眩。

7

第二天早上何暮德走上幾乎無人的沙灘。幾百公尺長的路段只有垂釣者將釣竿插在沙裡，蹲在旁邊守候。兩個慢跑的人在廣闊的沙灘上漸行漸遠，直至消失。水面上幾個衝浪的人趴在衝浪板上，用手划水朝最好的位置去，準備下一波的奔騎。何暮德肩上掛著飯店拿出來的毛巾，呼吸海邊鹹鹹的空氣，感覺自己的小腿肚很不尋常的赤裸。還不明朗的陽光對著海浪翻騰處射去。

即使現在才清晨，何暮德額上已收集了汗珠。海水之前幾公尺處，他脫下上衣和短褲，將衣衫捲進毛巾裡，整團放在他的鞋子上。不戴眼鏡，早晨的光景便成為一片模糊的線條，一如往常，他一看不清楚，就感覺有人在觀察他。他的面前漂著呼呼作響的一片湛藍，他往那片藍走去，直到腿上被一陣清冷襲擊。貝殼和小石頭嵌在地上。他腳底下的沙不停被沖走，浪走了又重新回來，他走得很辛苦。雖然他期待下水已久，還是得花點時間鼓起勇氣，進入無盡的海洋。

當腳底再也踩不到地，沙灘也已經離得很遠了，走過了猶如梳子一般的浪淘盡又重來之後，是另一個世界。沙丘和房子的輪廓在閃爍的藍天前異常明顯。從飯店走出來時，他想起以前曾經的度假時光，一起出發去沙灘，還有斐莉琶早晨的急躁。現在他振臂用力划，免得被海的衝力帶走。海浪承載著他起起伏伏，一陣急流早將他帶離了岸邊。「大西洋」就在沙丘的後面，從眼鏡後面看去，他能從相鄰的房子中間認出閃著紅光的屋頂。昨天晚上他身處享受套餐行程、正在飯店用餐的年輕家庭和年老夫妻間，是唯一一個獨自旅行的人。一個舒適的用餐空間，餐廳的紅磚牆壁間懸浮著一絲簡陋；有些客人喝的紅酒裡浮著冰塊，手握刀叉的姿勢像舉著斧鑓。兩隻在桌下匍伏的狗各自分到烤得金黃的鴨翅。

當何暮德翻身仰泳，太陽的光暈出現。每道從他的身下往岸邊打過去的浪，回來時都將他沖得離岸更遠。但是此刻他壓抑著想抗拒的意志，大大的伸長手臂讓波浪載著他，接受正在發生的事，不受自己控制的感覺真是舒服。昨晚九點他又回到酒吧，裡面的客人又比飯店裡的年輕，都坐在七彩的雞尾酒前。只要貝爾哈德不需在吧台幫忙，他們就坐在外面的露台上喝一瓶不在酒單上的波爾多紅酒。對話大多在大學時期來回打轉，貝爾哈德的語氣像是在怪罪分手了的舊情人。何暮德啜著他的紅酒，必須想起茱麗亞•拉芬布格紅緋的臉上精力充沛的表情。她是一個對藝文感興趣的企業顧問，飛行哩數的累積比一般人飛了一輩子還多。貝爾哈德和她分手，是他在波昂準備離職的這段時間裡。是巧合嗎？何暮德不記得他們曾經談過。

酒吧裡第一群酒客開始跟著音樂搖擺。長列的藍色煙霧在空間裡暈綻，將一個啤酒招牌上閃亮的字籠罩在慘澹的光裡。外面貝爾哈德和他弓著背坐著，相對於哄亂的環境。

「隨便你怎麼說，」貝爾哈德的手指轉著玻璃杯的高腳，「但這些都變成了知識仲介的無毒部署。方便、清楚的學科界限，現在還加上可笑的計算方式一、二、三。就像小方格展示櫥架：漂亮的小格子裡擺著看起來很漂亮的物件。龐大笨重的思想是裝不進去的。」

「相對於你，」何暮德說著，嘗試不去注意旁邊那一桌兩個已經喝醉，在相視咯咯傻笑的女孩。

「我很努力，但是在一個酒吧裡我很難想到什麼比較好的辦法。」

「不要管酒吧，只要想酒吧給我的自由空間。除了我以外還有誰一年中有八個月沒有責任義務，卻還有不錯的收入？」貝爾哈德喝一口酒，似乎不太清楚，他說這句話時的語氣是該用志得意滿還是孩子氣倔強的腔調？「而且我離開波昂並不是因為我一定要開酒吧，而是因為我受夠了不斷的被吹毛求疵，坐在現成的巢穴裡挑東揀西。確實，誰不再申請第三方資金、不願接受沒腦的評鑑，就必須離職。好啊，拜拜。」

「你跟茱麗亞還有聯絡嗎？」

「偶爾寫寫簡訊。有一次她飛到波爾多，租車開到這裡來，為了勸我恢復理智。我市場身價的漲落根本不是我的重點，很難讓她理解。她認為我太浪漫。」他對這個評語大笑。何暮德懷念他們一起在萊茵河畔的夜晚，男人之間輕鬆的哥兒們義氣，之後他再也沒有找到相似的。

「三年來，」他說，「我沒有和同事們喝過一杯酒。要喝的話，能跟誰呢？我覺得比起我們學校裡失落的自由，這是我更大的缺憾。」

「你知道我們能做什麼嗎？」貝爾哈德攫起酒瓶，將酒傾注酒杯裡。「我們可以到我的房子去度週末。婕拉汀也許有空。我們在露台上坐著喝酒。你說如何？明天就出發。」

「如果你可以的話。婕拉汀是……？」

「我女朋友。去年開始的。夏天的時候我們比較少見面，因為她住在蒙地馬頌，而我大部分時間在這裡。你笑什麼？」

「沒什麼。我早就懷疑，你小子志得意滿的原因絕對不是因為賺了錢。」何暮德拿起酒杯，認為和他談將自己放逐遠離波昂的原因，時機成熟了。「對了，我現在同樣也在考慮要不要離開大學。和你差不多，雖然我之後沒有要開酒吧。某種意義上來說，這也是我旅行的原因。」

一聲尖銳的口哨聲將他拉回現實。他隨著水流和思緒放空了一會兒，現在他抬眼看見自己離岸的距離，吃了一驚。海岸金黃透亮、無盡的向兩旁延展，在他和海岸之間被推進來一道鴻溝。遠方房子的輪廓看起來很陌生。那一聲哨聲是不是針對他的，他不清楚，很有可能的是，他被水流推入禁止衝浪的海域。何暮德開始拚命划動手臂。海浪將他擁高，卻不讓他前進，而是將他捲得更遠，讓他呼吸沉重的落下。海灘已經太遠，看不見是否有人站在那裡看著他。

突然之間驚惶撲掩上來，他的動作變得張皇失措。他必須壓抑自己每伸臂一次就抬頭看測距離，然後咒罵自己太不經心，居然隨波逐流到這個地步。疲累癱瘓他的手腳，心臟跳動變成快速的轟鳴。海岸巡邏隊船隻的樣子閃過他的腦中，只有一個小小的聲音安慰他，他的危險並不那麼大。直到他又能夠聽見，覺察到自己過度的驚惶之前，持續了一段時間。海岸離他仍然很遠，但是距離在減小。如果何暮德在海浪撲過來之前停下，又可以贏得附加的推進。

大約兩百公尺下方，他入海的地方，他等著到小腿那麼深的激浪帶他回岸。這趟冒險用盡他所有的力氣，他感覺有點被麻醉的快感，又很丟臉。內陸太陽高高掛著，彷彿想穿過天空自焚。他找到他的毛巾，重新戴上眼鏡。世界威脅著他的模糊馬上不見，海輕聲的濤和平靜的浪，似乎什麼都沒有發生過。船隻滑過地平線。何暮德徒勞的四顧尋找吹哨的人，也許只是一個早晨出來遛狗的人。

他坐在沙上，伸長了腿，觀察自己腿關節上藍色蜿蜒的靜脈。清涼的水珠溜下他的皮膚。爸爸、媽媽、女兒和兒子，眼前有一家四口裝備齊全的戴著頭套，包裹得像沙漠商隊的旅人。小孩拿著充氣動物在身邊，看起來像半人半牛的怪物。他猜想是德國人，但是他們的假期日九點還不到就開始了嗎？陸續來到的海灘遊客似乎是某種訊號，釣魚的人紛紛開始收拾行囊。

距離何暮德投石之遠處，那一家人停下腳步，尋找位置理想的落腳處。孩子小小的指頭指指這，指指那。這幅景象令他不禁傷懷：大人小孩一起玩耍的親密感。眼睛一閉，他躺在沙上將身體伸展開來。閉上的眼睛裡他看見四歲的女兒在普雷亞達法蕾西亞的沙灘上奔跑，還不是之後瘦長笨拙的學齡小孩的樣子，而是穿著土耳其藍泳裝可愛的圓胖。潛水鏡已經歪了，頭髮濕濕的貼在頭上，朝著他張開的臂膀飛奔而來，帶著滿肚子要告訴他的話：海豚是怎麼看鯊魚的，她看見一隻螃蟹。瑪麗亞躺在旁邊，書攤開在肚子上，在讀書的樣子。《戲劇理論》，對沙灘來說太難的書。她從容閒適的翻頁之前，先掐著指尖將海藻從斐莉琶的小腿肚上拿下來。

遠方在呼喚，溫熱的沙，海鷗的叫聲以及後面那一片海洋，永恆的濤聲，讓人幾乎忘了它的存在。

當他再度睜開眼睛，那一家人已經安頓在一把紅色陽傘下。爸爸媽媽變得懶洋洋，小孩騎在充氣動物上往海邊衝。爸爸和媽媽開始對話；媽媽的句子一定從「我昨天晚上」開始，爸爸馬上起身，點頭同意，把報紙放到一邊，等一下再讀。看來似乎一模一樣，何暮德想，年復一年，每一個夏天。傍晚，他們重新回到沙灘，因為斐莉琶要撿貝殼，瑪麗亞和他慢吞吞跟在後面，手挽著手，另一隻空著的手提著水桶。每到假期的尾聲，他們都必須跟女兒解釋，為什麼撿了這麼多的貝殼，但是她只能將兩手抓滿的量帶上飛機。

他很想去和那對父母說：不會再有比現在更美好的時刻，享受當下吧！

太陽又再爬升了一點，細顆粒的沙開始儲聚熱氣。貝爾哈德和他說好，一點要到飯店來接他。昨晚的相聚結束於酒吧的生意愈來愈旺，店主必須下場幫忙。何暮德還獨自在吧台坐了一會兒，嘗試不去注意，他是店裡年紀最大的客人，並且心中探究著，為什麼貝爾哈德對他的柏林計畫有著含蓄的反應，比他所預期的更令自己對計畫心生疑慮。約在午夜時分，酒吧後面一個DJ掌控了全局。機械性愚蠢的韻律充斥整場空間。當吧台喊出下一個優惠飲料時——十五分鐘內一杯龍舌蘭一歐元——何暮德決定離開。在海濱步道上，人潮如七點時分絲毫沒有減少，沙丘上青少年圍著圈子坐著在唱歌。沙灘上人影幢幢，大部分是一對一對。何暮德兀自站在本來是年輕的父親站著的地方，突然間變老、佝僂了些、有了小肚子。所有的一切都像電影裡的快動作。十幾個小孩隨著浪濤撒歡，沙灘高高的救生椅上坐著兩個戴著太陽眼鏡的救生員監視著一切發生。回應蒼白月亮的呼喊，海浪不停的搶攻沙灘。沙丘上持續湧進新的遊客，家族、情侶、獨行者。胃咕嚕咕嚕叫著，提醒何暮德，他還未吃早餐。他起身將襯衫一揮，提在肩膀後面，慢步走回飯店。

大約一點半，他們面對面坐在擺好餐具的桌旁，裝著鵝肝醬和沙拉的盤子中間，有一籃新鮮的法國長棍麵包。一把其實有點四方的大陽傘幾乎遮擋了拉慕特餐廳露台的大部分。貝爾哈德喜歡的餐廳，全是玻璃帷幕的獨棟別墅，海在視線之內，從米米藏出去幾公里遠處。舒適的藤製家具，輕鬆的背景音樂，給這個餐廳增添了加勒比海沙龍的氣息。桌子旁邊轉著風扇，減低中午的暑氣。何暮德掃了菜單一眼，試著享受白日漫漫悠閒的步調。這是度假的重點。同時，想訴說的迫切又壓擠著他，從昨天晚上就開始感到似乎他必須繼續追究，為了說服貝爾哈德相信他是認真在考慮這件事。

「我十七歲，」他說，喝一口水，讓冰塊在杯子裡噹噹響，「我十七歲的時候常常去馬堡大學學生電影院看電影，每次沒人要檢查我的學生證時，我都很感到驕傲。我不完全是要去看電影，而是要去看大學生是如何穿衣打扮，言行舉止如何。那個時候我都還不知道，我是不是想高中畢業。我父親在州署裡幫我弄了一個培訓位置，是透過他喇叭樂隊裡的關係得來的。那是為我計畫好的前途，不是上大學。」他抬起眼睛，正視對面的人。就像從前一樣，總是一到法國，他就後悔沒有多練習法語。

「『與特』是什麼？」

「生蠔。」貝爾哈德的襯衫領口沒有扣死，V形的尖端看得到一點胸毛。他的一天一個小時之前才剛剛開始。在這個露台上，侍者對他直呼其名，感覺起來彷彿他是花花公子，正在度不應得、而且太長的假。只有他湛藍透亮的眼睛釋放出相反的訊息。

「當時推了我一把的是，」何暮德繼續說下去，「今天我會用典型的自我教育者的無底求知慾這個說法。我讀《史帝勒》時，每兩個句子就有一句被我畫了線。然後是柏格曼的電影。《沉默》簡直就是我的啟示錄，不只是因為裡面做愛的場景。再來，還有接觸爵士樂，對我而言，統統都是新大陸。我看著我女兒時，總是想，她生長的世界裡，什麼都已經有了，除了下一支更好的手機。對我來說，是新大陸的探索之旅。只有對意識形態的問題我少一根筋。七〇或者七一年的時候，我剛搬到柏林，我必須和一個同事共同做一份報告。內容是什麼我已經忘了，但是和馬克思相關，像那個時代所有的事情一樣。我們各自準備自己的文稿，然後再碰面討論，我馬上意識到，他不知道領先我多少光年。在課堂上我汗著顏心虛的把我的內容勉強講完，然後換他，他理所當然地一一指出：『這裡馬克思錯了，這裡他也錯了，這裡又錯了。』他一講完，狂風暴雨馬上降臨，我躲在後面發抖，而那個傢伙卻像一頭猛獅愈戰愈勇。真是令人嘆為觀止，他擄獲了課堂上所有的人。」在福特樓裡，人滿為患的教室又歷歷在目，夏天，窗口大開，飛往滕柏爾霍夫機場的飛機似乎從教室中間穿過。教室講台上衣袖捲起的漢斯・彼得，嚴格分了髮線的前額，角框眼鏡，不酷卻有閃電般的急智回擊所有攻勢，不慌不忙鎮定自若。

貝爾哈德看起來彷彿既不太餓，對何暮德的敘述也不太感興趣。「你想說服我什麼？」他問。

「什麼都沒有。我覺得，我想吃生蠔。」在腦海中，何暮德繼續掀開當時的下一幕：漢斯・彼得站在他一塵不染井井有條的後院房間裡，手中舉著溫熱的氣泡酒，那一天是他收到取得獎學金的通知時。「女人，呀，難養啊！」瑪麗亞認為他幾乎沒有朋友，是因為他無法停止競爭心態，非常典型的大男人主義，不能相視一笑同時罷手，必須是你死我活不可。

「那我們點生蠔吧。」貝爾哈德說。

「我此刻所了解的是：我並不反對做一個獨行俠，基本上我也一直都是。我只是少了一個形體讓我能夠徹底獨行。在課堂上我必須鼓起全部的勇氣，才開得了口。在別人的眼睛裡，我不過是一個該死的自由黨人，未曾被訓練過、信服權威。而從當時的尺度說來，也的確是如此。」

「你去美國的想法是哪裡來的？」

「剛剛提到的那個同事比我早一年去了美國。他走了以後，我變成全世界最孤獨的人。我不知道，如果我沒有拿到去美國的獎學金的話，我會成為什麼人。我必須離開。」

「為什麼念哲學？」

何暮德聳聳肩膀：「興趣吧！」

服務生收下前菜清理桌面時，他們的對話暫止。鄰桌的客人高舉酒杯祝賀，是由一個較老的先生發動的，但是仔細一看，其實不會比何暮德老。八個人一桌，似乎在慶祝訂婚，總之有一對年輕人處於焦點中心。露台後面，熱氣浮游在沙灘上。海面上波光粼粼似乎是反映金屬的光線。他最後一本寄去柏克萊給漢斯・彼得的書，漢斯・彼得還未回應，也許他不大好意思對一個朋友的著作猛烈抨擊。

兩人隔著桌子對視，貝爾哈德手一揮，似乎覺得對話需要新的推動力。他現在看起來比到達的時候清醒多了。

「你覺得我討厭也沒關係，但是我一定要問，哲學到底有什麼用？」沒有答案的基本問題在波昂時就已經是他特別的癖好。「在我們的時代還要這個做什麼？沒有人對它感興趣，雖然很多人假裝有。未來在做無謂的掙扎，拚命證明它的實用性，卻只有它自己才相信。我們在做什麼？我們為了誰在做？」

隔壁桌的水晶杯琅璫作響。何暮德還想繼續敘說自己的事，但是很明顯的，他的話題讓談話對象覺得無趣。在知識分子的語言範圍裡，糾纏不休屬於知識分子的美德。

「不做這個的話，我們做什麼？」他問。

「喝酒、畫畫、爬山。或者步入仕途，改變現實。婕拉汀參加各式各樣的委員會，要求我一起出力。整體的弊端、缺陷不虞匱乏，而我們卻致力在不學術的學術上，假裝我們在尋求能夠抓住的知識。事實上，我們找到的是禁止我們抓住的原因。但我們似乎得假裝什麼都不值得相信。為什麼？」

「你告訴我。」何暮德想起那些從鄰桌投射過來促狹眼神的夜晚，因為貝爾哈德打破砂鍋時說話的音量與激動的手勢。「感到希望幻滅的學者角色我也不喜歡，但是，我在做的，首先是當作一個職業。這個職業讓我能夠養家，也就是三個互相有聯結的個體。」

「這就是全部？」

「當我告訴我妹妹出版社的事時，她說，你不是一直想當教授。她是對的，我出身的家裡沒有一本書，而我想成為一個教授。一有機會，我就去了美國，讓指導教授告訴我，我的博士學程可以研究什麼。不讓他失望，對我來說很重要。這就是我研究領域的由來。時候到了你就進入其中，做你該做的事。我回顧過去，並不確定我是否曾有過理想，我的意思是抱負。比較多的只是個人規劃。」

生蠔放在一個裝滿冰塊的大碗裡上桌。貝爾哈德向後靠在椅背上，雙臂環抱胸前。

「我堅信，」他嚴肅的說，「我們在做的事有無可替代的價值。這個價值就在我們所做的實際無用性裡——思考、脫離每個適用性。古怪偏僻、不成為任何的隨意。重點是拒絕滿足所謂有用的意義。前不久我在家讀史賓諾沙，感到很快樂。我沒有要寫、要將所讀的轉成可用的慾求，我只想理解他在想什麼。另外，我覺得赫爾衛其實也是這麼看的，他只是不想被人看穿罷了。所以他才對傳統、歷史意識嗤之以鼻。這些對他來說，是此刻的現實。」

「你走了以後，他是唯一一個跟學制改革作對的人。以他特有的彆扭方式，真是慘不忍睹。」

「我幾乎已經預料到，我的朋友赫爾衛。」

隔壁桌的人重新坐下，乾燥的熱氣籠罩整片大地。他只要靜靜坐著，就能感覺海浪在身上拍打，輕輕的來了又去。

「沒人知道你是怎麼想的，」他說，「你是否感覺走在時代前端，還是被時代輾過。而兩者間你會喜歡哪一個。我那時候就懷疑：不被了解，對你的自我反而是一種恭維。」

「按照你的說法，我現在就被奉承得飄飄然。」貝爾哈德乾澀的回答。

「你怎麼能不想繼續做下去，沒有被讀、被聽到的願望？」

「也許我有，但是不想達成。」

「為什麼？」

「因為想達成讓別人信服的期望會使人墮落。想要讓自己是對的，並且堅持自己是對的。因為思考和期待掌聲是互相矛盾的。它們是互相排斥的。」

「我也不知道，你自己到底有多相信你自己說的。」

生蠔吃起來比何暮德料想的更冰冷，既生腥又鹹。直到餐後喝咖啡時，他還覺得咽喉裡被灌進一大口帶海藻的海水。貝爾哈德付了帳之後，他們一起走到車旁，開進柔緩起伏的小路回到省道。遠方白雲層層相疊，似吹脹的冰山，靠近不得，雖然他們朝那裡開去。往內陸繼續下去，松林消失，取而代之的是橡樹、樺樹和大片大片的種植場。牌子警告野生動物的出沒。他們沉默的開著車一陣子後，貝爾哈德臉轉向他，回應彷彿是剛剛才說的評論：「然後呢？成為教授以後呢？什麼感覺比較強烈？終於成功了，還是成功以後仍然不屬於那個世界？」

何暮德不能決定，頭隨著車行搖晃。

「在波昂當助理教授時，同事有像何曼・葛文布格和海茲祿德・里曼這樣的人，講究細緻到你不能想像。他們說，他們去『用餐』，當他們中午兩個小時外出時，當然不是去大學食堂，而是去萊茵河邊，套餐四道，四分之一公升白葡萄酒。這樣才符合他們所認為的學院禮制。他們最後幾年都不再發表論文，除了在他們所推崇的同事紀念專刊以外。但是一個助理教授，不會希臘古文，又是從美國大學畢業的，而且還不是哈佛，大學裡有這樣的教授簡直就是歐洲的末日。我想，這兩種感覺差不多一樣強烈，只是我一點都不想屬於他們那個世界。里曼老是說『迷你─亞波利斯』，還一邊眨眼睛，好像有什麼髒東西跑進去似的。」何暮德推進加速桿，越過一群騎自行車的人。四個穿白色緊身衣戴安全帽的男人，躬身抓著龍頭，彷彿在比賽，他們在照後鏡中一下子就成為沙灘邊的小光點。

「你還一直放在心上？被像木乃伊般的人嘲笑？」

「我當時很恨他們，真正的憎恨。」幸好到葛文布格退休只有三個學期，而他的同伴因為健康問題也很少出現在系上。一年後里曼也退休了，退休後幾個月他就過世了。心臟病，死在他的紀念專刊出版前。「比起陰謀和敵意，他們小巫見大巫了。迪特馬・賈克伯對我的算計，那才真是不愉快。」

「賈克伯以前也在波昂？」

「他一直在柏林，起先在科技大學，我們是在那裡認識。然後擔任兼課教授，柏林圍牆倒了以後，有一個專任的位置空出來，本來是我會拿到的，但是他使了手段。到今天我都不清楚，他是如何籌畫成功的。他應該是利用了我以前的女朋友。反正無所謂了。瑪麗亞和我是他介紹認識的，這是他不滅的功勞。今天早上我躺在飯店的床上想著我們昨天說的話。我本來該是行政人員，最終成為教授。我該為自己感到驕傲，我也覺得很驕傲。但是除此之外，我還想要有滿足感，而我並不滿足。你明白嗎？如果這只是一份工作，為什麼我為了它犧牲一切？如果我為了這份工作投入了這麼多，我還能退出嗎？」一邊繼續開車，一邊他轉過頭去，遇上貝爾哈德不知該說什麼好的表情。他不知道，他在尋找什麼答案，他想說服自己什麼。他只是想發洩。「你呢？逃到南法來，開一個酒吧。你在想什麼？我們可以共同在波昂做出一點什麼來。就算這個一點什麼是你之前所說的爬山、喝酒，又怎麼樣？畫畫我不會。要是會的話，我就不會完全的一個人孤獨，這可是一個很大的差別。」

貝爾哈德轉身，肩膀靠在副駕駛座旁的車門上，太陽眼鏡推到頭上，讓緊迫的眼神更銳利。

「你到底有什麼問題？」他問。「你已經做到了你想達成的。你也未曾想要更多，這是你剛才說的。但是如果真的是這樣，你不會再三考慮，而是即刻離職。」

何暮德點點頭。他舌頭上想吐出的，聽起來像媚俗流行歌曲裡的詞句，不論是愚蠢還是譏刺的引言，但是說出來還是很痛快：「如果我不再是教授，剩下的我是什麼？」對著行進的風裡說出，又從開著的車窗進來。「上一本書是一個大失敗。我本來不想寫的，現在得到報應。但是這意味著我已經走到盡頭了嗎？我不反對轉換跑道，但是如果這表示我得離開原先的位置……」

「你必須將你自己從中解脫，聽到了嗎？你不能這樣想。」

「這就是重點。和你不同，我這一輩子都是局外人，而我一直想進去。」

「你是不是忘了，至少你這半輩子以來一直在裡面。現在你可以輕鬆自信的說『不了，謝謝』，然後又回到外面。為了讓你這一步能夠輕鬆踏出，我會建議德國國鐵用你的名字命名一列高速火車。我妹夫在裡面工作。」

「你何時變得這麼渾蛋？」何暮德沒有火氣的說。「對自己誠實一點吧，你拋棄一切是因為成果沒有達到你的要求，不是嗎？你會讓自己和朋友一起墮落，如果你得到的回饋比不願理解的搖頭多的話。你沒有這麼做，反而坐在太陽下舔舐你的傷口，還把這叫做自主的生活方式。」

「我們還是談些別的吧。」貝爾哈德的話語聽起來變調了，但是他的表情還是一樣。「我自己的事我自己決定，你自己的事你自己決定吧，想破腦袋，然後做出你認為對你最好的決定，Okay？」

「真是一個好建議啊。」

他們愈往內陸開去，路的彎道就愈多弧度愈大。呼嘯過去的路牌上的地名，何暮德覺得念來有如巴斯克語的腔調，直到他旁邊的人打破沉默，跟他解釋那是卡斯空語。一個米米藏的熟人，名叫藍齊斯特，是個酒鬼，他偶爾到酒吧來，然後講授一些關於法國西南邊各地不同的語言。當何暮德順著彎道拐進蒙地馬頌時，他得知，婕拉汀在那裡當老師，離婚了，有兩個小孩。此外，他敘述一場他熱愛動物的女朋友帶他去鬥牛場，目睹了目前為止他見過最慘烈的鬥牛，語中充滿對她的感謝。在一個彷佛瞌睡的村莊中心，他們停下車。何暮德坐在車裡，鄰座的人則進去一家超級市場。眼前一個胖胖的小孩在騎腳踏車，除此之外一個人影都沒有，也聽不見任何聲音。從擋風玻璃望出去，何暮德欣賞著熟悉的配置：一個灰色的教堂在沒有鋪柏油、綠樹包圍的中心廣場。法國鄉下到處是這樣的中心。在這裡生活的想像既不誘人又不會沒有任何吸引力，而只是……他打斷思緒像一個中斷的句子。十分鐘後貝爾哈德雙臂抱滿東西從超市出來，上車時他遞給何暮德一個裝滿的紙袋。

「明天婕拉汀會來，她一來我們就得吃素。我想，我們今晚利用機會來烤肉。」

「她明天才來？」

「今天她去看她的父母。就在前面左邊。再出去十公里。」

景色並不是南方的豐裕，但也不似埃什特雷拉山脈般瘦瘠。在混合林後面，可能會出現平原以及庇里牛斯山脈隱約的輪廓。但是視野卻一直沒有辦法無礙或清晰的看到遠處。道路旁沒有圍欄的地方有毛髮亂蓬蓬的馬在覓草。再開十分鐘，聖野崗地名的指示牌過去了。破落教堂旁邊的鄉公所將標語「自由、平等、博愛」掛在上頭，大小適中。這裡中午時分也同樣一個鬼影也沒有。從這兒僅此一家的餐廳，貝爾哈德示意他往左，隨即他們就又已經離開了這個散落在這片地區其中之一的村落。大片的原野上立著一些新舊不一的房子。從乾燥的草原到下一個森林之前，他們最後一次轉彎，然後何暮德只能辨認出一個建築物的輪廓，待開近後才看出端倪。果樹圍繞，房子的地板高於地面，窗格高瘦，屋頂是紅瓦，沒有籬笆圈住地產。田野小路到此結束，像很久未曾使用、長滿野生植物的舊鐵軌。

「以前這是農莊的一部分。」貝爾哈德說。「應該只是邊間的建築。新的主人破產時，剛剛翻新了房子。我是以它實際價值的一半買到手的。」

下車時，空氣裡都是薰衣草的味道。貝爾哈德一馬當先，並敘述他要在前廊加蓋木欄柵，打算種葡萄讓綠藤盤繞的計畫。他肩膀一斜，撞開厚重的大門，讓何暮德進屋。

「到了！婕拉汀不算的話，你是我第一個客人。歡迎！」

淡淡的油漆味混在凝滯的空氣中。第一時間何暮德只認得出形體。木頭地板剛剛打磨過，發出遲鈍的光。皮的家具像沉睡的獸將一張木桌圍在中心。然後貝爾哈德打開兩扇窗戶外的木簾，讓光線進入幾乎占據整個樓面的起居空間。粗大的梁支撐住屋頂，牆壁上空空如也，沒有掛畫，只有沙發上方掛了兩張面具。

「室內還沒有規劃完成，」貝爾哈德說，「我慢慢再一點一點裝置。婕拉汀認識一個很棒的舊家具修復師傅。」

下面就只有廚房和浴室，上面兩個臥室，還有一個面向後面的空間，貝爾哈德稱之為自己的書房。陽光從好幾個天窗射進來落在走廊上，讓空氣中飄浮的塵埃無所遁形。貝爾哈德靠在樓梯欄杆上，用膝蓋指指開著門的第二個臥房。

「床單在櫃子裡。你休息一下，這裡或者露台上都可以。我還要先跟你說，從這個星期打獵季節就已開始，這在法國可不是開玩笑的，除了獵人很享受以外。如果你打算去散步的話，千萬小心。」

「我沒有去散步的想法。」

ST YAGUEN
SENT-IAGUE
Comuna de
Gasconha

「那就好。那就希望能賓至如歸吧。」

何暮德的目光停留在一束掛在樓梯口搖搖晃晃的乾燥薰衣草上。貝爾哈德在波昂的公寓裡沒有任何植物。只有書和更多的書。一個很簡約，為了什麼都不洩漏的斯巴達式擺設。

「對你要提的問題回答是：是。」貝爾哈德跟隨他的目光，點頭。

「你們的事你還沒有說多少。她到這裡來是作客，還是你們同居？」

「現階段我們在考慮，在哪裡以及能夠用什麼方式在一起生活。」

「和你在波波斯多夫的屋子比起來，這個房子給人的印象似乎是想讓它變成家。」

「也許。」貝爾哈德看看四周，好像在尋找支持何暮德的猜測的跡象。然後他轉向另一個臥室，說：「學我，小睡一個鐘頭。我們有整個週末的時間。」

傍晚，花園裡的夏日氣息混雜了烤肉的香味。太陽已經下山，但是天空仍然繼續湛藍，間或有飛機拖著長長的尾巴掠過其間。那個下午何暮德在露台上度過，一杯橙汁和林查爾斯的博士論文相伴。比知道不用工作更舒適愜意的還是投入工作。從村莊中傳出些許聲響。一群鴿子翻飛迴旋在聖野崗迫窘的教堂塔上。貝爾哈德午睡醒來後，他們開始享受第一杯餐前酒。躺在躺椅上，看著逐漸變化的天光。麻雀圍著一顆落在草叢中的果子蹦跳著，彷彿一個一個小小的苦行僧。當饑餓又回來敲門時，他們才從一個雜草蔓生、應該是翻修時被遺忘的小棚中取出烤肉架。斑駁黏土牆之間，空氣中充斥兔子糞便和不見天日的氣味。生鏽的整理花園的工具散落在輪胎中，不戴手套去碰的話，可能會被刺流血。清除蜘蛛絲和以前遺留的油膩就花了他們半個小時。現在貝爾哈德拿著一支巨大的肉鉗，傾聽何暮德從博士論文中念一個典型的句子：「……最終，儒學的道德實體將被提升到一個完美的綜合學說境界，在那裡它不再被歐洲中心論所左右，而是遵循道統和傳統更高的宗旨。」他從文中抬起頭，一臉迷惘。「類似這樣的句子寫了五百頁。每一個主張都是古代某個哲人曾經說過。所有一切都奮鬥向上，什麼都不想的努力進取，最常用的形容詞是『完美的』。像這麼樂觀的文章我還沒有讀過。只是，我完全不清楚他到底要說什麼。」

「給他一個最優。」貝爾哈德面無表情的說。他赤著腳站在烤肉架前，燈芯絨長褲上一件已經褪色的綠T恤。從他通常的行為來說，這身穿著真是很不尋常的隨便。

「我只給像樣的論文好的成績。上一個最優是什麼時候給的，我幾乎都不記得了。以這種成績畢業的人，師隨的是有名的教授同事。」

「我對這些名詞沒有概念。你的博士生看黑格爾看得很重也無法為他求情。也許背後隱藏著有意思的想法。很有可能，或者不可能。你反正沒有時間多看。你能做的只是要不就讓他過，或者當掉他。」

「這本論文他寫了六年。他的小女兒在中國，他們一年只見一次。而且，他用逗號的節省好像在黑市才能買到逗號似的。我最想的是，偷偷把他轉給伯伊格曼，讓他看看，別人在奮鬥的是什麼。」

因為紅葡萄酒在大肚子酒器裡還需要時間呼吸，他們便乘機喝清涼的科能堡啤酒。何暮德暗暗希望，貝爾哈德會自告奮勇幫忙寫成績鑑定，但是他不想開口相求。他果決的闔上論文，放到旁邊的地上。

「好了，不看了，」他說，「這是我的假期。」

花園裡光線仍在轉變，一抹藍漸漸微弱下去。手裡提著啤酒瓶何暮德坐在躺椅裡，感覺酒瓶上的水滴順著手指溜下，並徒勞的等待他昨晚在酒吧侵襲而來的拉帕舒適感再度降臨，一種長夜散漫的慵懶，但這種感覺不但沒有來到，他還擔心，不知瑪麗亞和斐莉琶此刻在做什麼。哥本哈根第一場表演此時幕起。何時他才要告訴太太，他人在國外？如果他正在去看斐莉琶途中，為何他還未寫電郵告訴她？他該繼續他的旅程？還是回頭？他多希望能夠從必然性中解脫，再隨便做一個順帶的決定。隨興自由，沒有目標，沒有時間限定。

「前段時間我碰到一件稀罕的事。」貝爾哈德說，似乎他專程等著何暮德停止嘮叨他的工作。

「昨天就想告訴你了。那時是冬天，婕拉汀和我還不認識。」

「嗯哼，說來聽聽。」

貝爾哈德將一張椅子拖過來，將椅子安置成他能坐在烤肉架邊並且注視他的談話對象的位子。

「去年我還沒有這棟房子，整年都住在酒吧樓上的小公寓，夏天當然很方便。冬天的米米藏會變得很荒涼。遊客離開了，酒吧裡坐著老男人，一邊喝茴香酒一邊發牢騷抱怨太太。認識婕拉汀之前，我養成不時就去波爾多走走的習慣。買買書，泡泡咖啡館，看看別的臉孔。偶爾我也需要陌生人圍繞，讓我可以觀察他們日常生活是怎麼過的：對話、爭吵、吃東西。我總是想，他們和我不一樣。婕拉汀認為，會這樣想是因為一個人生活太久。如果只專注自己，那麼在別人身上發生、隨手拈來的小事，久而久之也會變成意義重大。」

「她是對的。」

「那天傍晚在波爾多我跟一個大盤商有約。品嘗了幾款酒後，在回旅館的路上我其實有點醉。天氣很糟，下著毛毛雨。那是二月，我單身。一個那樣的晚上，你在想，下一個街角有什麼在等著你，不是什麼，而是某個人。你往小餐館、小酒館看進去，看見有個女人單獨坐著，問自己，有什麼阻止你坐到那個女人身邊去嗎？我常常這麼自問，但是從來沒有付諸行動。閒聊我沒有興趣，我總是問太多，直到人家覺得像被審訊。」他中斷話頭，去抓裝紅酒的大肚瓶的細脖子，倒滿兩個玻璃杯。「有可能這就是我在那個晚上想嘗試的。我覺得味道還不錯。乾杯。」

「乾杯。」他們碰了一下杯子，喝一口。村子裡一個比較多的人群正在出發，多次車門關上的聲音，多輛汽車發動。這些聲響滯留在空氣裡好一會兒，是靜謐傍晚中的特例。何暮德未來得及讚美這酒之前，貝爾哈德繼續他的故事。

「那是星期四晚上將近十一點。我經過了兩家小餐館之後，碰到的下一個我就直接進去了。裡面坐著的客人更少。我坐到吧台上，吧台後面是一面鏡子，我從鏡子裡觀察其他桌客人，喝著威士忌，雖然我不喜歡喝威士忌。這跟我的情況真是不謀而合。然後門被打開，直接在我背後。我先感覺到的是夜晚沁涼的空氣和一絲香水味。那是單獨前來一個披著濕大衣的女人。她坐到吧台上，與我隔著兩張凳子。我轉過頭，她頭也轉過來。一張可親的臉，我們相視一笑，晚安，妳好。理解嗎？就這樣發生了。我不知所措的忘記要矜持。她叫薇薇安，給動人女人的漂亮名字。我們開始對話。她在經營和音樂相關的生意，她說，此外還教授鋼琴。她覺得居然有人會放棄教授職位去開酒吧很有趣。甚至她還說，喜歡我的口音。我不想把它編成童話，但是她真的很有魅力。棕色捲髮，好奇的眼睛。她有點太經常笑、太喜歡笑、太大聲笑，也許她有點緊張，雖然她一點這種印象都沒有給我。她說，她是從音樂會出來在回家的路上。」臉上帶著微笑，貝爾哈德停下不說了，也許是因為蠟燭的光，他的表情看起來有所不同，臉上皺紋比平常更多、更瘦。「這是我的生活中絕對不該發生的事情。女人不會剛好進酒館來坐在我身邊，然後開始和我對話。對我施展魅力，表現給我看，說她覺得我有多有趣多聰明。有一次茱麗亞生我的氣，她跟我說，和我吃一頓晚餐像在加班。我們看了一場電影，她覺得好看，我覺得不好看，而我還對此一直咬著不放。但是那天晚上有如神來之筆，順溜得很。我一直心裡準備著，等著她看錶，說：我得走了，我先生在等門。她手指上戴著婚戒。我心神蕩漾，但是外表冷靜。也許是酒精，也許是因為我不敢相信我能有這個運氣。我逕自說我的，逗她笑。彷彿我做什麼都不可能會錯似的。我問自己，這樣的事有人完全是日常發生嗎？這是多棒的生活啊！」

天暗了，光線的來源是烤肉木炭的紅熾和桌上的蠟燭。肉的油脂偶爾滴落，火光嗤地一聲。後面是黑色勾邊的樹影，矗立在滿是星光的天空下。何暮德喝下一口酒，問：「我們的晚餐情況如何？」

貝爾哈德馬上從椅子上跳起來，揮舞著大夾子，嘴裡連珠砲的咒罵。從肉塊中他叉起一塊，懷疑的送到何暮德面前：「也許還能吃。真是抱歉。」

「吃吃看吧。」

「婕拉汀會笑我們，先是想吃肉，然後談肉慾，最後忘記在烤牛排。她明天下午才來，很期待可以認識你。」

「我也是。」

「燒焦的邊緣你要把它刮下來。」貝爾哈德放一塊肉到他的盤子裡。燭光下所有物事都將跳舞的影子投射在桌上。他們跟牛排奮鬥了好一會兒，然後何暮德說：「別再折磨我了，接下來呢？」

「像電影一樣。不知不覺，午夜就過了，酒館裡開始收拾打掃。薇薇安還想點最後一杯，但是酒館堅持要打烊了。然後……那是她的建議，到她那裡再喝一杯。我眼前還有她在笑的樣子，當我們從凳子上滑下來時。我不知道她在笑什麼。也許她天生就愛笑。我們到她那裡，做了愛，喝了酒，談了天。她還為我彈奏了一曲蕭邦，裸體坐在鋼琴前面。那真是，用你博士生的話來說，完美。」此刻兩人的眼前共享同一幅畫面。為了不說出任何會破壞這種美感的話，何暮德伸手想去拿酒杯。但是貝爾哈德搖頭，「直到她丈夫回來。」

「她丈夫？」

「對，他人應該在土魯斯的，他突然從土魯斯回來了。」聽起來他像在重複強調一個爛笑話的笑點似的。「我沒有問，她也沒有說。他去出差的事，我直到大門突然被打開時才知道。我們一驚，跳得老高。外面有人站著，還在走廊裡前進兩步。那個傢伙當然看見我的鞋，馬上就明白怎麼回事了。我抓起內褲，抄起襯衫，根本沒有時間反應，薇薇安就把我推到陽台上。陽台上！那是盲目的衝動。最要緊的是我得馬上消失！我站在外面，緊張得感覺不到冷，接著就聽見裡面起了大騷動，尖叫、咒罵、求饒。那個傢伙簡直是蠻牛傑克・拉莫塔，個子小卻勇壯如牛，我可以透過陽台門上的玻璃看見他，他也看得到我。一開始我很害怕他會出來把我丟下樓去。真不曉得像薇薇安這樣的女人，怎麼會嫁給這樣一個莽漢。他有精神不正常的眼神，既火爆沒有理智，又冰冷算計。他不出陽台來，反而把我反鎖在外面，並且微笑著，臉上幾乎是期待的表情。然後……，他痛毆薇薇安一頓。」貝爾哈德抓起酒杯，一仰而盡。用手背擦拭一下嘴角，點點頭，似乎他必須再說服自己一次這個故事急轉直下的發展。「是真打！她躺在地上嗚嗚咽咽，他盡情的發洩，還一邊罵她，雖然如此，我覺得他其實是打給我看，要教訓我，是他的優勢變態的展示。直到今天我都在想：如果他透過別的方式得知此事，是在我不在場時，他也會修理她，但是會用別的方法。」

「那你呢？你做了什麼？」這是唯一一個何暮德想得到的問題。這個問題是聽了這件事後令人馬上想知道，同時卻又是極不得當、令人尷尬的問題。

「除了穿著內褲和上衣站在五樓的陽台上，我什麼都沒做。我考慮過，是要叫救命還是破門而入，但是我什麼都沒有付諸實際行動，只是眼看著事情發生，問我自己，下一刻會發生什麼事。在那個漫長的時刻裡我真正察覺，什麼事是我無法做的。我只能等著那隻豬揍完薇薇安，是會繼續收拾我還是讓我離開。老實說，我不想讓人知道這件事。我不明白我為何會這麼想，但是，那時如果街上有巡警經過，恐怕我還會蹲在欄杆後躲起來。這沒什麼好粉飾的。」

遠處傳來一聲霹靂，在村子裡多處引發狗吠，回聲迷失在原野裡。何暮德奇怪，是槍枝走火還是瘋狂打獵的法國人連夜裡也不休息？

「然後呢？」

「他終於停止了，走到陽台門前，打開門。很有禮貌，是那種好心情的暴君典型。薇薇安鼻子淌血倒在地上，他丟給她一條擦碗布。我穿好衣服，問她，是不是要叫警察，他樂了，叫啊，先生，請叫警察，他猙獰的笑。薇薇安沒有說話，只是搖手。我之後還是叫了警察，匿名，可能為了安撫我的罪惡感。我應該做的其實是他對她所做的事，即痛打他一頓。如果他衝過來攻擊我的話，也許我能夠出手。但是他只是交抱雙臂站在那裡看著我穿衣服，而我只想衝出去！回顧起來，我相信，這個粗暴的人把我看透，他知道我不會跟他對著幹。我都羞愧到無地自容，怎麼還會有火氣。做錯事的是我，我沒有權利有其他的感覺。某種程度上我今天還這樣想。」他點頭，把盤子推到一邊。他沒有吃。「唉！這就是我要說的事情。我希望，沒有毀了我們的夜晚。」

「你之後沒有再見到她？」

「沒有，那之後我也沒有再到波爾多去過。」

「了解。」何暮德望著花園深處完全的黑暗。雖然遠處他仍然看見街燈以及亮著燈的窗戶，但是他感覺這片地產似乎比白天更偏遠孤獨。貝爾哈德將新的煤炭疊上紅燼。何暮德倒酒，感到皮膚上第一絲夜的涼意。

「婕拉汀知道這件事嗎？」

「幾個禮拜前才告訴她。你是第二個知道這件事的人。」貝爾哈德重新坐下。「我該好好痛扁他，或者讓他痛扁我，根據情況這也許比較現實。這樣我會不會好過一些，我也不清楚。但是這樣才是對的。」

「事情太突然，你措手不及。」

「一開始是這樣沒錯，但是我站在陽台上好幾分鐘，某種制止了我的力量就在那裡，恐懼以及——不想和這件事扯上關係。當薇薇安被打得躺在地上時，我赤裸微小的自我暗自希望，那時沒有走進小酒館就好了。」

「婕拉汀說什麼？」

「她能說什麼。這是一件很嘔的事。」

遠處又傳來一聲霹靂。這次何暮德很確定，他聽到的是一聲槍響。村子裡的狗又開始狂吠。何暮德指指兩張盤子。「這牛排不能吃了，硬得像鞋底，丟了吧。」

「還有奶酪和酒。Okay。」

對話凝結，事件的滋味還在擴散。一連串的景象和想法，從這些裡面會得出一些什麼——但是什麼呢？狗吠聲讓何暮德懷念在拉帕的夜。他躺在瑪麗亞身邊，透過敞開的陽台門可以聽見外面的聲響。他聽見沉默的群山和不止歇的蟬鳴，他的臉頰感覺著她輕軟鼻息的愛撫。這時候太陽在地球的另一邊，照耀陌生的人和他們的煩惱。

一九八五年

狹長的木條凳上人擠人，視線全部投向祭壇。十字架左邊和右邊各自站著一棵高聳入頂、裝飾得喜慶隆重的聖誕樹。聖誕樹前面坐著由小學生扮演的牧羊人圍著假想的營火，在等待聖諭到來。節日莊重的虔誠和浮躁好動的不耐煩兩種氛圍將貝根城教堂填滿。大家屏息以待，而披著白色床單的天使卻緊張得忘了台詞，他無助的張著嘴呆望法衣室入口處蹲著的兩個提詞人。

「……向你們宣示一個大喜悅，」提詞人的耳語聲大到最後一排都聽得見，「因為今天你們的救世主誕生了。」

露忒臉露同情，何暮德背靠著椅子看錶，再等十分鐘。他的右邊坐著一個半大不小的孩子，手肘支在膝蓋上，瞪著地上的鋪磚，玩搓一張綠色的糖果紙。進入節慶的過程模式今年也和往年一樣。何暮德一直工作到十二月二十三日，中午跳上車開回貝根城，給佛洛里昂和菲利克斯的禮物由露忒代買。但是這次因為回應外甥的要求，他沒有回哈瑙的克里斯斐士帕陪伴父母，而是參加家庭彌撒。其他的改變就是現在可以縮短行車時間，過邊界時不用令人氣惱的等待了——這兩項是自從他搬到多特蒙德後，少數的好處。

「救世主到來，」天使的演出堅定有力，卻收到此起彼落的笑聲。

木笛聲伴著牧羊人出發去伯利恆，何暮德硬生生吞下一個呵欠。兩天的緊張感減弱之後，長期積累的睡眠不足便顯示出來。如果在安內可街布置到一半的公寓可以這樣稱呼為家的話，書桌已被校樣稿淹沒，幾乎每天夜裡他都驚醒，因為夢裡有一個注腳選字非常棘手。他腦中似乎仍有某部分在和文章糾結。前面祭壇三個國王正跟隨著星星走，手上拿著寫了字的硬紙板，在佛洛里昂所扮的梅其佑極有尊嚴的現身馬房之前。菲利克斯化身巴特札，袍子上早就到處抹上從他臉妝來的黑色痕跡。何暮德可以聽到露忒屏住呼吸，當她的兒子開口說台詞，這次台詞沒有卡住，順利從他嘴中流洩出。他甚至還自己去查什麼是「鞠躬」。如果聖嬰不是一個假娃娃、懂這個意思的話，就可以說這是語後行為。但是菲利克斯說成「吉躬」，像今天中午在鹿坡路時一樣。這個孩子可以基於教會的原因而覺得受人尊敬，但是一個旁觀者會說，這是一個錯誤。或者如露忒所言：你要專心，寶貝。現在她鬆了一口氣，短促的拉了一下何暮德的手。

小演員們一個接著一個消失到法衣室裡，提詞人發出解除警報的訊號。辛苦付出是值得的。聖誕快樂！

最後大燈熄滅，在莊嚴的黑暗中禮拜的人們起立合唱：哦！多麼歡喜。何暮德小聲跟著唱，露忒靠在他身上一會兒，似乎她想臣服昨晚的爭執，或者要他臣服，出於無法解釋的理由，他認定擾人的家庭義務，其實他也是喜歡的。每年他都宣稱，這幾天他被打斷的工作，會因補不上進度而延遲，但是他真的想在聖誕夜時趴在桌上做他的校對工作嗎？

「……喜悅，哦，基督。」

最後一個和弦停止後，在管風琴重新開始彈奏引導信眾進入太過溫柔的平安夜之前，安靜了一下。他們從鹿坡路出發時，溫度九度。何暮德避到一旁，露忒和海納則招呼熟人，祝福他們過個好節。大人身邊的小孩使出各式招數想讓閒聊中的父母移動腳步。佛洛里昂和菲利克斯與他們的小朋友道再見後，朝他飛奔而來。很可能他們沒有意識到，事實上他們讓他內心的不安寧可以轉移注意力。即使露忒無法相信，但是對他而言這是有關幸福、未來，有關一切的大事。與之相較，他的教授學位論文根本無關緊要。

「我要讓這三天是我兒子在一年的日子裡最好的時光，他們這一年最美的回憶。」他妹妹用這句話駁回他「過個節這麼費事準備，是不是太誇張」的疑問。十點半雙胞胎終於上床，他們兩人則站在廚房，流理台上布滿食材一片凌亂。吃火鍋要沾的各色醬汁還需要攪拌。雖然沒有爐火，露台門上仍然蒙上奶白的水氣。

何暮德從洗碗機裡拿出一個盤子，放進櫥櫃。外面斧劈，乾乾的喀喀聲響，海納在調整聖誕樹的樹幹，讓樹幹和支座能夠互相吻合。

「你沒發現你放的這些東西擋了我的路嗎？」露忒問。

「我不知道要放到哪裡啊。」

「問我啊，我總知道吧。」

「盤子？」

「放那邊。」露忒用下巴指向一個掛在牆上的櫃子對他示意，並且當何暮德打開櫃門的時候將頭縮進脖子，「你一定要現在來開這個櫃子嗎？」

「我要幫你呀！」

「坐下，嘗嘗這個。」她不耐煩的遞給他一個小碗，裡面是淺棕色濃稠的醬汁。疲憊感在她的臉上變成不滿足的表情，而這個不滿足在何暮德下午到達時已經在她臉上。

「這是什麼？」

「據說沾火鍋的肉會很配。」

「嘗起來味道是滿好的。」

「美乃滋不會放太多？咖哩會不會太少？夠鹹嗎？」

他搖頭。露忒用保鮮膜將小碗包好放一邊。

「你覺得，」何暮德緊咬不放，「你兒子對聖誕節的回憶會不會不美好，如果吃火鍋只有三種醬可沾？」

「這是哲學問題嗎？」她的眼睛從食譜上抬起，聚焦到她哥哥身上。「海巴赫教授？」

「妳看起來很累。而且根據我對那兩個小傢伙的了解，他們反正只愛吃番茄醬。」

「然後呢？所以我們大家明天晚上也都吃番茄醬？」

「我們開瓶酒坐到客廳去吧。我有事想跟妳說。吃的東西明天還有時間準備。」自從他開始準備教授論文的出版，每到午夜他就需要一口酒精，才能止住一直在轉的大腦。兩個禮拜以來，相同的儀式也在不必工作的假日舉行。

「明天我還要裝飾聖誕樹，烤一個蛋糕，去肉鋪取肉，麵包店買長棍麵包，載我們的母親去做頭髮……」

「我們一共有三個人，露忒，妳不需要一個人做所有的事。」

他們交換一個眼光。這個爭論很早以前就開始了，有時是公開的，有時則隱藏在他們所有的對話中。外面海納大聲的詛咒了一聲。

「我知道妳在想什麼。」他說，「說的比唱的還好聽，自由自在沒有家庭牽絆的一個人。」

「你真的知道我在想什麼？」

「你們地窖裡有酒嗎？」

「海納為明天晚上準備了幾瓶。」

「我們明天補回去一瓶。喂，妳難道不好奇我要跟妳說什麼嗎？」

露忒嘆一口氣，不回答。何暮德已經站在門口。

「我們已經半年沒見了。」他說。

「因為你沒有時間，雖然從多特蒙德到這裡開車只要兩個小時。」

「現在我來了。我去拿酒上來，然後……怎麼了？」他問，因為露忒的眼神流露的順從比贊同多。

「也許我不好奇是因為我已經知道你要跟我說什麼，也不難猜到。雖然她的名字，就是你新的故事裡的那個新人，這當然比較難猜，但其實所更新的就只是名字罷了。」說完她又低頭去研究食譜。

「問題不在你要說的是什麼，而是我想不想聽。」

「你有可能想錯了哦。」

「好吧，她叫什麼名字？」

「這麼不正式我才不告訴你。把東西清走，我馬上回來。」他穿過涼靜的走廊，走樓梯下樓。白色粉刷的牆面靠著玩具都滿出來的架子。在食物儲藏間前，燻火腿的香味已飄出來迎接他。曬乾的李子躺在一個烤盤裡。露忒和海納鮮少喝酒，所以只有兩瓶在架子上。何暮德一邊發抖一邊看標籤。但是結果和兩個禮拜以來一樣，他一想要集中精神，思緒就飄走，飄到當時那個羞澀的自信，上上個星期五她帶著這個自信踏進他的公寓，簡短的說明她到訪的原因，因為她在柏林沒有電話。兩天之久他像發神經一樣跑遍所有的房間。當她一進來，他的眼睛再也離不開她，而她的眼睛在簡陋的家具間來回打量，然後從窗戶看出去陽台。她苗條的輪廓在多特蒙德灰色的天空前駐留。她微笑著，不知道是沒有注意到還是不在乎，房子裡只有一張床，她轉過身來，對著他。可以在外面抽菸嗎？

當何暮德拿著一瓶麗絲玲白酒上來時，廚房裡的燈已經滅了。露忒站在客廳裡他們下午一起為聖誕樹清出來的空間前。紅色的紙躺在木磚地板上。一個裝著聖誕樹裝飾的紙箱放置在壁爐台上。

「恐怕我們得把聖誕樹的尖端砍掉。」她說。

「砍掉尖端？」他拿起桌上的開瓶器，叉進木塞開始轉。

「海納說，這棵樹有兩公尺五十公分高。支架要再加上十公分。」

「凸出來的就剪掉——我的教授論文校修準則。」

「有尖頂比較好看。」

「也許海納可以把樹斜插進支座，然後……」他不敢往下說，因為露忒轉過身來瞪著他。她髖部比以前寬了，不再有年輕母親的時髦，而是牛仔褲、毛衣和磨損的拖鞋。

「為什麼我有那種感覺，感覺你在恥笑我現在做的事？」

「我沒有。」

「我不是只把自己的幸福放在眼裡，這有什麼可笑的？」

「不是這樣的，露忒。這是妳的生活，我沒有瞧不起的意思，完全相反。」

「你現在是教授了，」她說，思路似乎轉到別的地方去了。「但是你抱怨只是一個代理職，而且還必須搬去多特蒙德。你彷彿沒有意識到自己的成就。」

「我們還是喝點酒吧，輕鬆一下。謝謝妳的辛勞，我們的聖誕節一定會過得很棒。我不是在取笑。」他把酒杯遞給她。「我的重點只不過是，代理職時間一到，我很難找到專任教授職位。淘金熱已經過去，而我花在教授論文的時間太長。」

「你也許只是被其他研究專案分散了注意力。」

「是，我是。所以我現在要發表論文，保住實力。現在我沒有什麼時間給你用瞧不起的語調所說的『其他研究專案』，因為妳誤會我做這些事不過是在消遣時間。但是這才是我的生活。妳要接這杯酒還是不要？」

當西蒙教授找他過去，期待他不許質疑時，他確實幾乎已經決定要拒絕多特蒙德的職位，這次他終於幫上忙。如果何暮德讓這個機會溜走，那麼以後就請自力更生，在科技大學的合約也絕對不會再續了。很顯然有人去咬耳朵，告訴他，他的門生對要離開柏林並不情願。西蒙教授才不考慮是什麼原因。這三年來他的耐心已經像扯緊的橡皮快要斷了。何暮德沒有選擇。從十月開始，維斯法倫的體育館裡射門成功的歡呼聲，他能從書桌上聽見，除此以外，這個城市的一切，他一概忽略，如果能夠忽略的話。

「乾杯。」他說。「祝我們有個和諧的聖誕節。」

露忒在壁爐台上坐下，手中轉著酒杯。架子上站著一台舊的黑白電視。灰色的沙發套閃著使用殆盡的反光，有些地方從破損處還露出襯墊。所有的擺設都可以看出，每個月還銀行貸款的壓力有多大。他想借錢給她，緩和他們的經濟壓力，露忒不接受。

「海納讓我注意到，」她說。「幾個禮拜以前，我跟你講完電話以後。他告訴我，我每次一拿起電話都先問你，你怎麼樣。」

「我們講電話他都在旁邊聽？」

「我們是夫妻，我不會特別叫他避開。」

「當然不用。但是要是我們說的是有關我的事呢？」

「這就是重點。海納問我，你稍後是不是也關心我怎麼樣，我的生活中又沒有什麼新的事物。我想回答：有，當然他也問我。」她似乎心不在焉，從壁爐台上站起來，從紅色包裝紙上扯下一條絲線。然後又再坐下，喝一口酒。

「我不問妳嗎？」

「通常是你生活中發生的事情比較迫切。你好不好比較重要。大部分時候你不太好，或者總之可以更好。我這邊很少有事，不是嗎？對這我當然不會抱怨，我自己決定過這樣的生活，最多能改變的也不過是小事。例如，我很懊悔沒有高中畢業，這是我們最近和朋友去健行時，我才覺察的事。或者希望能夠兼職賺一點錢。我們是很需要錢，但是就因為這樣我就回醫院去排班工作嗎？我想找別的可能性。我告訴過你，我是綠黨的黨員嗎？」她的臉亮了起來，彷彿剛剛說了一個好笑話。「你想不到我會這樣，對吧？你以為你妹妹只會做火鍋沾醬。除了做沾醬以外，我還是激進分子。」

「這就是妳說的兼職——你想從政？」

「什麼叫做從政。人家只不過是問我要不要參選地方議員。看看吧，為什麼不呢？」

「為什麼你不代表社會民主黨參選？」

「你可能以為我只是有古怪的念頭，但是我問自己，有沒有什麼事真正地壓在我的心頭上。答案是有。我不願我的孩子在充滿核子彈的世界裡成長。」

為了避免重新被誤會，說他只會嘲笑妹妹做的事，此刻的他放棄回應。和平運動在鹿坡很久以前就已經開始。牆壁上掛著寫著海因里希•伯爾以及恩內斯托•卡迪南話語的海報，兩人有些太過莊重的在書桌邊商談：天真詩人的書桌以及只是看起來天真的奧托哈恩（譯注：發現核裂變的諾貝爾學者）的書桌。這要看海納的心情，說不定明天吃火鍋時話題可能會扯上核子威脅。

「好吧，」他說，「妳的意思是說，我太少關心妳過得如何，確實有可能。我只是以為，妳過得很幸福。不是最近才這樣認為，而是一直以來都是。」

「雖然如此，我還是決定未來不要那麼像我們的母親。對於遲早要開始的事，遲不如早，我告訴自己：最好的時機就是現在。」露忒對著明天要放聖誕樹的空地自顧自的微笑。然後她才朝何暮德看過來。「這些敬你和你動盪的生活。你戀愛了，你一進門我就看出來了。她叫什麼名字？」

何暮德在一把單人沙發坐下。在沙發上他撿到上一次玩「小姐先生別生氣」桌上遊戲時，沒有收齊的棋子。他也許無法成功的跟妹妹解釋，為什麼這次不一樣。第一次見面是兩年前的事，但是每個細節他都記得清清楚楚。那又是冬天裡一個凝滯的開始，一年中最大的雪剛下完以及在一個科技大學同事家的聚會之後。就他一般的行徑看來，他喝了很多，但是仍然覺得相當清醒。聚會結束後，一些仍未疲倦的人坐上往滕柏爾霍夫方向的地鐵，在陸夫特橋廣場下車。路邊停著的車一輛一輛變成白色的雕像，雪球滿天飛，酒瓶傳來傳去，城市上空的雲慢慢向東移動。他們的意圖是想去十字坡滑個夜雪。

德蕾莎喝太多水果泡酒，走路時雙臂一直環掛在他身上，他開始覺得她不分場合的親暱很煩。在國家紀念碑處站著頭臉包覆得密不透風的人，左邊近處一有雪橇翻覆，大家就拍手鼓譟。到處可見不斷亮起香菸頭的小紅點，燃照著一張一張下一秒又立即暗逝的臉。為了擺脫德蕾莎環抱的糾纏，他抓住她的肩膀，說：「我們去滑雪橇吧。」

「在這裡等著，我去弄一架來。」他留她站在那裡，往坡下走了幾步。迪特馬・賈克伯和他的女朋友迎面走來，背後拉著一架雪橇。積雪很深，何暮德的小腿都已沉沒在雪中。

「可以借我滑一次嗎？」

「海巴赫，老同志！」迪特馬戴著一副小圓眼鏡。半長的頭髮，除了姿態與眼鏡，其他也和約翰・藍儂很像。他身邊的女人他只見過，並不認識。「我以為你已經離開了。」

「只滑兩、三趟就好。跑道怎麼樣？」他們其實不太認識，雖然迪特馬老是一副和他很熟，是好朋友的樣子。

「喏，拿去吧。跑道清純得像我們一樣。享受這個夜晚吧。」

「你真該常常聽你自己在說什麼。」迪特馬的女朋友說。之後的對話何暮德聽不到了，因為他們兩人繼續往前走，而他在檢查雪橇。他以前有過類似的雪橇，不過他的雪橇座木條比較堅固，滑板是抗鏽的。他拖著雪橇，找到德蕾莎，她和一群他在聚會中已經留意到的人在一起。這群人整晚在廚房裡辯論，不跳舞。他認出紅髮男子，他仍然帶著激動的手勢在教示圍著他的人。他身邊是一個深色頭髮的美女，抽著菸，眼神失落。

「準備出發。」他拍拍德蕾莎的肩膀，看著這群人，試著和那個年輕女人的眼神相遇，沒有成功。不一會兒，他坐在雪橇上，德蕾莎坐在他懷裡雙腿之間。她在胸前畫個十字，說：「在聚會上我有時候覺得，你比較想一個人在那裡，最好沒有我在旁。」

「胡說。」

她將頭往後轉，想看他。

「我不是會抱怨的人，不是嗎？」

「抓緊了，最好抱住我的膝蓋。注意，不要讓繩子掉到滑板下。」

「也絕對不要讓我滾下。」

「腳放到雪橇下的架子上。」他猛力將雪橇往前一推，抱緊德蕾莎，另一隻手抓住所坐的木條。

雪橇往前滑行兩公尺，就停住了。德蕾莎點頭：「比我想像的要安全得多。」

「第二次發動。」他再一次用力推，雪橇往前動了一下，然後吱嘎的停下。直到第三次坡度才夠陡，雪橇才溫吞的往下滑。速度慢到連一個小孩都能輕易在他們身邊跟著跑。

「好有趣！（Qué curioso!）好痛快！（Qué ameno!）」德蕾莎張開雙臂，似乎要捕風。滑過地上些微的凹凸不平，他們顛簸著向下。

「好像在飛哦，」她說，「可是比飛更美！」

「爛雪橇，滑板都生鏽了。」

「好喜歡！（Qué placentero!）」

他們以電影鏡頭慢動作的速度經過白雪覆蓋的菩提樹和楓樹，無傷大雅的娛樂，就像他和德蕾莎三年來的戀愛關係。沒有野心和目的那般舒服自由。他們自願忽略正常一般人對戀愛關係的要求。他一想就覺得驚訝，他們居然一起度過了那麼長的時間。草地又變平坦，他們往下衝的力量只帶著他們再往前一公尺，雪橇便停了。他們一起翻身倒進雪地。

德蕾莎捧起滿手的雪，擦到他臉上。

「報仇。」她滿足的說。

「報什麼仇？」

「你還沒告訴我，你夏天要不要跟我一起回去。」

「夏天！德蕾莎，現在是一月。」

「你愈早告訴我，我高興的時間就愈長。」

「我們再看吧。」他說，吻一吻她。「再滑一次？」

他們又從坡上滑下兩次。然後他讓德蕾莎單獨進行她的新嗜好，自己則站到紀念碑旁的人群裡。他的手錶指針指著兩點半。一個小煤氣爐上熱著加了香料的紅酒，藍色火焰的照耀下何暮德辨認出碑上的文字「一八一三，萊比錫，十月十八日」。有人在彈吉他。迪特馬遞給他一個冒著熱氣的杯子，接收雪橇仍在使用中的消息，揮揮手算是回答。

「反正雪橇不是我的。」

「你認識那些人嗎？」他又發現了紅髮男子以及幾張圍著他的同樣嚴肅的臉。但是話語似乎靜默下來。

「紅髮那個我認識，是法克・麥凌恩，他自封為劇場天才，意思是：沒有著作出版，沒有演出，但這證明他是天才。旁邊那位是他的繆思，周圍那些是隨從。」

「美麗的女人。」何暮德有些喃喃自語。

「我跟她講過一次話，但是想不起來她叫什麼名字。你女朋友不嫌多嗎？」

「她是怎麼樣的人？」

「像你一樣，難以親近。好吧，兄弟，看著，我現在要做的是為了你。」何暮德來不及拉他，他已朝那些人走過去。他用指頭點點女人的肩膀。當他張開的手臂朝他這裡指的時候，何暮德趕快轉身假裝喝他的酒。灑滿月光的草地上，他認出德蕾莎和她兩個朋友正從雪橇摔下，並高興得直拍手。

「就是他，」他身後是迪特馬的聲音。「所有有關言語行為這個題目，我言有未盡的地方，他都能補充。他是專家。」

何暮德轉身看見他友善又認真的眼神。他點著頭，伸出手去迎著對他伸過來、戴著布手套的手。

「哈囉，我對行為言語理論很有興趣。」從她說話的口音，他無法判別是帶著哪個語言的腔調，她的聲音沙啞、被菸燻過，語調比正統德語本身所要求有更多的旋律。

他笑，一半是缺乏自信，一半是自嘲。半夜兩點半，他居然會認識一個美麗的女人。而她對他的要求，只不過是教導她一些言語行為的理論。

她不笑，只是沒有絲毫不耐煩的等著他重新安靜下來。

「妳確切想知道什麼？」他問。

「我對言語行為理論的興趣是因為劇場。如果一齣戲的情節被抽離，剩下的是：言語行為。」他以為她接下來會背誦幾個教條，例如「因為主體沒有了，戲也不存在。」或者「一般的戲劇已死」等等。但是她只是吸菸，望著他，用手編著帽下露出幾綹深色頭髮。

「你不說說嗎？」她問，轉身準備要走。

「我要說啊，但是我不知道言語行為在劇場裡要怎麼說。」

「但是你懂言語行為。」

「這個概念始於所謂普通言語的哲學。」她想知道，所以他就告訴她，而且只有在開始的時候他努力於將專有名詞和實際理論所處理的對象交換：日常語言。但是他很快發現，他愈不保留，就愈受她注意，所以他直接就像在課堂授課般的說下去。只有一次他成功的逗引出她一個微笑。除了奧斯丁和希爾勒以外，她問起，她還可以讀那些資料。他毫不猶豫的回答：「何暮德・海巴赫的博士論文。」

「每個好書局都可以買……都買得到。」她很快恢復嚴肅的表情，將香菸放進唇間，眉毛往上抬。當菸頭亮起，他可以看見她瞳孔暗色的外圈。

「可惜只有英文的，數量也不多。」

「我給你我的電話。」從她厚毛外套的口袋裡，她掏出記事簿和原子筆。

「妳沒有必要讀那本書。我只是開玩笑的。那本論文很可怕的枯燥。」

她搖頭寫下她的電話號碼，將紙張遞給他。

「電話是隔壁公寓的，不過你可以說要找我。」

「妳是哪裡人？」

「葡萄牙。請打電話給我，好嗎？給我一本你的論文。我沒有錢。」她再跟他握一次手，回到她原來的那群人裡。迪特馬已經離開了。公園裡漸漸清空。何暮德看見一小群人往美靈誕大街走。東邊站著電視塔頂上的圓球傲視城市像閃著光的太空船。直到現在他才認出，當漢斯・彼得還住在這附近時，他常常到這裡來。他的老朋友已在美國獲得成功，他的名字有時在書上或論文上與他相遇。那個時候他們一邊討論，一邊穿過維克圖麗亞公園。但是他從沒有看過公園像現在一樣被白雪覆蓋。

月下一切都閃著藍光。何暮德環顧四周，無法解釋為何此刻他突然悲從中來。在草地上的德蕾莎朝他揮手。為什麼要欺騙自己，他想。他走下山坡之前，將紙條撕得粉碎，一片片水流般灑在雪地上。

聖誕夜的下半部分維持一貫的模式。從教堂回來後，何暮德領著雙胞胎進玩具間，方便露忒和海納準備聖誕禮物。他們安安靜靜的玩棋弈遊戲的期間，結束前最後半小時總是要嬉鬧跑跳。兩個小傢伙對準他衝過來，撞頭，重新再跑過來一次。他襯衫的一顆鈕釦滾落地毯上。然後樓梯腳邊終於傳來輕輕的按鈴聲。兩個小男生馬上丟下他跑下樓去。當何暮德也踏進客廳時，地板上早已到處散落包裝紙。窗玻璃裡顯現燭光的映像。總是這種時刻，他會短暫想念起瑪莎・賀維茲，她的季節問候卡應該已經到達柏林，並因查無此人又被退回了吧。露忒往他這邊看過來，彷彿仍然在問她自己，她昨天不願接受他的意圖有多真誠。

聖誕禮物拆完後，何暮德開車前往哈瑙，他的父母坐在廚房等他。房間中央一整桶洗衣籃的禮物，暖氣太大，讓他一進門就開始流汗。一樣的家具，一樣低的天花板，他的頭都快撞頂了。來自爐子裡同樣的焦味，彷彿看不見的痕跡從過去的時光蜿蜒到現在。他的母親再三提醒，要去冰屋給孩子買冰淇淋。

他覺得外面的夜冷多了。天空清朗，老房子社區周圍無一點聲響，只有電的聖誕裝飾燈兀自嗤嗤作響。他「嗯」的一聲抬起桶子放進行李廂。從房子大門那裡開始，緩慢的腳步跟隨著他，還有不安的手電筒光線。

「好了嗎？」大家都上車繫好安全帶後，他問。他的母親將手放在他的肩膀上。

「先去冰屋，記得。」

那是家裡有冷凍庫是特殊的時代殘留下來的遺物。一個車庫大小的建築，代替窗戶的是厚厚的玻璃磚。這個建築物現在裝的是家裡容納不下的器具。裡面迎接他的是寒冷和輕輕的「嘟」聲。拱形的、編了號的櫥門，三排一落。白色天花板上的日光燈照得室內刺眼的亮。七號門裡，冷霧消散後，他認出熟悉的保鮮盒排列方式，「大黃莖切塊一九八四・六月」、「蘋果泥一九八五・十月」寫在有顏色的籤條上。

何暮德停下動作，靜心聽。他感覺脈搏加快，必須努力壓抑自己想把頭伸進櫃子裡被凍結的冰縮小的開口。如他所懼，露忒昨晚果然無法理解他，或者不想理解他。面無表情的她，靜靜聽他愈說愈激動：無預期的在人民劇院大廳重逢、一起泡咖啡館的下午、出遊東柏林以及他怕走錯一步的恐懼。露忒坐在壁爐台上，完全不必掩飾不耐的表情。他說完後，她先是沒有反應，只是瞪著他把剩下的酒倒完。她還在啜飲第一杯。隔壁浴室裡海納在洗澡。

「你和德蕾莎還有聯絡嗎？」她終於開口。她在他的故事中最感興趣的，似乎是他沒有說的。

「什麼？你現在問這個做什麼？」

「這個問題我已經想問一個禮拜了。這個名字不知何時消失了，好像你要以沉默置它於死地。」

「妳在聽我說嗎？露忒？妳明白我在跟妳說什麼嗎？」他感覺他的手緊緊抓住酒杯。

「老實說，我不清楚。你多年前第一次碰到這個瑪麗亞。那以後雖然你很久沒有再見到她，但是你一直在愛她，對嗎?你和德蕾莎在一起，夏天時和她……那個?有個小男孩的，當德蕾莎在她家的時候。」

「妳到底想說什麼?」

「但是你一直在愛的是第三個人。這就是你要跟我說的?」

「是。」他把聲音壓出去。去年把德蕾莎一起帶回貝根城是一個錯誤，因為她和露忒馬上熟絡起來，變成姊妹。

「好。你在說你要改變你的生活。你突然能夠想像可以有孩子，跟一個去多特蒙德找過你一次的女人。一次!」

「明年我們會一起去葡萄牙。當然，說服她搬到多特蒙德不會是一件容易的事。這個職位來的時機真是糟得不能再糟。」

露忒搖頭，彆扭得像個小孩。

「德蕾莎愛你，」他說，「她會想嫁給你。但是你一定要對她不忠，然後現在又絲毫不把她當回事，似乎她沒有存在過。因為你碰到了你生命中的愛，這個愛人剛剛和她的男友分手，還是根本沒分?對不起得很，何暮德，我得回廚房了。」她站起身，而他必須控制自己，不要把酒杯甩到牆上兩個老男人隔著一張桌子瞎扯，彷彿那個地方就是世界互相了解之處的海報上。瞬間他的怒氣一轉，變成想要傷害彼此的冷酷。他將杯子放到桌上，看著妹妹的眼睛，說：「也許妳見不得我幸福。那是妳的問題。」

他馬上看出這些話的效果，露忒停止一切動作，而他吸氣以待。如果他沒有聽見浴室的門打開，海納在走廊上的腳步聲，他會馬上衝出去。

「這是你對我說過最惡毒的話了。」她雙唇顫抖，輕聲的說。「我見不得你幸福？我的問題根本不是這個。我最近問我自己，如果你不是我哥哥，我會覺得你是什麼樣的人。我找不到這個問題的答案。」

何暮德呼吸沉重，裝著冰淇淋捲的罐子緊抓在手裡。他的指頭在罐子的冰霧上留下痕跡。他頭上的日光燈兀自規律的吱吱響，雖然耳邊一直有這個聲音，但是他現在才意識到。他的父母一定已經在想，他到哪裡去了？拿著冰淇淋他走回去，上車進入到他們關於晚間禮拜儀式的對話裡。誰有來，誰沒來，誰和孩子一起過聖誕夜，誰根本都不知道孩子跑去哪裡住了。對話是有關教堂唱詩班人數太少的女高音部以及這是什麼世界啊，自己的孩子！五分鐘後他們到達鹿坡，他父親拉拉安全帶，說：

「俉哪停卡邊啊，阮嘛卡好落來。」

然後他們慶祝聖誕節，所有人聚在一起。第二次互贈禮物。一樣的擁抱和客氣。他的母親假裝抗議說，送她的浴袍太貴了，受不起。他的父親遠遠拿著大字本畫冊，宣稱對北極探險一直很感興趣。燭光搖曳，海納拿著一個老舊的字紙簍收拾地上的包裝紙，雙胞胎玩著遙控汽車。何暮德跟從他的罪惡感進廚房，發現露忒正忙著將火鍋沾醬倒入小碗中。盤子上切成豆腐塊大小的牛、豬肉堆積如山。排成金字塔狀的小肉丸是體貼家中戴假牙的成員。醃的黃瓜、洋蔥和紅菜根躺在篩器裡等著水分瀝乾，配菜還有香料奶油、新鮮長棍麵包和綠色沙拉。燃燒用酒精的味道飄散在空中。何暮德在滑門間站住。一個小碗被發現裂了口，必須被換掉。露忒只從她的工作中稍稍抬起眼睛。

「最好什麼都不要說。」

「我可以幫忙嗎？」

「這裡不用。」她用一隻手把他扯進門裡，另一隻手將門關好。這時候他們兩人應該是相視會心一笑，但是兩人之間的氣氛並不容許。他馬上為之前的失言誹謗道歉，而妹妹也接受了，其他的需要時間。「看有什麼辦法讓你的外甥對金屬零件組合箱感興趣。我們的父親老是送孩子這個，根本不聽勸。」

「因為那是很好的玩具。」

「那是很好、很有價值的玩具。但是我的兒子喜歡的是裝有電池、會發出聲音的東西。我試著解釋過，但是你也知道他。」

「我不知道，他怎麼了？」

「何暮德！」她說，「你不要選今天當討厭鬼。三天後那些東西就會被收進貯藏室，但是今天晚上，只要爸爸還在這裡，我就要孩子玩那箱東西。如果親愛的舅舅陪他們玩的話，他們也會要玩。可以嗎？」

「讓所有的人都高興，是不是很難啊？我是說，讓所有的人同一個時間內？」他所想的其實沒有說出口的這麼諷刺。

「這要看現場被支持的程度如何。」

他拿起一片黃瓜，沾一沾四種醬裡的一種，放進嘴裡。客廳裡傳來雙聲道歡呼。佛洛里昂和菲利克斯讓他們的電動車衝撞所有可撞的障礙物。

「因為我們昨天說過，」他嚼著黃瓜說，「你曾經責備過他不讓你讀高中嗎？」

「沒有，為什麼我要這麼做？」

「為了讓他知道。」

「然後他下次可以改進？」她放好最後一個小碗，往後退一步，靠在洗碗槽邊。為了這個喜慶的日子她化了妝，圍裙下是白色女式襯衫。

「妳的意思是，」他說，「妳原諒他了。」

「我告訴我自己，有些事情是這樣就是這樣。他工作了五十年，背都駝了。而我的精力當然也有限，我寧願用來教育兒子，而不是父母。」

「不論如何我欽佩妳。」

「不論如何我也欽佩你。現在去和你外甥玩吧，再二十分鐘開飯。」

「我在努力，你知道的。有時候我相信，我可以辦到。有時候我看著他，然後……妳沒有覺得有進步？」

「你的努力是看得到的。」他還能再拿走一片黃瓜之前，她的手已經作勢要打他，但是聲音裡沒有生氣的意思。「有時候也可以看見你怎麼樣看著他。」

「以前妳總是睜一隻眼閉一隻眼，當事情又發生，我又被誤會做了什麼壞事時。」

熱油倒進兩個火鍋裡，滋滋輕響。露忒定睛看他，他心裡升起一股安慰，因為知道他們兩人認識有多久，知道這是多麼的無解，而所有的理解也都包含誤解。露忒點點頭，彷彿想的也是一樣的。

「你一定要現在談這個，是嗎？」

「是，我一定要。」

「有時候我在想，你是不是一輩子都要將這個憤怒放在心裡。然後我對自己說，我沒有資格評斷。只不過，我很難接受。」

「而我問自己，為什麼**我**必須是那個……」

「因為那是唯一的可能性。」她打斷他。她緩緩解開圍裙，掛回勾子上。看著流理台，看著自己的指甲，穿過廚房的門看到外面。「今天我想擦指甲油，然後發現沒有指甲油了。這告訴我們什麼？」

「你本來的樣子就很美。」

「你知道嗎，有一個問題我很想問他，為什麼他對我是另一種態度。但是我太懦弱，我承認。我都不知道所害怕的是問題本身還是知道答案。」

「很簡單。因為妳是女孩子。」

「這就是全部？」

「相信我，這件事我反覆思量的時間夠長。這真的就是全部。」

露忒聳聳肩。一切可以那麼美好，她上次說，如果過去的事能讓它過去的話。那一刻他本想嘲笑她，但是現在他相信，她可以緊抓住希望不放必須花的力氣比一般人更大。他不知道要說什麼。

「意思是，你不想玩那個該死的零件組合？」她問。

「不，不，只要你告訴我不再因為昨天的事生我的氣，我就去。」

她嘆息，聽起來居然像對她的兒子嘆氣，每當孩子連續三次的請求被拒絕，他們還不死心的想求第四次時。她的眼睛轉一圈，肩膀也是。露忒說謊的本事真是出色。

「到我不再生氣不會很久了，這樣夠嗎？」

「因為是聖誕節，所以我接受。」他又拿到一片黃瓜，走回客廳。

這個晚上的最後幾個小時過得也一如往年：吃得飽飽的坐在客廳唱歌。佛洛里昂吹奏長笛，而菲利克斯舉著被火鍋的油燙到、包著藥膏的手。何暮德假裝忘詞的時候，露忒就投來嚴厲的眼光。在這期間她的眼睛游移在搖搖欲墜的書架和金屬零件鬆散組裝的壁爐，看起來幾乎有橋的形狀。何暮德覺得自己反應遲緩，但舒服又滿足。聖誕樹上的光再度被點燃。他的思緒飛走了。

兩天前她從公共電話亭打電話來，祝賀他聖誕快樂。現在他聽見自己和其他人唱歌的聲音。他閉上眼睛，光線變成猶如那日她到來時清晨的藍，猶如那時瑪麗亞躺在他身邊已經半入睡，睫毛搧呀搧，他吻她的時候。他累了，卻仍然不願入睡，傾聽著垃圾車在院子裡轆轆轆響著。他有一個問題藏在心裡一整個晚上了，小小的刺，卻奇特的讓慾求更加強大，答案是藏在她之後怎麼拉著他的方式裡嗎？他用一隻手蒙著她的眼睛問她。再一次一抹微笑浮掠過她的臉。她似乎是搖頭。他是否一點都不懂她？從東柏林那一吻之後，她再也沒有和法克睡過。

8

星期日早晨接近中午，他們三人站在車子旁邊。鳥鳴充滿逐漸暖和起來的空氣中。草地上和玉米田中傳出清脆的沙沙聲。婕拉汀站到一旁，當兩個男人互相擁抱、拍肩、互道再見。梧桐周圍，風在互相追逐。

「隨時歡迎。」貝爾哈德的手勢表明他的房子像他們剛剛從中走出來，現在仍大開的門一樣，隨時都為他開著。「無論你是一個人來還是和瑪麗亞一起，必要的話也可以先通知。」

他們扶著彼此的肩膀好一會兒，何暮德心想，這氣氛不像道別，比較像啟程。

「決定好日期就及早通知我。」

婕拉汀抱著的雙臂放下來，向他靠近一步。

「Merci（法語：謝謝）。」他聽懂，還有她很高興認識了他。他的來訪帶來很多樂趣，對貝爾哈德也很重要。她微笑著，在他雙頰各印上一吻，年輕靈活的舉止，令他想起瑪麗亞。藍色的夏裝很適合她瘦瘦的身材和直直的長髮。她退回腳步，將手放在昨天才立的警告牌上：私人地產，禁止狩獵！然後各人的責任都了了，除了提醒這個說說那個，將真正的離別再往後拖延幾秒鐘。

「你知道在塔拉斯要上快速道路，然後一直往巴雍。」貝爾哈德手指向西南。「你到的時候，替我跟你女兒說聲哈囉。我當然也歡迎她一起來。」

「再一次，謝謝了！」何暮德一拉開駕駛座這邊的門，熱氣一古腦兒衝出來，還夾雜著熱熱的塑膠皮味。他手上玩著鑰匙，覺得這次也不會例外，在最後一刻才想起把最重要的忘記了。

「你要我騎腳踏車在前面引路，」貝爾哈德問，「帶你出村子去嗎？」

「你騎腳踏車？」

「我有一輛，去年買的，那時我突然害怕一直不動的話會很快老朽。」他聳聳肩，朝懂一點德語的女友看一眼，但是她對這段話搖搖頭。

「沒有必要，我的衛星導航認得路。」何暮德把鑰匙插進去，拉下兩邊窗玻璃。手機、筆電、林查爾斯的博士論文——最後五分鐘他在腦中再過一遍，重新確認是不是都打包好，裝進行李廂了。他已經準備好要開車。其實他早就該上路了。

「我們會再見的。」他用左手揮走一隻小蟲，然後伸出車窗外揮手。貝爾哈德和婕拉汀並肩站著，猶如他在密蘇里漢尼拔和頌德琳的相片：很靠近卻不親近。自從他昨夜聽過唱片後，兩個聲音就一直在腦裡盤旋，並且很奇怪的覺得似乎是隔著一條三十年的鴻溝，聽著自己的聲音。下一秒他即刻為一整天都可以在旅途上感到高興。

「旅途愉快。」婕拉汀說。

「幫我問候伯伊格曼，你見到他的時候，告訴他，我……」剩下的句子被壓在發動中的引擎聲下。何暮德的照後鏡中馬上出現兩個窄長的人形，變得愈來愈小，讓他想起以前的一次出發，他不記得是何時，不記得從何地。下一個十字路口他轉彎，經過一排彷彿無人居住的房子，駛出村子。方向往西班牙。

一個小時之後，離邊界只剩下幾公里。巴雍、比阿黎茲以及短暫的加油停留都已經拋在身後。何暮德仔細看了地圖、檢查了胎壓、控制好油標，並且相信有時候會發出怪聲的三角皮帶還是能夠作用的。他暫時不需要衛星導航的幫忙，聖巴斯帝昂的路標已經站在路邊。地景變得起起伏伏，遠處似乎用鉛筆畫的第一波庇里牛斯山脈出現。他覺得自己睡得很飽，精神很好，望著一直倒退的葡萄園山坡，心中一直重新湧上即將越過一個認不出來是國界的國界興奮。他向法國繳納完二歐元二十角的高速公路費用後，馬路上面亮著一個指標：西班牙12MN。彷彿西班牙是一輛有軌電車，十二分鐘後他就能上車似的。

想到兩天後就能見到斐莉琶，是他好心情的重要原因。昨天上午他終於給她發了電郵。他坐在躺椅裡，筆電放在膝蓋上，聽著從屋裡傳出貝爾哈德不和諧的小提琴彈奏，和他太陽穴裡的疼痛很合拍。他問女兒，語言學習是否很忙碌，或者也可以抽時間陪伴老父遊一遊聖地牙哥，但沒有提到他至目前為止所到之處。他表示自己很倉促的決定放自己幾天假，考慮要去拜訪她。瑪麗亞可能過幾天也會趕來，如果她覺得不好，一定要說。那麼他就期待在波昂與她相見。他把郵件送出去之前，飛快再將內文看一遍，檢查他的語氣。字裡行間是否既不會太急切又不是太順便，而是一個耐心的慈祥老爸從遠處的參與？兩年以來他嘗試克制自己在他與斐莉琶聯絡時候的語氣。自從搬去漢堡後，他的女兒開始調整與父母的關係。她和瑪麗亞之間的關係雖有改善，但是她主動打電話回波昂的次數愈來愈少。他主動與她聯絡的話，總是不免覺得自己不請自來，有干涉她的生活的感覺。有很多事情他想問，但是她想說的事愈來愈少。或者這只是他的想像？女兒正從他手中滑落或者他受苦於典型的父親形象的幻滅？因為父親的角色降低到只是值班的？

寫完「愛你的　爸爸」，他即刻按下「送出」。

他在法國即將踏上南邊鄰國的土地之前，又被收取了一次路費。何暮德將硬幣投入一個大塑膠坑裡，然後橫木舉升，一個牌子上寫著「西班牙」。完畢。沒有穿制服的人，沒有嚴厲的眼睛，也沒有伸著舌頭喘氣的狗、唾手可得的火器。他遙遠的記憶中有那麼一次，在漢姆史岱他必須全套演練一遍：輪轂蓋拆下來、所有衣物一件一件打開，同時帶著濃重薩克森口音的官僚在他身邊站著，對他說話自始至終只用命令句。他現在輕輕鬆鬆無人干擾就從法國到了西班牙，置身於女兒所在的國度。復活節過後他就沒再見過她，即使是復活節時，也只有兩天。路邊的指標變成雙語。休息站現在叫做「àrea de servicio」，巴斯克語則是「zerbitzugunea」。

在他第一次與瑪麗亞開車去葡萄牙經過時，就對聖巴斯帝昂留下了印象，那是一個美麗的城市，市中心是半滿的月照射下的沙灘，後面是一條宏偉的海濱步道，步道上充滿當陣雨急落時往各個方向散去的漫遊的人群。這次何暮德只看到城市外圍灰色的簡陋出租屋，然後就轉彎上A八號公路，方向是畢寶。一個不合時宜的標語牌落在橋墩上，要求著巴斯克土地的自由。他計畫兩天時間後到達，中間在哥斯大萬達休息。他那時和瑪麗亞也走差不多的路線，先是沿著大西洋海岸，然後經過被太陽烤焦的卡斯帝里恩高原到葡萄牙。離上次不知下一個旅店在何處的旅行，都有幾個十年了。雲層遮蔽著天空，灰色的霧讓群山的外表變成冒煙的火山。何暮德放進一張音樂光碟，回想過去兩天，無論贏得一個朋友的喜悅，或者只是免去失去的感覺。

昨天早晨大部分的時間他都一個人在露台上度過，雙手背在頭的後面，眼睛看著天空。屋子裡面貝爾哈德拉完小提琴，在廚房裡忙。婕拉汀預定下午來到。窒悶燠熱的空氣停滯在平坦的原野上。一次一群小孩騎著腳踏車鬧嚷的經過門前那片地，這以外，就只有鳥叫、蟲鳴、附近玉米田澆水設備的滴答聲可聞。

其實什麼都不做，這個狀態幾乎像禁忌一樣誘人。假設斐莉琶的回答必須要等幾天，何暮德就會決定按原計畫動身，以他來說反正循次漸進，他不想急躁，現在要去里斯本和去波昂的距離大約是一樣的，他可以在瑪麗亞的哥哥家等她。現在回頭絕對不必考慮。這趟旅行牽連著他不必說出來的希望和期待，他知道，這些希望與期待還未被實現。

他們在村中的小餐館吃晚了的午餐。侍者招待非常親切，同時一桌老男人不停以懷疑的眼光打量他們。飯後他們在義大利五葉松下沿著林道踩在針葉鋪成的小徑上散步。為了擺脫沒有教養、追著他們狂吠的狗，他們必須繞遠路。最後村子裡可見的只剩灰色水塔的尖頂。玉米田上掛著小小的彩虹，遠方依然是圓滾滾似白雪的雲。這些雲彷彿等著他，是他輕鬆不太可靠的遊伴。

成群的蒼蠅繞著飛轉，當他們滿頭大汗、沉默的再飛進屋時。何暮德重新坐進躺椅，打開筆電，不敢相信自己的眼睛，當他在收信匣一欄居然看見斐莉琶的回信。破紀錄了，離他的信寄出後才剛三個小時。

她應該覺得奇怪，但是儘管他鉅細靡遺的尋找信裡隱藏的不同意的跡象，仍找不著。夏天的聖地牙哥就是人很多，他的女兒寫道。她不敢說他是否會喜歡，但是總也比他一人孤獨的坐在波昂的家中好。她是認為他的去信只是隨便問問？還是這是他經過多重考慮後的決定？假設他沒有理解她的反話，她也誤會了他，還有一張黃色的笑臉附在信末。信的抬頭她採用西班牙語輕快的Hola，最後一行則是：替我向萊茵河問聲好，趕快打包過來吧！斐莉琶。

「好消息嗎？」拿著一杯水站在露台門口的貝爾哈德問。他沖過澡，換了乾淨的襯衫。婕拉汀隨時有可能進門。「看你臉上的表情猜的，是吧？」

「我女兒似乎準備好在聖地牙哥迎接我了。這是理所當然的，誰都會這麼想。但是今天這個世界有什麼是理所當然的。」

「跟我來，我想問你一件事。」

「這件事你不能在這裡問？」

貝爾哈德沒有回答直接轉身走進屋裡，走上樓梯。何暮德把筆電放一旁，跟在他後面。燈光從開著門的書房射出。何暮德進房間的時候，眼光落在寬大厚重的書桌，桌上左右都堆著紙張，直頂到天花板的書架上，書是按照作者姓氏字母排列，和以前在波昂的辦公室裡一模一樣。貝爾哈德落坐在書桌後面，將厚厚一疊紙推到一旁，彷彿是在輔導學生，說：「我每次都很驚異的發現，只是說出一般普通的事，但如果要求確切的話，居然要用這麼多字眼。」

因為房裡沒有第二張椅子，何暮德就站在門口。外面陽光穿透雲層，猶如穿透和式紙門，幾隻野兔縱跳在樹和樹之間。

「你這幾個月寫的？」他問。

「還有更多。我正在改變我的習慣，需要時間。如果沒有交稿的對象，寫出來的文字完全不同。」貝爾哈德拿幾張紙在手上，似乎在測這些紙的重量，又重新放回去。「有的時候我覺得，我必須重新學習寫作。」

靠著門框，何暮德感覺自己變成上個星期在出版社的彼得．卡洛。雙臂交抱在胸前，打量坐在椅子上那個人，不太清楚那個人腦袋裡在想什麼。這個房間奇特地令他感動，整齊、隨時可以見人，同時準備好要起跑，但是從窗戶看出去，除了松林和開闊的田野，什麼都沒有。只有在工作目標明確時，這裡才是一個好地方。書桌上方掛著的照片上是一個正對他微笑的中年女人。她可親的橢圓臉被棕髮包覆。陽光讓相片的鑲邊不清楚，背景則是漸漸消失的大海。

貝爾哈德隨著他的眼光，點頭。

「我們是在她到米米藏來拜訪朋友時認識的。她的朋友在米米藏有一棟房子。有一天晚上他們一行四人到酒吧來想買葡萄酒。她的一個朋友，我有點認識。這個朋友後來說，這是他的安排，他想介紹我們認識。」

「她有兩個孩子，而且已經上大學了，你昨天說的。她看起來很年輕啊。」

「她生第一個的時候是二十歲。現在兩個孩子都不住家裡了，而婕拉汀還是夠年輕可以重新開始。幾乎就是你的笑話真人版。她不想再當老師了，按照法文的說法，那個裝飾不了她的生命。非常恰當的畫面——問題總是看你怎麼裝潢。」

「她辭去學校的工作，你賣掉酒吧。聽起來很不錯。」

「然後呢？有時候我們胡亂編織未來，然後出現很瘋狂的主意，買一座葡萄山、搬去下一個城市做骨董生意，這是一個她很早以前的夢想，或者先旅行一年，了解看看我們到底合不合。」他做一個手勢，意思是：哪個先哪個後，自己去排列組合。「有一句話不是說得很漂亮？世界等著你去開創。」

「只是，你根本不想離開這裡。」

「這麼明顯嗎？」貝爾哈德微笑，似乎像抓到自己的小辮子。「我並不是離不開這個房子所以不想賣。我反正從來沒覺得自己是房子的主人。只是我花了很長一段時間，才把它成功的布置成後學院風格。我們被薪資報酬腐化到只要沒有經濟的好處，這份工作就不被認真看待。我必須訓練我自己不要有那種坐在書桌前只是擺姿勢的感覺。然後在波爾多發生的那件事，對我更沒有幫助。」

「我還是一樣的想法。你不應該離開波昂的。」

對這個想法，貝爾哈德搖頭以對。

「訓練年輕人上就業市場，不用了。離開是對的。另外，我的自由解放有很大的進步。我又開始工作了，而且很快樂。夏天不說，其他時候我就研究我覺得重要的。讀我感興趣的書，不必問讀來做什麼。齊克果——看過嗎？」

「某個時候讀了幾頁，不是我的研究領域。」

「可不是嗎？我讀所有的資料，就是不看二手資料。在波昂我除了讀書幾乎不做別的事，但是讀的百分之九十是廢話。」

「嗯。不過現在你的女朋友要你離開新的平衡，你文人的存在。」

「比二十年還長的時間，她的生活就只圍著孩子和工作打轉。現在該是她自己的時間了。我們彷彿是在公車站牌相遇，只不過我是到了要下車，而她想上車出發。她說，她可以想像和我在一起的未來，但不是在這裡，不是像現在這樣。她當然明白我的傷處在哪裡：放棄大學裡的事業，如果條件不合的話，她是可以接受，但是開一家酒吧？」一抹介乎自嘲和苦澀的微笑倏忽閃過他的臉。「所以我不是跟她走，就是一個人被留在這裡。我很慎重考慮過，知道了後者我不要。這對初步來說已經夠了。其他的慢慢會知道。」

這時，外面一輛車靠近，停在房子旁邊，短促的一聲喇叭響。貝爾哈德站起來。

「她到了。」

「你不是說，想問我一件事嗎？」

「我們考慮要結婚。你願意當我的男儐相嗎？」

因為何慕德沒有移動，所以他們兩人站著互望的距離不到一隻手臂那麼長。他們互相打量，而何慕德更覺得相片裡微笑的女人正在觀察他。

「這件事太突然。其他的事慢慢會知道。你……」

「我不清楚別人都是怎麼走到結婚這一步的。我相信，有些決定我們不是隨機應變就是耗盡心力在思考，真的要冒險嗎？你不信的話自己去照照鏡子。你開車開到南法來，誰知道你還要開多遠，才能在波昂和柏林之間做決定。」

「好像是我在選地方似的。」

「在決定離開波昂之前，我有半年的時間好像癱瘓一樣，因為我無法下定決心。可惜了那半年。」

「然後再接著兩年，這兩年你問自己，那是不是一個對的決定。」

「但是這些都是進步，你不明白嗎！」貝爾哈德用一個不是典型的他的姿態一拳打在他胸口上。「有時候決定做錯了反而更好，比站在原地嘟嘟囔囔強。」

「廚房哲學。這是因為在波爾多發生的事嗎？你害怕……」

「當我的男儐相吧！明年的某個時候，小規模的婚禮。你來找我之前，我就已經決定要問你。本來是一個終於可以結束我們之間失聯狀態的理由。」

「是嗎？」

「我們兩人之中的誰都沒有太多的朋友，對嗎？」

「好，我答應你。」他們兩人相對而視，有一瞬間何暮德相信，他明白了兩人之間的年齡差距為何從來無足輕重：因為相隔他和他的朋友中間的這些年，流逝得最快。想像貝爾哈德六十歲的樣子，幾乎比相信他自己已經是這個年紀了容易。眼袋再下垂一點，眼睛周圍的皺紋再深一點。轉瞬之間就到了，他想。下面的大門被打開，上面貝爾哈德和何暮德站在開著門的書房門口，彼此相擁。

照片裡的女人靜靜的微笑，似乎知道他在想什麼。

高速公路沿著坎塔布里亞海岸行進。右邊翻捲沉浮著的是大海。左邊綠色的懸崖高聳間偶爾有山岩缺口。雖然他和瑪麗亞當時也曾經遊歷過這片土地，但是他還是覺得這一切似乎都是第一次看到。在他的記憶中，西班牙的風景是乾燥、多岩石和空曠。現在的灰海和青翠多汁的草地，以及天上的雲在草地上投下黑影，給人的印象卻幾乎似愛爾蘭般的陰涼。一隻牛突然躺倒在地上翻滾，彷彿在大笑不止。熟悉的刺痛又爬上了背，告訴他是休息的時間了。

他不喜歡這條公路邊的休息站，所以他離開高速公路，隨興所至進入內陸。穿過房子到了由石材荒料和深色木頭所蓋成、擁擠的村莊。在一片空地前雙手交疊，抱著大肚子的餐館主人出來迎接他，好像有人通知他知道他要來似的。當他在一個很小的搪瓷盆裡洗手時，這個村子叫什麼名字，何暮德已經忘了。他在屋子前面一張桌子坐下，點了冷的瓜湯和沙拉，呼吸著從海那邊掠過大地吹來的腐朽氣味。從敞開的窗戶裡，他可以聽見電視播音員擠壓出來的聲音，很明顯是運動競賽的轉播。

路上車很少，路邊有肥碩的棕色母雞在尋找吃食。何暮德以兩球冰淇淋結束他的餐食，餐館主人和他握手道別，然後開回A八。群山的峰頂雲霧消散，鮮明的輪廓伸入天空。他突然之間感覺到自己心情開始急轉直下，整個週末他沒有聽到瑪麗亞任何消息。當衛星導航領著他繞桑塔德而行時，他想起他們那時還停下車，為了將米其林地圖在引擎蓋上整張攤開來看。她的一隻手指在細瘦的黃色路線上，瑪麗亞的頭髮也橫在他臉上。在路上，她有時候會將手放在他大腿上，對他微笑。對你來說是度假吧，她然後說，但是對她來說，這不是三年之後歸鄉對她的意義。後來他才在馬克斯・弗里斯的小說裡找到當時車子裡氣氛的形容：共同無根的憂鬱感。縱然如此，在那一趟旅程的某個時刻，他一定清楚的意識到，除了她，他不願意和任何別人分享他的生命。

剩下幾公里走完高速公路，並將他釋放到一條狹窄的海岸公路上。大大的藍色牌子上寫著：聖地牙哥之路。他看到的第一個朝拜聖地在利亞內斯城入口處。一群年輕人走過，只有從掛在他們背包上搖搖晃晃的扇貝，才能將他們和在埃斐爾國家公園健走的人區分清楚。何暮德以龜速經過滿載的咖啡館街，張著大嘴觀看飯店舊式建築的美麗立面，聽著在港口近海處盤旋的海鷗時而呱呱笑、時而渴切的叫聲。

他沒有停下車，直接開出城市。路兩邊的村莊愈來愈小，似乎藉著地形在隱藏自己。標示「海灘」的牌子指往濃綠的灌木叢裡去。有一度在迷宮似的窄小巷道裡他以為自己迷路了。紫色繖形花序的繡球花溢出斑駁的石牆外。為了尋找下一個迴轉的可能性他彎進下一個轉角，看見一棟飯店：吸引人的三層樓，但對這個小地方而言太大了。飯店直接坐落在沙灘上，橫阻了朝向海彎的視線，宛如一艘擱淺的太平洋郵輪。

找到了，何暮德想，轉動方向盤開進飯店門口的停車場。在他眼前，馬蹄形、被岩石圍繞的水面延展開。兩艘帆船在海灣相接外海處下了錨。下車以前，何暮德換下汗濕的襯衫，然後他藉助一句話和友善的微笑得到一個在三樓的房間。陽台上環形美景盡收眼底：與天際掛著的雲也擁有相似的顏色，一條香草色的寬廣沙灘，雲和沙灘間是如姊妹般的天藍和海藍。海濤和兒童的嬉鬧聲對著他吹過來。如果瑪麗亞在他身邊，她會雙手擺在欄杆上，靜靜的享受這一片景象。他總是能夠從她臉上得知心境，她倘若極喜歡，話語便成為多餘。

他決定，先沖個澡，然後來一杯酒精濃度高的飲料，治一治無根、孤獨的憂鬱。

二十分鐘之後，他循著樓梯下去。酒吧的設計是想讓客人覺得置身一艘船上。沒有景象的舷窗和船舵裝飾牆面，從開放的露台吹進來的海風夾雜著兩個遊客笑聲的氣息。裡面坐著一對分著讀一份報紙、年紀較大的夫婦，以及一對沉默的對著不離手的手機、較年輕的夫婦。何暮德選取離吧台較近的位置，讓自己的情緒做主點了莫吉托雞尾酒。他甚至不知道，這款雞尾酒是什麼味道。因為這裡只有提供西班牙文報紙，所以讓單身旅行的老男人無所遁形，只能拚命抑制自己，觀察別的客人時不要太醒目。

在外人的眼裡，每一對夫妻都很怪誕。瑪麗亞回駁他這句話，當有一次他和漢斯・彼得與蘿莉吃過飯後說，他們兩人是一對奇特的夫妻。那是兩年前在波昂，漢斯・彼得和他剛剛結束緊湊的研討會，蘿莉和瑪麗亞從亞恆（Aachen）一日遊回來。他們坐在國王飯店的露台上，累得不想說話。那個晚上的衝突導向一個爭執，何暮德一直到很晚才察覺，導火線是瑪麗亞欲搬去柏林的事。當時他並不知曉這個計畫，因為他太太在暗暗思忖，變得沉默寡言，似乎沒什麼事也在生悶氣。漢斯・彼得和蘿莉尷尬的望著萊茵河。結果瑪麗亞坐計程車回維納斯山，他獨自一人開車回去。他現在看見，年輕的太太拿起手機開始按鍵。那張漂亮的、短短的金髮覆蓋的臉，讓他想起柏格曼電影《假面》裡的碧・安德生，一樣慧黠、善感的眼睛。她的先生或者男朋友是運動員、帥氣的類型，襯衫穿在褲子外面，白色的球鞋。何暮德猜，他一定打很多網球，做很枯燥無聊、但晉升有望的職業。可能他有時候

還會跟老闆打一場球，故意讓老闆贏夠多的球，免得影響他的升遷。

是什麼場合他想不起來了，但是瑪麗亞那時告訴他，他的評語有時候為什麼從諷刺滑落為有敵意：因為你自己不再像你以為的那麼年輕了。這樣的話她不是用責備的語氣，而是讓他理解，他們的婚姻生活中，他不是唯一一個細心的觀察者。兩年前，在許多柏格曼電影光碟中，他們一起看了《假面》。但是瑪麗亞似乎被《假面》深深的感動。看完這部片子後，她躺在他的臂彎裡，似乎必須被溫暖的擁抱。她覺得，她很能了解片中的兩個女人對存在絕望的夢想。他這麼快就把莫吉托（一種雞尾酒）喝光，一定是因為裡面的冰塊很多。何暮德將杯子舉高，沒有事做的吧台馬上就反應。

他該怎麼回答？如果說是，那他什麼時候如他所願的這麼年輕過？他抽到的籤是典型晚熟，在別人最好的時光都已經結束時，他的才開始。第一次驚天動地的戀愛快三十歲，結束這段感情是三十出頭。當他和瑪麗亞齊赴葡萄牙時，他已經要四十。這中間是苦澀的努力，努力要補回他所錯過的。初為人父時，別的父親已經在和兒女討價還價，談論幾點應該回到家，家長會時他不自覺成為名譽會長，五十歲生日過後，他才開始有中年危機的徵兆。現在他的六十歲在地平線那端漂浮著，而實際年齡與感覺年齡的差距愈來愈大。

喝第二杯莫吉托時，他明白了：這將又是一個每喝一口，渴求就更大的夜晚。空杯拿在手上，年輕的那兩人似乎也在討論是否再點一輪，彼此一來一往以目光小心顧慮詢問著對方。他們在討論什麼，何暮德不能明白，但是他們感情的階段是明顯還在做決定之前，會詳細討論過後才會舒坦的。他們不懂，討論總會讓人精疲力盡；詳盡的理由會逼得人不得不提出更多的解釋，因為溝通必然會產生對更多溝通的需求。

不是這樣，他會如此回答瑪麗亞。會發生這種事是因為沒人轉移我的注意力。

直到年輕男人眼光轉到他身上，何暮德才發覺，他正大聲興奮的用吸管吸第二杯剩下的飲料。那之後他感覺肚子餓，決定去吃對西班牙當地的習慣來說太早的晚餐。他讓飲料的帳單簽在房間上，起身時和年輕女人的眼光相遇。他重新對她和碧碧・安德生的相似性感到驚異。她們都有能力讓自己看起來既害羞又有一些些執拗。她的伴侶所說的最後一句話似乎比她所希望的少了一些才智見解。吧台頭頂上的螢幕裡有個人穿著太空人的裝備，太空衣上畫著狒狒的紅屁股。

他所做的決定是錯誤的，這點在他踏進空蕩的餐廳就意識到了。侍者仍然在擺餐具，但是他不退反進，何暮德選了靠窗的位置坐下來，望著窗外。太陽沿著球體的掉落軌跡，從突出於海岸線的岩岬沉進水裡。八點，沙灘上最後幾個家庭也動身離開。搭配前菜，他喝了一杯味道較濃的紅酒，再一杯配肋間肉牛排，兩道菜之間也喝了一杯消遣時間。昨天這個時候，婕拉汀正在為他和貝爾哈德準備晚餐，有蘑菇和採摘自她父母菜園的新鮮蔬菜。一個極度不顯眼的人，卻有對日常小事物感到歡愉的極度感染力。而相隔一天他便單獨一人用晚餐，掙扎著不能將昂貴的酒當白開水灌。

當服務生疑問的望著空了的酒杯，何暮德搖頭，並要了帳單。他違反想將自己拉回酒吧的意志，跟著理智上樓回房間，直到他解讀了西班牙語飯店網頁對網路使用的指示，並且連上線可以使用，好一段時間已經過去了。

他有三封新郵件，沒有一封是瑪麗亞寫來的。卡特琳娜・米勒葛芙附了多個有關休假規定的PDF

檔案。林查爾斯則有一個「尊敬的問題」。沒有主旨的第三封是一個女學生寫給他的，為自己過了期限還未繳交的學期報告道歉。她生病了，必要的話她可以附上醫生證明。敬祝 安娜・某某。何暮德得瞇起眼睛才能看清東歐姓氏的字母排列。一長串簡直已經是一個句子。但是一張與名字相對應的臉沒有浮現。

林查爾斯斗膽「以非常尊敬的方式請教您，是否您已經找到時間閱讀了我微不足道的低下想法，並對此有批判性的評斷。」如果是的話，他「迫切的渴求您」，這裡「您」應該是「它」的筆誤，指渴求評斷。何暮德壓抑下自己的衝動，不讓自己馬上回答，問他的博士生腦袋裡裝漿糊嗎？六天之後就要求他對一篇超過五百頁論文做出評斷，還用這種耍心機的中國方式！而且他確信記得叫林先生星期四來辦公室找他。他已委託亨特維格太太延期了。

小書桌上面掛著一幅無名的港口向晚的油畫。兩艘模糊的獨桅帆船，它們在水上的紅色影子開始跳舞，當何暮德看到這幅畫時有此錯覺。五杯濃烈的酒，一個半小時之內喝盡，縱然如此，他仍然沒有感覺能夠停下來。

第三封郵件後，他走出陽台。太陽消失了，他腳下停車場的燈亮起。右手邊一條狹長的小徑走入下一個海灣。走在小徑上的人，他覺得就是在酒吧裡的那個金髮女人，但現在單獨一人，手機拿在耳邊。何暮德返身將自己的手機拿出來時，看到電池幾乎已經沒了。無顧於此，他還是撥了太太的電話，讓兩種語言告訴他，她現在無法接聽，請在嗶聲後留言，她會盡快回電。他絞盡腦汁，不成語句，咒罵著掛斷電話。

若不是卡特琳娜的郵件背景設成綠的，就是他的電腦螢幕有問題。這個先不提，總之她追查的結果是，轉換職場在經濟考量的基礎上是有可能的，如果幾處小出血他不覺得太痛的話。在網上有幾個網頁，可供他自己計算退休金，例如州署的薪資處、杜塞爾多夫的扶養供給處。至於被批准的機會，她不想亂猜，跟她下周度假回來的同事三面對質談比較好。然後就是告訴他，放在她電腦旁的一瓶酒，還有弗力歐斯週末要去爸爸那邊。她其實想打電話告知這些資訊，但是他的祕書傲慢地告訴她，海巴赫教授這一週都不會進辦公室。「可以請問你在哪裡嗎？」托爾斯泰的書已被她放到一邊，太厚。她以誠心的問候收尾，期待不久再相見。「你的卡特琳娜」。

何暮德闔上筆電，回到陽台上去。最後一抹光帶照亮地平線。何暮德相信自己看到火光，在下個海灣那邊，被風吹得不成調的音樂和拍手的節奏，從那邊傳過來。

下一秒他便聽見那個聲響，金屬音質的警鈴聲，像那時候一樣，而且又是左邊耳朵。何暮德用一隻手指按壓耳朵，無法確認，這個聲音來自他身體深處抑或外面。這是酒醉嗎？僅有一次他迷失在網頁裡，那是耳鳴病患交換他們的經驗的平台。從那以後他知道，訣竅是不要將耳朵裡的聲響當成是外面來的干擾，而是當成自己內在的聲音。這個人以圈內人的驕傲凱旋似的建議，似乎真的在設想一種對話：不要去等待那個聲音，而是迎向它，學習去了解它。呼喚它！蘇格拉底心裡召喚他的聲音（Sokrates' Daimon）可能只不過是耳鳴罷了！

只要何暮德一閉上眼睛，那個聲音就更響，他的暈眩更嚴重。一隻手緊緊握住欄杆，他用另一隻手的手指像按電話鍵般按壓耳朵周圍。那個平時保持他平衡的不知道是什麼的東西，忽然不在了。他知道自己在搖晃，卻不能停止。

晚安。請問我能和海巴赫先生說話嗎？

他很快的掃了隔壁陽台一眼，確定隔壁陽台上沒有人。他不想這樣，但是他的意志在此當下並不相關於行動。他所感覺的孤獨，像內在的真空，他必須測量這個孤獨，並且奪走這個孤獨於無形，讓它能夠被聽見和觸摸到，並且和一個不存在的聲音做出區別。

「我有急事。」他壓低聲音說。「請轉告他，這個電話是他自己打的。」他的聲音和幽暗海灣傳來的海濤相比，聽起來很微弱。開玩笑的，他對自己說，他也知道，跟自己開這個玩笑是沒有意義的。而且，他知道瑪麗亞和斐莉琶會用懷疑的眼光，如果她們知道他這麼做的話。她們不是覺得煩，而是尷尬。

「Okay，但是不要激怒他。不要問他關於他的太太怎麼樣，女兒怎麼樣，工作怎麼樣，或者其他一切和他現在的生活有關的事都別問。」有一次斐莉琶真的很氣他，對她的幽默和他的幽默之間有什麼不同這個問題，她回答：我有，你沒有。

「了解。還有，有沒有可能線路不太好？我這邊有雜音。」

「別開玩笑了。我們現在幫您接通。如果你說出某一本書，線路就會斷掉。」

「您指的是《沉默的語義》這本書嗎？我常常聽人提起。書的標題是故意諷刺嗎？」

何暮德將手從耳邊拿開，身體搖一搖，打個冷顫，好像凍僵了似的。不，他真的凍僵了。海不停的湧捲空無一人的沙灘，在另一個海灣那邊的火光返照拖曳著的舞影，看起來似乎跳舞的人非常靠近火源。在浴室裡他洗了把臉，然後站在鏡子前面，忖度著下一步該做什麼。回酒吧？去海邊？他先躺在床上，靜待暈眩隱退。傾聽耳裡的聲音、飯店樓梯間裡的聲響。他並非故意，必須想起昨晚在貝爾哈德家裡聽到的另一種聲響，甜蜜、親近，但是不是他該聽的。吃飯的時候，這兩人就感覺想單獨在一起，即便他們的行為是想隱藏，而不是突顯這個意願。婕拉汀就像瑪麗亞在她最盛的年華之刻，眼光溫柔，別人都不在眼裡，除了她所在乎的那人。結果就是，十一點剛過他就宣布他累了，告退回房間。

事實上他還不想睡覺，而是在等待。房間裡儲存了白天的暑氣，有花園和老木頭的味道。外面是手腳麻利收拾碗盤餐具的硬物撞擊聲，聲音輕輕的、來回的游動。這期間他非常清楚的想起在一個車站引起頌德琳和他注意的一個電話亭，這個電話亭有可能出自電影《窮山惡水》（*Badlands*）一景。馬丁・辛在這樣一個箱子裡錄下口頭遺囑，在他和非常年輕的西西・史派克私奔之前。他槍殺了她的父親，放火燒了房子。而最奇怪的是，他的女朋友還是跟他走了。看起來不像是愛情，而是源於無聊產生的無恥。「錄下你的聲音，很好玩的」，文字寫在門上，這是在電影裡看到的還是真的在現實中，他無法分辨。但是這部電影應該是他們在大學戲院看過最好的電影之一。他坐在床上，手上拿著當時的錄音，凝神傾聽。

十分鐘後匆匆的腳步聲上樓。走廊上低聲私語，浴室的門關上又打開兩次，然後歸於寂靜。但是他還是再等了十分鐘，才躡手躡腳溜下樓。婕拉汀輕聲的、被自己的呼吸聲吞進去的呻吟，短促的擠進他的耳裡，然後被他拋在身後。

食物的味道仍然瀰漫在空間裡，沒有燈光更是刺鼻。何暮德試著將呼吸平穩下來，一邊在桌上摸索著尋找蠟燭並點燃它。那架唱機他昨天就看見了，一台舊的基本型款，按鈕很少。是多少年前了？他最後一次手裡拿著黑膠唱片。那油質發亮的黑和細緻的槽紋。他不知道，唱片裡會傳出什麼迎向他的聲響。一個聲響，彷彿撕裂一面薄薄的布帛，機器開始動了。一支紅色的指針跳動一下，然後往左邊去。何暮德的手指顫抖。唱片開始轉動，唱針意識到它的任務，到兩個陌生又熟悉的聲音開始說話之前，他等了一會兒，彷彿從啪啪燃燒的火做的牆後面傳出。

——哈囉，那麼，大家好。

——我覺得你應該離麥克風遠一點。

——離……

——不是，你看，寫在這裡。離開十八英寸，像這樣。

——機器裝備的一些小問題。我們回來了，哈囉！何暮德，你不想跟我們的朋友說哈囉嗎？

——我想，我還是像往常一樣都讓妳說吧。

——請便。好的，朋友們，我們大約在漢尼拔下面大約五十公里處，密蘇里州。在這裡，我們又被指控為共產黨……嗯，好吧，只是共產主義，你們知道的。他們這裡很常做這種事。

——我應該對著他的臉揮一拳。這個渾蛋！

——一些不好的語言從我朋友的口中說出。他是一個溫柔有禮的人，雖然講了粗話，但是我們不要因為他的一次咒罵而評斷他。其實沒發生什麼，只是一位南方紳士對尼克森很失望。他們一直覺得，是我的髮型給他不好的影響。扯得有點太遠，我必須承認。

——看到那盞燈嗎？還有五十秒。

——誰說不是光陰似箭，朋友們。我們恐怕還是得說一些有內容的話。換你，叔本華。

——我覺得那個警察在瞪著我們。

——我覺得他看起來比較像火車列車長。好吧，你對宇宙有什麼觀感？阿暮？一個同時在學習和度假的哲學家，我的朋友……

——三十秒。

——但是他不是你投入一個硬幣，然後就出來一個沒聽說過的諺語。他比較是矜持的典型，你知道。他讀了很多書，也做了很多筆記。嘿，我們來聽聽你最近的發現。

——不要，別這樣。

——說嘛，我們正試著挽回你的這一天。幫幫忙？

——讀讀福克納，各位。也許這是我所讀過最棒的。

——出現了，這就是我們的聽眾所期待的簡短珍貴的建議，也許吧。我聽見背景有歡呼聲。饑渴的年輕心智終於知道要做什麼。（一聲嗶響）哦，不好。太快了。我們可不可以再投一個硬幣進去？也把B面錄一錄？

——我有……懷疑，錄好的唱片從箱子裡吐出來。

——你不該說「有」，你知道。因為那好像你被懷疑占有。

——別忘了你的錢包。

喀喀喀，唱針舉起離開唱片，留下一片靜寂，這片靜寂比之前更濃、更重，似乎無聲的溫度是零下。何暮德坐在沙發前的地板上，很確定貝爾哈德和婕拉汀一定也從臥室裡一起聽了。唱片裡的聲音深入他的骨髓。他們就是這樣坐在車裡：頌德琳積極向前、生氣勃勃、樂觀，他沉思著、悶悶不樂、拘謹。有時候她會被他的陰暗感染，卻不會怪他。他眼前又浮起那張緊繃的臉，這張臉自從他在頌德琳客廳裡的照片上看見後，一直陪著他。那張年輕人的表情，他一點也不喜歡，卻仍有感觸。一股涼氣從斜倚的露台門那邊吹進來，何暮德覺得喉嚨乾澀。當他站起身，赤腳下的木頭地板發出嘎嘎聲。進廚房的路上他發誓，明天絕不寫信給頌德琳。她不想被捲進跟她再也沒有關係的事裡。她能夠做的，當時她已經做了，而且也接受無可改變的事實。他無可救藥的無法自由快樂不能再是她的負擔。

我了解了，他想。

從櫥櫃裡他拿出玻璃杯，在水龍頭下裝滿。外面月光閃閃灑在草地上，似乎一隻看不見的手在撫摸著草地。回到客廳，何暮德拿起唱片，裝回封套裡，關上唱機。再次傾聽上面的動靜，沒有聲音了。

他站在打開的露台門前，讓眼淚自由的流下。

9

第二天早晨何暮德哆嗦的站在陽台上，海鷗繞著海灣裡的岩石迴旋。大海不動聲色將自己遠遠的伸進地平線裡。他的手錶剛過九點。陽光浮耀在這片景象上，雲減輕它的芒銳，柔和的光讓他疲倦的眼睛覺得舒服。他的右手拿著一杯水，水裡兩粒藥片正嘟嚕嘟嚕溶解。他醒過來，因為有一輛鏟平外面沙堆的拖拉機咔噠咔噠輾過他的夢。現在沙灘看起來彷彿從未有人踩踏過。除了敲槌的頭痛外，何暮德右邊小腿肚一片灼熱，聽著海鷗鳴叫和遠處的寧靜。我這個白癡，他想，宿醉嚴重到對今天要去聖地牙哥高興不起來。他沖澡、收拾行李，然後為了喝三杯咖啡放棄了早餐後，他結帳離開飯店大廳去取車。他的胃咕嚕咕嚕叫著。木架的書報攤前面兩個年輕的女人在等待來沙灘玩的遊客，她們要賣停車券。在這期間她們和賣冰淇淋的男人調笑，兩個女人中較高大的那個一直笑著，叫那個男人「我的寶貝」。其他的語句何暮德聽不懂，他用遙控鎖打開行李廂，將旅行袋塞進去後直接彎著腰思索，在路上時手邊需要的東西以及是否可以出發了。他背後的腳步聲直到非常靠近他停下時，他才發覺。何暮德沒有轉頭看，直起腰，將蓋子關上。「聽說我住這家飯店所以不需要票。」（As a guest of the hotel I was told I don't need a ticket.）這個句子恐怕如同其他來到這裡以後他所說的英語一樣，別人不太聽得懂。而且他也不確定，櫃檯所給的資訊他是不是都正確的了解。

「不好意思，請問您是從德國來的，對嗎？」一個帶著輕微口音的女人聲音。

當何暮德轉過身時，一顆汗珠滴落在眼鏡和太陽眼罩上，讓他的視線模糊，並且讓他看起來像沒有聽見她說什麼。他又再次檢查，寫著斐莉琶地址的紙條是不是帶在身上。他還沒上車，肩膀就已經僵硬不堪。

「不好意思……？」

他連續眨了幾次眼睛之後，才看清站在對面的年輕女人就是他昨天在酒吧裡注意到的女人。她的口音似乎來自荷蘭語。她雙手交握胸前，站在車子旁邊，似乎會冷。他即刻換上友善的表情。

「有什麼事嗎？」他拿下眼鏡，用襯衫的一角將鏡片擦乾。

「我猜想，您來自波昂。那個……」她指他的車牌，似乎找不到她要說的詞彙。「是指波昂？」

「是的，是波昂。您需要幫忙嗎？」

「瑪樂卡。」她直接報名字，伸出手朝他走近一步。「我們昨天已經見過面。」

「何暮德・海巴赫。」她的握手很舒服的有力，幾乎像男人。何暮德戴上眼鏡，感覺到沿著背脊骨一顆汗珠往下流，流到褲腰後就消失了。「我記得。那邊的酒吧裡。」他用下巴指屋子的前廊，紅色和白色的大陽傘正被撐開。

「之後還有一次，在下面海邊。」

敏感但無懼的笑容很適合她。五分褲上她穿了一件T恤，光著腳穿帆布草鞋，斐莉琶每到夏天也是穿這樣的鞋。直到她朝飯店門口彎腰看去，他才看見她的袋子。一個裝得滿滿的塑膠皮黃色手提袋。

「您開往哪裡？」她問。

「加利西亞，去聖地牙哥德孔波斯特拉。」

「現在馬上出發嗎？」她的臉上有雀斑，大大的藍眼睛。她可以是海豚訓練師，或者帶小孩去泥灘健走，戲耍遊玩，但是費力進取性質的活動。在酒吧那時候，他就已經覺得她的男伴對她來說太過平庸——但是昨天晚上已經感覺很遙遠，而且對夜裡的記憶宛如一場亂糟糟的夢。營火和溫暖的沙。他跳了舞，而且必須跋涉過到胸部那麼深的水，因為沒有別的路通往那個海灣。她那時在看著他嗎？他醒來的時候，沙粒和海水蒸發後留下的鹽還在皮膚上摩擦，腿肚上的小傷口灼熱的疼。洗完澡後，他上了一些碘，灼痛感才漸漸消退。也許水裡有一塊邊緣鋒利的岩石。

「您要去哪裡？」他沒有回答問題而是反問回去。

「隨便。離開這裡就好。」

「我得再進去一下。如果您願意，請先上車。」何暮德做一個手勢比了比副駕駛座的車門，意思是：您自己決定。然後他回到有冷氣的待客大廳。剛剛幫他結帳的小姐在櫃檯後面向他友善的微笑。從隱藏起來的喇叭裡鋼琴音樂咚咚咚咚，流瀉在發亮的瓷磚地板上以及沒人坐在上面的皮沙發套。

在男化妝室裡，何暮德洗了把臉，打開扣子到襯衫的一半，用濕濕的手抹洗胸腔和背部。一方面他比較喜歡一個人繼續開下去，期待與斐莉琶的再見。另一方面他也覺得不錯，可以幫助一個年輕女人逃離男伴，深具騎士風範又膽大冒失，很好的混搭。

他再回來車子旁的時候，她坐在副駕駛座上，安全帶繫得好好的，彷彿一刻也等不及要出發了。

女人用的香皂味縈繞車內。她緊張的直扯濕濕的頭髮。

「您是荷蘭人嗎？我是否沒有聽錯？」他只是習慣性的去抓一下照後鏡，沒有想要改變它的位置。何暮德問。

「我是恩斯赫德人，瑪樂卡・莫勒・貝爾特。我不是通緝犯。警察沒有在找我，至少現在還沒有。我也是成年人，而且已經成年有一段時間了。您讓我搭便車不會獲罪的。」

「Okay。」

「是莫依勒，不是莫勒。」她補充。因為她說出來的音是莫勒，所以她再一次解釋拼法。何暮德發動車子的同時，她的袋子裡響起「*Ain't No Sunshine When She's Gone*」的旋律。她嘆口氣，彎下腰去把手機拿出來。

「您確定您要這麼做嗎？」他問。

「不確定。」她將聲音關掉。「這個鈴響也不是我選的。」

「到我們開出這個村子之前，您可以再考慮考慮。我可以回頭送妳回來，等我們出了村子以後，我就不再回頭了。」

「我說過謝謝了嗎？還沒。謝謝。」

何暮德慢慢離開停車場，轉向村裡的幹道。一個露營場地的門前，有人在賣新鮮水果。除此之外，村莊裡街道上的生活還沒有開始。孩子們在草太高的地上下營釘。出村子時，何暮德左轉向東回利亞內斯。

「我猜，您不趕時間。」他說，得到的回答是無可無不可的點頭。昨天晚上很晚的時候，他出門去海灣之前，他還研究了一下地圖，追溯當年瑪麗亞和他所走的路線。他們橫越歐羅巴山到另一邊後繼續往萊昂。沿著這段路小地方的名字勾起記憶中模糊的回音。今天他想要重新複習這些名字。即使因此要繞路，他也不惜。

「雖然我在波昂住了很多年，」他打破車裡的沉默宣告，「但是才去了荷蘭一次。幾年前去過鹿特丹。比如說阿姆斯特丹，就完全不認識。不過我女兒去過，去年或者前年的時候，她很喜歡。」

「兩年前我才從那裡搬回家。」她回答，隨即手機又響了。但是這次音樂是輕聲的鑼，所以瑪樂卡的眼光瞟了一下手機螢幕。她用荷蘭語喃喃說了什麼，何暮德聽不懂。

「阿姆斯特丹之前您在哪生活，如果我可以知道的話？」

「在柏林待過一段時間，很短的時間在伯明罕。這裡和那裡。大多數時間我和一個樂團在一起巡迴，沒有固定住所。」

「您是做音樂的？」

「我是做企畫的，管交通、住宿和收費，如果我們拿到報酬的話。」

「女經理。」

「大概吧。貝斯手是我男朋友，樂團是半專業的龐克。」

「龐克。好的。」繼續打聽之後，他知道了，九〇年代她大學中途輟學，為了跟著樂團巡迴，本來計畫是兩或者是三年，結果已經十年了。快速道路的路邊迎面走來朝聖的人，一小群、兩人一起或者獨行。景色換了邊：左邊是海，右邊伸出的前沿是山上厚厚的雲朵。Ain't no sunshine when……瑪樂卡的手機又開始唱。她按掉，臉轉向何暮德，但是頭沒有離開椅背。何暮德聞到淡淡的牙膏味。

「您呢？您是喜歡音樂的，昨天我在沙灘上有這個感覺。」

「我喜歡爵士樂，和妳相比，我的生活非常固定。我是波昂大學的哲學教授，您已經知道。」

「酷。」她平淡的說。「什麼哲學？」

「主要是語言哲學。您還沒有說完。為什麼這麼多年後您還要回去荷蘭？」

「我沒錢而且沒工作，也沒有興趣找工作。樂團已經解散好一陣子。然後我去拜訪我哥慶祝他四十歲生日，他公寓裡正好有空。我從來沒有計畫過我的生活，而是直接做我喜歡的事，這是我的哲學。」

「突然之間您喜歡回家了？」

「您不喜歡談您自己的事，對嗎？」她繼續將後腦埋進椅背，眼睛斜斜的往上看，好像流鼻血時的坐姿。「而且您跳舞很瘋狂。用德文說這個句子聽起來有點天真，但是這是我的讚美。您喜歡龐克音樂嗎？」

「我甚至不清楚那是什麼。老實說，昨天晚上發生什麼事，我其實不太記得。」夜晚模糊不清的景象中他尋找坐在身邊這個女孩，相信在一旁蹲在沙上的女人人形就是她，她蹲著的地方是岩石的影子和黑暗交接之處。但是他不確定。

「曾經有人警告過您，荷蘭女人難纏嗎？」她問。「我這個世代的女人？我們不知道害羞是什麼，我是說，與人說話的時候。別人感覺太私人或者太親密，所以不能公開說的——我們不覺得。此外，您早就知道，我是在逃離我的男朋友，也可以說是未婚夫。不是開玩笑的。」她猛的把戴著戒指的手很近的伸到他面前，何暮德嚇得往旁邊閃。「還沒真的回到荷蘭，已經戴上手銬了。」

她的手機Ain't no……，她粗魯的按掉。

「順便說一下，那個東西也可以關機。」何暮德說，「至少以前的機型可以。新的我不太熟悉。」

她故意展示般的去按手機旁邊的一個鈕，把手機放回袋子裡。然後她看著自己空空的掌心，說：「我已經開始覺得很奇怪了。您結婚了嗎？」

「二十年了。」

「曾經後悔過嗎？」

「沒有。」

「但是您一個人旅行。」

「我太太在哥本哈根有事，工作上的任務。我是在去看我女兒的路上。」

「好吧。聽點音樂嗎？這有一個音樂光碟播放器。」

「前面的抽屜裡有光碟。」

在快到一個叫做烏魯克拉的小地方時，何暮德打方向燈，轉離海岸進入內陸。道路馬上變狹窄，開始覺得在爬坡。吉他的聲音響起，然後是西撒麗亞・埃武拉沙啞的聲音。瑪麗亞最喜歡的女歌手之一。何暮德送給鄰座一個賞識的眼光。

「好選擇。如果您不介意的話，我們開一點山路。這不算太多的繞路。」

瑪樂卡再次不和他的眼睛接觸就點頭。她瘦長的頸項上戴著一條有很多墜子的鍊子，不似首飾倒覺得是護身符。

「您的未婚夫職業是什麼？」他問。

「如果您為我著想的話，請說是男朋友。他經營代理社，代理沒什麼人感興趣的東西。音樂會、小型舞台表演、戲劇。最重要的是，只要是邊緣非主流的。您可能猜到了我們是怎麼認識的。像我們的樂團這麼邊緣的，簡直不可能。再邊緣一點就是萬丈深淵了。」

在酒吧時他以為她的男朋友是坐辦公室的，但他吞下沒說。似乎是打開看不見的門，他們踏入世界的另一個房間，景致改變了它的臉，矮矮的石堤引導著道路穿過草原和牧場，其上有黑鳥迴繞盤旋，不知雲都躲到哪裡去，他們頭頂上的天空是清澈的藍，一個接著一個的彎道，房屋的牆都漆上彩度高的顏色，很多屋前都戴著西班牙西北地區的盾徽。

「如果您只能用三個詞形容自己，」瑪樂卡說，「形容詞或者名詞，隨便，但是只能三個。您會選哪三個？」

「這可不容易。」有些地方道路變得這麼狹窄，何暮德不得不在會車時減速：「嗯，第一個，我對政治的看法是自由，這點給年輕的我惹了不少麻煩。該死的自由黨人可以是罵人的髒話，我還是學生的時候很常聽到，意思是那時對『改革或者革命』問題的爭論，我是站在前者這一邊。對您而言，一定很奇怪，好像『圓球或者圓盤』。比自由黨人更糟的，那時只剩極端保守派了。」

「那其他兩個呢？」

「聽起來有點自命不凡，但是我就是個哲學家。雖然我也可以想像，如果我研究的是文學或者心理學也不無可能。第三個也許有些主觀，我會說是沉思型的。我太太卻認為負面的詞比較確切。」

「自由、沉思的哲學家。」她搖頭。「您是哲學家，當然時時在沉思。而『自由』這個詞對我來說太大太含糊。您怎麼看同性婚姻？」

「您不看風景的，是嗎？您看！」下一個彎轉過去之後，視野豁然開朗。他們眼前是嫩綠的原野和接近不真實的藍色大海。他看著風景。瑪樂卡的眼睛停留在他身上。

「您不同意的話，您可以在前面靠邊讓我下車。」

「我並不反對，只是這個議題我雖然沒有認為有多重要，但是這關連到自由派的基本原則。所有的人有相同的權利。」

「大麻？」

「只有嘗試過一次。我太太偶爾會吸。對她似乎頗有幫助。我的女兒如果想吸大麻，我會反對。」

「核能？」

「這不是自由不自由的問題。而是使用和風險之間的計算。我相信後者是壓倒性的。」

「好。現在我們可以稱呼彼此『你』了。」他的鄰座顯得很滿意，將她的椅背稍微往後傾。「我形容自己的三個字是：獨立、隨興和同理心。最後一個也包括對待動物和植物。」

「但是不包括妳現在急得像熱鍋上螞蟻的男朋友，因為他找不到妳。」

「你開得這麼快，想死嗎？」她說，因為他在筆直的路上加速第四檔。

他們傍著德瓦河走，經過深灰色的峽谷以及極小、蹲伏在山崖暗影裡的村莊。有一次何暮德真的根據地名路標去數一個村子，整整三棟房子。西撒麗亞・埃武拉詠嘆令人失望的愛情，瑪樂卡告訴他什麼是龐克音樂，為什麼《口紅的痕跡》這本書對她這麼重要：因為她心裡知曉，那是比吵雜和抗拒更大的事情。何暮德正試著透過相隔二十年的鴻溝去辨認這片風景。他們當時是沿著這裡走嗎？那時候這條路已經有了嗎？他看著窗外，試著將自己置身於當時車內的寂靜。但是瑪樂卡滔滔不絕在講平佛特（**Pim Fortuyn**：荷蘭政治家），她的樂團寫過一首反對他的歌，被電台播放過幾次。

「左派教會（譯注：教會，政治路線是左派）。聽到就生氣！」學生時代她不會不喜歡讀他的專欄，或者至少也被他喚起責任感。但是之後就如星火燎原不可收拾，而且他被刺殺後局面只是更糟。她引以為傲的、以心態開放著稱的荷蘭傳統，只存在於她德國朋友的腦中。在柏林時人家覺得她很奇怪，因為她視德國為比較健康的國家。她愁惱的住口，聳聳肩，看了一下四周。

「你確定這條路是去聖地牙哥的嗎？」

「這是去聖地牙哥的一條路。如果妳擔心，我打開衛星導航。」

「不用。」她說。「在路上前行但是不知道去的是哪裡，這樣很好。」

接近中午時，何暮德開始後悔早餐沒有進食。而且他不想把注意力放在行車交通上，他想欣賞風景。一直有摩托車以摔斷脖子的速度從後面趕上來超過他們。路邊停車的車子讓道路變得危險的狹窄。下一個分道上他跟著地名依格雷西亞德瑪麗亞雷奔那的路標走，兩分鐘後他在一座沙黃色教堂前停下來。被樹半遮蔽著，這個教堂處於村子的下半部。如果它少一些崎嶇和周圍沒那麼多陡坡，和拉帕村就沒什麼兩樣。停車場上只停著另兩部車。下車時迎接他們的是中午時分的靜謐。

「你是對的，我不會欣賞風景的美，更不用說這種窮山了。」瑪樂卡眼光巡視著崖壁。天空亮得深不可測，群山在這深度之前效果像剪影一般立體。稜角尖銳，近在眼前。「我總是想：怎麼可能在這裡生活？風景的話我只喜歡我的國家的。」

停車場旁邊有一個改成書報攤在營業的小木屋，看店的人目不轉睛的瞪著電視，手寫的牌子上有寫著販售三明治。何暮德點了火腿、起司和紅椒夾心，在無花果樹之間的長椅上坐下。一隻鷂鷹的叫聲在空中回響。村子上方的巷弄裡有兒童在戲耍。他現在才覺察到，頭痛消失了。

瑪樂卡手中拿著一杯冒蒸氣的咖啡，在他身邊坐下。陽光透過葉縫落在她臉上，斑斑點點。他很想告訴她，她讓他想起誰，但是他不想讓她誤會。他估計，她很可能連碧碧•安德生的名字都沒聽過。

「妳在聖地牙哥要做什麼？」他轉而問這個。

「沒什麼特定的。我常常跟我男朋友說，總有一天我會逃走，然後再回來。這個轉換對我來說太突然。我沒有辦法說定下來就定下來。」

「他接受？」

「馬克是一個大方又體貼的人。比我成熟。」

「對於馬克，妳總有一天會嫁給他，還是會一直逃跑？」

「嫁─給─他，」她說這句話好像在嚼核桃殼，並把壞掉的核仁用牙齒剔出來。「幾年前我問過自己一個問題：有多少男人還會愛上我？那時候剛和貝斯手分手，不然怎麼會產生這種問題。我那時候就知道，我會變老。我的父母從不拉著我做什麼，只是告訴我，要想著總有一天派對會結束。」她啜著咖啡，與何暮德兩眼相對，沒有防護，不似他們互相才認識兩個小時。「對所有的朋友，我跟他們說完這個故事之後，都問我同樣一個問題：妳愛他嗎？你沒有問，為什麼？」

「不關我的事。而且，人先選擇生活，然後才選擇伴侶。反過來的話，會相處得好只是例外。即便大部分的人不願意承認——愛並不會造成例外。」

「說的像個哲學家。」她不是在諷刺。「你自己有遵守嗎？這個次序？」

「我有。我太太沒有。」

「所以她現在住在哥本哈根。」

「她住在柏林，她的劇團現在在哥本哈根客座演出。妳也曾經住過柏林，也許聽過法克・麥凌恩的名字？」

「當然聽過。」

「她在他手下工作。她以前甚至和他在一起過。」

瑪樂卡將一隻手臂放在桌上，用右手撐著臉。也許是她個人的習慣，只用姿勢來表示感不感興趣，看的人卻會以為她覺得無聊。她額頭邊緣有一道小小的形狀像鐮刀的疤，她小時候一定是個野孩子。

「我不喜歡他的戲。」她說。「但是他的訪談還滿有趣，老去的叛逆有其意義。我的夢想是，六十歲的時候還像帕蒂•史密斯一樣有活力。即使這樣只能單身，也是值得的。」

第一次這個念頭浮起，他問自己，若是和她共度良宵會是怎麼樣呢？光耀的白日裡在飯店的房間裡做愛，再繼續深入認識彼此，會適合現在這個時刻的詩意。陽光穿過露出線頭的舊損窗簾，瑪樂卡可以告訴他，有關她額頭上的疤的故事，而他可以告訴她，為什麼服務和他一樣有自以為是的世界觀的觀眾不是叛逆。其實他想的根本不是性，而是和她睡過以後，世界會是怎麼樣的。

「我覺得，」他說，因為她望著他，似乎能夠看穿他。「妳至少應該打個電話給妳男朋友，告訴他妳在哪裡。這是最起碼的。」

她反射性的張口想抗議他多管閒事。但是她又閉上嘴巴，從袋子裡把手機拿出來，往停車場的方向走。何暮德看著她的背影決定，夠了，不再釋放魅力。這樣比跨出一步，然後被拒絕好。她開口說話之前，再一次朝他轉過身，他笨拙的向她揮揮手。也許她會對男朋友說，她上了一個老男人的車，而老男人到現在還沒有將手放到她大腿上。如果他真的來這招的話，她絕對會親手打斷他的鼻子。在一棵樹旁邊她蹲下來，背靠在樹幹上，說話時沒有明顯的情緒波動。

他吃完三明治之後，朝教堂走去。這是一座有古羅馬式拱頂、簡樸的上帝之家，周圍有石砌的牆和濃密的黑莓灌木叢。有些四角形的塔位置較偏，幾階樓梯往下通往一個小小的墓園。樸素的墓碑，新鮮的供花。這些躺在石材或者鐵做的十字下面的人有著長串的名字以及長長的生命。最近入墓的有一百歲，名字需要兩行的空間。石碑上並沒有墓誌銘，只有生卒年月以及紀念逝者的是誰，通常是子孫。

何暮德倚靠石牆，閉上眼睛，感覺自身周圍這個被陽光烤暖的空間裡啪啪啪、簌簌簌和沙沙沙的動靜。當他睜開眼睛，看見瑪麗亞從轉角走過來。長裙曳地的她，腳不點地的滑過教堂和鐘塔，雙臂優雅的交握胸前，眼睛探索著發亮的廢墟。之後她又喜歡否認看見美好的事物。但是，如果她不知道自己被注視，臉上便會流露出特別的表情，一種彷彿無所謂的歡喜，如果有這種東西的話。一定是這裡，他想，就是這裡沒錯。她緩緩的穿過前棟建築，在木製的門前停下腳步，門上寫著參觀時間。她讀著，而他認出那微微、幾不可察的點頭的樣子，她是這樣來閱讀西班牙文的。當時道路和教堂狀況都不好，既沒有鋪柏油的停車場，也沒有書報攤，只有沉寂和四處高聳的崖壁。繼續前行時，瑪麗亞看著她的足，因為她察覺到他的眼光正追隨著她。所以她現在只能夠假裝她是獨自一人、為了自己。上了鎖的鐵鑄門後，靠他的左手邊有一條路往下通到小溪邊，那時候她躺在那裡的草地上，傾聽白楊。他微笑，她回以微笑。

繼續走嗎?她問。

小小綠色的蜥蜴迅速溜過石牆，消失在石縫裡。如果她在溪邊吻他的話，他會問自己，她看上我什麼。透過強烈感覺的慾求，他記得太清楚，太濃烈，濃烈到無法找到能夠表達的姿勢和語言。下一刻鐘，幻象消失，因為一個四口之家來到教堂。共同情緒高昂的高聲喧譁。照相照相，爸爸負責說讓媽媽和兩個女兒笑的話。何暮德無奈，只得說聲「歐拉」，離開那裡。

瑪樂卡在車子旁邊等，拿給他一個新鮮的無花果。

「剛剛摘的，嘗嘗看。」

何暮德「嗶」一聲開了鎖，然後站在打開的車門邊，讓車裡的熱氣消散，吃香甜的水果。在拉帕，無花果沿著往墓園的路邊生長。有時候瑪麗亞陪著母親上墳時，會幫他帶一些回來。

「怎麼樣？」他畢竟開口問了，為了遣散胸口的緊窒。

「一個人說需要一點自由的空間，另一個人說很難受。」她說，若有所思的不自覺嘟出下唇。「一個人說是愛情，另一個人覺得自己的自由空間被奪走。是嗎？」

「很明顯你的智慧已經很有境界。」他留下兀自皺眉的她，上了車。

瑪樂卡將水果扔到草叢裡，也隨他上車。

「到聖地牙哥還要多久？」

「很難說。」何暮德發動引擎，開始前進時他聽見一聲短促清脆的爆響。他先是以為輾過了一支玻璃瓶。但是儀表板上亮起警示紅燈，告訴他問題出在引擎。

「有什麼不對嗎？」瑪樂卡還在舐手指，轉頭過來。

「妳也聽見了嗎？」

「砰！」她學，「很嚴重嗎？」

「總之，警告燈亮了。如果我們倒楣的話，三角皮帶斷了。」

「我不知道那個是什麼，但是車子還能走啊。」

「車子能走，但是電池無法蓄電。這樣下去車子會發不動。我擔心恐怕會發生什麼事。」

他們到達之前，從幹道轉進來分支處。波特斯在下一個地名路標。只除了前面右邊輕輕的摩擦聲音以外，車子的一切都很正常。幾公里之後山谷變寬，綠色的山坡緩降至溪邊，一幅山晴圖出現。公路邊有許多旅館，似乎是一個度假地方，但是現在這個時間還需要等一會兒，才會看見第一個步行者。一個戴著巴斯克帽拿著手杖的老人忽然止步，當何暮德正好在他後面靠邊開的時候。瑪樂卡把頭伸出窗外，禮貌的打招呼，詢問附近有無修車廠。她的西班牙文相當流利。老人回禮，向車內投來一個檢驗的眼光，然後很有活力的指向前方。他的回答聽起來很長一串，而且夾有許多需要解釋的手勢。他說完以後，瑪樂卡點頭，道謝。

「我們運氣很好。」她說，指揮何暮德經過一個加油站，進入一個從幹道拐很險的彎才進得去的巷子。幾分鐘後就到達的修車廠，這裡給人的第一印象是：長形圖示兩輛車的牌子裝飾在房子的前額。房子是這條巷子最後一間，直接在它背後便是溪流，溪流對岸即是陡上的山坡。

一隻牧羊犬吠叫著像箭一般從車庫裡射出，當何暮德將車子停下，幸好狗綁了鐵鍊。後方出來一個肌肉結實、著藍色工人服的年輕男子，先安撫的撫摸小狗，從狗身兩側向中間撫摸牠，才將眼光調向兩個新來的陌生人。

「歐拉，布也諾帝亞斯。（哈囉，日安！）」瑪樂卡邊下車邊打招呼。

何暮德很高興女伴會說當地語言，退至一旁，聽她模仿車子發出的爆響。當機械師朝他看過來時，故意不表現出同意那個響聲的樣子。這個人滿臉鬍鬚，表情像是午睡被吵醒。稍遠的地方可以看見這個小城的形貌。紅色的屋頂在高懸的日頭下閃耀。棉厚的白雲如飛船般飄移過小城上空。瑪樂卡在手機上搜查，找到她要的西班牙字，可能是三角皮帶。機械師的回答只有一個音節。

「請你把引擎蓋打開。」她說。

何暮德照做。機械師趴在上面看了一下，說「係」。

「是三角皮帶壞了嗎？」修車廠裡可以看到兩座修理汽車的升降台以及其他成套的必要修車工具和工程機械。一台手提收音機被綁在繩子上晃動著，提供音樂給這個空間。「他能修嗎？」

「他要檢查看看。我覺得，他不是這裡的老闆。」

機械師走進傳出規律液壓聲音的屋內不見人影。瑪樂卡和小狗結成朋友，何暮德看著她逗狗看了一會兒，就走進細窄的入口往下到溪邊。他這邊的溪岸有河堤，一條人行道通往小城。對岸大樹將枝椏伸進水裡，彷彿在測量水溫。何暮德在一張石凳上坐下，想著，還好沒有和斐莉琶約定到達日期。日光溫暖的灑在他的臉上，沒有料到的中斷他一點也不覺得麻煩，甚至覺得如此正好。這一天又是美好的一天。上面入口處他聽見瑪樂卡在說西班牙文，根據語氣來判斷，她在跟狗說話。幾分鐘之後，她也在他身邊石凳上坐下。

「好狗。」她說，一邊在褲管上擦手。

「對不起，我們停在這裡動不了。我應該早點就找車廠修的。」

「這裡或者是別的地方，對我來說，又沒有差別。」她站起來，在水邊彎下腰，將雙手伸進水裡。「波特斯這個名字好耳熟。有人和我說過一個很瘋狂的聖者，是中世紀時，這裡的人。」

「妳常常來西班牙嗎？」何暮德一隻手放在眼睛上面，看向一座遠遠高升的山坡至峰頂上白色的十字架。如果他們當時在那個教堂停下的話，他們一定也經過這個地方。但是他的記憶只有不連續的片段。這些片段裡他找不到波特斯這個名字。

「我經常旅行，也來過西班牙幾次。只是這個區域還沒有來過。」

「妳的男朋友是不是在生氣？」

「你問問題的方式真有趣，似乎十分有意要迴避問題。」她笑，並且嘗試了一下想將水濺到他臉上。然後她直起身體，重新坐回他身邊。「他說，總有一天我必須要履行我的決定，他不會永遠等我的。不會永遠等我，意思當然是現在還是會等的。」

「大部分的男人反應不會像他這麼體貼。」

「你知道我試著在做什麼嗎？去愛他，不管他是什麼樣的人。他不會跟我說，是時候要想想未來了，也不會讓我因為害怕而六神無主。我相信，這是我欠他的，他值得我愛。但是結果呢，這些都導致我只想從他身邊逃走。這不是很瘋狂嗎？」

「只不過跟男人對女人說，妳太好了但我配不上妳一樣瘋狂。而且，我也不清楚愛一個人有什麼好試的。根據我的經驗，愛就是發生了，或者不發生。」

她兩手撐在椅座上，伸個懶腰，看著他。

「你很好，何暮德。你是可以聊天的對象。雖然如此，我還是相信，我們應該去探索所有讓一個人可愛的一切。這並不是總是一眼就能看穿的。」

他能夠回答之前，機械師從房子那邊繞過來，後面還跟著那隻狗。他幾句話交代完的事，瑪樂卡翻譯給何暮德：他工廠裡沒有新的三角皮帶。如果他們急著趕路，告訴他他們計畫走的路線，他可以指示他們，路上哪個車廠會有。就這樣開去聖地牙哥，他認為太冒險。他也可以現在就訂一個，今天傍晚或者明天早上就可以換好。就是必須用快遞寄送，會多花幾歐元。他在等他們決定時，用布擦拭他的手指，可能還在想，這個漂亮的金髮女孩是這個老男人的什麼人。

「我想，我們找一家飯店過夜。」何暮德說，盡量避免句子的語調有任何色彩。「妳覺得呢？」

瑪樂卡沒有回答，而是直接翻譯他的話。他們交換幾句話後，她指指沿著溪流的路。

「過了橋以後下一個樓梯。這裡飯店很多。明天早上修車廠九點開。」

傍晚過渡到夜晚時，他們所坐的地方幾乎就是梵谷星夜咖啡館畫裡的景象。古城的邊緣，露天的夜空下，燕子和蝙蝠險險擦飛過黃色的球狀路燈。從酒館門口上方兩個喇叭，音樂輕輕流瀉出來，混進別的客人的交談聲中。把瑪樂卡帶到這裡來的，一定是她對同類氣息的直覺。在主廣場吃過晚餐後，何暮德跟在女伴身後穿街走巷，走過橋下、走過中古世紀優雅的拱門下，這些建築物背後通常是寂靜的修道院，而不是兩層樓、窄窄的磚塊房子，還爬滿葡萄藤、居住環境的狀況就和居住在這裡、聚集在這些房子前的人一樣。波特斯的波西米亞人。

兩人並排坐在一條長木椅上喝著坎塔布里亞紅酒已經一個小時了。他們身邊站著很多穿著褪色的

運動衫、百慕達短褲的男人和奇裝異服的女人，頭上戴著很多首飾，抽著自己捲的菸。幾乎每個人身邊都有一條狗。何暮德精神處在敘述的亢奮中講完旅程中的每個點，而他的同伴似乎在等待，祕密議題會被揭露，不曾說過的旅行目標會出現。考慮中的職業轉換他沒有提，怕她覺得無聊。而他提的問題，她是否還想吃或者還想喝什麼，她的回答是堅決的搖頭。

「來一杯義式白蘭地？或者這裡人稱為『餐後酒』的酒？」他不放棄。晚餐他吃的是蘋果醬汁西班牙香腸，地方美食，但是這道菜殘留在咽喉裡的味道，他現在在想辦法消除。

「感謝，我真的夠了。」瑪樂卡將手掌塞進大腿下面，看著藍色帆布草鞋裡的腳，讓他愈來愈喜歡。

「這一整天，」他說，「我都在期待著看見熟識的東西。二十多年前我來過這裡附近，和我太太一起。我告訴過妳，她是葡萄牙人嗎？」

「沒有。」

「我們是去她家的路上。八六年的夏天，我們第一次一起旅行。我們從海岸那邊過來，要去薩拉曼卡。從那邊去埃什特雷拉。」

「那一年夏天我交第一個男朋友。他戴著牙套，我很同情他。我們只在一起一個月。」她抖了一下，似乎是一個不舒服的回憶。「你的意思是，你在尋找過去的痕跡嗎？」

「不是，我只是對這些那些都有記憶，比如說今天中午的教堂，但是這個地區我真的不如自己想像的熟識。老實說，我對我的頭腦很失望。那次旅行是一次非常深刻的經歷，我們的女兒就是在這條路上的某處受孕的。」

這件事讓他的女伴專注起來。

「你不清楚正確地點？」

「我們正在熱戀，之後又有很多需要解決的問題。有很多地方都有可能，我甚至不知道這些地方是什麼名字。」

彷彿從喇叭裡出來的音樂還不夠似的，他們身邊有人開始彈奏吉他。其他客人看樣子彼此認識，彷彿狗也是。瑪樂卡短促的瞥他一眼。

「在你們第一次一起旅行的路上……」

「是意外。」他盡量簡單。「不是不想要。」

她引導話題的背後心理技巧很不錯，這一點他在晚餐時已經留意到。透過點頭和短短的評論，她讓他感覺她的興致所在，以為她只要聽他談他自己想說的，不會要求更多。然後她又再追咬不放，直到她的好奇被滿足為止，或者像現在這樣，不說什麼，而是觀察周圍的人事，等他自己繼續說下去。

「我和另一個女人在一起很久。」他說，「一個南美洲女子。我太太那時也有一個認真交往的男朋友，就是我們提過的法克•麥凌恩。我們第一次見面是不期然而遇，直到第二次見面，一整年已經過去。那之後我們開始定期相見。麥凌恩那時候是個失意、沒有前景的劇作家。他的家人在東德，青少年時他隻身來到西柏林，是個個性很複雜的人，同情他比忍受他容易。我太太和他住在寇以茲貝格區一個後院公寓裡，只有一個房間，房間太小裝不下他的怨氣。我和他只碰過一次面，在一次演出的中場休息。他覺得那齣戲令人作嘔，在大廳裡大罵其他的觀眾，然後就走了。瑪麗亞和我繼續把戲看完，我們就是這樣開始的。」

「瑪麗亞。」她說，「這是她的名字？」

「是的。她日常只吃乾土司、咖啡和抽菸。我請她吃飯、聽她抱怨。有時候她允許我握握她的手，我們就這樣一起很長一段時間。為了聽起來不像事後的謾罵，我必須先補充，這樣愛一個人，很不容易。我花了……」

「我懂。」他找到恰當的語詞之前，瑪樂卡回答。「但是你得到她了，Happy End。」

「當我們終於開始像一對戀人在一起時，我必須搬離柏林。我心想，一離開一切都完了，她還沒有完成碩士論文。我們保持聯繫，見了幾次面，然後次年就做了這個旅行。」他笑，「別人可能會想，懷孕是我設計的，但是那真的是避孕上一次幸運的失敗。」

服務生拿著一瓶開了的酒過來，是一個戴著黑色的眼鏡、頭髮長到蓋過臀部的年輕女孩。倒酒的時候，她待瑪樂卡好像她們熟識已久，而她這次帶著叔叔來。這杯送你們，她說，如果他沒有聽錯的話。吉他手身邊這時已經聚集了一群人，而且開始唱歌。二十年是如許長的時間，嘗試將思緒送回過去，無可避免會混雜不堪。當時他真的對懷孕這件事這麼高興，像他現在所想的一樣，還是因為之後的幸福所以這麼覺得？

「你從來沒有覺得自己被限制了嗎？」侍者走了後，瑪樂卡問。「這個問題和我個人有關。」

「雖然我做了一些事會讓人誤會，我猜，但是我從來不覺得自己被綁住。我女兒的出生曾經是我生命中最豐富的經驗和最大的幸福。」

「馬克想要小孩。」

何暮德喝一口酒，感覺背靠著的石壁的涼意。

「我猜想，他要小孩，而妳怕有小孩。」

「你剛剛說，你女兒曾是你生命中最豐富的經驗。」

「她二十歲了，而且我們一年才見兩次面。但是妳也看到了，為了和她一起度過幾天，我開車穿越半個歐洲大陸。」他的眼睛轉到右邊，瑪樂卡上身前傾坐在長椅上，無意識瞪著地板。「沒有人能讓妳不再害怕，如果妳如此期望。」

「我也不知道我希望什麼。」

「我跟妳說過的那個朋友說：到了某個時候你就是得行動。我自己是這樣，到了快四十歲時，我沒有興趣再談沒有承諾的戀愛，因為我對這種關係沒有期待。這是斐莉琶出生後我才體認到的。」

「斐莉琶是個美麗的名字。」

「我太太沒有懷孕的話，我也許不會承認現實。或者她也不會。人面對這種時候的恐懼，不是教你該怎麼做是最好的建議，它只是聲音最大。」

瑪樂卡短促迎了一下他的目光，聳聳肩膀。

「你覺得，我為什麼跑開？我的野性讓我覺得空白一片的那個點還沒有到。我也不確定，繼續下去的話，是否會到達。」

「妳已經走入訂婚階段。」

「馬克買來香檳和戒指，全套。他讓我無可挑剔，但這麼毫無防衛的獻上自己，我做不到。我知道我絕對可以信任他。雖然這不是問題的核心，但是我媽媽總說，妳要被按著頭才肯喝水，這可是唯一的機會。這樣說來這不是強迫，是偷襲。總之，我答應訂婚。」

靜默地，他們看著滔滔流水好一會兒。客人來了又走，狗在椅腳之間走走嗅嗅，耐著性子由人撫摸。這是貝爾哈德所謂的：看著別人做比較容易。別躊躇猶豫，就生活吧。

「我發現，」瑪樂卡說，「我還故意少吃了一顆避孕藥。但是，欺騙自己很難，或者計畫有一個計畫外的受孕也是。通常的結果是，我們一個星期都沒有性愛。」

「妳說的那個男朋友會贊同妳。我不確定。」他試探的說，不想以慈父關愛的方式觸犯她的隱私。雖然他很想擁她入懷。「當時和我在一起的女人叫德蕾莎。我們是在大學裡相識的。她很聰明，而且非常體諒。和她在一起時，我總是很開懷。我們彼此了解，我不必問自己，我對她感覺如何。我喜歡她，那是一段美好時光。我的錯誤是，我也沒有去問她，她對我感覺如何。反正，在一起很多年都沒有。直到有一天，妳猜到了吧，她懷孕了。」

「賓果。」像爆炸完一般，這個語詞在瑪樂卡唇上冒煙。她自知失態，嘗試以搖頭來挽回。「我並不想要這麼說，對不起。」

「我知道，聽起來像這種事老是發生在我身上。雖然總共也才兩次。德蕾莎偶爾會提起養孩子的事，以順帶一提的方式，我絲毫不用費力就能閃避過去。我全神貫注在我的教授資格論文上，這是我生死攸關的大事。我們的關係似乎完全不用花精神去經營。所有的一切都不需認真嚴肅的討論協調。直到德蕾莎說：我懷孕了。她非常高興，但是我那時候卻清楚了，我喜歡她，我尊敬她，但是我不愛她。而且之間的差別比我想的還大。她從七重天上掉下來。你覺得，我們這些年相處都在做什麼，她問。答案是，我們在完美的誤解中生活了四年。她要求結婚，她是天主教徒。我慌了，我所做的一切努力都是為了不需要過我不想過的生活。那是一個可怕的想像。」他這麼專心於他的敘述，當瑪樂卡問他「你怎麼辦」的時候，他反而嚇一大跳。

「沒錯，我所考慮的問題就是這個。我做了什麼，而他媽的我在想什麼？」這麼多年過去了，當時的情景第一次這麼清楚的擺在眼前。他在卡士達尼恩大道的客廳兼書房。沙發上掛著裱框的海報，背景是基里科的蒙帕納斯車站。後面是卡帶錄音機以及一疊自己錄的卡帶。德蕾莎坐在地上，不斷重複，不了解的事情無法接受。我不懂你為什麼不愛我，她說。那是我生命中最美好的時光。

「這個故事我還沒有跟任何人說過。」他說。「她哭著求我。我說，我付妳生活費，但是絕對不可能和妳及孩子一起生活。她是不會去墮胎的，這個我很清楚。這段時間是我和瑪麗亞逐漸親密的時候。某個時候我總是必須跟德蕾莎說，我生命中有另一個女人。這時候，她崩潰了。之前她拒絕接受我說的事實，之後她像癱瘓一樣，面無表情自顧自的點頭。幾個星期過去了，我都沒有她的消息，然後她打電話來。她想見我，但是不要在我家，所以我們在一家咖啡館碰面。在那裡她說，她約了看診時間，我能不能陪她去。我以為，是例行檢查。直到在診所裡我才知道她要墮胎，所需的諮詢和先行檢查她都已經完成，一切都準備好了。為什麼她要我陪她去，到今天我還不清楚。也許她要我張大眼睛，看我對她做了什麼。或者她希望在最後一刻我會心軟，也許把孩子的父親一起帶去是可以理解的，我不清楚。總之，我在候診室坐著，覺得時間有三天這麼長。其他還有什麼感覺，我忘了。」他唯一還有些許記憶的，是恢復室裡白色的牆和暗澹的燈光，以及她無言的譴責眼光。當一個護士走進來和她說話時，德蕾莎的眼光停留在他臉上，她看著他的眼神似乎想讓他這輩子永遠擺脫不了這一刻。

「了解。」瑪樂卡說。

「不論是我太太還是我妹妹，沒人知道這件事。可能妳也認為，妳不要知道這件事比較好。不久之後，我離開柏林，再也沒有與她聯絡。她現在住在哪裡，我不知道。我不能排除我毀了她的生活這個可能性。或者，她遇到了對的人，生了五個孩子。我也永遠不會得知。」

他們周遭有人跟著唱喇叭傳出的歌曲，其他人的歌聲伴著吉他。隔壁房子瞪著破了的窗眼看著這邊。「出售」的牌子掛在二樓。瑪樂卡看著杯子，沉默不語。

「我一方面覺得羞恥，」他說，「另一方面我也不能後悔。如果我走上當時那條內心想避免的路，我現在的生活會是什麼樣子？我不知道，也不想知道。總之，我應該就不會和瑪麗亞結婚，也不會有我們的女兒。對我來說，知道這個就夠了。其他的事有時候會湧上心頭，當我無法成眠或者沒有人說話的時候。老實說，想起的時候也愈來愈少。」瑪樂卡遞過來的紙巾，他原先想拒絕，但還是接了過來。他很驚訝的看到，她一樣鼻頭也紅了。「妳現在一定認為，我是個不負責任的渾蛋。沒錯，我那個時候的確是這麼處理的。妳沒事吧？」

「沒事了。」她把她的紙巾揉成一團塞進口袋。她自顧自地點了幾次頭，默默地。「有時候真的很奇怪，有些生命的局勢彼此這麼相近。如果把你的故事和我的故事並排相比——不是故事，我的意思是只有人物——那你就是貝斯手，我是德蕾莎。雖然我的故事裡沒有人懷孕。」

他愣了一下，才了解她在說什麼。貝斯手她只有在下午時稍微提了一下，而且是早期男友中的一個，吃晚餐的時候又短短的出場一瞬，現在她望著他，勇敢的微笑著。

「對不起，我不知道。」他尷尬的說。

「為了他，我在外面流浪這麼久。第一年我只能在學校放假的時候陪著玩樂團，對我而言那是在度假。然後我決定在外面旅行一整年，之後就再也沒有回大學。我能夠理解，為什麼男女朋友可以一直這樣走下去，不問未來，不問結果的——直到有一天察覺我們根本不會有結果。後來他與樂團意見不合，想退出。好啊，我說，我們退出，去做別的事。但他說這不是他的計畫。他現在在阿姆斯特丹有一個附咖啡館的唱片行，還有太太和兩個小孩。去年我見到他，他看起來比任何時候都幸福快樂。」她頭縮進脖子，喝乾杯子裡的酒。鼻子一仰，搖搖頭。「我累了。我們回旅館嗎？」

他堅持拒絕她想付自己那份的念頭，走進酒館裡埋單。酒館主人比女服務生大不了幾歲，留著一樣的長髮，感謝的收下酒錢，祝他夜晚愉快。

月光灑在石鋪的巷道上。何暮德抬頭往上看，看見天上有一個發光的白色十字架。他一時以為自己比想像的還醉，然後忽然想起，那一定是他下午在溪邊時，看見的山峰上的十字架。他很想說一些安慰的話，但是想不出什麼能夠說的。她雖然比他年輕，但是年紀也大到明白，生命中很多事情都只發生一次。

窄窄的巷子一直延伸到他們旅館促狹的樓梯口。夜間值班的櫃檯短促的點頭就算是招呼，目送的眼光打量著他們的關係。二樓走廊兩邊各有四個門，猶如牢房，盡頭的最後兩間屬於他們。他們兩人站在房門口，鑰匙在手上，看著赭黃的地毯，猶豫了好一會兒。

「早上要叫妳嗎？」他問。

「我自己會醒過來。」瑪樂卡將鑰匙伸進鑰匙孔裡，再一次轉身看他，他微笑著。她一個箭步過來，手圍上他的脖子，親吻他的臉頰。然後放開，迅速進了房間沒有一句話。

「明天見。」對著正在闔上的門，他輕輕的說。

第一天早晨，天一破曉，他就起來了。陽台門前的板簾縫裡滲進天剛亮時蒼白的藍。瑪麗亞一如平常側身睡著，夜裡怕冷被子直拉到耳朵上，斐莉琶轉身肚子朝上呼呼打鼾。還是要找個時間把她的息肉割掉，波昂的家庭醫生如此建議。她的兩隻手臂放鬆的彎著放在兩側，彷彿隨時會對他伸出來，大眼睛看著他問：我們今天做什麼？何暮德非常小心的翻身下床，把被單整理好，偷偷溜下樓。廚房的鐘指著五點半。大窗戶外面的藍天無一朵浮雲的拱在大地上，最後一絲夜的影子還縈繞著不肯離開，幾近透明的月亮半遮半掩。屋子裡的寂靜彷彿想擴展到外面去。

昨天下午他們才到達。從里斯本開車上來五個小時，很累，也因為露德斯強迫他們為晚餐繞路去梅阿利亞德買烤乳豬。每次他們回來她都要這麼做，而且永遠沒有忘記過承諾這是最後一次了。他們開著租來的一輛小雷諾，經過熱氣騰騰的公路，車頂上還綁著一隻紅通通的豬，豬油漸漸滲透了油紙一滴一滴往下流。離拉帕愈近，他期待的興奮情緒就愈高昂。對他來說，即將到來的這個禮拜，將會充滿豐盛的菜肴，每頓飯之間也可懶洋洋的度過。他的岳父岳母喜愛他從不說不的特點，宣稱所有的東西都好吃，綠色的酒、山奶酪，甚至麵包師自己開著福特車，從滿是灰塵的後車廂販賣的軟軟的麵包。相反的，瑪麗亞幾乎整天都得在廚房幫忙，一邊聽母親埋怨：方圓二十里內誰死了、裘奧終於想結婚賣了他的摩托車、一個星期主持兩次彌撒的那個新神父叫什麼名字、之前拉帕當地有神父時好多了、她可以每天去懺悔。瑪麗亞想透透氣休息時，便到陽台上來陪伴他，此時她嘆口氣坐進他懷裡，順服的點頭，他說：就住一個星期，然後我們去海邊。他其實比較喜歡這第一個星期，太太是知道的，而且樂於看到他享受這份閒靜。她反正認為，他在波昂工作太多。

端著冒煙的杯子，他潛回樓上。在斐莉琶空著的床上，稚氣大眼的烏龜路卡瞪著他。敞開的兒童行李箱裡有衣服、圖畫書，以及準備裝最美麗的貝殼的綠色鐵罐。何暮德一踏出陽台，啜飲咖啡，馬上覺得自己好似睡足十二個鐘頭，精神百倍。村莊的另一頭，這一天的第一輛車發動。景象一片寬闊，視野遠至禿頂的山頭和瘦崎的山谷，顏色愈來愈淺，直到地平線與天際交融在一片柔和的藍色光譜中。等到引擎聲響消失時，車子早已遠離視線，而何暮德除了羊脖子下的鈴鐺外，再也聽不到其他的聲響。當她想知道，為什麼他在這個毫無吸引力的地方卻感覺這麼舒服的時候，他對瑪麗亞搖著的頭回答說，魔法。

昨天到達之後，他照例散了個步去到村子裡的咖啡館，喝了一瓶冰涼的薩路斯啤酒慶祝假期開始。兩座風扇在天花板下有一搭沒一搭的轉動，一如繼往，聞嗅起來的味道就是夏天、菸草和濃烈的咖啡，在經年累月之後。隔壁店鋪裡，斐莉琶敲著舊收銀機在玩，外面天空在逐漸暗黑下來的山頭上消失。開車的疲勞突然的在幾秒內趕到。他身上的裝扮已經是為了之後幾天而準備，涼鞋、及膝的短褲、半敞露的襯衫，頭上戴著歐比都斯小鎮買來的散線且磨損不堪的草帽，瑪麗亞稱這頂帽子是他的哈克貝利・芬帽。這個學期很辛苦，但是他被解放、自由了。自從斐莉琶出生後，這是第一次他要在夏天讀一部小說。這是他的計畫。

「何暮德，為什麼面對自己的父母會覺得這麼陌生？」

快中午了。他重新坐在陽台上，一杯加了檸檬的水放在旁邊，沒辦法說出，過去幾個鐘頭內，他到底最享受什麼，輕鬆的讀物、地方上的安靜或者知道瑪麗亞馬上就會需要他的安慰。現在她站在門邊，看著他，似乎真的在等待一個回答。她穿著淺色料子的短袖洋裝，胸脯處布料扯得很緊。

「這麼糟？」他問。她能夠估量，她讓他欣賞著，給他的享受有多大嗎？

「我說的不是現在，而是一直以來，從我有記憶以來。這可親的人，我稱呼他們爸爸媽媽的人。」

「妳父親也是？」

「一半是唐吉軻德，一半是史懷哲。」她嘆息。「得出的結果是什麼？堂卡米諾神父？凡尼亞舅舅？我愛他，但是有時候和他講話，像在跟斐莉琶講話一樣。」

他把書放到一旁，招手叫她過來。他不時會意識到，自己沒有任何非做不可的任務；每當想到這一點，他就很想大笑。太陽仍然掛得老高，而斐莉琶牽在外祖父手裡還沒完成例行的親戚拜訪。瑪麗亞點點頭坐進他的懷裡，他的手指撫過她的大腿。

「為什麼是唐吉軻德？」他問。

「你覺得這個養老院有可能被蓋起來嗎？他寫信給隨便什麼他在里斯本認識的人，還說那是他的政治人脈，其實是以前來餐廳吃過飯的客人。現在他找到一個在法國住了二十年的一個人，當廚師的。他們一起拼湊著寫信，把信寄去……不知道寄去哪裡。寄去歐洲共同體吧。用法文，或者他們自以為是的什麼文。」

「妳有沒有發覺，妳的德文變得完美極了？妳不再犯錯誤了。」瑪麗亞看著他，將手放進他手裡。她在葡萄牙是另一個人，溫柔多了，比較小鳥依人。她可能不知道，他覺得她這樣有多好。

「你的意思是，我應該感謝你囉？」

他笑著握住她的手親吻。

「我的意思是，別看不起妳父親。他不是愛說話的人，但是他知道他在做什麼。和所有的帕萊拉家族的人一樣，他就是一個執拗的人。」他從首都回來以後被選為拉帕的首長，堅決將他的家鄉徹底的建設成現代化的城鎮。

「我媽說，他需要做一個心臟繞道手術。她去教堂點了那麼多蠟燭，全塞拉的蠟很快就會給她用完了。醫生說，最晚明年一定要做這個手術。」

「他自己怎麼說？」

「說他一向的回答——什麼都不說。」

天空中老鷹迴旋得這麼高，好似即將溶解在閃燿的光裡。村莊猶如被麻醉似的，躺在牠們之下。再沒有人在田裡工作，所有窗板都關上了。有時候安靜會被摩托車一聲爆響或者狗吠扯破，再有就只是蟬鳴了，葡萄牙夏天裡永不休止的警鈴。這些蟬幹嘛不去開個房間，直接做就好了？

「看著他們變老，我心都碎了。」瑪麗亞說。「雖然他們其實還不老，但是他們做什麼都這麼麻煩，一天到晚擔心沒有的事情，像山羊一樣的不理智。我媽要請所有的親戚來吃飯，她今早決定的。二十個人。你看到那像山一樣的馬鈴薯在廚房裡嗎？她有關節炎，半個鐘頭才能削完一個馬鈴薯。我要幫忙，她就說：去照顧妳丈夫，他會無聊的。他不會，我說。那就去看看奧蘿拉姨媽。我是說，親戚當然可以來，但是晚餐要到十月才有得吃。一切就是這樣。」

「我愛妳。」

「啥？」

「我很久沒說這句話了，妳也是。」

有時候告白讓她矜持起來，反而冷淡的保持距離。而且最近幾次她把他晾著不理，但是在拉帕又不一樣，她會張著微啟的唇沉浸在他懷裡，他驚訝的發覺她的舌尖如何與他的相迎，她的呼吸如何變得熾熱。這個學期真是非常疲累、磨損人很多精神，在學期中很多事都不足。瑪麗亞雙手捧著他的臉，看著他，臉靠得那麼近，令他必須不斷眨眼。

「你知道你是誰嗎？你知道我是誰嗎？」

「我希望是，妳現在為什麼這麼說？」

「如果你不知道呢？」

「瑪麗亞，妳父親是一匹馬，就算心臟做了繞道手術他還是會活到一百歲。不要讓妳媽傳染了，她就是時間太多沒事做，才會擔心這擔心那。」

「我在這裡無法呼吸。」她用左手抓住衣服的領口，似乎想把衣服從身上撕下來。「我們離開這裡吧，就兩天。隨便去哪裡都好。」

「下個星期我們就去海邊了。昨天華蘭汀才給我看了照片，我們將……」

「太晚了，我要現在！我們先去兩天有人的地方。我們去科英布拉，開車才一個小時。我們明天清晨出發，去住飯店……求你啦！」她重新往他懷裡鑽，伸手撫摸他的胸口，用指甲在他襯衫上抓。確實他們在這棟房子內從來沒有做過愛。太多十字架，瑪麗亞說，而且這裡有太多她出生前兩年夭折的哥哥安東尼歐的照片。夏天的性愛還要等到假期的第二個禮拜，這也是阿爾嘉芬相對於拉帕的加分。但是現在他的太太依偎著他撒嬌，似乎等不及了。而他也回想起從前夜裡的纏綿。總的來說，性的吸引力並沒有比斐莉琶出生以前減少，減少的是次數，尤其前幾個星期更少。

「我當然求之不得。」他在兩個吻中間插進這句話。「如果妳的父母放我們走的話。我們不是一直想去科英布拉嗎？」

「我們把斐莉琶留在這裡。」

「嘿！」

「為什麼不行？她反正只想摸羊咩咩。」

現在情況變成他雙手捧住她的臉，滿足他又令他驚訝是在這種時刻，愛這個謎樣的字的意義。如果在一起共度的這些年，讓時光永遠停留在如此美好時刻的信念更堅定，相信他和她身上一定有某種東西不會受到變遷而影響，或者他不過感到以前驚嘆她真的成為他的太太的剩餘？

「妳也知道，她一睡著就像一塊石頭。」他用一隻手愛撫她的乳房，但是太遲了，她眼裡不再有迷迷濛濛的情慾，而是清澈中帶點譏諷，瑪麗亞的眼光針對他。小女暴君的權力，最近她這麼說。

「你是對的。現在我得下去了，不然午餐永遠上不了桌。烤沙丁魚，兩公斤四個半人吃。」

「妳不愛吃沙丁魚。」

「又沒人在乎，我只不過是你女兒。是你愛吃，昨天你自己說的。我也是昨天才知道你愛吃。」

「因為我知道妳母親已經買了。怎麼了，瑪麗亞？妳有什麼心事？一定不是關於妳父親。」

她心不在焉的點頭，抓起他在茶几上的書。她增加了一點重量，但是她很少坐在他懷裡，所以他暗中轉移了一下重量，將她抱得更緊，把臉埋進她的脖子裡。

「什麼是Montauk？」她問。

「一個地名，在紐約長島最頂端的尖端。名字有沒有什麼含意，我不知道。我記得不知道哪裡寫的，那是印第安語。」

「好看嗎？」

「相當不錯。我才剛開始看。一邊看一邊想，看書還是太累了。我應該坐在這裡看看山就好了。」

瑪麗亞瀏覽了一下封面的文字，把書放回去。其實是違反他的意志，但是他還是忍不住想，頌德琳現在會說：**Tell me about it**。成為教授實在是一場辛苦奮戰的勝利，有時候他確信他感覺到，那時候一部分的疲累永遠不會再離開他的身體。有什麼東西就這麼留了下來，永遠不能被代替了。換句話說，他青春不再，不堪回首。

「前幾個禮拜我是不是很討人厭？」她眼神朝著遠方問，他搖搖頭。

「那是失望。但是誠如此刻事情在變化，有很多新空出來的職位，機會很不錯，至少就中期來看。那時候誰會想到，我居然會得到波昂大學的教授職位。」

「現在你是專任了。」

「對。我們不會再像以前那樣了。不再是約聘，戶頭裡不會再窘迫。我是教授了，沒有人能再動我。」

「而我不知感謝。」

「我們要有耐心。」他應該告訴她，他偶爾會在《總合報》上研究一下房地產，而且有了結論，買一棟房子在經濟能力範圍內不是不可能的。他的教授身分讓所有的機構都樂於貸款給他，而且阿爾圖在一次男人之間的談話中向他保證，賣掉餐廳的錢還會有剩餘給他。自從德國國會決定從波昂搬走後，房地產的價格也在變動。現在是一個完美的時機。

「我們不要給自己太大的壓力。」他說。「整個上半年的等待給我們增添了多餘的壓力。我們其實不必依賴這個。」

「要有耐心。」她輕聲念出，似乎是一篇文章中最重要，需要畫線的句子。「就中期來看。」

「做我們自己的決定。比如說一個我們已經推遲很久的決定。」她想回答，但是他將一個手指頭豎在她的嘴唇前面，抱緊她。「我知道，我們討論過，決定等到我們知道想生活在哪裡的那個時候，但是……何必如此？現在又何妨？斐莉琶已經四歲了。」

「等待的時候最難。我是說，有耐心。」

「房子太小，我們就搬家。」

「這是一時興起嗎？」

「最近她自己覺得，一個人玩記憶遊戲太無聊。她要可以贏過的玩伴。」他笑出來，親吻她的脖子。她的語調可以再明朗一點，他覺得。「妳沒發覺，她有多羨慕卡拉和露意莎嗎？她在哪裡？」

瑪麗亞用下巴指指村子裡。村子裡新的那一部分立著幾棟還未完成的房子，比起村子裡古舊的那個部分，顏色較淺，體積較大。從里斯本來的人或者從國外回來的人擴建他們舊有的房產，每一年新房子都在增加。在阿爾圖來說，就是他的祖產，他將祖產擴建成村子的橋這一端最大的房子，兩個人住太大太大了。這其中還有一個家族宿仇的問題，瑪麗亞不願多說。此外，他也不確定，太太是不是像她所宣稱，那麼不能理解阿爾圖和露德絲對家鄉的感情。有時候他覺得，太太在很多事情上有點誇張。

「給我時間。」她說。

「這是自然。我只是要確定，是我們決定要如何生活，而不是生活狀況決定我們的生活。」

瑪麗亞點頭微笑。

「妳想要自主。了解。」

「和妳媽說一聲，然後我們明天出發去科英布拉。」

「也許是暑熱，或者是昨天坐在車裡太久。我的頭髮聞起來還有豬油的味道。」

「妳聞起來很香。」他說。她煽起了他的慾火，而現在慾火兀自燃燒。「尤其是妳不再抽菸之後。」

「你等會兒要和華蘭汀去健走嗎？」

「本來是這麼計畫的。但是如果我在廚房幫得上忙的話，我也可以留在這裡。」

「去走走吧。我從來沒有告訴過你，但是既然我們已經談到這裡了，我就告訴你吧。我覺得拉帕的日子為什麼美好，是因為你很享受。」他還沒來得及再抱她一下，她已經站起來進房子裡去了。他聽著她在木梯上的腳步聲。教堂前的廣場上響起斐莉琶的笑聲。然後鐘聲開始。每半個小時一次的〈聖母頌〉，只有聖誕夜是〈聖誕鈴聲〉。在葡萄牙這是一首宗教歌曲。

在這麼短的時間內，重新去應徵一個位置是很冒險的事，他當然非常清楚。在波昂還不到一年，他就把自己的履歷資料寄去科技大學，並且希望在萊茵河畔的同事暫時先不會知曉，畢竟在波昂大學相等於他的資歷和他的研究領域，並沒有發揮的環境。語言分析哲學原則上被認為缺乏基礎哲學訓練，沒有能力研究真正的哲學，至少系所裡兩個巨頭，舊制中自負驕橫的首席教授格雷芬布格和里曼，是這麼看的。貓頭鷹，何暮德背後這麼稱呼他們。有一次他在他們也在場的時候，批評教授資格論文這種制度阻礙了研究創新，他們看著何暮德，好像他在發表鼓吹多配偶制的演說似的。

他們到波昂時，波昂即將迎來的出埃及記恐慌的憂鬱正如火如荼。「首都留在波昂」乞求的標語貼紙填滿汽車後車蓋和商店櫥窗。在柏林，柏林熊歡欣鼓舞，萊茵河這邊早該放棄本來就不屬於自己的東西。不知道為什麼，這個地方很奇怪，瑪麗亞說道，當他們站在波昂塔爾路房子裡還未清空的箱子中間時。她搬到多特蒙德的途中，他就已經答應，柏林一有任何職位空出，他就馬上應徵。從那時候到現在，四年轉眼過去，他還沒有任何機會遵守他的諾言。那就把握現在，他對自己說。這一步太早踏出去，是急躁而且對不起波昂大學，但是那個位置對於資歷的要求和他的這麼相符合，甚至西蒙教授都打電話來問他，想不想試試應徵這個位置，而且這個位置的薪階會比現在每個月多出一千馬克，並且位列首席，像貓頭鷹他們一樣，這是終點線前最後一步。

面試之後他在人選名單上高列第一，是他做夢也沒想過的事。他太低估自己的能力？他基於習慣相信自己只是努力縮短落後的距離，實際上他卻真的贏了其他競爭者？格雷芬布格和里曼認為，他所研究的，是所謂的「流行」，所以他去首都很合適。那是夏季學期的開始。一個好天氣的傍晚，瑪麗亞和他坐在陽台上，回憶他們第一次一起去東柏林的往事，並幻想二百平方尺、天花板有石膏花飾的公寓。他的太太甚至是很認真的想著。

然後——什麼都沒有發生。任職似乎只是時間早晚的問題，只是時間一直拖下去。審核過程只必須再送有關當局，但是有關當局相當多。何暮德從施普雷河邊的同事打聽到的狀況是推遲，然後是情況很複雜，最後是隱藏的阻力。在他們晚上的對話裡，他們愈沒有耐心，耐心一詞出現的次數就愈多。也許過程中出了什麼錯，柏林謠言如此傳說。打電話總是回覆請等一下，負責單位今天是這邊明天是那邊，似乎不曾在某一處真正停留。家裡不只一次的爭吵，都要怪在那個莫名事物的頭上，像有誰把沙子灑在他就職的驅動器裡。夏季學期趨近尾聲，那是一個星期五的晚上，瑪麗亞把斐莉琶哄上床，何暮德坐在書桌前，一陣電話鈴響起。

是迪特馬・賈克伯。

「哇，」何暮德說，「好久好久不見。」

「老兄。」迪特馬的聲音還是早先那樣像是訓練過的、好像他在對著麥克風講話一般。在科技大學那個時候，當他們和別人一起在哈登貝格咖啡屋用餐，或者星期日在國會大廈前玩排球時，何暮德覺得他是一個野心家，假裝高高在上，跟他們只是玩玩。

「你從哪裡打電話來？」何暮德問。

「颱風眼，柏林的敏門斯多夫。」

「對啊，你還在柏林。」他去面試演講時看到一張哲學所的布告，宣布賈克伯在那裡兼任授課。但是倒是沒有碰到面。

「自從柏林圍牆不在了以後，更難出去了。」

「因為對方車道人太多了？」

「沒錯，就是這樣，我的朋友。」

接下來的十分鐘，何暮德一隻耳朵聽著瑪麗亞念安妮達的故事給女兒聽，另一隻聽迪特馬簡述在大學的職業生涯。他現在是約聘，同時寄出幾份應徵資料，他說。明年他有一本根本就太厚的書要出版，而再怎麼樣日子總也有辦法過下去，然後停頓出現，那種要改換話題的停頓。

「我是想去聽你的面試演講，但是剛好那個時間有課，sorry。」

「沒什麼，我該打個電話什麼的，但是那天我只去了一個下午，這邊的工作都快把我淹死了。」

「你有一個孩子，聽說的。」

「我是有一個女兒，滿四歲了。」習慣性抱怨時間過得如許快的一些用語含在嘴裡，但是他還是沒將它們吐出來。隔壁已經在親吻道晚安。當何暮德聽見檯燈「喀」，他明白了迪特馬打這個電話是因為有應徵的消息要告訴他。可能不是好消息。

「我們秋天的時候孩子要出生了。有時候我會想，柏林是適合養小孩的地方嗎？」

「敏門斯多夫？」何暮德說，「你的意思是怕小孩太無聊？」

迪特馬沒有馬上笑出來。瑪麗亞把頭伸進來，示意他再去女兒床前說聲晚安。何暮德用閒著的一隻手做「我馬上就去」的手勢。但是她抱著雙臂站在門口沒有動。她聽見何暮德說的關鍵字「敏門斯多夫」，想多知道一點。她對何暮德得到波昂專任的興奮閃逝，消失得比他的興奮沉進潛意識裡還要快。

「我到底有什麼榮幸讓你打電話來？」他問。

「我覺得，我先給你一點風聲。你知道的，沒人委託我做這件事。我只是因為我們是老朋友了。」

「Okay。謝謝。」

「阻力來自院上。」迪特馬開山見門的說。「不是公開的反對，當然，比較是多餘的打聽、形式上的吹毛求疵等等。你知道，在名單上第二位是個女士。女人在我們這一門的比例不很高，甚至可以說難堪的低。這也是一個因素。」

「就算不是，那我……」

「等等，等等。烏忒•克拉瑪不是問題。你在所上有支持你的人。你的演講讓大家印象深刻。我先說恭喜。Well done。但是，要怎麼說呢——支持不是完全無條件的。如果妥協對他們有好處的話，他們的想法就會注重實際。所有的人都有心理準備，這裡將會有大轉變。系所整合、緊縮，在這種情況下積存一點人情不會有壞處。同事們的行為都像秋天的松鼠。」

「和系所妥協合作……院所是什麼意思？院長先生？」

「院長女士。」

「了解。她想要一個女的。」他很想去書架上看看，但是瑪麗亞的眼睛一直帶著沉默的疑問盯在他身上，而這個疑問自動轉變成不好的預感。他自己不是早就心底有數？他不也覺得奇怪，怎麼就成了大家都想要的首席教授候選名單上的第一位？來自哈瑙的何暮德•海巴赫。他不想這麼想，但是這個想法就是在，揮也揮不去。

「特別是，她不要你。」迪特馬說。

「哦，是這樣？我對她做了什麼事？」

「不知道。你自己沒有先打聽打聽這裡的情況？」

「打聽？我在波昂才剛剛開始任教就天外飛來這一個位置。我看到了招聘啟事，西蒙給我打電話，我就把履歷寄出去了。老實說根本沒有抱什麼希望，還打聽什麼情況？」

迪特馬嘆息，但是他並不悲傷，正好相反。從他的聲音裡可以聽出一絲幸災樂禍。

「院長是安娜・沙爾巴赫。你不知道，對吧？」

「不知道。」何暮德試著擠出笑容，但是他辦不到。瑪麗亞一定看得出來他努力想假裝沒事。安娜・沙爾巴赫。他真的萬萬沒想到，這麼多年了，這個名字還是第一次重新流過腦中。他臉上的肌肉僵直了一會兒，才終於能夠接受，找到應有的位置做出表情。那段感情結束後，每周好幾次在走廊遠遠看見，他們都刻意避免相遇。直到安娜換了研究地方，離開了電信大樓。

「你還在聽嗎？」迪特馬問。

「你以為我跳樓了嗎？現在是什麼情況？我是說，不是有一個委員會，有一張名單，有既定的流程，還是柏林現在突然變成君主專制？」他的聲音聽起來很憤怒，自己聽了都覺得驚訝。他明明想笑，卻不能。安娜・沙爾巴赫，對妳來說，比起看見我的不幸，還有別的更重要的事吧。難道除了毀滅他的事業，她沒有更重要的事可以做？

「你自己是教授，需要我告訴你，大學裡是怎麼運作的嗎？安娜知道，她的權力不足以拉拔第二候選人上位，但是她可以重新招聘。隨便一個流程錯誤總是可能找到的。那麼她就能贏取時間，而你……唉！你要好好想想，什麼才是對你最好的。這裡當然會有人竊竊私語，這是怎麼了？有什麼內幕嗎？安娜並沒有為女性名額抗爭的名聲，而現在她要偷天換日為了明斯特一位無名女士？如果你再來應徵新的招聘的話……」

「等一下——重新招聘是已經決定的事了？」他可以看到，瑪麗亞的臉凝結成一張面具。隔壁的斐莉琶突然叫喚。

「不久前我在學生餐廳碰到她，我問她：安娜，這是政治政策、學識問題還是私人恩怨？事情是這樣就是這樣。典型的安娜式回答。我很遺憾，老兄。我感覺她自己對她所做的事也不高興。但是她沒有選擇。她不要你在這裡工作。」

瑪麗亞聽夠了，走回女兒身邊。

「我還有機會嗎？」何暮德問。

「就像我已經說的，這取決於你有多大的心理準備。也許我應該換個說法，你打算玉碎還是瓦全？」

「是安娜請你打電話過來的嗎？」

「不是。所有人都想要明哲保身。我相信，大家都覺得尷尬。但是我想，也許假期到來之前，你會想知道。然後安靜的想想，你怎麼辦。」

「Okay。」

「嘿，你的事業如日東昇，這個大家都有感覺。一點小挫折不會影響大局的。」

「我得掛了，迪特馬，我女兒在叫了。謝謝你的電話。」

「要是你想知道更多，就打電話來。」

「希望不久你也是專任了。」

「謀事在人，成事在天囉。」

「保重。」這麼輕柔緩慢，何暮德似乎想挑釁自己似的放下聽筒，傾聽著隔壁的聲音，街道上的聲音。城南週末拉開序幕。瑪麗亞訓斥女兒趕快睡覺，聲音不耐。斐莉琶不知道哪裡聽來的，一個嬰兒晚上猝死，從此她就用盡所有的手段，抗拒上床睡覺這件事。可憐的孩子，剛開始時他還這麼想。現在他不確定了。四歲的小孩真的能夠掌握生死這個抽象的概念？還是她直覺利用這樣的事情有機可乘？縱然如此，他今晚還是會躺到她身邊，握著她的小手，安撫的低語，直到她入夢。

直到他知曉，如何對瑪麗亞言語。

拉帕夏天的晚上是很長而且很熱鬧的。長桌邊的長椅凳上坐滿了人，而長桌則是來自各家的花園桌、廚房流理桌以及小茶几所拼湊。只有老人才有真正的椅子坐。每次有人端著碗來加入，桌上的盤子就直接被推到旁邊挪出空位給新菜餚。小碗裡裝著薯片和白色的豆子，大碗裡是沙拉和馬鈴薯，巨大的盤子裡是烤肉。大小像華蘭汀車庫的烤肉爐裡，炭火的餘燼仍在嘶嘶作響。時間往十一點移動，何慕德的肌膚上還有白天日照的餘溫和雙腳在疲倦勞動之後的舒坦。一隻耳朵聽著桌上其他人的對話，看著猶如喝醉了的飛蛾朝著白色燈罩下的燭火撲去。在他所理解的範圍內，討論的是為了即將要在塞拉連綿的山脈設置並提供這塊區域綠能源的大風車，表達反對或贊成。各式各樣的意見滿桌飛，大家彼此相愛，更愛吵吵鬧鬧，雖不似南方人的裝腔作勢，就是口水多過茶，廢話一籮筐。

花園的另一邊，夜像一個黑色的枕頭躺在山谷之上。透過檸檬樹葉間的空隙，他能辨認出另一個村子的燈光。

「妳是怎麼辦到的？說服妳母親在這裡吃飯，而不是妳家裡？」他在瑪麗亞耳邊輕聲問，對答案其實不感興趣，只是想與她耳鬢廝磨。他們坐著的地方是阿爾圖妹妹的花園裡。華蘭汀是她最大的兒子。克莉絲汀娜是他的太太，卡拉和露西亞是他們的女兒。其他十個人同樣是親戚——根據葡萄牙人的習慣，堂表親的三等親也都還是家族成員。

「第五個馬鈴薯削完後，她就被我說服了。」瑪麗亞說。「但是明天！明天所有的人都要來我們家，你等著吧！」

「所以我們不能去科英布拉？」

「可以，後天走，吃完早餐馬上出發。」

「帶著女兒，對吧？」孩子那一桌斐莉琶機警的眼睛緊緊盯著卡拉和露西亞，一個大她三歲，一個大她兩歲，兩個大假期中模仿的對象，一舉一動都不放過。

瑪麗亞做出她有時候會有的微笑，為了提醒他，雖然他不願意承認，他和華蘭汀有多相似。去年夏天他和華蘭汀一起去大西洋海邊度過只有男人的週末；三天來就是釣魚、烤肉、喝啤酒和聊女人，大部分說的是自己的女人。一個國際石油集團雇用他橫越大陸去監督一個他多年前設計出來的加油站，因為這個加油站他一輩子生活也無虞了，從此以後他的注意力都放在家裡等待他的漂亮太太和兩個有天使臉孔的女兒身上。偏僻的公路休息站裡他抓起電話，想知道家中是否一切平安。有時候何暮德會無傷大雅的開開玩笑，就像瑪麗亞嘲笑他對斐莉琶的癡情。

「他認為，我應該多給妳寫一些情詩。」他說，並喝一口酒。

「什麼？」瑪麗亞在聽桌上的人說話，疑問的轉頭看他。

「他覺得，不時將感情轉成話語是很好的。」

「誰覺得？誰的感情？」

「喔，我……抱歉，華蘭汀說的。他去年說的，我們傳奇性的男人週末那個時候。」

她譏諷的將眉毛往上抬，看著他的酒杯。「你是不是有點喝多了？」

「才沒有。妳會喜歡嗎？如果我寫情詩給妳？」他的手在桌子下面尋找她的。

「我想，我得先看過才知道。你們等一下還要去咖啡館嗎？」

「我們？」

「你和其他男人。」

「我不知道我那時候是否已經告訴妳，那個週末其實……不無聊，然而我只是在想，我還是寧願和妳們一起度過假期。我反正花在家人身上的時間太少了。」他找到她的手了。她的手指意外的冷，有些潮濕。瑪麗亞下午就到這裡來了，為了在他和華蘭汀去習常的路線健走時，小孩們有在一起玩的時間。陡坡直上，然後沿著山稜，一路瞭望似一條綠色的帶子蜿蜒在大地上的里奧蒙迪奧山谷。另一側是古阿達，台地上一堵白色房子形成的牆緣。他的同伴告訴他黑莓、荊樹以及其他植物葡萄牙文如何說。何暮德跟在他身後，心裡在想，早上瑪麗亞閃躲的態度應該如何解讀？她真的不想要第二個孩子？他們腳下，拉帕坐落在寬廣陰涼的峽谷中。風遊蕩在山間。他第一次到村子來的時候，村子裡的新區不過有一條風塵僕僕的道路和赤裸的房屋。現在他看見阿圖爾妹妹家蓊鬱的花園，看起來是藍色小點的戲水池以及在水池周圍蹦蹦跳跳的更小的點點。還有前檐，前檐下躺著瑪麗亞，不知是已經從和母親談話中恢復了，還是火氣更大。為什麼是這樣，最近她問他。為什麼男人能夠維持他們的野心，而女人就成了家中的小母親以及時裝雜誌閱讀者。克莉斯汀娜，最年輕的妹妹是她最愛舉的例子。

半個小時後他們動身。斐莉琶想跟她的朋友一起過夜。阿圖爾和露德絲已經先回去了。何暮德極力婉拒男親戚們想一起再去咖啡館喝最後一杯的邀約，然後是無休無止的廢話連篇、笑、打趣、吻頰和拍肩。再二十分鐘過後他們認為真的可以離開，便步進向下的巷子裡往河邊去。夏天的時候，這條河不過是含點鹽分的涓涓細流。橋上開始舊城的鋪石道路，蝙蝠繞著少數的幾支路燈打轉，蟋蟀知知知。他們面前房子一棟緊挨著一棟，順著山坡往上，天空下掛著數千顆星星。

「我想再……」他想接續之前的話語。但是瑪麗亞打斷他。

「我知道，我也是。」

他們後面站著一尊小小的聖母瑪麗亞像，旁邊擺著插了新鮮花朵的花瓶。當斐莉琶跟著外祖母走過這裡幾次以後，她也學會在經過時畫十字，這個動作也會提醒父母，是時候離開這裡去海邊了。至少他們兩人對彼此這麼說。

瑪麗亞停下腳步，手環住他的腰，對他耳語：「很簡單，我害怕一切會重來一次。」

「而我不知道，怎麼樣才能讓妳不害怕？」緊緊抱住她，吻她的頭髮，並不足夠。「當時所有的情況都不太好，但是這次不一樣。我們找大一點的公寓或者獨棟的房子。我們可以作計畫。如果預產期在學期開始時，我就有時間。我不必再到波鴻或者烏帕塔兼課。」上方村子一隻狗叫起來，其他的狗馬上齊聲應和。有時候何暮德覺得，他這個北方的陌生德國人到達以後，狗叫得比平常更響。「妳知道嗎？我不是只要第二個孩子，而是希望整個過程在比較好的條件下再經歷一遍，這樣妳我都能享受。或者說，我們三個。」

「我母親很早就對我說：妳不是一個適合有家庭的人，瑪麗亞。妳不行。」

「妳是一個很稱職的母親，比妳的母親更稱職。」

「她愛你比愛我多，我是說斐莉琶。而我不能怪她。」

「這只是一個階段。我比較不常在她身邊，所以不需要這麼常對她說不。我這個角色容易得多。我們會改變這一切的。」

瑪麗亞無力的笑笑。

「你怎麼變得這麼樂觀，還是你只是演給我看的。」

「告訴我，我能做什麼，瑪麗亞。」

「我從來沒有覺得自己這麼陌生過。」他們走在一起的影子直落到橋的中心。何暮德知道接下來會是什麼，他已經聽過很多遍了。「什麼都令人陶醉心喜，當他們只看著她的手時候，還有她的笑，她的眼睛。而我呢？你想像一下，當有人把你的熱情抽光，而你什麼都不能同情，也無法回應愛。連自己的孩子都不能回應，會是什麼感受？如果這是緩和的形式的話，那麼……」

「這不是你的錯。而且我看不出來，對斐莉琶會留下什麼深遠的影響。如果你確定，下次會不同——妳是不是還是不想要？」

「在波昂？」她問。

何暮德抿緊嘴唇，小心不讓已經存在喉頭的嘆息溜出。早上在陽台的時候，她還說自己不知感恩。他不想認為他其實暗中確實對她這麼想。他在多特蒙德的代理教職結束後，他們搬到郊外一個有花園的小房子，像房屋貸款廣告上的年輕家庭圖像，有白牆綠草，但是為了上漲的支出，兩百公里距離內有機會兼的課，他都不能說不。瑪麗亞誰都不認識，聽不懂那個地區兒童遊樂場母親叫小孩的奇怪德語。當鄰居開始將她視為失業教師後，一切變得無法忍受。一個整日淚汪汪的怨婦帶著一個斐莉琵那樣年紀的小孩。即使對他，任職波昂也是解脫。他們終於擺脫經濟的窘境和職業的不確定性。斐莉琵上幼稚園，瑪麗亞正可以休養生息時——撲通，她馬上開始閱讀每一篇關於新首都的文章。當他每天早上在鏡子前面還得掐一下自己的肉，才能相信他居然拿到專任，他太太就已經在等待某天他回家來，說：親愛的，打包。我拿到柏林的位置了。

如果這不是不知感恩，也很接近了。

「波昂真的這麼不好嗎？」他現在問。「我是說，去享受我們所擁有的，決定權在我們。我們本來可以過得更好，結果卻沒有，為什麼呢？」

「是啊。」

「是啊——是回答哪一個問題？」

「表面上好像是我對你的要求愈來愈多，但是根本不是這樣。錢多錢少我不在乎。我念書的時候什麼錢都沒有。這不是重點。」

「妳確定？每個銅子上打一個結，花出去之前考慮再三。每天早晨把床收進壁櫥，臥室又變回客廳。對不起，我夢想的生活不是這樣。」

「那你夢想的生活是怎麼樣？」她仰起頭看他。她哭過，但沒有讓他發覺。

「我夢想的生活是妳。」他說，「是妳和我和斐莉琶在一起，也許加上第二個夜裡會爬上我們的床，讓我們沒地方睡的孩子。我的夢想是這樣。」

她踮起腳尖，吻他一下。

「我中午告訴你，我愛你了嗎？」

「不是我矯情，但是，沒有，妳沒有。」

「但我的確是愛你的。」

「妳不但沒有說妳愛我，還問我，你知不知道我是誰？我知不知道妳是誰？問的時候還瞪著我，好像發生什麼可怕的事了。」

「你娶了一個很難對付的女人。」

「還會有其他的機會的，瑪麗亞。整個東歐都需要新的教授，東柏林也是。我會去應徵的，我會遵守諾言。我只是沒有超能力，無法預見未來。好嗎？」

「好。」

他們沒有再說什麼。順著路走上去，他們回到舊城區，這裡從幾個小時前就沒有人在外面走動了，即使是教堂的鐘也是明天早晨七點才會重新敲響。他們手牽著手慢慢的走，兩個人都看著地上自己的腳。為什麼他會覺得欠她什麼？他去面試演說，到達柏林時，感覺非常怪異。從那時候起至今，這是第一次到訪，而他讓自己專注在事業上。從動物園火車站（譯注：西柏林中央車站）直接去達楞（譯注：自由大學區）。在系上演說之後，完結與委員會的談話，而也許他給人留下好印象是因為有什麼拉著他，讓他並不拚命爭取。回程路上他買報紙時，正好看到柏林的《齊啼》雜誌的頭版上，德國劇壇新起的超級大反骨正瞪視著自己。這個超級大反骨蓄著泛紅的鬍鬚，穿著令人聯想起布雷希特的皮夾克。這幾個月以來，《說吧／檔案／東德》總是座無虛席，多年來它們一直被擱置在寇以玆貝格的某個抽屜裡，如今終於重見天日。這些訴說著、歌唱著、舞動著的東德祕密警察的檔案現在朝著所有寫下它們的人、它們所記錄的人以及所有從西半部袖手旁觀的那些人大肆噴灑毒液。這是個憤怒、睿智又惡毒的戲碼，因為它羞辱了所有的人，因此也受到所有人的喜愛——除了那些這齣戲本意就要激惹他們厭惡的人以外。某個基督教民主聯盟的政客宣稱這齣戲是對和平革命的嘲諷；兩天後，這句話便出現在宣傳海報上。而談話節目裡，法克．麥凌恩在他的位置上雙臂交抱，他所說的意思大概是——有一次他甚至當場說出口了——所有的人都去他媽的！

在波昂，瑪麗亞感到自己為他高興的心情，只可惜他失意了這許多年才被珍視。他不在乎的樣子是多麼的假裝，皮夾克是多麼不適合他。除此以外，他們就沒有再談論這件事，倒是晚上在家時兩人把各自對柏林的各種想像變成了一種較量：誰更渴望？誰的願望更迫切？然後迪特瑪•賈克伯的電話來了，一般人會想，這個問題馬上成為多餘。但是其實錯了，這個問題僅僅是不再被說出而已，也許他沒發現，但是每天晚上都感覺到，當他無法面對太太，當他躺到女兒身邊，傾聽瑪麗亞在廚房洗碗收拾，然後離家，兩個小時之後她又回來，他仰面躺在床上問自己，他是什麼感覺。他憤怒嗎？失望嗎？還是鬆一口氣？他傾聽著她在浴室裡的聲響，在走廊的腳步。聞嗅著太太還沒上床前就傳來的菸草味，然後背向他躺下。他想道歉，但是沒有說出口，因為沒有道歉的理由——只有道歉的欲望。然後就是想知道，今後是否一切正常，而不是德蕾莎的姨媽對他的詛咒突然成真。

「你還記得你早上說了什麼嗎？」他們已經走到他岳父岳母家門口，瑪麗亞在袋子裡尋找鑰匙。

「我說了什麼？」他問。

「誰那時候會想到我居然拿到波昂這個位置。那時候！才一年半以前你就說是那時候。這也讓我害怕，你知道。時間突然之間發生了什麼事？我不了解。」

「我們在生活。」他說，「這就是發生的事。不再只是做夢、讀書和理想，而是腳踏實地，和孩子在一起。生活就是這樣，這是正常的。」

「為什麼這會讓我害怕？」

「這也是生活。至少有時候會這樣。妳能夠察覺到，就能夠慢慢擺脫。」

她摸到鑰匙，打開了門。「真是奇怪，每次我們說這件事的時候，我總是覺得你比我懂問題出在哪裡。甚至是我的問題出在哪裡。」她不進去，反而停下來向後轉身。「雖然如此，你所說的沒有一件能夠真正讓我信服。你只不過是有理，如此而已。」

10

何暮德眼睛一睜開，馬上就清醒了。透過拉上的窗簾，陽光逼進房間，令他感覺像自己睡過頭。赤裸、只有一個銅十字架裝飾的牆，閃著泡得太淡的巧克力奶的顏色。他不耐的摸索床頭櫃的桌面，找到他的眼鏡，在床上坐起身。九點差十五分，還好不似所擔憂的那麼晚。他躺回枕頭裡，還能看見混亂夢境的片段，模糊的情色，情節曲折起伏簡直像昨日際遇。瑪樂卡一定還在熟睡中。七到八個鐘頭的車程還在眼前，而且還只是概略的計算，也許更久。昨天得到不在預期中的休息很舒暢，但是今天他想盡可能早點出發。綠色的簾子後面美好的一天在等著他。不知何處傳來鵝的嘎嘎聲。

站在蓮蓬頭下，他試著回憶他所知道的聖地牙哥德孔波斯特拉，加利西亞語是當地的語言，和葡萄牙語的差別讓人幾乎分辨不出。為什麼斐莉琶一定要到這個城市來改進她的西班牙語，他真的猜不透。通過Skype，他昨天和她講了話，約定下午見面。為了節省時間，何暮德略過早晨刮鬍子的儀式，決定趁同伴還在吃早餐之際就去取車。

門下摺起來的紙條，他出了浴室的門才發現。他馬上想起昨夜瑪樂卡的擁抱，想起昨天他就在想，只是分開一個晚上不需如此道別。現在看到旅館信紙商標抬頭下的兩行字證實了他的擔憂：**我很確信你會理解。和你在一起真是美好。非常感謝，祝一切順利。瑪**

除外什麼都沒有。

他失望的坐到床上，壓抑自己衝到窗邊去找尋她的衝動。也許紙條躺在那兒已經很久了。她往右傾的筆跡和他的很相似。不倉促，但是堅定。她既沒有給他留下電子郵址也沒有手機號碼，更不用說讓他知道，她打算去哪裡。他再瀏覽幾遍之後，不再覺得這種狀況唐突，反而覺得恰當。無聲無息的銷聲匿跡很適合她。更何況她不欠他什麼，而且她必須知道自己在做什麼。

也祝妳一切順利，他想。紙條揉掉，開始收拾他的東西。昨天在修車廠他把過一夜需要的用品都塞進一個黑色的背包裡，現在可以瀟灑的往肩後一甩，下樓去結帳。放棄早晨的咖啡，九點二十分他來到街上。

舊城在這個時間，只有送貨人員在路上，桶子滾來滾去，箱子搬來搬去。何暮德橫越過空蕩的市政廣場，下樓梯往河邊去。燕子唰唰唰飛在晨間清涼的空氣中，然後是教堂鐘塔無力的鐘聲，和夜裡聽到的是一樣的。從酒吧回去後，他無法入睡，在床上轉側了半個小時，和自己掙扎奮鬥，然後勝負分曉。他起身，打開電腦，打開谷歌網頁後，德蕾莎•歐特絲是她的名字。無數的德蕾莎•歐特絲出現。當他看完第二十個，並且沒有找到與前女友相關的蛛絲馬跡，何暮德便放棄尋找。他對自己說，她已經找到她的幸福，現在冠夫姓了。安撫自己的良心是網路少數還沒有辦法提供的事物之一。在瑪樂卡的名字之下，他在一個網路雜誌「魯鈍」裡找到她寫的專欄。他叫出一篇來讀，半途就失去興趣，手指遲疑在鍵盤上。他該再換衣服出去散個步?回酒吧?然後螢幕上方出現「斐莉琵在線上」的通知。這是電腦新裝置，會告訴他誰和他同步在線上。現在他不想客氣了。

他按兩下，然後似乎是從遠方傳來的空線訊號響起。午夜過去了，鈴響得愈久，他愈覺得自己在搗亂。何暮德剛想去按紅色聽筒，電腦螢幕突然改變畫面。右手舉起做招呼狀，斐莉琶坐在一間昏暗的房間，穿著她漢堡大學藍色帶帽子的校衣說：「哈囉，爸爸。」

他自己的臉擠在一個框框裡縮在螢幕的一角。他有些不習慣的對著相機孔揮手。「哈囉，打擾妳了嗎？」

他的女兒搖搖頭。最近新剪的短髮很適合她，突顯出她漂亮的臉蛋、遺傳自瑪麗亞綠色的眼睛和來自他自己的但變成比較陰柔的器官：大鼻子和相當厚實的下巴，暗示這個人堅定的意志。他不馬上進入正題，反而帶著驕傲父親的微笑呆看著女兒幾秒，斐莉琶研究什麼似的靠近螢幕。

「你不在波昂？」

「我不在波昂很久了。我在西班牙。在歐羅巴山，正確說來。」

「什麼事讓你突然跑到西班牙來？」

「其實我本來想現在已經到達聖地牙哥，可惜車子出了一點小問題，我們得在這裡過一夜。妳小心，明天我就到妳那了。」

「我們？」

隔壁房間的窗戶開了又關。也許瑪樂卡正在想，她如何能夠只為她的未婚夫而愛他一個人，忘記那個貝斯手。他很努力控制自己的舌頭。

「我。」

「你剛才明明說『我們』。」

「一個我們可愛的、落後的怪癖。說說妳自己吧，孔波斯特拉的斐莉琶，你們過得如何？」

「轉一下你的電腦。」

「斐莉琶……」他嘆口氣，順從她。他的視線跟著攝影機所走的路線顯示在螢幕裡的小框框。窄長的門到浴室，老舊的小窗戶。因為瑪樂卡不讓他請，而他不知道她能負擔的底線，所以他住在很久沒有住過的簡陋房間裡，居然有網路可用真是意外的幸運，雖然這個幸運似乎對他愈來愈不見得了。

「另一邊。」他女兒命令道。

他停在窄窄的床上半刻沒有動，然後把筆電放到桌上，刻意板著一張責備的臉，雖然他其實認同這種對婚姻的忠誠心意——如果斐莉琶這個偵探行為是這個意思的話。

「高興了嗎？我帶了一個早上在停車場和我說話的女人，一個年輕的荷蘭人，而且很快就要結婚，沒興趣和老男人亂搞的女人。」

「哦，你在度假。」她說，好似他一直文不對題。

「對。我需要從大學裡解放一下。也終於去拜訪了貝爾哈德・陶胥寧。他向妳問好。然後我想，我也可以繼續開到聖地牙哥。妳高興嗎？」

斐莉琶沒有回答這個問題，只是玩她的鼻環，而且似乎和站在電腦後面的某人交換了眼光。

「那是妳的房間？」他問。

「是。」小，但是天花板很高，如果他看得沒錯。一張床，一張靠窗的長凳，其他再也看不出。微弱的光從一扇開著的門透進來。

「看起來滿漂亮。」

「很便宜。你看了浴室就知道了。」她抖了一下，忍不住笑。

「我知道已經很晚了，但是我想至少跟妳說一下我來了。如果修車師傅沒出錯的話，我明天下午晚一點就能到。明天下午。」

「明天我的課剛好比較多。」

「需要的話我也可以自己待個幾小時。對你父親來說不是什麼新鮮事。」隔壁瑪樂卡應該在講電話，他隱約聽見。

「好吧，如果你要這樣。」斐莉琶說。「我認識的你應該已經訂好了飯店。」

「妳好像說過，妳住的附近有一家。」

「不是在我這附近，是在老城。你無論如何應該住在老城。我住的地方離中心有幾公里遠，在北部校區。」

「哪裡都可以，方便就好。」他說。

「等我一下。」斐莉琶站起來，讓她房間裡的物品一覽無遺。無可置疑的，的確只是一個暫時居住的宿舍房間，簡陋而且——他腦中閃過一個名詞——有密謀。他以為是床的地方，結果是放在地上床墊前的搬家用紙箱。旁邊有一大疊書。這幅景象令他想起瑪麗亞在龐寇的公寓。

電腦喇叭裡傳來沙沙和嗶嗶聲。有人很靠近麥克風的走過去，因太近以至於何暮德認不出是斐莉琶還是別人。他坐在螢幕前等著，瞪著自己悶悶不樂的臉，專注聽著背景裡隱隱的對話。第一學期時他還可以給女兒提供一些學習計畫上的建議，她不至於認為他干涉太多。但是現在從她那方面看來，讓波昂的老父親參與她的生活，得知她在做什麼的機會，似乎已逐漸減少。儘管瑪麗亞若無其事的說，這是女兒長大了，剪斷臍帶了，他仍然感覺到愈來愈強烈的漂移。他的猜想是，瑪麗亞跟女兒敘述了他們之間的嚴重爭吵，因此女兒要和在他體內沉睡的咆哮暴君保持距離，出於恐懼、惱怒或者女人之間的團結一致，也許是潛意識的。

「我回來了。」她說，重新在電腦前坐下。「手邊有筆嗎？你記一下飯店的名字還有我們要碰面的咖啡館。」她上一封信裡見面前的興奮淡化成準備安排他的到達的冷靜謹慎。

「謝謝。我去看妳讓妳很不方便嗎？」

「不會。我信裡不是說了。我只不過必須上課，每天四個小時。其他的時候我大部分都有時間。我甚至給你找了一個停車大樓，你不能把車開到飯店前面，那邊不能開車進去。」

「誰在妳房間裡？」他問，因為又有一道影子掠過牆面。

斐莉琶轉過頭去，彷彿她也必須先看看是誰。

「是我的朋友啦，我們三個人一個房間。」

「好了，我有筆了。」

斐莉琶念了兩個名字、兩個地址，該說的就說完了。近幾天她也沒有哥本哈根的消息，這是她女兒對他的問題的回答，北邊可能鬧翻天了。

「明天見。」她像一個有智慧的印第安酋長舉手說再見。

「晚安。」

和女兒說完話，他覺得房間更窄了。一個教堂的鐘敲一下。何暮德在聖米閣爾飯店訂了一個房間，讀讀和聖地牙哥有關的故事，然後合上電腦。瑪樂卡的房間裡不再有任何聲響。每次有人對他保持距離，都讓他有同樣的怪異感覺，似乎他並不預期有其他的可能性或者覺得應該得到更好的對待。德蕾莎的臉再次出現在他面前。很清楚的，他根本不知道他在尋找什麼，道別時她這樣對他說。在恢復室裡，他已經站在門口的時候。等我找到的時候，自然會知曉，他相信他是這樣回答的。那是他們最後一次面談，而事情果然如他所言。而為何他現在有這麼深的懼怕，懼怕再失去這一切？

加利西亞的雨在中世紀的旅行遊記中已被提及，屬於他昨夜在網路上所讀的資料之一。毛毛細雨，昔日沾濕朝聖者的行囊，今日降落在何暮德擋風玻璃的雨刷上，沒有確切面貌的小地方羅列在N五四七號公路上，路邊有數不清的騷動人潮。真正的民族大遷移，他想。繽紛的雨衣披在琳琅滿載的背包上，朝聖的人個個看起來像駝背、兩條腿拄著拐杖的候鳥。咖啡館和商店前面他們堆積在人行道上，何暮德開車一個鐘頭即到達的城市，他們還需要幾天的腳程。他跟著路標到達市中心，跟著喇沙停車場藍色的P指示，來到老城東緣。下車時，一陣走了遠路的疲倦感襲來。他早上通過一個雲霧裊繞的山口到卡斯提爾，然後山在他的照後鏡逐漸退場消失，準備在加利西亞重新登場。在雷昂的中午，氣溫飆過三十度。現在是下午四點，涼風吹來，他愈往中心，聖地牙哥的巷道益形狹窄，人也愈聚愈多。

到處是大塊大塊四方形的花崗岩。眾人頭頂上方縈繞著忙碌、歡鬧又充滿愉悅企盼的嗡嗡低響。何暮德驚奇的發現，這個嗡嗡聲吸引著他朝中心去，似乎無休的車程還在繼續不能停止，要不是沉重的旅行袋在身上，恐怕他會在飯店過門不入。

二十分鐘後他站在聖米閣爾多斯阿格洛斯廣場上，手中是飯店櫃檯附贈的市街圖。他決定先不理會口渴，從四樓房間的窗戶望出去，他看見棕色有雙塔的教堂，高出城市裡紅瓦屋頂的眾多尖塔中的兩座。細雨再度飄落。觀光客和朝聖者經過他的身邊。咖啡館用「免費網路」吸引客人，櫥窗裡擺滿小人像。T恤、帽子和杯子上印著「聖雅各之路」，O型腿的卡通人物充滿希望的踏在聖雅各之路的路上。當何暮德的眼光隨著建築物立面向上，隨著巷道向下時，他覺得自己被到處充斥，等著被人拍攝的意象淹沒，彷彿這裡像是個搔首弄姿的人，每個動作都在擺姿勢。到處是街燈和樓梯，裝飾華麗的老虎窗以及意外寧靜的後院。他所走的路領著他來到教堂的邊側，其長短只有在近處才看得出來。雖然他對教堂的感情是複雜的，他還是不疾不徐經過販賣手杖、雨傘以及其他朝聖用品的攤子，讓自己被吸進這個城市的核心中。

教堂內暗啞的光線迎接他。壓低的喇叭聲幾百次細語。左邊祭壇暗金色的浮華誇張閃耀著，高聳的中殿向右邊開展。相機的閃光燈像遠方的閃電在人群頭上抽搐。每個教堂的氣息嗅聞起來都不一樣，但是無疑就是教堂的味道。以前在哈瑙，他以為味道來自老舊磨損的坐枕。根據諾特博姆的說法，那是教堂式的空氣。但是嚴格說來，何暮德什麼都沒有聞到，沒有燃燒香料，也沒有蠟燭，更不是因為老朽的木製長椅。那是另一種早先他被灌注、到今天一直無法再擺脫的知覺在對這整個莊嚴肅穆的氣氛作出反應。這個氣氛喚回他孩童時的感覺，覺得自己被一個太有權勢而不能相信他可以是友善的人觀察著。猶如以前的膽量測試，他感覺胸口一緊，這個壓力要求他思考他為何沒有勇氣想這件事。他的眼睛逐漸適應昏暗。裡面的柱子看起來像永恆有了雙足。他不想如此，但是還是覺得他的附近有人用正常的音量說話很討厭。

後面幾排座椅中，他找到空位坐下，正門上面的窗戶投進來晦暗不明的光線，令何暮德想起科英布拉的教堂。他的眼光沿著一列告解室看去，告解室不大，屋頂是尖的。門上有一盞紅色燈，可顯示裡面是否有人在告解。在天主教堂裡他感覺比在基督教堂裡輕鬆，比較不因欠缺謙卑而不安，並可讓好奇心取代之。焚香，金色的小天使，念珠——陌生的東西，這些東西伴著瑪麗亞長大，好似他在哈瑙素樸的上帝之家長大一樣。他想起來，在科英布拉的時候，斐莉琶還小，可以牽著她的手講圖畫裡的故事給她聽，如果她的父親剛好知道而且認為是適合小孩的故事的話。幾年來她所受的宗教教育像是一場父母蒙著眼睛在布滿雞蛋的場地跳舞一般，他們自己對不信教也抱著懷疑的態度。但是除此之外，斐莉琶還有虔誠的基督教祖父母和在葡萄牙篤信天主教的外祖母（阿圖爾信什麼，只有他自己知道），這個問題既不能避免又無法理智的處理。她受天主教的洗禮，之後在學校可以自己決定要上哪一種宗教課。她為了要跟最好的朋友在一起而去上基督教課，拉帕那邊並不知曉。露德絲盡力在每次拜訪中調整孩子的正統觀念，從哈瑙那邊來的聖誕禮物則是有上帝每日箴言的三六五張日曆。斐莉琶將這些日曆都放在一個箱子裡，有秩序的收藏起來。她童稚的問題，上帝住在哪裡，他們給的答案恐怕連一個高中畢業生都覺得難解。露忒送給她一本圖繪式的兒童《聖經》後，她對天堂的想像是在諾亞方舟裡過暑假，但是她真正相信什麼或者至今相信的是什麼——他一無所知。很有趣的是，他和瑪麗亞對宗教這個題目像是上一代人對性這個題目感到難以啟齒一樣，無法從世界上排除的事物，就只好閉上眼睛不去看它。

那天下午斐莉琶和他單獨在教堂裡。瑪麗亞需要自己的時間，她可以不受干擾的喝咖啡、看看四周看看人。在家裡逐漸增加的疏離感讓她感覺很失落，雖然失落也並不是確切的形容。讓我自己坐坐吧，她只是這麼說。所以他就帶著女兒在廣場走一圈，帶她走進教堂。在教堂裡他盡量引開她對十字架以及其他殘酷景象的注意力。他隱約記得一幅主題是聖者巴斯帝昂陰晦的畫，聖人被捆綁著，並已經受虐而亡。他繼續走著，嘗試想找到不懷惡意的表達形式，結果看到教堂另一頭一個漂亮的女人從告解室出來。那個女人神經質的擺弄衣服上的扣子，似乎在胸前畫了十字，現在想讓一切動作舉止回到普通世俗的樣子。他反射性的，開始幻想她需要告解的過錯，然後他震驚的認出那套衣服，認出髮型以及端正的姿態，一時他被困在現實和幻想之間動彈不得，他不能置信的看著她開門出去，在瑪麗亞消失後門又重新闔上。斐莉琶什麼都沒看到，正扯著他的手。然後，他沒記錯的話，他給女兒買了冰淇淋，如約到一個小咖啡館找瑪麗亞。他既不驚訝也不覺得是警告，雖然如此那幅景象還是整天在眼前無法揮去。她的眼睛往下看，姿態像害羞的少女，和前一夜在旅館裡的她那麼不同。她告解了什麼，他從來沒有問過。

一聲鑼將他敲回現實，廣播用西班牙文說了一些什麼。一群亞洲人從他身邊經過。大人的表情肅穆，一些小孩卻明顯覺得無聊。他們在中間走道的另一邊坐下，似乎有人一聲令下似的合起手掌。只有導遊小姐沒有坐下，在旁邊只動嘴唇、無聲的點數人數。看情形，下一場彌撒即將開始。

何暮德走出教堂時，雨已經不下了，天色也較明亮。他將地圖從口袋裡抽出，地圖上他標出要去的咖啡館所在地。咖啡館和他的飯店離得很近，是在一棟屬於和聖馬提諾教堂毗鄰的房子的一樓。在下坡的廣場前有人在踢足球。外牆的一個部分被當成球門。踢球的這些年輕人彼此用加利西亞語大聲呼叫，何暮德聽得懂大部分的內容，他往咖啡館門前一堆等待客人的桌子走去，裡面是棕色瓷磚地板、漆成土黃色的牆，一組世界英雄的畫像：強貝魯奇、比德法克、李凡克里夫和其他人。這組肖像上面的標題寫著「你最喜歡的亡者」。在吧台後面那個女服務生戴著的髮綹足夠分給兩個頭——和一個大枕頭，何暮德想。他和善的打了招呼，決定在角落坐下，從那裡教堂廣場盡覽無遺。到和斐莉琶約定的時間，他還有一個小時。

他胸口的緊悶已經消失。氣氛的轉換對他大有好處。除了他以外，咖啡館裡還有三個客人。一個年輕的男人專注的坐在他的蘋果電腦前，另兩個是與斐莉琶年紀相仿的年輕女孩，坐在深深的沙發裡一邊聊天一邊伸懶腰。何暮德用葡萄牙語要了菜單，而且很難控制自己不去注視，當她點頭時，在她頭上跟著搖來晃去的黑色拖把，拉斯塔捲從一條有圖案的頭巾裡伸出來，集中在一邊垂落。她臉色蒼白，五官普通，雖然眼妝化得很濃。他還未打開菜單，就點了大的牛奶咖啡。

因為沒有熱食，所以他要了店家自製的巧克力蛋糕，把想喝含酒精飲料的慾望壓下，往椅子後背一靠。背景音樂是約翰•柯川吹的薩克斯風。兩個女孩中的一個所抽的漏斗形捲菸，讓他想起瑪麗亞所宣稱，如果他偶爾抽一點大麻菸，對他會有好處。倒是她自己多常抽大麻，她並沒有告訴他。做劇團的人抽大麻，沒人當一回事。有時候他問自己，為什麼他們的婚姻沒有營造出對他而言是自然的，甚至是強制性的共同點，比如經過多年，兩人世界照理會出現的伴侶共同的興趣、共同的習慣。原因之一是因為他們兩人來自不同文化嗎？當他對太太提出這個問題時，自己馬上發覺，這個問題同時也是對太太隱藏的不滿。她沒有回答，反而用一連串的反問逼他。他對婚姻的概念是否和一般小市民一樣？像露忒和海納一般的生活，他是不是比較喜歡？很難的問題，他想，然後堅決的搖頭。在一起二十年後，當腳下的冰開始裂開，他會聽見。

巧克力蛋糕來了。

他之所以想起這段討論，因為那時他也想到在科英布拉的事，想到什麼都不知道所引起的騷癢難耐。幾年之後瑪麗亞自己說出來她和斐莉琵有一次在拉帕過復活節時，她是怎麼去告解的，而他不在。是什麼促使她去的，她不知道，而且不禁笑那罕有的動念。她就是去告解了，沒有理由，並總是被罰念兩遍玫瑰經，不管她犯多少過錯，或者她也沒有全部承認。

何暮德望向窗外時，看見斐莉琵騎著腳踏車正穿過教堂廣場過來。出乎意料，比約定時間早了一個小時。她穿著一件綠色外套，袋子斜揹在身上。和在波昂時一樣，她習慣站在踏板上，快到了才煞車，經過咖啡館，騎出他的視線範圍外。透過窗戶他聽見腳踏車鎖金屬互撞的聲音。沒多久，門開了，何暮德雖然高興得半起身，他還是維持背對著女兒，不被她看見。斐莉琵三步併作兩步衝到吧台，像老熟人一樣和服務生打招呼。何暮德兀自微笑。

「歐拉！」他聽得懂，「怎麼樣？」兩人笑著交換頰吻，互相摸一下上手臂，斐莉琵所說的讓她那位留著拖把頭的朋友的頭髮左右搖動起來。她可以把日常生活的小事當笑話講，他是知道的，只是他所見的景象令他心痛。斐莉琶的右手像滑雪回轉般划過空中，左手手肘成銳角往自己身體靠近。就像快發生的意外事件，但結果是好的，總之當她們的手交握時，兩人重新笑出來。約翰・柯川已經在演奏下一支曲子。斐莉琶邊說邊脫下外套，放在吧台椅上。何暮德要與她相見的興奮浮游在空氣中，隨著薩克斯風的樂音排列在等待中，讓他只能抓到這個時刻的一部分意義。一角，不是全部。

然後斐莉琶才看一下四周。

「哈囉，」何暮德一說，就感覺到全咖啡館的眼光都朝他望過來。他一緊張，聲音就變大。

「爸爸……」她像他一樣驚訝得一時定住。不確定的笑，在她朝他奔過來吻他的臉頰、問他，他說沒聽清楚，得請她再說一次之前，他即刻認出她的香味以及擁抱時輕快的甜美。

「我說，為什麼你這麼早就來了？」她的綠色眼睛每次都顯得更大。「我們說六點，不是嗎？最早。」

「你知道我很謹慎。」他說，「我想先察看地點。為了我們的再次相見先調整一下我自己。」這些話令她輕輕的搖頭，他只想要看到她這個反應。斐莉琶又跳回吧台，拿了外套，和朋友說了幾句話。下一刻她就坐到他的對面，兩個手肘支在桌上，開始吃起他的巧克力蛋糕。

「我不知道妳會這麼早來。」他說。「不然我會點兩塊。」

「嗯，嗯。」她嘴裡塞滿東西往下吞。「特別為你蹺了兩小時課。」

我們坐在這裡，他想，在聖地牙哥的一個咖啡館裡，斐莉琶一邊開玩笑吹牛皮，一邊囫圇吃掉他的蛋糕，而他這一刻別無所求就只是感覺幸福。她穿著球鞋、牛仔褲，除了鼻環幾乎沒別的首飾，只戴了葡萄牙祖母送的一條小項鍊。以前有一度她覺得什麼都好吃，只要是從他盤裡偷來的。

「你已經去看了什麼嗎？」她想知道。

「只有教堂和差不多一萬個朝聖者。我不曉得有這麼多人在走聖雅各之路。」

「大眾旅遊業的擴張。」她輕蔑的說。或者那是譏諷？他現在感覺幾乎像他剛剛到達時，車速一檔駛過狹窄的巷道，比他的腦子能夠處理還多的畫面湧進來，他必須處理卻感覺力有未逮的小部分小部分情感。他寧願坐著、看著，聽他女兒說話，以及和她說話。

「你真的一路開到這裡來？」斐莉琶問。「媽媽上一封電郵還說你們在考慮是一起飛到這裡來呢？還是飛去里斯本？通常你們所謂考慮都要比較久的時間。」

「這次我想到就做，貫徹一下用不同的方式。妳想像一下，星期一晚上做了決定，星期二中午上路。對我的年紀來說不壞了，不是嗎？」

斐莉琶看著他，似乎在思索，對他話語中所隱瞞的事，興趣夠不夠大到想追問的程度。

「好玩嗎？」她結果只問。

「不太尋常。我已經多少年沒有一個人到這裡來過了。正確說來，自從和妳媽第一次到葡萄牙來以後就沒有，那是十字軍東征後不久的事吧。我已經說過貝爾哈德問候妳了嗎？」

她點頭，把吃了一半的蛋糕推給他，往椅背一靠。她的身體仍然瘦長笨拙，如同仍在發育的青少年，但是她的動作確切、有自信，也許與她在漢堡時開始學習的巴西柔術有關，也許沒有什麼特殊原因。幾千個他想問的問題都退到此時此刻的界線後等待。假使他的來訪使她不方便的話，她隱藏得很好。但是這不是她的天性，所以他估計，他的女兒的確很高興見到他，也許她在漢堡那時也會高興他去看她。

「阿嗚哇身體不好。」她突然說。她說到拉帕的外祖父母時，總是用葡萄牙語稱呼，即使是用德語在交談時。阿嗚哇是阿圖爾，阿嗚哇露是露德絲。

「什麼意思身體不好？心臟嗎？」

「祖阿嗚昨天寫簡訊來，說他們考慮要把他送去瓜達。」

「了解。如果祖阿嗚插手了，那……」事情就嚴重了，他阻止自己說下去。

斐莉琶心事重重的聳聳肩，轉頭看那兩個抽菸的女孩。從那邊飄到他們這邊的煙散發出的味道絕對是大麻。外面太陽已經把教堂前的鋪路石曬乾了。再往上一點觀光客和朝聖的人像蝗蟲一樣，朝刑罰大門之路移動。

「是心臟嗎？」何暮德問。

「幾天以前他突然抱怨胸口疼，下午就躺在床上休息了。從那以後他就一直待在陽台，一隻手撫著胸口，表情很痛苦。阿嗚哇露問他，他回答，不會很久了。」

「我認識他的時候，他就這麼說了。他說這句話的意思就像別人說：明天會下雨。」

「有時候就真的下雨了。」對他女兒來說，這麼說很不尋常。她不喜歡有關疾病和死亡悲觀的暗示，所有病態的都會引起她的鄙視。外面有客人在窗前的桌子坐下。配戴貝殼的，當然。自從這些人變成這麼多以後，他就感到可疑，像是全球化娛樂社會的分支之一。斐莉琶的眼睛濕潤了。

「妳擔心是不是？」他問。

她笑笑，吸一下鼻子，看起來像瑪麗亞年輕時。她其實希望自己完全像媽媽，她便不會這麼容易哭泣。

「也許只是假警報。」

「一定的，你不要擔心。」

她的牛奶咖啡來的時候，斐莉琶利用機會介紹父親和女服務生認識。她叫瑪麗亞，是斐莉琶的室友之一。她問，蛋糕是否美味，以及何暮德沒有聽懂的其他事。然後她留下兩人退開。

從兩個女孩那一桌傳來不斷的嘻笑聲。

「妳有時候也抽嗎？」何暮德問，「大麻？」

「我不喜歡菸草。」

「妳媽媽有時候也抽，我是說包在香菸裡的大麻。」

「劇團裡所有的人都抽，媽媽還是抽最少的。」

「麥凌恩呢？」

「不知道。那個人是一個怪物，也許用更強烈的東西。」斐莉琶鄙棄的揮手，摸她的鼻環。就算她母親在場，她也不會掩飾討厭這個柏林局勢。瑪麗亞說，她們兩個見面時，她的女兒一直在非難她。在瑪麗亞的敘述裡，斐莉琶比較接近從前那個偏愛爸爸的小孩，而不是這個他所經歷的保持距離的年輕小姐。現在她瞪著他，彷彿思緒還在拉帕。她對祖父母和對住在里斯本舅舅的愛有些像已經在「血親」這個字裡的宿命，就是這點她也像她的母親。但是和瑪麗亞相反的是，她不會假裝寧願不是這樣。

「如果嚴重的話，我們就去看他。」他說，為了讓她高興起來。「去拉帕或者瓜達。幾個小時的車程而已。」

「那媽媽呢？」

「前幾天我就找不到她了。我的電話沒有電了，充電器忘在波昂沒帶出來。不管這樣或者那樣，她隨後來就是了。」

「她知道你在這裡嗎？」

「到現在還不知道。」

「你們到底怎麼了？」她不諒解的搖頭，這個姿勢他太熟悉。「你從什麼時候開始不告訴她就橫渡歐洲？不但不告訴她，你還每次和我說話就問，她最近有沒有和我聯絡？她有什麼新聞？」

「和妳說話的機會滿多的啊！」

「你們還互相聯絡嗎？」

「大部分是講電話。常常會中斷或者有死角收訊不良。如妳所知，妳母親現在人在哥本哈根。」

「是嗎？如果我現在問她，你人在哪裡？她一定會說：他坐在波昂、他的書桌前，就像平常一樣。」

服務生眼光看過來，當斐莉琶激動的提高聲音時。也許她對海巴赫和帕萊拉家的嚴峻情勢是知情的，也就是說，其實是三家。

「我想到就上路了，沒有先告訴妳母親，因為我必須做一個決定。」何暮德故意中斷，把杯子裡的咖啡喝完，畢竟來這裡的路上因為趕路不想休息，所以喝得很少。現在他相信，他感覺到喉嚨裡有一層灰。「這個決定就是：我該賣掉我們的房子，放棄我大學裡的職位，去彼得‧卡洛的出版社工作嗎？去或者不去？不是一個簡單就能做的決定，妳也承認吧！所以我想一個人靜靜的思考。」

斐莉琶把雙頰吹鼓，然後啪一聲把氣放出來。「為什麼？」

「我不想把事情戲劇化，但是我逐漸無法忍受一個人生活，我太老了。這是主要原因。」

「也就是說你這樣做因為她。」斐莉琶說，「因為媽媽。」

「總之不是為了愛彼得‧卡洛。你知道我是什麼意思。妳認識他嗎？」

「匆匆一面。他首演那時也在。」

「如果我這麼做的話，是為了她和我。但是只能在確定她內心也想這樣的情況下。如果以發展事業的視角來看，這是降職，經濟上反正不用提了。」

「你還不確定？」

職位提供的機會直接落到他眼前，對他的婚姻現狀來說，多麼剛好，他不用以堅定的「不」回答。外面配戴著貝殼的朝聖呆子正以歐洲南部英語口音在談天。在他所能了解的範圍內，他們在互相炫耀誰走了多少公里，原來朝聖之路的路線還有分軟腳蝦等級和硬漢等級。

「我仍然無法理解，為什麼她要到柏林去？」他說。
「為了去工作。」
「這個我知道，但是這真的是唯一一個在方圓五百公里之內的工作嗎？她跟我解釋了，我們談過了。我無法理解，只有忍受，但是忍受不能讓它變得容易一點。」
斐莉琶交抱雙臂，看向櫃檯。也許她已經預感到，他在尋求她的鼓勵，而她無法強迫自己說出她想說的：你們自己決定，拜託！她看起來突然像青春期開始，讓瑪麗亞快發瘋那時候。但他不會氣瘋，因為他很少是她攻擊的目標對象，而且他很熟悉這種怒氣。
「最好的解決辦法是，你們兩個都不要再神神祕祕了。」
「我們之間沒有祕密。」
「手機給我，我幫你充電。你明天打電話給她。」
「好。」他欣慰的說。「我不想把妳牽扯進來。只是到最後這和妳也有關係。比如說賣房子，那房子我一個人住太大了。」
「我隨便。反正我不住在那裡了。」
「妳在那棟房子裡長大的。」他轉身要找服務生，但是她剛好在換音樂光碟。在角落的那兩個女孩已經吸光了加了大麻的香菸，悄聲談話的氣氛很融洽。沒有說話時，她們就握著對方的手。也許瑪麗亞真的該給他帶點這東西。這可能可以幫助他維持平衡。現在他則急需喝水。相當緊迫！他的喉嚨已經乾了。

「也許你應該開往另一個方向。」斐莉琶淡淡的說。「到哥本哈根。在一個中立的土地上相見，對你們會有好處。」

「我想見妳。」

「見我為了打聽媽媽的事情？」

「為了見妳。為了想看看妳在這裡的生活、妳好不好。也為了告訴妳我的計畫。我以為，妳會有興趣。但是首先……」他用手做了一個無助的姿勢，戲劇性的台詞幾乎要脫口而出：妳是我的所有，也是我的唯一！為什麼妳又如此保持距離！她難道看不出來，他所受的苦中，瑪麗亞的遙遠距離不是唯一的原因？

「我也想告訴你一件事。」她說。「很早以前就想說了。」

「Okay。很好。」他的點頭顯得太過熱心的好奇，他可以感覺到。「在妳說之前，我們再點些東西？我渴得厲害。」他寧願服務生對挑選下一張音樂光碟不要那麼認真，而是多花點心思在客人身上。這有那麼難嗎！不行的話，約翰・柯川再放一遍不就結了。

「我不用了。」

「而且，我肚子又餓了。什麼叫『又』，我今天幾乎什麼都沒吃。吃得很少，差不多一滴水都沒喝。」他笑，感覺長途開車的疲勞現在突然追上他了，像是頭暈發作。或者頌德琳在夏季學期發生的事，現在輪到他了？急吼吼的衝過半個西班牙是個錯誤，好像有魔鬼坐在他的肩頭逼他似的。沿著空空的街道，在中午死氣沉沉的時間，經過瞌睡的村莊。從雷昂開始他就上了被熱氣蒸烤得幾乎看不見的高速公路，沒有音樂相陪，全程都在超速。斐莉琵彷彿突然之間離他好遠。他必須控制自己才不致朝吧台那邊大吼：渴死了！

「好吧。」他摩擦一下手掌。「有什麼新鮮事？」

「你不舒服嗎？」

「我很好。我想，我大概已經知道妳要跟我說什麼了。」他還記得，她交第一個男朋友時，她是多麼難以啟齒。當她出門的時候，她總是說去找一個女朋友，他去接她時，她總是站在外面的巷子等。米夏爾，那個幽靈，瑪麗亞從她口中套出名字後，她總是這麼叫他。何暮德覺得自己的胸口很緊。我現在可不能倒下去，他想。最後一段路程，差不多要下高速公路了，他從中間車道，原本就是超車用的車道，超一輛大卡車。超到一半，才看到，右邊的車道被刪掉了。右線！他現在的位置在對面來車的超車道，前方是看不見來車的彎道。他緊急煞車，猛烈到幾乎車子要翻滾了。現在一回想起來，他內心開始發抖。如果當時對面有一輛車過來，那……

「我是女同性戀。」斐莉琵說。音樂開始播放。他的手指似乎是自動的，跟著音樂的節奏開始在桌上敲擊。低聲像陷阱般的鼓，似在耳邊輕敲的鈸。他看著女兒，這個熟悉的圖像，圖像的邊框正在解體潰散。

「你聽得懂我在說什麼嗎？」她問。

「當然聽得懂。」他感覺著臉上的笑容，知道他此刻看起來大概像癡呆。他的手指無法停止敲打。斐莉琵的頭後面還繼續掛著「你最喜歡的亡者」肖像。名字和臉他都不認識。誰是文森普萊斯啊？

斐莉琶深吸一口氣，他搶在她說話前說：

「妳媽知道嗎？」

「知道。」

「好，那很好，我是說……好。」

斐莉琶吸鼻子的聲音可以聽見，她的眼光仍瞪著他。在有些原則上，他的兩個女人的內心以為的重要性次序高於他，只是這一刻他不知是針對哪個原則。

「之前，」她說，「在來這裡的路上，我在想：不管你如何反應都好，我從心理諮商出來後，覺得好多了、輕鬆多了。但是這不代表你的想法對我不重要。」

「妳本來就比妳的老爸想的還更成熟、聰明。」

「等這麼久才告訴你是一個錯誤。現在我可以向你保證，很多事情我會考慮你的接受程度。」

「我知道。」他說，「我很高興我們不用捉迷藏了。」

「你知道的，對嗎？你暗地裡很早就知道了吧？」

「不，」他必須克制自己不從椅子上站起來。「但是，我現在知道了這件事，很好。相信我，我會努力的。」

「好。我不是很確定，努力是不是就夠了。」

「不要低估妳的父親。」他盡可能讓語氣堅毅不移。「不過我現在要去一下洗手間，馬上回來。」

他站起來往猜想是洗手間的方向走。洗手間在咖啡館後面，幾階樓梯往下。一台舊式電腦放在一張木桌上，應該是裝飾用的，不能用，也沒有看見電源線。何暮德從後面將門帶上，轉開水龍頭，貪婪的大口喝下。雖然水裡有一點金屬味，但是還是給了他久旱甘霖的享受。他捧著雙手接水，然後吸進嘴裡，感覺著一束清涼往下流入胃裡。然後他直起腰，看著鏡子，的確感覺到自己下了某種決心，雖然不知道是對什麼的決心，也許是對偽裝，是對再次重複他一生中經常有過的經驗——人可以偽裝，一直到意識不到自己在偽裝，最後只剩你所希望的姿態。這基本上就是一般所知的習慣，愛鑽牛角尖的法國人一定要稱之為「mauvaise foi（不真誠）」，還要把它變成攸關存在的戲劇性。很久以前頌德琳跟他解釋過：有一種和誠實不相上下的不誠懇，因為這種不誠懇將誠實的目標當作自己的目標來使用。如果德語裡面沒有相似的字彙，那麼你們（德國人）更厲害。

他對著鏡中的自己點頭。什麼事都沒有，他覺得自己已經好多了。再喝一口水，然後回去。反正重要的是，消抹痕跡。

11

何暮德小心翼翼的，彷彿停在萬丈深淵之前，打開車門。從山谷下面，車流的聲響飄上來，再遠一點是室外游泳池的鬧聲和教堂的鐘響。城堡綠色的塔尖高高伸進天空。不讓尿意逼迫他的腳步是他此刻唯一的準則，也是以此維持他的人格，其他的於他就似一場噩夢。他寧願大哭或大笑、大聲呼喊他的太太、或者再關上車門揚長而去，但是他只能下車。這一天剩下的時間和瑪麗亞一起參加婚禮，是最荒謬的選擇。他失態的吼叫像疼痛的壓力還在自己耳朵旁邊。這件事真的發生了嗎？他問自己。那時失去自我控制到這種程度，他是怎麼辦到的？

在他面前安慰著他的是盛開的黑莓樹叢，幾百隻蜜蜂纏繞其間。何暮德看看左邊，再看看右邊，是否有散步的人剛好走來。他猜想瑪麗亞在上面的小木屋裡，希望她也能夠在那裡獨處，而不是置身於昨天的趕鬼宴後，留下來清理的好奇人群裡。他們必須談話，但是要說什麼，他不知道。這次爭吵讓他的行徑出了常軌，現在這種情形他不熟悉。看著自己的手指，希望能給他一些指示，似乎他在自己的深處迷了路。腦海裡一個輕輕的聲音堅持，他們一定要參加這個婚禮，一起，而且即刻。

他步伐緩慢走在林中，順著上坡，他會到達木屋，盡頭是上方停車場的路。一個漆成綠色的足球射門練習牆站在被踩得七零八亂的草地上。旁邊停著一輛冷藏車，車身上寫著「博斯啤酒」。昨天這個地方聚集了一百五十個客人，現在卻是空蕩被遺棄的模樣。瑪麗亞坐在一根實心的、其實是樹幹的一半雕成的長椅，沒有椅背。她聽見他猶豫的腳步聲後，稍微轉頭看了一下，除此之外她沒有任何反應，身體向前傾，遠望山谷，抽她的菸。

哈囉，他想說，卻沒說出口。

木屋前的廣場堆滿藍色的沙石碎礫，新近才被耙平，一口被糊上牆的井還在滲水。他必須很強迫自己才能打破沉默的禁忌，在太太身邊坐下。他鼻中是香菸的菸草味和他自己的汗味。不久之前才打開的假期的序幕，打開了以後幕裡是不同的風景：他們一起在拉帕的沉默無言和無可避免的彼此相對。在露台上，他們在成排的陰暗小屋中會見到比較少的光。有如此刻，什麼都沒有。他會擔憂的問自己，他們是否已走到盡頭。如果不是的話，他們還能往哪裡走？

最後他深吸一口氣，但是瑪麗亞搶在他之前。

「我先說。」她抽一口菸，噴出藍色的煙霧。

「好。」

「永遠不許你再這麼對我大吼大叫，我是認真的。再一次的話，我就永遠不再回來。」她馬上再從菸盒裡拿出一枝菸。他從眼角觀察她必須多次按打火機，菸才點著。他們眼前的視野遼闊，可以一直看到他很久以前就把名字忘記的村子那邊。

「我很抱歉，瑪麗亞。」

「沒那麼容易。」她做一個似乎想把耳朵掩蓋起來的手勢，她不想聽他一學期來的辛勞、學制改革的混亂或者費時的夏季學校。她強硬的搖頭說：這是另一回事。她離開麥凌恩，那時候，因為她無法再忍受他的火爆脾氣。何暮德發現他自己都嚇一跳，他居然已經忘記剛才在車裡朝她咆哮了些什麼。不到一刻鐘啊！如果不是瑪麗亞給他的耳光此時仍然火辣辣的印在頰上，他會相信，這個爭吵是很久以前的事了。

「我不知道要說什麼。」

「那就閉嘴，什麼都不要說。」

「而且，我也不知道我們怎麼度過這一天。」

關於這一點，她以一個譏諷的嘆息回答，好似在說「還用你說嗎！」雖然如此，這是第一個表示同感的小訊號，而他不得不抱著希望。彷彿真實被炸成無數小碎片，而他剛剛將相符的兩小片拼湊成功。

「嫁給我妳後悔過嗎？」他問。「現在或者以前是否曾經有一度。」

「我知道你想聽什麼。你想聽剛剛那並不糟，但是那……」

「我知道，我像個白癡。」

「每個人都有像白癡的時候。你是一個失去控制的瘋子！我這輩子第一次對你感到害怕。開上對面的車道！你到底是怎麼了？你病了嗎？」她抖了一下，閉緊嘴唇。

他重新張口，再一次她又在他出聲之前，搶去他的話頭。

「現在想談這件事是不可能的。沒什麼好說的，別說了吧，好嗎？」

「對妳我從來沒有後悔過，一分鐘都沒有。」

「意思是——我現在該覺得高興？如果你受不了，那就去車上等我。」

每兩秒鐘他就得鬆鬆緊繃的手臂和腿的肌肉，像坐在飛機上，飛機起飛以後。瑪麗亞在她的袋子裡翻找，點燃的菸斜斜叼在嘴角，一種奇怪的姿勢，她看起來一點都不像瑪麗亞。山谷另一邊有一條代替道路，他如果仔細傾聽，各別車輛的聲音可以分辨出來。鄉下星期六中下午靜靜的脈動。新娘和新郎正在為他們今晚的盛大登場而精心打扮，最後一刻緊張的再檢查一下髮型、再調整一下領帶。何暮德徒勞的想回憶他和瑪麗亞的婚禮。他是一個人嗎？有人陪伴著他嗎？婚宴則是在賽羅麗可一家榨橄欖油廠改裝的餐廳裡。他看著已無餘燼的火堆，火堆旁邊幾個砍成大約一公尺長的櫸木塊，想著昨晚的慶宴。他上次是什麼時候產生這麼強烈的願望，希望能夠從時間的秩序裡逃走？他怎麼在露忒光彩煥發的臉和太太如石像般的臉旁邊度過這一整天？也許乾脆回波昂去，之後再跟露忒解釋所發生的事比較好。

「你記得幾個星期前我們談過的事嗎？」瑪麗亞的聲音突然變了一個樣子，沉著，而且幾乎陰森的冷。「斐莉琶和朋友在阿姆斯特丹的時候？關於聖靈降臨節？」

「我還記得她在阿姆斯特丹的時候。但我們說了什麼事？」

「她是否在吸毒或者曾經吸過毒。」

「哦。」

「我們談到，這方面我們對她了解很少。也許就像我們的父母，我們的父母對我們也所知甚少。記得嗎？」她像沒事般說著，絕對的什麼都沒有發生似的，沒有壞的，沒有好的，沒有前因，雖然她現在正在說。

「你說，她吸過又怎麼樣？我們誰沒吸過，對嗎？」

「然後你說，你就沒有。」

「我沒有？我沒有這麼說。妳怎麼會想到這件事？」

「接著我說，這樣怎麼行。考慮到你的年紀還有你的世代，一根混了大麻的菸都沒抽過？我覺得很奇怪。你盡可以否認，但是你仍然是六八學運的人。」

「在六八人的眼裡我不是。在我眼裡也不是。我……」

瑪麗亞用一個手勢打斷他，深吸一口菸，然後把它按熄，雖然才抽了一半。何暮德忽然必須想像，要是發生如下的事那會怎麼樣？如果瑪麗亞不再對他笑或者溫柔的觸摸他，而是以上班的樣板模式繼續她的婚姻，應付打卡。比如他們的房事會變成什麼樣子？無感無熱的五分鐘行動，然後翻身入睡——荒誕，但是此刻他深深覺得，他自己的未來的確有可能成為如此。迫在眉睫，不容忽視。

「本來我是想，明天在波昂做這件事，」瑪麗亞說。「坐在我們的露台上，慶祝我們假期的開始。你遲來的……該怎麼形容？……接受。」

「接受什麼？」他問，雖然他知道答案。

她從手提袋裡拿出金屬的薄荷糖小盒子，從裡面拿出一枝自己捲的菸。她沒有特別做什麼，何暮德理解，此刻最好別有什麼反對的舉動。

「妳這東西哪裡來的？」

「你可以一起抽，或者不一起抽，隨便你。」

「我們還有婚禮要去，不管我們想去或者不想去。」

她已經將菸較細的那一頭放進嘴裡，伸手去抓打火機。她的手仍然在顫抖。

「想不想去並不是問題。這是唯一的選擇，至少對我來說。你可能準備晚上盡情的喝吧。」

「這東西……妳從什麼時候開始的？」

他們第一次看著對方，他臉上帶著疑問，她表情凝肅。新的洋裝她穿來很好看，很配她嚴肅的表情，甚至乾了的淚痕也很相襯，一切都和她可怕的鎮定印象相反。她抬手，彷彿要抓住他的領帶一陣搖晃，而他希望她真的這麼做：對著他大喊大叫，甚至再給他一記耳光，但是她卻只是一手遮著火苗，點燃那支小管子，深深吸進第一口。她微張著嘴，等待幾秒，吐出一口氣。然後把大麻菸遞給他。

何暮德毫不作態的接過來，盡可能深深的吸一大口，感覺喉嚨裡的一陣爆擊，這東西似乎不只是空氣做的。味道如同他所嗅聞，線香和調味代替了菸草味。吐氣的時候，他感覺像往後面下沉。指尖發癢。

「再吸一口。」瑪麗亞說。

「妳在柏林常常抽嗎？跟劇團的人一起？」

「試試這次留在裡面久一點，想些美好的事。」

「不然的話我的心路歷程會很慘嗎？」

「這是草，何暮德，輕鬆一點。慘烈的心路歷程，我們剛剛經歷過。」也許這草真的開始起作用了，她的聲音比剛才暖了幾度。味道變得強烈，不是在嘴裡，而是在他的腦海深處。除了早上一個小麵包以外，他今天還未吃到東西，他感覺到一絲暈眩。還是那是風？他將菸管捏在拇指和食指間，還給瑪麗亞。

「很烈。」瑪麗亞抽完一口後低聲說。

他們兩人沉默的交換抽著大麻一會兒，輕微噁心、憂慮、去教堂會遲到、渴望一個吻、愈來愈需強制壓抑的想大笑等等感受逐一出現。所以才有毒品吧，何暮德想，這種東西應該放進每樁婚姻的急救箱裡。他沒醉，不過有些出竅，風嚮動樹葉的聲音比剛剛大了。一朵一朵的雲在大地上方飄過。雲的影子像鰩魚般在地上悠游，往下去蘭河谷再向上爬到城堡山上。當瑪麗亞輕拂臉上的髮絲時，他的臉頰可以感覺到瑪麗亞的手，大部分都感覺很美好。一種親密感逐漸升起，悄悄成形，彷彿在印證它自己。

「好。」他說，為了測試所想的是不是還能順利從腦中被釋放。他感覺到念頭必須被擺放回去，以及思考所需要的空間條件：消化的路徑。昨晚新娘多美啊。她的名字硬是想不起來。有K的什麼字。斐莉琶在這樣的場合也可以打扮漂亮一點嘛。念頭一個接著一個，這些念頭懸掛在一起好似鍊子。他的西裝兩個星期前送洗的，而且買了一條新的領帶。上次穿西裝是在三年前賀維茲的葬禮上。他們遙遠的頭頂上，一隻鷂鷹在盤旋。當他第一次喝醉酒時，他不知道，他是否真的必須如此大笑，還是他這麼做，僅僅是為了符合一個喝醉酒的人的形象。有時候自己到底感覺如何，真的很難懂。感覺是會移動的標的，無法到達，只能經過。

「我們現在high了。」他以為自己是輕聲把這句話說出來，但是聽起來卻是懇切的，幾乎在發誓。

「噓……」瑪麗亞伸出手，溫柔的蒙住他的嘴。他親吻她的指尖。他很想把她整隻手都塞進嘴裡。

最後一口菸燒炙著他的喉頭。然後瑪麗亞在地上把菸頭踩熄，往旁邊一靠，把臉埋在他的肩臂裡。天空中新的雲朵一直飄來，何暮德強制自己不能閉上眼睛。他問自己，剛剛經歷的那個時刻是一個美好的時刻嗎？是的話，為什麼，不是的話，又為什麼？雖然他相信自己非常清楚，所提出的理由其實與這個當下無關，這個當下有自己的生命，不受理由影響干擾。在這個想法的某處存在著和他的生命有關的什麼。

「你相信，我們生活在困惑混亂之中嗎？」瑪麗亞抬起頭，而何暮德記起她當時在往東柏林去的捷運車上問他，他認不認為《慾望街車》是一部好戲。那是一九八五年，在他們第一個吻之前幾個鐘頭。猶如那時，她現在的問題並不是順便一提。

「妳和我？」

「我們所有的人。我們生活的方式。」

「也許。」

「我不要這樣。」就像他的一樣，她也有一個不是直接有關，只是在繞圈子的想法在成形。「一定有別的方法。」

「老實說，」他說，「我只想知道，對妳和對我來說還不遲。只想知道，斐莉琵是否過得幸福快樂，我年老的時候不會得癌症或者類似的重症。其他的就我來說，我不介意活在困惑混亂中。但是我們要在一起，猶如此刻。」

「猶如此刻，逐漸走下坡。」

「我們應該常常抽一支。我喜歡。」他打開雙腿坐到她對面。木屋下面有兩個慢跑的人沿著林間的路跑步，何暮德看著他們的頭在枝椏和樹叢間起起伏伏。瑪麗亞捧住他的臉吻他。有一次她開玩笑的說，每一樁婚姻都藏著一個人質情結，但是她現在是認真的。他把她緊緊拉向自己，直到她坐在他的懷裡，他感覺到自己勃起了。一陣暖暖的風掠過樹叢，何暮德知道他們該出發了。瑪麗亞身上仍然是舊時的味道，菸草、加糖的咖啡和一點不知道也無言語可形容的什麼，微微的秋澀，她一向的味道，還有她多長久沒有吻過他了呢。他所感到的輕鬆是多麼巨大，巨大到這一個時刻失去它的輪廓，可被滲透。聲音響動，不是從林間小路來的。他們說的是外語。他的手撫摸瑪麗亞的背，她胸衣的帶子，他想，這只是一個夢。他感覺到的，是輕鬆還是遺憾？聲音愈來愈大，腳步聲愈來愈近。他們周圍樹叢葉隙間的光線愈來愈強。我們該走了，他想說，但是他張開口之前，一聲刺耳的哨音插進來。響起又消聲，再響起再消聲。不是哨聲，而是像一部他很久以前看過的電影裡一樣。世界上所有尖銳穿透的聲響都在他耳裡……

躺著的何暮德睜開眼睛。一個四壁白牆的房間，斜的木製天花板。在他近視的眼裡除了模糊的平面外，什麼都沒有。天窗斜開一條縫，所以外面的聲音和腳步聲都能傳進來。聖米蓋爾教堂前面的花崗石的底座。他在聖地牙哥孔波特斯德拉，而且電話響了。何暮德懶懶的伸手去摸雙人床邊的床頭几桌面。一天的開始像缺失了幾塊拼圖。接待櫃檯叫醒他，因為他睡過頭嗎？他昨天有請人叫醒他嗎？

「哈囉？」還沒起身他就問，把聽筒拿近耳朵。然後再一次「哈囉？」最後說「歐拉？」一直聽見的是外面一個導遊亢奮的聲音在介紹解釋。他的眼鏡呢？

電話裡傳來短短幾句爭論，然後斐莉琶引用她童年時把一切都變得更複雜的一句話：「主人請起身。我們今天有很多行程。」

「早。」他躺著把電話扯到床這一邊。一天的開始他還沒找到眼鏡，世界還是關在乳色玻璃後面時，什麼都不會產生意義。他摸索著找到眼鏡，房間終於有個樣子了。「幾點了？我們今天有什麼大事？」

「九點半。第一件大事是吃早餐。」

「Okay。妳在哪裡打的電話？」

「飯店櫃檯。我們約好九點半，如果你忘記了的話。看樣子你睡得很不錯。」

「我也覺得。」他的夢境又出現眼前，他不確定他比較想待在哪個世界，他有選擇嗎？開始的一天繼承它之前難對付的世界，而且好像非強調這點不可似的，斐莉琶問：「如果你不介意的話，我們三個人一起吃好嗎？」

「好，沒問題。」他豪不思索的回答。他在床上自動坐起來。他腦裡的混亂和房間的井然、並排的鞋子和掛在椅背上的衣服成明顯對比。「給我十五分鐘。」

「我們坐在用早餐的大廳裡。你訂的是歐式早餐還是自助餐？」

「我什麼？」

「哈囉，」她笑著說，「你還沒醒過來還是緊張？」

「緊張。」他還沒想到別的就馬上回答。

「我也是。我們兩人都努力的話，應該就會順利的。嘉布麗愛拉反正是一個人見人愛的天使。」一個天使。他偶爾會如此形容瑪麗亞，但都是她不在身邊的時候。根據斐莉琵的語氣，他可以聽出來，所講的嘉布麗愛拉就站在她身邊。這個人昨天在對話裡很長時間沒有出現，直到斐莉琵問他對她的女朋友完全不想知道嗎？她們兩人念的是同一個科系，營養學，但是嘉布麗愛拉已經在寫碩士論文。她是加利西亞人，所以聽得懂葡萄牙語，和斐莉琵一樣是獨生女，以上是個人資料。

「應該是自助餐吧。」他想了一下然後說。「妳們就點妳們想吃的。我會加快速度下來。」他掛上電話前一秒，似乎聽見了女朋友說OK或者類似語句的聲音。外面海鷗高聲叫著，他到達的時候，就已經對這種白色的鳥驚嘆不已，聖地牙哥根本不靠海。到下一個靠海的地方，就是克爾特人所說的世界的盡頭甘保芬尼斯特勒，還要幾乎一百公里，斐莉琵說的，到達那裡的人，傍晚會燃燒一件代表自己的東西，然後第二天早晨下海泡水，代表重生。這不正好就是他該做的事？來一次克爾特人重生的儀式？

他站在打開的老虎窗口前往外看，視野遠闊到可以看到城市後面的山陵，陵頂上兩座刺向天空的電視塔。他對夢境的記憶明顯比對佛洛里昂結婚那天的記憶清晰。但是從那天以後，他們再沒有一起抽過大麻，是一個夢境比事實甜美的證明。他們真的親吻了嗎？何暮德見到下面的巷道中有一群觀光客，聽見說英語的女導遊。

他沒有遵守諾言盡快盥洗，反而呼吸著早晨涼爽的空氣，隨意傾聽，撞見有人犯了令人煩擾的錯誤，那個導遊欲說「真理」，卻說成「整理」。他此刻想做的事是在窗前一邊瀏覽一邊喝咖啡，享受這個城市佛羅倫斯式的紅色屋頂散發的魅力。距離他不到五公尺處聖米蓋爾教堂的塔頂是綠苔和鴿子的領地。何暮德不捨地離開窗前，進去浴室。

昨天他從洗手間出來後，沒再說話不得體，而是跟女兒解釋，他開了這麼長途的車後，微微感到不舒服，也因此斐莉琶不該把他最初的反應當真，他很高興終於知道實情。聽起來也許有些僵硬，但是斐莉琶接受了。比起之前似乎在假裝的瀟灑，她也許更喜歡他這種正式的表露。之後他們去餐廳吃飯，斐莉琶重複再說，這麼久以來沒有對他實說是多笨的事。直至目前一切都沒有問題。現在他必須下樓去認識嘉布麗愛拉，然後給自己時間，矯正自己——原則中的一些調整，那些他已經訓練自己多年所依循的。他既不訝異也不震驚，其實他沒有特定有什麼感覺，只是有些意外罷了。瑪麗亞據說反應得很彆扭，比他好不到哪裡去。如果這頓早餐他沒有搞砸的話，也許有機會追溯回去什麼，得到較好的結果。口試的時候，他都一笑將剛開始時學生口吃答題給他的印象抹去，對他們鼓勵的說，從現在開始計算，好嗎？

好，他鏡子裡的自己回答他。昨天他沒有刮鬍子，所以兩頰有鬍渣暗影，但是他決定晚點再處理，說好的十五分鐘已經到了。

何暮德乘坐電梯下樓，走進用餐的大廳。大廳空的，只有一桌四口之家和一對年輕的情侶。他已經要轉身往另一個方向回走廊去時，才發覺大廳另一邊的盡頭有一扇玻璃門。一條窄窄的小徑通到內院一個綠意盎然，稍稍架高起來，被淺色牆圈圍的露台。從那裡斐莉琶越過別人的肩膀朝他揮動雙手，似乎坐在啟航中的船尾。他也舉起手回敬，走了出去。

舒服的早晨空氣迎接他。穿白色T恤的女人站起身，何暮德才發現，他竟然沒有想像過她的外表。

「喘吉亞。（早安）」他用一副友善又眼神嚴肅的表情打招呼。她的臉被一個早上不需花時間在上面的短式髮型框著，膚色較深，棕色美麗的眼睛和一張薄到連微笑都不太能牽動的唇，讓何暮德相信，對面這個人有決斷力和活力的應該是她有力的握手。他猜她大約接近三十，總之，比斐莉琶大。

「喘吉亞。」嘉布麗愛拉說，並且繼續說了一些何暮德沒有馬上聽懂的句子。四張大陽傘和一株楓樹的陰影讓眾人分享，雖然太陽還不高。何暮德從眼角看到小株橘樹，稀鬆的樹枝上掛著網球大的果實，並且聽見微弱的濺水聲。

「我們幹嘛站著？」斐莉琶用德語問。她身上的衣服和昨天的一樣，花了一會兒時間何暮德才發現她身上的改變：鼻環不見了。他女兒看起來真整齊漂亮，充滿熱情幹勁，唉，其實一點都不像女同志。

他們屁股還沒碰到椅子，一個年輕的服務生就過來了，問要喝什麼。何暮德感覺到斐莉琶的眼睛望著他，沉默的探問，讓何暮德忍不下心來板著沒有表情的臉。他最近讀過的小說之一寫的是一個年紀較大的男人被同性戀女兒的女友吸引，卻陷入窘境的故事，何暮德不覺得自己會被同樣的窘境威脅。

「我們講什麼語言呢？」斐莉琶問，因為大家忽然擺弄餐具，扯扯餐巾，沉默下來。

「我德語說得不好。」嘉布麗愛拉做一個抱歉的手勢，雖然是針對何暮德，卻不是對著他說。他感覺不錯，同時他察覺，這頓早餐會很長。他其實並不餓。

「『您』說德語？」他問，而且馬上接收到斐莉琶責備的眼光。

「拜託別這麼惺惺作態。」

「別這麼像猩猩，好的。『妳』會說德語？」

「但是說得很不好。」

她的腔倒是滿重。他繼續追問之後得知，她到德國做一個學期的交換學生，在漢堡，當然是去年夏天的時候。斐莉琶微笑，何暮德必須克制自己不去權威性的將手放在她把玩餐具的手指上或制止她。

「了解。」他說。「我的葡萄牙語這麼多年來沒有進步過。每年夏天我都重新溫習，然後又有足夠的時間把它忘記。一個永遠的循環。」

飲料來了。飯店的背面從二樓開始是玻璃建築和白色木製條板。這種條板立面在聖地牙哥很常見。裡面模糊的人影走來走去，尤其是自助餐的餐檯周邊。人漸漸多起來。

「您……妳喜歡漢堡嗎？」他強迫自己問。

「很喜歡。」

「信不信由妳，我只去過漢堡一次。很多年以前。我女兒到現在都還沒允許我去看她。」這個句子嘉布麗愛拉聽不懂，而斐莉琶則假裝沒有聽到。他的句子無聲無息消失在空氣裡。何暮德喝口咖啡，感覺到咖啡的熱流結聚在胸口。城市似乎不存在了，因為他既聽不到車聲也聽不到腳步聲，沒有教堂的鐘響或者那些無所不在的導遊聲音。

「不是這樣嗎？」他問。

「我聽到了啦。」斐莉琶說。「以後再說好嗎？」

他們起身走向取餐區，逃開重新降臨的沉默。何暮德選了看起來油膩的西班牙馬鈴薯蛋餅與好幾片紅色的火腿，端著餐盤回到露台上。後面那道牆同時也是飯店的後牆，被隱藏在一排纖瘦的竹子後面。他看到兩個在鄰桌坐下的男人，經由他們互相打招呼可以得知是美國人，讓何暮德想起昨天晚上坐在他和斐莉琶旁邊的一群人。那是一群戴著童軍圍巾的年輕男人，談論耶穌的樣子彷彿昨天才跟祂借了一張音樂光碟。斐莉琶認為他一定是聽錯了，但是他發誓真的聽到其中一人說：上帝在中國做了好大的功德。那是在他的飯店與教堂之間的一條巷子裡，藉節奏強烈的拍擊和戰歌帶出來的民族節慶氣氛中。斐莉琶一邊吃著沙拉與乳酪一邊講米夏爾這個人物不是虛構的，而是她為了抑制阻隔一個不合情理的慾望所做的最後嘗試。何暮德聽著、點著頭，但是實際上他已經力不從心。隔壁桌五個美國人讓他不得不聽到基督教在遠東壯大的情況，背後是沒有天分的薩克斯風吹奏，對面的斐莉琶說著一個艱苦的生命歷程，自稱是她的。四周殘忍的花崗石壁彈回所有的聲音。他一定不自覺的露出痛苦的表情，不然斐莉琶不會把刀叉往旁邊一擺，說：「我們去別的地方吧。」她推著腳踏車走在他旁邊，穿過安靜的巷子離開了舊城區，進去令人感到舒適的日耳曼式靜謐氛圍裡。

她現在咧嘴笑著在他身邊坐下，指著他的盤子說：「幫你做個營養分析好嗎？」

「吃妳的水果吧，看起來很不錯。」

「身體和心理的健康與正確的飲食比一般人所想，有更多的關聯。」

「沒錯。對了，妳不戴鼻環很好看。」

「我知道，嘉布麗愛拉也這樣認為。你的電話充好電了。」她手伸進袋子把手機拿出來，想放在桌上，又改變了主意。她嘻嘻笑著照了一張他後，開始按鍵。「既然你們已經不一起吃飯了，至少讓對方看看你這份高脂的小祕密。」

「拉帕那邊有什麼新的消息嗎？」何暮德從開著的門裡觀察大廳，看見嘉布麗愛拉在吐司機前等待。

勝利的表情從斐莉琶臉上消失。

「我給祖阿嗚打過電話了。賽羅麗可的醫生說，是輕微的心血管阻塞，很有可能是這個原因。阿嗚哇說他已經好得很多了，但是他們還是把他帶去瓜達。他必須徹底檢查一次。希望我們之後會知道得多一點。」

「『他們』是誰?」

「村子裡的人。祖阿嗚週末前在里斯本走不開。」她看著他嘆氣。「為什麼我們總是不知道老人家是不是說了他們要說的,他們說的是不是真的如此?還是他們不想被打擾?」

「因為他們不想被打擾。」他安慰的環著她的肩,心裡想,她跟瑪麗亞的哥哥說了昨晚的事嗎?他們兩人這麼親密,他確定,祖阿嗚一定早就知道斐莉琶直到昨天還瞞著他的事。「我們過去吧。今天是星期三。星期五我們就出發。週末妳應該沒有課吧?」

「我們不用再假裝我到聖地牙哥來是為了學習西班牙語。」她按完把手機還給他。此刻某顆衛星的波束正在從聖地牙哥傳送已經咬過的蛋餅圖像去哥本哈根。這就是所謂通訊,拉丁文「communicare」:一起做、分享、告知、占有一部分。樂觀的人常說這個語辭,無顧「際」這個巨大的間隔裡面是什麼。

「Okay。」他說。「妳到底有沒有在上課?」

「大部分的課還是去,去了反正沒有損失。但是我們可以明天就走。星期五的兩個鐘頭……」她一彈指,解釋了課反正是多餘的。

「妳們在一起很久了?從她在漢堡那時候就開始了,對嗎?」

「她叫嘉布麗愛拉。」

「嘉布麗愛拉。」有些人還叫她天使呢。總之,她帶著如天使般的耐性站在吐司機前面,也許她還是個有血肉、能冷靜處事的人類。這與斐莉琶過動兒似的脾氣倒滿相配。她面面俱到地拿著特定為吐司機設的夾子把兩片吐司夾出來，放在盤子上。

「明天去囉？」斐莉琶問。

「什麼？喔。妳什麼時候可以我就可以。」他們互相看了一下，然後他的女兒轉頭去看她的女朋友走回露台來就座。

「那個烤吐司的機器，等它烤好已經明年了。」

何暮德喃喃的碎念一些科技的缺陷，並繼續低頭吃他的。昨天在咖啡館裡因為人不太清醒，一度相信，吧台後的瑪塔是斐莉琶的女朋友。也許是因為兩個人有時候兩眼相對的模樣，給他感覺，這兩人在傳遞什麼祕密訊息。現在他覺得如果他是對的，會有多好。

「我不知道我是怎麼想到的，」他開口，為了不再沉浸於自己的想像。「也許是因為牆前面的竹子。反正我想起一個博士生在我的課堂上講的故事。很遺憾這個故事我只會用德文說。」他微笑，嘉布麗愛拉微笑，斐莉琶專心的在啃一顆蘋果。「故事是講一個在中國的賢人隱士，他隱居在山上。有時候會有學生去找他請教事情。這並不容易，因為這位賢人不開口說話。總之，有一天一群學生到他住的洞穴來找他，他交代給他們一個課題，請他們把月亮畫出來。他把筆墨和幾塊布疋擺在桌上，然後指指在天上的月亮。學生們了解他的意思後，紛紛開始動筆。他們畫完後，賢人一句話也沒有說就讓他們走了，如往常一般。學生走了，為了明天能再來接受老師的教導，但是卻沒有再見到老師，他一夜之間消失了。他唯一留下來的是一匹布。布上幾乎畫滿，只有中間留下一個似月亮形狀的空處。」何暮德聳聳肩，感覺汗從肩膀上流下。「故事就這樣，名字叫做：畫月亮的另一種方式。」

「沒了？」看起來斐莉琵不覺得這故事令人印象深刻。

「如果我沒有記錯的話，故事到這裡就結束了。故事最後一個句子是：學生終於領悟了。妳媽媽喜歡這個故事。」

「大家都知道我媽媽喜歡的東西很奇怪。這是譬喻嗎？」她刁鑽的看著他。「維納斯山賢人是要告訴我們什麼呢？」

「我的博士生的推斷是，中國傳統中辨證的形式是存在的。我覺得太牽強。但是這個故事是有點意思，不是嗎？故事的意義我不清楚。觀察或者表達某件事物，總是有兩種方式。直接的與其他的。」

斐莉琵不再跟他鬥嘴，而是用葡萄牙語把故事重述一次，並且斜眼看了他一下。

「我爸的職業就是跟這類的東西糾結。」她補充道。嘉布麗愛拉似乎喜歡這個故事，但是用德語她想不出來要說什麼。何暮德把最後的馬鈴薯蛋餅吃掉，然後往後靠著椅背坐。有一天當斐莉琵帶著女朋友來拜訪他時，他會單純只感到喜悅嗎？是問題本身，令他產生一股自己和女兒有了距離的沮喪感。問題、靜默，接著手機震動，瑪麗亞的名字顯示在螢幕上，他鬆了一口氣。

何暮德拎起電話，起身。

「雖然很不禮貌，但是這是妳造成的，不能怪我。」

「幫我問聲好。」斐莉琵不過這樣回答。

他走到露台後面的部分，坐在膝蓋高的圍牆上，按下通話鍵。

「哈囉。」他盡量平穩的說，「早。」

「早。」瑪麗亞的語調在擔心和責備中間搖擺。「我不是很清楚我應該怎麼來理解這件事。你先是給我留了一個差不多是詛咒的訊息，接著整整兩天不接電話。然後我從你那裡聽到，不，看到的第一個消息是，那是什麼？一塊蛋糕？你要解釋嗎？我覺得我……」

「照片是斐莉琶傳給妳的。那是西班牙馬鈴薯蛋餅。」

「訊息是從你的手機傳來的。」

「對，她從我的手機發出去的。我在聖地牙哥。」他這麼一說終於讓瑪麗亞完全混亂，他得到一點喘息的空間。矮牆很舒服的清涼，透過陽傘的布面，何暮德看著太陽閃熾的眼睛。「我沒電了，我是說我的電話。唉，我也沒電了。總之，我有兩天的時間無法打電話。什麼詛咒的短訊？」他以為，在寇斯達維爾答的沙灘飯店時，他一言沒有發就掛了。

「你什麼時候開始在聖地牙哥？我父親怎麼了？祖阿嗚傳給我一個短訊說醫院什麼的，然後就找不到他了。拉帕那邊完全沒有人接電話。到底發生什麼事了？」

「鎮靜一點，瑪麗亞。妳爸爸心臟疼痛。一個醫生說，有可能是輕微的心血管阻塞。阿圖爾自己說，他已經好多了。今天他在瓜達接受徹底的檢查。我就知道這麼多了。聽起來不像是緊急狀況。」

「你什麼時候到聖地牙哥的？」她仍然不能放心，而且很困惑，雖然她的聲音已經恢復平常的音調。

「昨天到的。在波昂我覺得天花板都掉到我頭上了。所以我決定開車出來走走。」

「開車？你自己開車？」

「我去了巴黎，還去南法拜訪了貝爾哈德•陶胥寧。現在我在這裡了，自己開車來的。」

瑪麗亞點一支菸，急急的吸了兩口。在他的記憶裡，夢境和那天貝根城的下午幾乎是一模一樣的。一起抽一支大麻菸，在回顧裡看起來像是和解的一幕。事實上，抽大麻是他們代替和解所做的事，但不是把話說出來的開始，而是迴避了說出來這件事。幾天之後他們出發去度假，就這樣一直下去：和諧得像滲透到腳趾頭，兩人都堅持必須頂住的緊張愛情，幾乎與剛開始相戀時一般。過了一些時候，再要回頭談那件事就顯得多餘。他們之後才會發覺，為此要付出多高的代價，而且是雙方都要，因此後他們便藉各式各樣的題目來發揮。

「我們上次講電話時，你人在哪裡？」瑪麗亞問。

「在一個高速公路休息站。大約是圖爾或者波伊提附近。去找貝爾哈德的路上。」

「而現在——你在聖地牙哥，你們一起吃早餐，你們兩個都很好？還是怎麼樣？我真的不懂。為什麼你不告訴我？」她的聲音用力抑制眼淚流下，他聽得出來，甚至斐莉琶也聽見了，因為她丟過來一個疑惑的眼神，他故意忽略。兩個美國人用完餐，走回屋子裡。

「我們三個人一起吃。」

「三個人？」

「是的，我正式被知情的團體接受為知情的一員。」這個句子讓他悲傷，但是他寧願這樣而不願假裝今早一直在假裝的不在意。在陽傘下斐莉琶和嘉布麗愛拉的頭靠在一起說話，從容客觀的樣子，也許在談不飽和脂肪酸。

「我們是自己的諷刺模仿版嗎？」他問。「有時候我這麼覺得。」

「我不知道那是什麼意思。」瑪麗亞擤擤鼻子，吸一口菸。通常她不會這麼早就開始抽菸。

「她什麼時候告訴妳的？」

「大概一年前。我跟她說了很多次，叫她告訴你。但是我不能代替她做這件事。這是她的決定，她的人生。」

「妳覺得為什麼？為什麼她先告訴妳？」

「何慕德，我怕你會搞砸了。請別這麼做。」

「告訴我，妳覺得為什麼？」

「也許她以為對我來說這件事是個小問題。如果這樣可以安慰你的話，我不確定對我來說是否真的如此。我希望我不是這樣，但是接受這件事我也有困難。我這樣很卑劣，我覺得很羞恥，但是我真的不能接受。我第一個想法是：為什麼妳要這麼對我？然後第二個是：千萬不能給妳祖父母知道！而第二個想法我真的說出口了。」

「嗯，我們是自己的諷刺模仿版。」

「別這麼做，何慕德，我求你。她個性像你比你所以為的還更多，如果你把她逼到牆角的話，她會抓狂。除了全心的接受以外，其他的她都會嫌太少。」

斐莉琶彷彿知道談的是她，重新再看過來他這邊。然後她與嘉布麗愛拉站起來，空的盤子在手上。

「你說三個人，嘉布麗愛拉也在？」瑪麗亞說。

「妳認識她？」

「她們兩個有一次一起來柏林。她人很不錯，不是嗎？」

「不知道，也許。」何暮德轉頭看看跟在後面的兩個人，聳聳肩，好像瑪麗亞能看見他似的。

「還有，昨晚，我夢見我們一起抽大麻。為什麼我們只一起抽了一次？」

「我沒有感覺你想再試一次。」

「但是我想，我想再一次抽大麻，而不是經歷大麻之前的事。」

「那我們就再抽一次。現在接下來怎麼辦？你留在聖地牙哥嗎？我們的旅行怎麼辦？」

「斐莉琶與我明天一起開車去里斯本。然後也許繼續往拉帕。現在情況如果不是妳父親康復了，我們一起度假，就是有人留守在他身邊也無妨。最好的辦法是，妳隨後過來。我們在妳父母這邊住幾天，然後橫越西班牙和法國回家。像那時候一樣。妳在哥本哈根還要多久？」

「再兩天，順利的話。到現在為止，沒有什麼事是順利的。」

「第一次演出反應如何？」

「觀眾很禮貌的鼓掌。」她說。「這裡真討厭，我受不了了。」

「學我啊，乾脆跑掉。」

「你知道，不行的，我有一個劇團。」

「這裡妳也有一個劇團，而且是什麼劇團啊！我們甚至不知道演的是哪一齣。」他這些話讓瑪麗亞第一次笑了。斐莉琶和嘉布麗愛拉端著下一盤維生素回到露台。「看一下飛機班次，然後告訴我。隨便在伊比利亞半島的哪裡，我都可以去接妳。」

「我爸的情況隨時通知我。我會把手機放在衣服的口袋裡。小心你要跟斐莉琶說的話。她不要求她不應得的，她該得的就要無折扣、無條件的給予。」瑪麗亞的語調洩漏出她的工作在叫她了。

「她們看起來非常相愛，」他說。「斐莉琶是蹦蹦跳的小妹，嘉布麗愛拉是穩重的大姊。健康營養的飯食是人生最重要的事。對我來說有點無趣。」不無趣的那個部分被置放在紅燈之後，他的想像不敢越雷池一步。

「我警告過你，別說我沒有告訴你。不聽的話，之後最痛苦的人會是你。」

她用這句話結束這通電話。何暮德沒有掛上或把電話收進口袋，繼續坐在牆頭上，把手機拿在耳邊，自顧自的點頭。海鷗像優雅的風帆掠過露台。不知何時他和瑪麗亞已經起身並沉默地走向汽車。他們到達他第一次見到、沒有聖誕裝飾的教堂時，時間剛好一秒不遲。家人、朋友、表情凝肅的韓國人擠滿教堂的椅子上，管風琴的聲音可怕的大；露忒不斷擦拭眼睛，他坐在第二排瑪麗亞和斐莉琶的中間。在模糊和清醒之間，希望和疑慮，唱詩及祈禱，站起來又坐下。無論好或不好的日子都互相扶持，直到死亡將你們分離，整套節目都如此。之前沒有抽大麻的話，他撐不過去。

「而無論如何，」他對著已經斷線的電話低語。「最終那仍然是個美好的一天。」

一九九八年

過去以可笑的一個信封的形式追趕上他。郵票旁邊標著航空，郵票圖案是一個年輕男子戴著皮帽和飛行眼鏡的照片樂觀的看著你，雖然根據生卒年月他只活了三十八歲。信封背後是在大學大道上熟識的地址，角落是猶如使盡力氣才寫下的賀維茲的筆跡。第二封信來自里斯本，內容似乎是一張摺疊卡片，酒商的廣告，何暮德連打開都沒打開就讓它進了字紙簍。然後他站在信箱前猶豫了。聽著從斜開著的廚房窗戶裡傳出義大利咖啡機的怒吼聲，把玩手上兩封信。這是一個九月底的星期五，已經不早的早晨。今天在羅博寇荷街，在醫院附近的馬路上，又會停滿絡繹不絕探病的車輛。何暮德心中浮現已經二十年沒有踏進過的鴿子藍的房子。隨著屋子的圖像他聞到瑪芬糕和蠟燭的香味。他應該回去看信嗎？回去把另一封給瑪麗亞嗎？斐莉琶已經上學去了，而大學裡等著他的，除了亨特維格太太疑問的眼神外，也沒有其他事情。

三十分鐘之後，他請祕書端來一杯咖啡，把門關上。汽車鑰匙和皮夾他放在窗台上。西裝上衣穿好衣架掛在門邊的衣帽架上。雖然他有一整個星期的假，但是從星期二開始他還是每天出現在辦公室。外人看來，也許這是責任感或者是自律，真相是：以沉靜的書本為伴，是現今他感覺最舒服的事。他可以做自己，並任由思緒天馬行空。

他從袋子裡拿出信，坐下。賀維茲第一個句子馬上就為他不再用手寫字道歉。幾次病痛之後他的筆跡早已難以辨認，並且他本就不相信，現在又額外得到證明——晚年絕不是平靜悠閒、心平氣和的時節。晚年時被我們拋在背後的不只是奮鬥和困頓，而且是「well, pretty much everything」，這是典型賀維茲切入正題的方式。何暮德讀完這三頁信紙後，解開鞋帶，將椅子轉面朝向窗戶，看著第一批秋葉掉落。遲至此刻他才知道，他所懼怕的是得到瑪莎的死訊。

亨特維格太太將咖啡端進來時，他轉過來，把桌上三個信封拂到旁邊，看著他的祕書，好似在說：看，我沒在忙。我只是坐在這裡。一個星期了，他彷彿是高速公路上換到最右線的車，在大貨車和大客車間優游自得，一點都不計較時間。愈堆愈高尚未批改的學期報告、電腦信箱裡等待回覆的郵件，他均報以一笑。

「伯伊格曼先生今天已經來過。」放下咖啡杯時她宣布。「想探詢您在不在。」

「探詢我？」

「他是這麼表達的。他在辦公室，您隨時可以過去找他。」牛奶該加多少，她讓他自己決定。這些都是需要默契的儀式，鎮定心神，一成不變的日常生活。屬於這個日常的，還有亨特維格太太堇花香味的香水總是稍微濃了些，一如她的咖啡。

「找他？為了什麼事？」

「這個他沒有說，」她的眼睛跟隨他倒了習常分量的牛奶入咖啡，一邊點頭，猶如在默記。「其實我們這位同事看起來很滑稽，當他想關心人的時候。就好像他明明知道有一個開關，只是忘記在哪裡。他以為他知道您的感受。」

「如果他這次沒搞錯的話。」

「電話要接通還是推卻？」

「請推掉，謝謝。是我女兒的話，請接進來。」

「這個可愛的孩子，她一定會打來的。」亨格維特太太拿著牛奶壺打算離開，但是她的眼光停留在桌上三張開封的信上，直覺告訴她，他在等她詢問信的事情。除了斐莉琶的電話之外，和他的祕書之間小小的對話屬於這個星期中令他舒心的時刻。她堅毅、嫁接在淺色襯衫領子上的下巴動作遲緩下來。

「我美國的指導教授。」他說。「不是致哀，是他要來拜訪我。這個意思是，他要我陪伴他去他弟弟戰死的地方，一九四四年的十一月，您理解吧。埃菲爾山您熟悉嗎？」

「我有一個離婚的弟妹住在蒙紹。我還年輕時去過那邊健行。」

「他說可能這次是他能親眼見到那個地方最後的機會，雖然他自己似乎也不大明白，為什麼他想去那個地方看看。」

「許爾特根瓦爾德？」

何暮德點點頭。「您知道，這個地名是從美國人那裡來的嗎？在他們美國人的耳朵裡，這個字像『負荷』加上德語字尾。我們那時候花了很多時間在重構他弟弟死亡時的情景，但沒有什麼收穫。」他用眼睛飛快的瀏覽幾行，讀出「個別死亡案件」。瑪莎向他問好，希望能在美國再次那樣在家招待他，她確知無法一起前來。即使是史丹，醫生也不建議他實行這個想法立刻動身——那個老頑固當然不予理會。「我知道，有一天這件事會臨降我頭上。現在真的面臨，感覺卻很怪異。」

「您不能推延嗎?」

「他已經說是最後的機會，像這類的言詞那位先生是不會輕易說出口的。我還是他的學生時，他就想來了。他選十一月，因為是弟弟的忌日。不行，我不能推諉這件事，我也不想。我欠他的，比這個還多。」

「我幫得上忙的話，請別客氣。」

「謝謝。我們會需要一家飯店。還有，她來的時候，請您告訴烏爾麗希太太，她想在圖書館裡……不，不，今天下午我自己來吧。這件事我辦就好，等我整整兩個小時什麼都不做之後，這樣好嗎?您覺得我變了嗎?」

亨特維格太太吸一口氣要回答時，隔壁電話響了。

「我再煮一壺咖啡。」她只說了這句話，就踩著從容的步伐離開他的辦公室。

何暮德端起咖啡，重新轉向窗外。漸形稀疏的枝葉讓人能看穿望見城堡的教堂、法蘭西斯康納沿街的大樓側面，有更多的辦公室，在建築內的長管日光燈下，正忙著汲取、過濾、排序與管理知識、訊息。在這個推崇實用主義的時代，理論逐漸消沉，理解表示能夠正確使用。社會民主黨的總理候選人叫做施洛德，上一次的民調中他領先一個鼻子。他相信具體能做到的事。這是一個沒有激情的世界。上個週末，在一個葬禮上，何暮德的外甥菲利克斯跟他解釋，為什麼現在是拋棄無用的政治系博士學業改行做網路的理想時間點。他想一夕致富，但是不是因為著迷錢財本身，而是因為不想因此錯過財富後來的事，日後有一天還能坐在搖椅上話說想當年。「猶如你們的伍斯托音樂節或者六〇年代的學運。」他和朋友一起苦苦思索、出主意，在網上銷售給有錢的寵物主人一些沒人用得著、更不用說是寵物的東西，但是行銷策略正確的話，就會成功。沒有道理好說，事情就是這樣。統治世界的規則不是人定的，因此也無法改變。大約一百八十年後，猶如黑格爾所相信，歷史真的會終止。

何暮德慢慢品嘗著他的咖啡。而他呢？最近他聽某人說過，五十歲開始年紀的真空地帶，那個再掉下去可能就殘廢的陷阱前自由的、有點陡峭的地帶。到目前為止他感到的僅限於背痛和偶爾會疑惑，是否就這樣而已？有時醫生會鼓勵的對他點頭，建議他多做戶外活動。瑪麗亞和他做愛時，經常思考性這件事。他的女兒已經十一歲，幾個星期前，她開始進浴室後將門關上，她幾乎不再坐到他懷裡，如果她過來坐了，感覺又很奇怪。似箭的光陰啊！他感覺這個重大轉折逼近所持的態度，讓他驚訝的是，其實感覺鬆口氣還多過沉痛。曾有一次，他在梅伯游泳池前有人問他，他是否在等接孫子。

然後現在是史丹・賀維茲。

中午過後他去大學圖書館，對於查找關鍵字「許爾特根瓦爾德戰役」所獲如此之少感到訝異。這個題目相關的德語參考資料很少，那個時候就已經知道，這也是為什麼其在賀維茲的整個研究中只是配角的原因之一。從同樣少的英文資料中，何暮德決定選取他認為自己在明尼亞波利斯已經讀過的標題：*The Battle of the Huertgen Forest*，作者查爾斯比・麥當勞。續集兩冊必須預約，因為已經外借出去，而他沒有興趣再走一趟歷史研究館。手上拿著書，他沿著萊茵河走。天氣變暖，非常適合慢跑者、養狗的人和年輕的父母及他們的小孩。萊茵河遊河船的甲板上載著滿滿的人，正逆流上行。

回到辦公室後，他翻一翻前言和附在書中的地圖資料，聽見隔壁亨特維格太太在講電話。被遺忘在二十年前的地名紛紛返回他的腦海，陰鬱戰爭所標記的地區和河谷：歐森寇伯甫（公牛頭）、投騰布荷（開始大量死亡）與巨大的地雷區名字是維德紹（野豬）。閱讀時眼前看見的是賀維茲俯趴在一張街圖上，在街圖上標記出不同軍隊的位置，徒勞的想重組當時的前線範圍。太多狹窄的澗谷、太多的來來去去。一個村子常常分裂成兩半，一半在德軍手中，另一半是美國人據守。佛森納克，實際的征戰中心。好一會兒何暮德回過神來才發覺，他忘了這是圖書館的書，居然在上面畫了細線。戰況最慘烈的是第二十八師裡的第二旅第二團，在那裡團長喬伊•賀維茲度過他生命中的最後三天，透過其他戰死美國陸軍的家屬，史丹有了一張可供尋找遺體的略圖。他何時完成這個略圖，信上沒有說明。信中的關鍵處，他顯得不尋常的謹慎，幾乎到膽怯的地步，好像他不想來這一趟，只不過因為拖延的所有藉口都用盡而不得不成行。

兩點半過去不久，當隔壁他的祕書換上不尋常的誠摯口氣時，何暮德就知曉，她在和斐莉琶說話，一分鐘後他桌上的電話響了，他將書放到一邊，拿起話筒。

「這裡是『游好閒』教授博士，請問您哪位？」

他女兒只愣了很短的一下。

「你不可能知道是我打來的，」她嚴肅的說，「總統也可能打給你呀。」

「但是我就知道是妳。」

「你怎麼知道的？」

「透過所謂的直覺。直覺的意思是……」

「我知道直覺的意思是什麼。我不是為了這個打電話的。」不久以前，斐莉琵開始喜歡給人一種她很忙不能多說的印象。瑪麗亞說，她真是不知道她跟誰學的。

何暮德把椅子往後靠，將腳抬上桌面。書的封面是一輛美國謝曼坦克車正輾過一條泥濘的林中小徑。他邊聽著女兒考慮怎麼樣是最好的陳述方式，把她心裡所想的表達出來，一邊把書翻個面。這個星期以來的每一天她都打電話到辦公室來，想知道他好不好，以她半小孩半大人、不易讓人理解的方式。每一日，她的年紀都在七至十四歲之間擺盪，猶如鐘擺，但是沒有規律的節拍。

「我想過了，你應該做點對你有益的事。」她最後說道。

「我在做啊，我正在和我的女兒講電話。」

「我是說一個行動，某件你先得計畫，然後才能做的事。」

「妳真是為我著想得真周到，很可惜這個週末不行。明天我得去哈瑙，這妳已經知道。妳媽媽有沒有跟妳說，妳們兩個要不要一起來？」

「我自己可以跟你說，我要一起去。菲利克斯也去嗎？」

「一定的。妳媽呢？一起來嗎？」

「她現在躺在床上。」

「了解。」他看一下手錶，還要二十分鐘才到三點。

「你應該去看電影。」斐莉琵說，搶在他問出瑪麗亞怎麼了之前。「看電影的話，你今天還可以安排。」

「嗯，我很久沒有進電影院了。妳覺得哪一部片子好看？」

「一部可以轉移你注意力的電影，而且……我不知道啦。反正要正向的。」

「我先要蒐集資訊，知道這期電影院放映些什麼？我什麼都不知道。我最好問問亨特維格太太。」

「你最好先問我。《輕聲細語》（*The Horse Whisperer*）正在熱映中。」

「沒聽過。內容是什麼？」

「唉呦，馬啊。」

「只有馬嗎？聽名字的話，應該也有人啊。」

「那是一個愛情故事，好不好？」從一些特定字眼的發音上聽來，他不用看到她也知道，斐莉琶說的時候表情如何變化成諷刺的笑。「另外就是有個人克服了他的精神創傷。你知道什麼是精神創傷嗎？」

「我想我知道。」

「對你會有益處的。」

「讓我猜猜看，妳媽不想看這類電影，對嗎？」

「你又不是不知道她。」斐莉琶鎮定的說。「美國電影跟不上她的品味。而且她晚一點要去上課。」

「對，我差點忘了。」

「你要的話，我可以陪你去。接近傍晚的時候，我可以安排。」

這有可能會是最後一次他女兒願意和他一起去看愛情片，所以他同意了。今年年初她第一次沒有父母陪伴，而是跟兩個朋友去電影院看《鐵達尼號》。貼在床頭上的電影海報可以看出她興趣的轉移，除了可愛動物之外，她開始發現其他天地。今天她已經籌劃好一切，建議他們六點一刻在電影院前碰面。電影六點半開演，而電影票已經用海巴赫的名字預訂好了。

「我坐公車去，你可以用走的。電影院地址是市場廣場八號。」

「我知道，親愛的。我住在波昂的時間和妳一樣長。」

「但是不那麼多。」她很有智慧的說，沒再神神祕祕，然後祝他還有美好的一天。

六點二十分她已經將票拿在手中，頭上戴著彩色的鴨舌帽在等著他。去年一年她就長高了七公分，有時候她會像不習慣使用操作她的雙臂般擺動雙臂，帽檐下露出一條一條的頭髮，似乎不是她的瀏海，而是髮辮的尾端。她戲劇性的張開雙臂迎接他，同時大叫：「真的是你啊！」發現許多她不停的學習，而他不認識的開場白。她女兒的個性是眾多影響下的產品，有時候她像一隻變色龍，顏色鮮紅的坐在綠草地上，警示她的周遭環境——我也可以不是這樣。他們擁抱打招呼時，她身上有泡泡糖和瑪麗亞的香水味，並且說：「我票已經拿了，你去買爆米花。」

「妳怎麼有錢買票？」

「從家用錢裡拿的。離開演還有五分鐘而已，快。」

他按照指令做完女兒想要的，在廳裡的第四排找到她，離銀幕太近了，以他的習慣說來。這個時段廳裡只有五成滿，很大一部分是年輕的情侶。他還來不及坐下，燈就暗了。何暮德往後一靠，其實想看的是斐莉琵而不是電影。從旁邊看，她似乎比實際年紀大一點。那個日子不遠了，她開始有月經並且變得情緒化的那一天。電影一開始就有如他的預期，好演員和美麗的景色融合在一起，深入人心的刻板印象和令觀眾唏噓融化的編劇手法。他想起來，蒙大拿是卡森・貝克的故鄉。斐莉琵像被催眠般坐在位子上，不是不喜歡吃鹹的爆米花，就是她忘了身邊有爆米花。電影裡有一匹馬和一個她的年紀的女孩。勞勃・瑞福證明了年過五十還能擁有好身材，只是他的屁股太過經常出現在鏡頭之前，但是何暮德覺得可以忍受。距離他上次去美國已經有六年了，那是一個在西雅圖的研討會，史丹也參加了會議，雖然明顯蒼老許多，但仍然是一個巨人。他自己什麼時候會再飛越大西洋？今生不可能了？何暮德驚異的發現，馬和牠的主人重逢時，他不是完全沒有感覺，甚至情緒上很受到這種由音樂來發動的感傷所感染。一切都會好起來的，一如當初。燈一亮，斐莉琵就聳起雙肩，帶著一絲失望說：

「我以為吻戲會更多。」

「這部電影是輔導級，六歲以上就可以來看，可能妳期待太多了吧。」

他們周遭的人都伸直手臂去拿外套。何暮德的眼光落在一個單身坐著、戴著眼鏡的年輕男人身上，沒有見過卻一直盯著他們這個方向，他猜測是上次維根斯坦課的後排學生。

「你認為接吻是怎麼被發明的？」斐莉琵膝蓋往內縮，蹲坐在椅子上，若有所思的瞪著空白的銀幕。「在一場很嚴重的意外事故？」

「媽媽都是這麼對她們的小孩的。」他說。「很早以前，那時候還沒有嬰兒食品。食物都要先被嚼過才餵進嬰兒嘴裡，嘴對嘴。我認為，接吻是這麼來的。」

「唔……」她的女兒臉扭曲了一下，坐回椅子裡。「多早以前？當你還是小孩的時候？」

「更早以前。男人在一旁看了很忌妒。然後就想，不用食物也可以試試看。」

「那不就像在旱地游泳嗎？我是說嘴裡沒有食物的話？但是有食物的話很噁心耶。」

「妳會改變心意的，相信我。至少對沒有食物的那種。還要爆米花嗎？」

「謝謝，我已經吃不下去了。」

他們離開電影院，晃回大學。白天很明顯變短，傍晚氣溫下降。所有的路燈桿上都掛著選舉海報。後天現任總理任期便結束了，記得任期開始時是波昂的國會會期，而他那時在柏林埋首於他的教授論文。施密特舉行議會信任投票那天他記得很清楚，他例外的不坐在書桌前，而是在電視機前面。對自由民主黨很生氣，而且對自己、對工作和對生活都不滿意。那個時候與德蕾莎的關係漸漸複雜起來。從一些時候以來，他總是看見一些時期或者階段，某事的發端會成為什麼，或者什麼都沒有，而每次他都感到輕微的遺憾，但是這份遺憾又這麼的輕巧，令人舒服，就像現在：這一天幾乎已經過去，直到回顧它時他才發現，無論如何，他還是享受這一天的。今天還剩下的罪惡感和希望，其實是想問瑪麗亞是否有興趣和他一起喝一杯酒。等她下課以後，他一定要記得問她。斐莉琶和他沉默的穿過拱門下，進入地下停車場。

因為北邊的隧道在施工，所以他開上艾德諾大道，並且建議在路上找個小吃。瑪麗亞和他眼見女兒日漸消瘦，擔心不已，加上她最近非常徹底的研讀食品的組成成分和營養標示。這是厭食症的紅燈警示。現在她不想吃東西，只想回家。

停在一個紅燈之前時，他感覺到她探究的眼光，好似她想起什麼連他都忘記的事：看電影應該滿足某種心理治療的目的。這一整天以及這一個星期以來，這個想法一直像個悄悄跟蹤他的人，有時現身有時躲藏起來，既懂分寸又緊迫盯人。何暮德不習慣思念父親，所以偶爾會忘記父親已經過世了。

「你很悲傷嗎？」斐莉琶轉動她手腕上的帶子。

交通號誌變了，何暮德的車上第一檔。德國西部廣播電視放送桿在黑暗中發光。他們住在山上，他覺得很好，他可以以上坡為一天工作的結束，此刻他想不出來適合孩子又誠實的回答。

「感覺上像是吧，好像我在去那裡途中，好像悲傷是目的地，但是我達不到。總之，我還沒有到達。」

「葬禮上你沒有哭。」

他轉過頭，但是他女兒現在看的是前方。雖然還未滿十二歲，但是她最近開始坐前座，而何暮德必須習慣她的臉不在後照鏡裡，而是在身邊。

「你知道嗎，被不可避免的事驚嚇到是很奇異的感覺。不只是因為事情出乎意料的發生了。我是說，整體來說。我還沒有想過有這種可能性。也許也是因為我第一次失去親人。」

「露忒有哭。」

「露忒比較……露忒。人和人之間有很多地方不相同。即使他們是兄弟姊妹。妳媽媽和祖阿嗚的差別簡直像天和地。和他們比的話……」

「可不是。」她強調的說。「和他們比的話，你們像是雙胞胎。」

「老實說，我不記得上次哭是什麼時候了。我不知道為什麼。」

斐莉琶對這句話沒有說什麼，只是垂著頭，然後開始在外套口袋裡尋找什麼。

四天以前他站在還未完全封土的墳墓前，很想相信，從現在開始，一切都會得到新的顏色。「我們的壽命會是七十年，」有著疲倦的眼睛的牧師說，「如果長壽的話，那就是八十年。如果活過的生命是美好的，那是因為努力工作過。」這是任何禁慾苦修的基督教基本核心，懷抱這樣信仰的威廉・海巴赫活了七十七年，在他的墓碑上被永恆的記下。對他來說，家人比他自己還意外結束這一日的到來。甚至他都已經選好了在自己葬禮上要唱什麼歌，並且將選單都歸入了重要文件，〈耶穌浴血〉和其他見證三十年宗教戰爭的歌曲，之後在潘霍華之家「榮耀的死亡」出現得這麼頻繁，甚至露忒都無法忍受多聽一次那個字眼。

「這應該是一個妳不了解的感覺。」他回答女兒懷疑的沉默。「欲哭無淚，想哭但是哭不出來的感覺。」

「我了解的是相反的感覺。」

「也許兩者都一樣是不好的感覺。」說這句話時，他左轉，用走路的速度開進自己家。突然他感到外面的氣氛秋意肅殺。他關掉引擎，很乾脆的咔一聲鬆開安全帶，看著他的女兒。「嘿！真是一個好舉動。我們應該常常做。」

斐莉琶也鬆開自己的安全帶，在副駕駛座上，她看起來變得異常的嬌小。

「現在不是說笑話的時候，對不對？」

「說笑話？」

「我有一個新的笑話。露忒覺得很好笑。」

「妳什麼時候跟她說過話？」

「今天下午。」

「她打電話來？」

「不是，我打去的。為了告訴她，我和媽媽都要去。」因為教堂星期日要替父親代禱，露忒認為全家人都出席很重要。因為他來不及申請郵寄完成選舉投票，所以必須提早出發回來，希望妹妹能夠諒解。對她的綠黨來說，有可能是歷史性的一天。

「妳媽也要去？」

「她當然要一起來。」

他已經開了車門，現在重新關上後，仍然嗅得到從卡塞盧爾掠過大地而來的秋天氣息。瑪麗亞的身影在走廊窗戶後短暫閃過。下午她上了第三堂課，初級葡萄牙語，學生全部是女人，都在五十歲以上。她們讀了《惶然錄》或者看過葡萄牙怨曲的演出，從此後就對葡萄牙語懷抱莫大的熱情，猶如去年對土耳其一般。他是否能夠拿這個開玩笑，還得被裁決才知道。他們又再次處於試用期，雖然他再一年就到達聘用期限，基於愈來愈強烈的自虐，他還是在早春時申請了轉換學校。自由大學、洪堡大學、波茨坦，總是圍著首都打轉，直到伯伊格曼有一天來到他的辦公室說：同事先生，我向您的驕傲呼籲！在北萊茵西發里亞內轉換任教還有話說，但是您去烏帕塔做什麼？您不進行飛上高枝的計畫，反而搬磚頭砸自己的腳，還花了三萬馬克翻新房子。廚房、臥室和樓上的浴室，裡面是藍白瓷磚，散發摩爾氣息。教授母語不是她的夢想，但是如果她接受這個角色，跟現實妥協了呢？對他來說，要放棄他對於一個家庭如何才是完整的想法也不容易，但是現在他暗自慶幸。我們三個在這裡，他對她說。近來他和羅馬語族文學系的同事開始來往，也許在那裡的葡萄牙語學程中有機會能有什麼其他可能性。

「我覺得我會需要笑話調劑一下。」他說。外牆的粉刷他們暫時保留原樣，雖然房子牆面已經風化的灰色他覺得很陰抑。他又想起賀維茲的信。十一月去走埃菲爾山區，而且是陪一個捽不得的老人，老人為了想看弟弟陣亡之處，因為人有時候只知道自己虧欠別人，卻不知道虧欠原因為何。

「為什麼柯爾（德前總理）上不了天堂？」斐莉琵雙肩往前傾，姿勢像要躲避什麼。她手上拿著撕過的電影票，等會她要把它釘在記事板上。

「不知道。」他說。「因為貪汙捐款？不是？」

她搖頭，用一種難以捉摸、十一歲的表情看著他。在他正視她真實成形的人格之前，那個他永遠會在她身上先看到的是他最親愛的小女兒。

「他太胖，臭氧層破洞他穿不過去。」她說。

他聽見自己的笑聲，有一些勉強，同時也鬆一口氣，因為他覺得笑話不錯。她想逗他笑，因為他的父親過世了，但她不明白，他寧願悲傷。怎麼跟一個孩子解釋？也許她想像，如果是他死了，她是什麼感覺。他很想多笑一下，強烈一點、大聲一點，但是臉上的肌肉不配合。

「我就知道不好笑。」斐莉琵灰心的說。

「不會啊，我覺得很好笑。比之前那個聖伯納犬好笑。」

「那個你笑得比較多。」

「我們這麼說好了，現在這個比較聰明。」

「我也會講祖阿嗚的笑話，但是只會用葡萄牙語說。」

「下次再跟我說，好嗎？」因為在車子裡他無法抱她，所以他摸了一下她骨突的肩膀。「妳先進去吧，跟媽媽說我馬上進來。」

他看著她的背影繞過汽車跑進屋去，客廳的燈是亮的。他的後面有人沿著羅博寇荷街走來，一邊和狗說話。這是一個星期前的事了。一個星期六的早晨，夏天正逐漸失去它的力量。他們一起吃了早餐，然後他上樓寫幾封信。電話響起時，他首先想置之不理，希望樓下有誰去接，但是最終是他自己拿起話筒。

是露忒，雖然他即刻就發覺她聲音變了，還是花了幾秒，自己的注意力才能從螢幕上的文字移開。

「你一個人嗎？」她問。星期六早上不是她會打來的時間。

「我在書房。怎麼了？」

有些消息就是有這種特性，說出來以前就已經抵達接收者。在那個短促的休息裡，突然間只容得下結束。現在回顧起來，他甚至相信曾經思索過那個奇異的現象，所以這個消息根本不須被說出來的可能性更大。

我父親死了，他想。

「爸爸昨天夜裡過世了。」露忒說。

慢慢的，他往後尋找著椅背靠去。從斐莉琶的房間裡，一張有聲書播放的聲音大聲的傳出來。他首先感覺到的，是因為驚嚇而麻木。他一直很喜歡從書房看出去的景致，從樹頂叢延伸到醫院裡的院子，結束在其實並沒有真正結束的萊茵河谷上。

「怎麼發生的？」他問。

「他的心臟自己停止跳動了。媽媽大概早上六點醒來……」他現在才發覺，他的妹妹正在拚命控制自己。「什麼都跟平常一樣。然後她發覺，她聽不到他的呼吸。」

什麼都跟平常一樣。他機械性的把手伸出去，按鍵把郵件發出去。多可怕呀，少了一件微不足道的事就成了異常；少了呼吸聲就是死亡。

「她怎麼樣？」他問，「媽媽還好嗎？」

「她很鎮定，你知道她的。她問，你什麼時候來。」

「妳呢？妳還好嗎？」他有那種瑪麗亞就在他身邊的感覺，同時又聽到她在樓下的聲響。最近他們才在談論他們生活在戰爭和獨裁下那一個世代的父母，對他們來說，匱乏是多麼平常的事，就像孩子都認為索求幸福是理所當然的。瑪麗亞覺得很難解釋，為什麼我們不認為他們很偉大。

「你能夠馬上來嗎？」露忒問，沒有回答他的問題。

「當然。」

也許他繼續坐在車子裡，是因為他在回想上個星期六開車過去的事，回想本身會讓他好過一點。在季節交替之間的一個多雲的日子，他開車回家，為了成功的扮演一個自己不習慣的角色。莎爾蘭線道上沒有什麼車。斐莉琶一聽到消息馬上淚流滿面，所以他和瑪麗亞商量，他還是先一個人出發。一直到迪王堡下高速公路，然後經過熟悉的村落。哈瑙的廚房裡坐著已經經歷過無數死亡的老人，在這個圈子裡，他好似一個初學者般。沒有臨終守護人在這裡，屍體已經被領走。何暮德給堂兄弟姊妹打電話，他必須要報出全名，這些人才認得出他。總是聽到一樣的句子：人難免一死的話，這是最好的情況。總有一天大家都會死的，他得其所哉。語句裡的無助非常明顯，而真正有幫助的是無言以對於語句裡的無助。走廊裡一個擁抱，顯示出他母親的鎮定。露忒露出安靜的、不自覺的微笑。門口一個動作將他從思緒中拉出，他眼睛往上一看，瑪麗亞靠在門框邊，雙手抱胸，她臉上有點取笑的表情告訴他，她站在那裡觀察他好一會了。

他將車窗搖下，手肘撐在窗框。維納斯山上的空氣裡有落葉和熟梅的香味。

「晚上好。」

「晚上好。」她說。「你自己能夠從車子裡出來，還是要找消防隊幫忙？」

「我馬上來。我只是想再隨意想想。」

「不急。」她遲疑的踏出門檻一步，看一下街上。她穿著他還未在她身上見過的高領毛衣，很適合她最近新剪的較短的頭髮。

「變冷了。」他說，並且在想，他父親的死實際上並沒有改變什麼，他只是必須習慣。

「是，」瑪麗亞點頭。「雖然我們生活在德國。」

「妳的課上得如何？那些女士們都與我一樣沒有天分嗎？」

「我有幾個學生還不錯。」腳上穿著室內鞋，她朝車子這邊快跑幾步，彎下腰從開著的車窗裡親吻他。為了讓他聞不到菸味，她刷過牙。他未來得及回應前，她已消失在屋裡。門是開的，看得見玄關裡家常性的混亂，鞋子和外套，溫暖的燈光。何暮德拿起後座的袋子，檢查三封信是否好好的在裡面。明天一早他就給史丹回信。然後他從車上下來，關上車門，察覺到原本深鎖在保險箱裡的恐懼逼近；這感受幾近於一種驅使人們有一天坐上車離去，好遠離他們的無聊生活。

鄰居的屋中傳出輕輕的樂音。路燈的光亮落在街上。石塊路面亮亮的，似乎剛剛才下過雨。

12

他們在大西洋公路上往南飛馳一個半小時，大海只見到過一回。到了蓬特維德拉，他們越過一座大橋時，左邊有帆船停靠在港口，右邊則在水面上開展無盡的視界，從這段以後，風景就再不是讓他們開口打破沉默的理由，他們愈靠近邊界，就愈熱。斐莉琶把座椅往後調，椅背往後靠，脫了鞋的腳抬高撐在置物箱前。她不想輪替他開車。共同度過三天後，再見面的興奮喜悅退去，留下的空位上現在是什麼，何暮德不知如何形容。他總覺得什麼都沒有。

延伸得很長的一條橋架在米紐河上，橋的另一頭豎立的牌子上寫著歡迎。每次進入葡萄牙都像回到家。高掛的豔陽燃灼著他的上臂，他的眼睛輕撫過稀少的，不夠緊密、無法成林的樹叢，而穹蒼是葡萄牙式的地中海藍，他毅然轉過頭。

「嘿！Bem-vinda a Portugal（歡迎妳來葡萄牙）！」他在里斯本、拉帕和不同的海邊度過的時間大概一共兩年。這些時間裡他得到的陽光比他生命中所有的時間都多。他女兒只簡單的點個頭回答。

「跟我說三樣，」他仍不死心，「讓妳想到葡萄牙的三件事，名詞或形容詞都可以。但是不能想太久，要馬上說出來。」

「你先說。」

「夏天、拉帕和綠酒。」

「阿嗚哇露、阿嗚哇和祖阿嗚。」斐莉琶側臉看著窗外，手中握著手機。最新消息是心電圖雖然否決了阿圖爾心血管阻塞的可能，但是血壓高得不容忽視。既不是緊急情況，也不是解除警報，這就是他出發前在瑪麗亞的語音信箱裡留言的大要。這個老人必須住院幾天。露德絲這段時間自己一人在拉帕家裡，但是在教堂裡的時間比在家多，她只有晚上會在家接電話。

「妳真是的！」何暮德用假裝責備的眼光看了女兒一眼。「我說的是三件事！」

「我要上廁所。」

「遵命，小姐要上廁所，您忠心的司機全速前進。為了小姐，我速限也不在乎了。」

四點剛過，儀表板上這麼顯示。但是葡萄牙的時間要早一個小時。路上車輛不多，而且每當何暮德看一眼後照鏡，總是遇到陌生的自己。今早他站在浴室裡，拿起刮鬍刀，旋即又放下。他想起上次夏季學程來演講的杜林來的同事，說著一口流利、貴族式的英語，還有刻意三天沒刮鬍子的不羈造型，讓何暮德對他的印象比這位同事的演講內容還要深刻。斐莉琶一定會取笑的問他這副樣子想勾引誰，他喜歡自己這樣的改變。

用過豐盛的早餐後，他隨即離開了飯店，在老城度過這個早晨剩下的時光，他想走一走練練腿，想逛逛，也許去看博物館。但是他一出門，他的雙腳自動往兩天前去的方向移動。這是一個有陽光、清新涼爽的早晨，這樣的早晨令人不覺想去郊外。斐莉琶下午兩點來接他。聖地牙哥的巷弄依然躺在暗影之中，正在緩慢甦醒過來。

兩天前他也是從這個側門進入教堂。太陽從上面的窗戶照進來，將一切都籠罩在銀白色的光裡。

祭壇後面的空間裡，何暮德隱約看到形影，是一些人在擁抱聖使的塑像。他慢慢的越過主道，在椅子上坐下，觀察告解室的動靜。有一個年輕男人不向一旁有欄杆隔著的方向說話，反而跪在一個神父面前，肩膀顫抖，似乎因為痙攣而搖晃。另有一個人微笑的起身，挽住在一旁等待他的人。歐洲人和幾個亞洲人散布在教堂裡，老人小孩，虔誠篤信者，不感興趣與戲謔不莊重的青少年。觀光客不管禁止的牌子照樣喀嚓喀嚓的照相，有信仰的雙手合十，偶爾進來天主教身披藍袍的好學生，用嚴肅的眼神照看四周，覺得太吵時就發出明顯清楚的噓聲。

他對教堂的感覺可以這樣形容：熟悉的陌生。幾乎確定的是，是幻象在困擾他。瑪麗亞搬走後，他夜裡都緊閉房門，因為害怕不想見的事物顯現，也為了不想有如同他常在波昂市場廣場見到的禿頭男人的下場，那個男人穿著磨損的夾克分發小冊子，大聲斥罵這個世界的道德敗壞，被忙碌的周遭忽略、恥笑或者譏諷。何暮德坐在椅子上，眼睛無法離開五號告解室。裡面的神父比他其他的同事都年輕，他既不念經也不半瞇眼瞌睡，而是雙手放在窄小的窗框上，似乎想要開始聊一聊。「給親愛的德國和匈牙利」刻在門上的木頭裡。站起來的時候，何暮德額上出現汗珠，有一種感覺，彷彿他在別人眼裡容易被看穿，在自己眼裡則不是。頌德琳不是說過類似的話？如果這是真的，而且不是只有在教堂裡，他想，那捉迷藏還有什麼好玩？

「真是多謝了，」斐莉琶半譏嘲的說，「我忠心的司機。」

何暮德抬起眼看到右邊有出口從眼角消失。一個牌子上標明下一個休息站距離四十公里。

「抱歉，我注意力沒有集中。妳為什麼不早半分鐘說？」

「你知道你在想事情時會動嘴唇嗎?好像在自言自語。我不想打擾你。」

「反正是妳的膀胱,」他沉靜的說,雖然他自己也一樣感到內急,而且不喜歡她挖苦的語調。

「現在又要再忍二十分鐘。」

「我還是小孩的時候,有時候我會觀察你在書桌後的樣子。你的門如果沒有關上,我從房間裡門上的鑰匙孔可以看得很清楚。你總是一隻手肘撐在桌上,下巴托在手上。你那時候也是這樣,有時候會喃喃自語,但是你在說什麼,我不理解。」

「嗯哼。」

「那個時候我不明白你的職業到底是什麼,我比較希望你是獸醫。」

「這是妳童年時期對我最鮮明的記憶:我在書桌旁自言自語?」

「就算不是最鮮明的也是我第一個想起來的記憶,就像你現在坐在我旁邊還喃喃自語。誰是頌德琳・鮑畢庸?」

「嗯?」

她沒有轉頭看他,只是指指在中間的格子裡一張摺疊起來的紙條。頌德琳的名字、地址和大門的密碼寫在上面。這是他性格縝密的一個證明,將資料在筆記紙上詳細寫下給自己看。斐莉琶可能在上次停下加油時打開來看了。

「一個老朋友。」他說,「正確來說,她是我生命中第一個真愛,當我在美國的時候。一個星期前我去拜訪她,去貝爾哈德・陶胥寧家的路上。」

「媽媽知道嗎？」

「不知道。不過，知道了也沒關係。頌德琳和我零零星星有聯絡。我剛好有意願就去看看她。妳也會喜歡她的，她也是個相當有主見的人。我們聊天、吃晚餐，然後我就回飯店了。」

斐莉琶抓抓小腿。她穿著聖地牙哥大學的T恤，下面是百慕達短褲，可能是男裝。何暮德換到左邊車道，超越了一輛大貨車。外面的溫度已經爬升到二十九度。景色又綠又棕，而且丘陵起伏的大地躺在太陽下。白色的村子睡在盆地裡。

「妳出生前我的生活是什麼樣子，妳知道得不多，是不是？」他問。

「我可以問為什麼我們需要知道嗎？你先是講述中國比喻，跟著是在樹林裡抽大麻。你的意思是要嘉布麗愛拉經由這些，猜想你對其他事情一樣也有開放的態度嗎？這是六八學運方式嗎？還是什麼？看，我多解放！」

「不要亂套妳不了解的專有名詞。並不是我愛吹牛，但是妳們兩人話真的很不多，所以我……」

「你告訴我們，在佛洛里昂的婚禮上你們坐在教堂裡時已經high了，而且聽起來不像你覺得應該感到羞恥。」

「我傷害了妳對宗教虔誠的感情嗎？真是抱歉，我並不知道有這件事存在。妳祖母會很高興的。」何暮德轉頭想讓女兒平息怒氣，但是斐莉琶搶在他前面。

「首先，我不喜歡你把祖母牽進來。聽起來好像是她馬上會被惡狼吃掉。第二，嘉布麗愛拉很訝異。你是怎麼想的，居然在佛洛里昂的婚禮前抽你這輩子第一次大麻？」

「我不想讓任何人驚訝或者受傷。而且嘉布麗愛拉不是笑了嗎？看起來訝異的人是妳。妳女朋友信教嗎？從什麼時候開始……」雖然是最後一秒，但是還是太遲了，他閉上嘴。她自找的，誰讓她要惹他生氣。

「說啊，說出來啊，從什麼時候開始同性戀是一種信仰？這就是你要問的，這是你的問題，是不是？」

「妳知道嗎，現在的父母很不容易。我們絕對不被允許太保守，不許有自己的意見，尤其是不合時代潮流的。但是如果我們顯出開放的樣子，馬上就變成巴結討好或者假裝，或者根本不可靠。」

她的女兒沒有反應。

「說實話，妳的整個世代我都不了解。妳們到底在想什麼了？政治你們不感興趣，但是海豹寶寶好可愛喲。你們絕對不會為了世界上還在發生的飢餓捐款。但是如果有一個記者因為拉斯塔捲髮被捕，你們會為他開一個臉書帳號。你們不會陷入理想抱負裡，因為你們太算計。但是新的手機一上市，你們又陷入有如宗教的狂熱裡。不在線上對你們來說，一定感覺像缺氧不能呼吸。」

「你換氣過度了。」斐莉琶冷冷的說。

「妳是否也有這種網頁，上面寫著昨晚妳從網上偷下載了哪部電影。這到底有什麼好？有什麼意義？」

「你知道信箱有什麼意義，不是嗎？我的問題是，為什麼你一定要挑佛洛里昂的婚禮前抽你人生的第一支大麻？」

他的確是愈來愈激動，不能馬上平靜下來。這個激動和當初與瑪麗亞嚴重爭吵時的感覺很像，知道自己有理，但是得不到該得的權利。一個沒人在乎你的糟糕情況。

「可不可以請妳坐直，」他說，「讓我能夠看到我在跟誰說話？」

「跟我，斐莉琶。你跟我說的一切我都會替你保密。」

「妳母親從來沒有跟妳說過嗎？我們吵架的事。」

「沒有。」

「我們——吵架了。真確的說，是我的行為像瘋子一樣，指責她所有的事都做錯了。之後我們不得不抽一支大麻，為了要挺過那一天。我的第一支，到目前為止也是唯一的一支大麻。身為妳的前教養者，我太不像話也很後悔，請妳轉達給嘉布麗愛拉。」

「你的行為像瘋子一樣是怎麼樣？」

「很難堪，我不確定我是不是要告訴妳詳情經過。」

「為了什麼原因？」

「原因到處都是。為了妳母親住在柏林，我獨自住在波昂。為了我不喜歡妳母親在麥凌恩手下工作。這些很難理解嗎？她對我的責難是，我不努力理解她為何這麼做的原因，不把她的工作當一回事，諸如此類。回想起來簡直是一場爛電影。」

斐莉琶第一次改變坐姿，抬高的腳放下了，椅背豎直，說：「你的強項本來就不是透過別人的眼睛去理解事情。」

「是這樣嗎？」一個牌子上圖示還有十公里就到廁所、餐廳和加油站。何暮德一看見，想下車子的強烈需求馬上升起。「也許妳可以舉個例子讓我信服。」

「拉帕養老院的落成典禮？阿哇嗚還是村長時花了很大心血，在好多年之後終於落成開幕，那是他的大日子。新的村長致詞，講述村子裡幾十年來怎麼樣現代化起來，電話、電氣、街道，整段歷史，他說現在有了養老院後，拉帕終於屬於第一世界。而你──站在人群裡的某處，喃喃的說：九十分。」她瞪著他，但是這次他迴避她的眼光。「也許你根本就沒有注意到。但是別人都聽到了。我和媽媽真是恨不得當場把你掐死。」

「我不確定我是不是真的說了這種話，但是……」

「但是我確定，我就站在你旁邊，我聽到了。」

「好吧，那一定是開玩笑的。人家故作正經的致詞時，我為什麼不能說點玩笑話？我在德國一樣也會這麼做。我覺得在一個養老院開幕致詞講到第一世界云云的太誇張了。」

「相對的，你說你繳的稅反正都用在這上面就不誇張？不用說了，我們知道你認為這種支持是對的、好的。葡萄牙人雖然不似德國人一般辛勤的工作，但是他們都是可愛的人。如果他們繼續努力的話，總有一天赤字會消失的。對吧？」

「斐莉琶，我很尊重妳，但是妳這樣冤枉我是很可笑的。」

「你覺得這是對的、好的，尤其是你一定要持續告訴你周遭的人你覺得這是對的、好的，甚至是不客氣的在別人面前指出，自己卻察覺不到這樣子是多麼高高在上。因為要有察覺的話，就必須要設身處地，但是我們在度假呀。」

女兒的思辨天分放在什麼營養分析學科裡枯萎，而不是用來當成就什麼的工具，實際上是一件很可惜的事。他覺得女兒可以做綠黨的發言人，必須具備的自負她已經有了，而且還加上足夠的笑話數量，就不會激怒聽眾。聽她說話一陣子不會覺得無聊，一段時間過去之後才會發覺她觀察事情有多片面。

「我可以請妳把注意力轉移到另一個方向的事實來嗎？」他問，「也就是我女兒要把我和葡萄牙家庭部分分離的趨向，尤其是當我們在拉帕時。我既不會說葡萄牙語，也不了解當地民情。我的問題很天真，我無傷大雅的玩笑證明德國人的優越感。不論我想被歸類成那一部分，妳給我的訊號都是，別白費力氣了！排擠我的人似乎就是妳。」

「那我們再定義清楚一點，加入的意思是坐在陽台上看書，直到人家叫吃飯了，意思是，看清楚了標籤上寫什麼後，大方的揮手請人開瓶，講的還是很差勁的葡萄牙語。」

「謝謝讚美。我只是不想在帕萊拉家所有爭論裡參一腳。我不參加他們自己也已經夠不理智了。」

「阿嗚哇露有多少兄弟姊妹？」

「什麼？」

「很簡單的問題。」

這下他的火氣再也按捺不住，沒有人會對南歐一個分散在世界各地的大家庭網絡有概念。大家的名字都一樣，誰都是叔叔伯伯、堂兄弟姊妹。家中在麻薩諸塞州開連鎖快餐店的那個部分，可能是露德絲的兄弟一系，或者只是有共同的祖先。重要的是，大家都是家人。一天中的每個時段，不管白天晚上，都可以去敲門，沒有人會盤根究底的審問他，不像他女兒，對他無法回答的問題幸災樂禍。

「多少？」他問，為了讓審訊快點結束。

「一個都沒有。她是獨生女，兩歲的時候雙親都過世了。」

斐莉琶一說，他就想起來了。露德絲是埃什特雷拉山脈的人，但是在南部某處被修女帶大的。後來她回家鄉參加某個家庭節慶，就這樣認識了阿圖爾。

「妳滿意了嗎？」他問，沒有再提供遲來的記憶。那個家庭節慶其實是一個葬禮，那又如何？

「你的加入是什麼意思，如果你連這個都不知道的話？」

「我的意思是，親愛的斐莉琶，我生命中最美好的回憶幾乎都和葡萄牙有關。在拉帕度過的日子、大家一起在露台的傍晚、度假的海邊以及一段我女兒沒有一直想把我塑造成傲慢、得罪所有人的大惡人的時光。你是要為自己精闢的評論，還是要為妳能夠沒有困難的使用兩種語言、在兩個國家自由行走而慶幸，都隨你。聰明如妳，有一天會明白，這是妳的先天條件，不是妳自己努力就能得來的。」

有一段時間車裡的沉寂似乎是暴風雨來臨前的寧靜。然後斐莉琶迅速的看了他一下，又復直視看著前方。何暮德不清楚，他是否傷了她的自尊、惹她生氣了還是說服了她，讓她覺得和她的父親沒什麼好談的。總之，她恢復沉默。斐莉琶從副駕駛座車門上的置物格裡，抽出他星期三隨手放進去後忘了的林查爾斯的博士論文。她忘我的翻閱，不給他絲毫機會重拾之前的話題。他的眼睛看著下一個藍色的牌子：波特、阿威羅、科英布拉，還有三個小時才會到達首都。祖阿嗚會把鑰匙交代給莎達哈大廈的管理處，晚上帶他們出去吃飯，到那時候他的房子應該夠大，可以給兩個不想見面說話的人足夠的空間。

何暮德的思緒又回到早上。他的眼光遇上了那個神父後，就匆匆忙忙離開教堂。到了教堂外面，他的心跳才慢慢平穩下來。清冷的空氣和淺色的花崗石，無生命物件的單純令人心安。他選擇了一條直線往山上走去，而且喝了一杯酒。這件事比如說，他想講給斐莉琶聽，想問她，她是否能夠了解這種一時興起的心情，以及她怎麼看宗教，或者跟她解釋。有些事不論有多努力，再也無法忘記。到休息站還有一公里。他的右手扶穩方向盤，左手去抓發癢的下巴。

「哦，真舒服，我想抓已經好久了。」他說，「為什麼你有一箱影音光碟在地下室？」

「我不明白你在說什麼。」

「在地下室的箱子，我找到的，因為我在找割草機的一個零件。裡面有美國影集、電影、葡萄牙電視劇這些東西。很大一部分是爛片。」他聳聳肩。「妳為以前的品味覺得丟臉嗎？」

他們面前下高速公路的交流道出現，何暮德踩油門的腳慢慢收回。

「我總共只有三張電影光碟。」斐莉琶從容的說，「《愛在黎明破曉時》，因為我以前覺得伊森・霍克很棒。《愛在日落巴黎時》，因為我終於發現，原來我喜歡的是茱莉・蝶兒。《里斯本的故事》，是父親送給我的禮物，因為他覺得文・溫德斯很棒，聰明如我總有一天會欣賞。」

何暮德打方向燈，很高興她雖然在生悶氣，但是不再像之前，只講單字。

「也就是說，這是一個謎。」

「要是我是一個偵探，然後必須找到這樣一個箱子裡都是舊片的主人，那麼我的出發點會是：尋找一個年紀大一點的人，他不太懂網路。或者是對智慧財產權的觀念已經過時的某人。」雖然斐莉琶盡力裝模作樣假正經，卻還是忍不住咯格笑起來。「我的第一嫌疑人就是你。」

「哈哈哈。真好笑。」

他們經過一家紅色的加油站，接著來的在左手邊有一家餐廳。餐廳正前方的停車格滿了，何暮德便開到右邊，幾條置放在快枯死草皮上的木頭長椅，曝曬在烈陽下，車裡的溫度計顯示的是三十一度。

「妳看到哪裡有陰影嗎？」他問。只有一輛車停在這個區域，是一輛像箱子般布萊梅車牌的房車。車子的主人將他們的露營椅擺在幾棵瘦小的義大利五針松樹下。如果他從遠處沒有看錯的話，是一對老夫妻。

「這邊有。」斐莉琶說。那裡並沒有畫停車格，何暮德往左邊開過去時，感覺到布萊梅房車主人從報紙上面瞪他。他在一棵年輕的梧桐樹蔭下停好車，熄火。引擎罩下滴答輕響。

「我們再釐清一次。」他說。「箱子自己沒有腳。」

「那是媽媽的光碟。不是她的會是誰的？」

「妳媽媽不會看這些東西。避免說精英這種字眼的話，她的品味要求是很高的。為什麼她還是能夠忍受麥凌恩的作品，這我無法解釋，但是……」

「如果那些東西不是你的，就只能是她的！」

「那個箱子在地下室樓梯底下，和其他雜物在一起。某人在上面蓋了一塊布，上面還堆了其他東西。我會找到只是單純的意外。」雖然他們停在樹蔭下，冷氣關掉後，熱氣還是滲進車裡。幾秒之後他的襯衫就貼在身上了。

斐莉琵聳聳肩，說：「二加二等於多少？」

「什麼？」

「還有，一個哲學家要花多少時間才解得出這道題？」

「這又是什麼意思？斐莉琵，如果我惹妳生氣了，就說出來。我既不想傷害拉帕居民的驕傲，也不想傷害妳女朋友對宗教的感情。如果我做出了和我的意圖相反的事，那我真的很抱歉。妳要讓我抱歉多久？」

「關於參與的事你真是太自以為是。也許對於你的移情能力也是——從陽台上。你一定誤認為那是貴賓座。」

「妳能不能不要用這種嘲笑的語氣說話！」

「你能不能睜開你他媽的眼睛！」斐莉琵猛地提高聲音開始大吼。「那是媽媽的光碟，好嗎？她跟我說過，但是沒有告訴你，為什麼沒有，我不知道，但是她告訴了我！她在波昂是那麼的無聊，她已經沒有辦法再讀任何有點思考的讀物，感覺似乎腦已經死了，她跟我說，所以她看這些垃圾，下午的時候，你在大學裡，我不在家。然後把箱子藏在地下室，不讓你知道。她很厲害，不是嗎？」

「我一個字都聽不懂。」他說，「妳也可以用說的，不必大叫。」

「不要跟我來客觀這一套！在客廳的茶几上是易卜生，臥室是布雷希特，這可不是偶然。她甚至想到要移動書裡的書籤，每天往後幾頁。哦，太厲害了！她無法再面對鏡子裡的自己，而你居然沒有察覺，因為下午有五個學生找你談話，或者因為某個會議又多延長了半個小時。我也沒有發覺，因為我交男朋友了，而我不想和他親熱。也許那個時候我根本也不會在乎。」

「好了。」他說，想打斷她的滔滔不絕。

「一點都不好，你到今天仍不了解，她為什麼要到柏林去。因為一切都只能圍繞著你轉。她害怕踏出這一步，她到今天都還在害怕。但是她必須踏出去。這個你腦袋裡裝得進去嗎？真是他媽的！有我什麼事？我為什麼要告訴你？這跟我一點關係都沒有！」她解開安全帶，用力砰的一掌打在置物箱上，力氣大得何暮德害怕防撞氣墊會跳出來。汗珠從他兩鬢流下。她將博士論文朝他一摜，打開車門。

「等一下。」他說。

「你才等一下，坐著吧，好好的等。」

他解開安全帶，鑽出車子，好像車著火了一般。事實上彷彿著火般的熱是車外。他一離開樹蔭想攔截女兒時，燠熱乾燥的空氣馬上衝進他的肺中。

「她為什麼不告訴我？」

「不要問我！」她大聲說。「不要他媽的總是問我！」

布萊梅的車主放下報紙，眼睜睜的看著，絲毫不掩飾他的好奇。他和他的太太坐在相距一投石之地，他們看著他們，每一句話都聽得懂。何暮德抓住斐莉琶的手臂，阻止她繼續前進。

「妳不能起個頭，然後不繼續談下去。」

「那是你們的問題！」她憤怒的甩開他的手。他再次想抓住她時，她激烈的抽身。然後消失在往廁所去的方向。

有一刻他感覺被熱氣扼住快窒息了。何暮德在兩張長椅之間喘氣，才發覺手上還握著博士論文。封面是紅色的，上角折損，因為斐莉琶把它當作攻擊的武器。「世界思想回歸中國」，指導教授的名字寫的是海巴赫博士教授，何暮德瞪著自己的名字，不知道該哭還是該笑。松樹下的人在打手勢。雖然豔陽高掛，何暮德還是在其中一張長椅坐下，將論文放到面前的桌上。他的車子車門打開停在路邊。

現在呢？

他不疾不徐的把袋子掏空，拿出手機、皮夾和車鑰匙，把所有的東西擺在自己面前，彷彿在盤點。一個生命中能夠被改變的部分是什麼？從哪裡開始？這不是一個計畫，而是他想像力的引誘，讓他終於拿起電話撥號。第一次沒有撥通，因為他忘了0049。然後嗤嚓兩下，通了。他也許只是想藉此度過直到他能接受瑪麗亞在客廳坐著，打開電視遙控器，呆呆瞪著螢幕畫面的時間。光碟播放器是他買的，是為了所寫的書必須看幾部柏格曼的經典，當時瑪麗亞也和他一起欣賞。那是美好的夜晚，他心中想。他的太太真的移動書籤，為了騙他？

電話響了一陣子。鈴響的聲音比往常更加空虛，如回波探測器。還有，瑪麗亞多次對他說過：我再也受不了這些空蕩蕩的下午，我得做些什麼，有耳朵願意聽的人就能聽見。太忙的人則……

「宛麗希，您好。」她回應電話像他的祕書亨特維格太太，只不過說出來的是自己的名字，彷彿那是她的辦公室似的。

「日安，宛麗希太太，」他說，「我是海巴赫，雖然現在是暑假，但是伯伊格曼先生也許在辦公室？」

「您是知道他的。他把這裡差不多是當成自己的家。」宛麗希太太從夏天開始是伯伊格曼新的祕書。一個穿低胸服裝果斷的人，蔻丹鮮紅，口齒伶俐。誰要是因為她的穿著打扮而看錯她……？你尊敬她多少，她就尊敬你多少，可能還少一格令（譯注：度量單位，最初是一粒大麥的重量）。

「啊，他昨天生日，」她補充，「六十四歲了。對稱讚他看起來年輕的祝詞，他用拉丁文回答。我在谷歌上搜查，但是沒有找到。」

「我們對自然有什麼好抱怨的，它不是對我們很仁慈嗎！我想是塞內加說的。」伯伊格曼每年都引用這一段。

「下一次我就知道了。現在我幫您轉接過去。」

「謝謝。」

餐廳後面何暮德辨認出那是一個貧乏的兒童遊樂場，只有一個小孩單獨坐在鞦韆上。他猜想，斐莉琶氣得正在大哭，所以沒有回來。布萊梅車主似乎在商討，兩人中的一個是否應該冒險靠近暴風的中心經過長椅這邊，去房車裡拿東西。電話線裡發出嚓嚓聲。

「我是伯伊格曼。」那些光說出自己的名字，就已經讓人感到權威的人，是怎麼辦到的？

「日安，伯伊格曼教授。我是海巴赫。」

「海巴赫先生，很高興您打電話來。」

鬼話誰信，何暮德想。熱氣裹著他像看不見的毯子。汗珠在他的皮膚上流淌，他感到可以讓自己冒一些風險。在原點這個地方，所有一切都同等可能，或者僅僅是無所謂而已。

「您有幾分鐘時間嗎？」

「是您的話，我當然有時間。」他們同事迄今已逾十五年，從來沒有說過什麼不是屬於廢話的私人的事。

「那我就長話短說，是關於一個我想請您照料的博士生。」何暮德聽著自己說的像是話家常。

「一個中國人，研究黑格爾的。這不是我的研究領域，您是知道的。他寫的是歷史哲學和形上學，比較是您的專業。」

「這，欸……」不是同事所期待的生日快樂祝頌。「這個人是剛剛才在波昂開始嗎？」

「他已經念了六年了。」

何暮德聽見伯伊格曼在電話裡呼吸。

「誰在什麼時間點指導過他？」

「嚴格說來沒有人。他上過我幾堂專題座談，來了我辦公室幾次。但是您一定可以想像，語言的障礙還有隔行的困難。請允許我離題一下，在我忘記之前，貝爾哈德・陶胥寧要我代他向您問好。」

「真的。」

「他很認真的請託我。」

「這可真令人驚喜。這樣看來，您見到他了？他好嗎？」伯伊格曼果然又恢復正常。何暮德對他自己所說的話反感在增強。像伯伊格曼這樣的人只能從後面跳上他的背，才能讓他屈膝。他眼前浮現他在寬大書桌後面的樣子。書桌是家傳骨董，實心的木頭，足足有半噸重。

「他過得非常好，計畫明年要結婚。」

「我真是為他高興。」伯伊格曼一點也不激動。「您說的那個博士生……？」

「林先生。我老實對您說，伯伊格曼先生。我之所以問您，是因為我在考慮是不是放棄我的教授職位。」這句話一說出來，他又領先了，何暮德馬上聽得出來。

「我不明白。您的教授職位？」

「我們不必欺騙自己。有一些東西，如果我們把它們劃分為模塊，它們就無法作用。或者是它們從來沒有起過作用，而它們會存在，是因為有它們已經很久了。但是今天呢？對真理的探索，我是說，我們到底想騙誰？」他禁不住，這麼說話真是痛快。彷彿說的是在枕頭下積攢錢財的人，或者過著完全不用電氣生活的人，對這些人乾脆的說「神經病」一樣。

「這些年我愈來愈常感覺您開始醒悟了。」

「您不覺得嗎？」

「我當然也這麼覺得。」伯伊格曼的回答裡注入了傾向激昂的脾性。「但是您知道大家是怎麼說在鐵達尼號上的樂團的。像我這種舊式的人，這樣的對話我覺得面對面比較好。您在家裡嗎？」

「我在葡萄牙。」

「那就難辦了。我可以請問，您對辭職有什麼想像？」

「我希望盡可能無聲無息的辦理。」

伯伊格曼清清嗓子。認識他的人都知道，接著會有一場較長的、考慮周全的訓示。

「既然您剛剛告訴我您的情形，那我就跟您說，我們已經有過一次這樣的案例。雖然陶胥寧先生在辭職的當下只不過是助理教授，而且在波昂才就職兩年。我的意思是，不只是在牽涉到機構運作上您的例子是不同比重的。您剛才說到一個博士生，但是這樣的學生有很多，不是嗎？而且身為國家公務員，您被迫必須能夠充分說明為什麼需要休假的理由。僅僅是為了哲學已經走到盡頭，是不足夠的。總之，我感覺您沒有想清楚，而且，請原諒我這麼說，也有一些蠻橫。海巴赫先生，您畢竟是我們機構無法放棄的一股力量。」

您是我最強的員工之一，趕快給我夾緊屁股回來！

「除了我們的系所以外，我也有其他的責任義務。」何暮德扼要的說。「先不說內情細節，首先這是我個人的決定。」

斐莉琶出現在廁所進出口。

「我理解。雖然如此。」

「我會請亨格維特太太送一份論文過去。」

「一份論……他寫完博士論文了？」

「博士論文完成了，也還可以讀懂。您在系所裡是唯一的一個可以讓這樣的論文通過審查的教授。這個人艱辛的工作了六年，如果用的是母語，也許他真有能力寫出好文章。我甚至確定他一定可以。」

「我怎麼覺得像被要脅？」

「被什麼要脅呢？我坐在葡萄牙高速公路旁一個休息站，哪裡有什麼能夠拿來要脅您？」斐莉琶朝他走過來，遲疑地，因為她以為，他在跟瑪麗亞講電話。「我請託您，唯一的想法只是為了他好。林先生將太太和小孩留在家裡，隻身一人到波昂來求學。而且，誰知道呢，這個人是一個中國人，與許有一天他會成為北萊茵西發里亞州的副州長，感激涕零的現身在您面前。」

「我珍惜您，海巴赫先生。我可以想像在某些事情與您緊密的合作。您的幽默我卻從不理解。到目前為止我對您的印象是，您並不喜歡傷害別人。」

「最近我常常聽到這個評論。」

「總而言之，我答應幫您這個忙，也不會舉發您違規——前提是這必須是一份自我要求嚴格的論文，這個當然不用說。至於您要辭職的事，我們還沒完。對不起，我感覺起來很像您想要棄械逃跑，也許我們這個學門真的走上煉金和占卜一途，但是後果與我們無關，也不能是我們逃離的藉口，我們只能走下去。」伯伊格曼對所遭受到的突襲所做的驕傲的回敬，他現在坐在他辦公室的三千本書中，懷疑他現在是不是應該感到被捉弄了。活該。貝爾哈德聽他說這個故事時，一定會大笑。

「非常謝謝。」何暮德說，「論文一定馬上送到您手裡。哦，當然也祝福您生日快樂！六十四歲。塞內加在某篇文章裡是怎麼說的：我們並不是擁有太少的時間，只是太浪費罷了。差不多這個意思。」

「享受您的假期。」他掛斷之前，伯伊格曼酸酸的回答。

斐莉琶在他對面的位子坐下。太陽這麼猛烈，讓他們兩人彷彿在雪地裡瞇著眼互視。她是否真的哭過了，他看不出來。但是她洗過臉了。他願意付出一切，只要能再像從前一樣擁抱她。但是，他只是把電話在褲腿上擦一擦，合上。

「你在跟誰講電話？」

「伯伊格曼，我在波昂敬愛的同事。他不喜歡在他的領域上被攻擊。」

「他打給你的？」

「我打給他的。」

「為了講博士論文？」

松樹下有人在收拾碗盤。何暮德認得那個女人所做的動作，蓋保鮮盒的蓋子同時按壓和掀開一邊讓空氣跑出來。斐莉琶靜靜的打量他。

「不管妳媽怎麼想，我都要這麼做。」

「不先和她商量？」

「對。」他拿起博士論文，把它捲起來，雖然五百頁很不容易捲，然後塞進旁邊的垃圾桶裡。塞進去後，掉到桶底還有一聲空空的咚。「妳沒想到我竟然會這麼做，是不是？」

「她後天到，剛剛傳來的，但是她只訂到去波特的班機。我們現在怎麼辦？」

「按照計畫，我們去里斯本，後天我們去機場接她。看妳要一起來，還是和祖阿嗚去拉帕也行，我們在拉帕碰頭，像每年一樣。」

斐莉琶站起來，似乎再也無法忍受殘酷的太陽，肩膀上的確能夠感到太陽光的分量。

「我也得去一趟廁所。」何暮德將桌上剩下的東西收好，站起來。廁所裡刺鼻的阿摩尼亞，褪色的把手支架以及白色瓷磚的裂痕。雖然告訴伯伊格曼他的計畫，並且一開始就激怒他並不聰明，但是何暮德還是壓抑不住肚子裡升起的勝利感。如果他沒有看錯他的同事的話，他會飛快的看一遍論文，短短的嘆口氣，然後把林查爾斯叫來報告，以破紀錄的時間讓他通過審查過程，也許還得高分，就為了跟何暮德炫耀，人在其位就是要這樣而且可以這樣辦事。至少有好事從中生出。林查爾斯太孤傲，也不會懷疑，除了他自己優越的成熟思想，也不認為會有別的因素讓他高分畢業。何暮德兩腿分開站在便斗前，試著讓呼吸淺些。他的臉發熱，應該已經曬傷了。關於那只裝著影片的箱子又回到他腦中。當瑪麗亞教授百無聊賴的外交官員眷屬葡萄牙語時，收到過千奇百怪的禮物。為什麼不能是葡萄牙語電視劇?從一個極小的窗戶傳進來高速公路的行車聲，稀稀疏疏，與一般八月的日子沒有兩樣，再兩天他和瑪麗亞就能相見了。

何暮德洗手，看著鏡中的自己，腮上這堆黑白混雜的亂草比起以前的整齊外表和他更相稱。他再一次轉開水龍頭，然後聽見外面斐莉琶氣得發抖的聲音：「多管閒事！」

接下來的對話何暮德沒有聽到，因為他即刻就衝出去了。松樹下的三個人物所站的位置是一個奇怪的三角形：女人把一個保鮮盒抱在胸前，似乎怕被搶走。她的男人襯衫開敞，裡面一件白色的T恤，看起來比何暮德對他的第一印象要年輕。一個五十上下體格強健的男人。斐莉琶離他們兩公尺遠，手臂舉得高高的，彷彿要撕扯自己的頭髮或者要衝上去和那個男人拚命。他們之間的露營桌上散布著塑膠瓶裝的芥末和水、用過的刀叉碗盤。報紙一定在那個男的跳起來的時候掉到桌下去了。

「這裡發生什麼事了？」何暮德的聲音比現場的火爆冷靜太多。

「什麼事？他們應該管一管這個沒教養的小蕩婦。」那個人吼回來。他的老花眼鏡掛在鍊子上吊在短脖子胸前。「居然敢在這裡對我們大吼大叫！」

何暮德點頭。他的心快要跳出胸口了，但一股難以言喻，幾近於舒坦的感覺同時湧現。那個人說斐莉琶是「小蕩婦」。

「請您說話客氣些。」他說。斐莉琶站在他身邊，緊緊咬住下唇。

「要我說話客氣些？我還可以更不客氣！」那個人舉臂的姿勢似乎面前有一輛推車。他工作了一輩子，終於可以買下這輛房車，帶著黃臉婆出來旅遊歐洲。何暮德站在太陽下，一定已經超過五十度了。那個人還站在樹陰下。

「妳沒事吧？」何暮德一隻手放上斐莉琶的肩膀。小女孩削瘦的肩，淚流了滿臉，但是她沒說話。

他第一次正視這個人的眼睛，那不是一張他預期會有的粗笨的臉，也不是北德的口音，讓他愣了一下，雖然這些都無關緊要。

「請您向我女兒道歉。」他說。

「哦？」一個自信的搖頭。「她是你女兒的話，你真是太可悲了。或者她會這樣，根本是你的責任。現在……」他向斐莉琶的方向侵略式的前進一步，但是何暮德搶在他前面。陽光透過葉縫灑下，反映在桌上的餐具上，很刺眼。別衝動，他心裡想，似乎他已經在助跑。他的足尖去踢桌子邊緣，讓它在空中翻了半個觔斗。女人的尖叫蓋過桌子撞擊乾燥的草地的聲音。還半滿的瓶子在地上滾動。

算了算了，何暮德想這麼說，別跟小孩子一般見識。可惜他低估了對手。絲毫不遲疑，那個傢伙馬上跳到他面前。一個拳頭已經擦到他耳邊，一隻小而有力的手抓住他的襯衫。他的理智試著分析到底發生了什麼事，但是激烈的攻擊令他不得不還手。當何暮德踉蹌往後退時，感覺地上的坡度突然變大。

他伸手去抓對方的布料和堅硬的肌肉，打鬥中能夠維持平衡的，他都不放過，同時，避開對方的打擊。他成年之後，從來沒有用拳頭打過誰。學校裡曾經有過的打鬥，野獸般憤怒和恐懼造成的恍惚早被忘記。汗水、流涎，有時候噴血。現在他必須非得再一次經歷不可。手指關節突然被刺一樣的疼痛告訴他，他打中了。硬碰硬。對手呻吟。何暮德其實不知道剛剛做了什麼，但是他再依樣畫葫蘆一次。這次他擊中脖子。

「不要！」斐莉琶大叫。

雖然一切渾渾噩噩，但是他還是清楚整個情狀的荒謬。也許對方就是在等待某個人找上門來。只要一開始，原因為何就完全不重要了。最要緊的是，他千萬不能倒下，或者眼鏡被弄掉。這個傢伙是很堅實，但是比他矮一個頭。身上有廉價刮鬍水的味道。何暮德雙腳一叉，穩穩站著，雙手牢牢抓住對手，他轉身，再一撞，鬆手。那個傢伙失去平衡，摔倒在地上。四仰八叉躺在草地上爬不起來。

一陣沉寂之後，前面加油站那邊，何暮德聽見一輛卡車發動引擎。斐莉琶與另一個女人靜止不動的看著他們鬥毆。現在那個女人彷彿大夢初醒解凍了。

「殺人啊！來人哪！」她大聲尖叫。一個不停跺腳，塑膠盒子還緊緊抱在胸前的人物。雖然天氣這麼熱，她還穿著針織夾克，很明顯她完全不知道該做什麼。何暮德的目光在她和躺在地上沒有意思要爬起來繼續打的男人間游移。他的臉發出不自然的紅光。另外一頭兒童遊樂場上玩鞦韆的那個孩子，已經被父母領走。

「我們走吧！」斐莉琶說。

「偷襲！」彷彿一個被打倒的拳擊手撐起身子，「你們不覺得丟臉嗎！」

「自作自受。」像槌子一樣重的回覆，但是斐莉琶似乎只是對自己說。她仍然咬著下嘴唇，是她從以前就有的習慣。第一次見到她被憤怒蒙蔽了理智時，她就是這麼站在他面前，在一個小男孩想搶她的小鏟子，結果反被小鏟子打了臉之後。小鏟子是哈瑙祖父送的，鐵做的。後果也可能更慘。

「好，我們走吧。」他那時對她解釋什麼是相稱行為，今天也應該用到自己身上。左眼下他感到灼熱的疼痛，而且加劇得很快，因為汗水一直往下流。「我們走。」他朝那個男人的方向說。似乎因為他們的距離這麼親近過了以後，按理要好好道別。

猶如受到一場事故的驚嚇般，斐莉琶讓他領著走到車子旁邊，車門仍是大開著。

「可惡！」女人在他們身後氣憤無助的叫著。

「怎麼發生的？」他問。

「等一下再告訴你。」

車裡的熱氣壓得人喘不過氣來。何暮德將鑰匙插進去，摸索著他的袋子。當他想在後照鏡裡勘視他的傷口時，斐莉琶催促他趕快。

「我們快點開走吧。」

「我眼鏡上的太陽眼罩完蛋了。」何暮德把罩子拿下來，發動引擎。道路沿著松樹林邊的圓環繞一圈，那對夫妻在裡面不可置信的瞪著他們的車子轉。露營餐具明顯的以相同半徑圍著他們，分散在地上。那位太太終於放下盒子，去撫摸丈夫的臉。丈夫舉起拳頭威脅的揮著，似乎在找尋有什麼東西能夠用來扔他們。當他拾起地上的瓶子時，何暮德早從後照鏡裡看到，他轉彎，開上通向高速公路的聯結道路，換檔加速。勝利感與羞恥感在天秤兩端上上下下。斐莉琶吸吸鼻子，扣上安全帶。

「你可能很久很久沒打過架了吧？」她爆發一陣緊張的笑，一邊搖頭。他再次打方向燈，然後他們就回到了A一號三條線道橫越大地的公路上。到達波特只再需要少少的幾公里，他的心臟還像被困的野獸般跳動。他放在方向盤上的手仍在顫抖。

「可以說了嗎？」

「是他先開始的。」斐莉琶說。「他跑過來，說了些什麼『這裡雖然是葡萄牙，但是也不是想把車子停哪裡，就可以停哪裡。』之類的話。為什麼德國人總是喜歡對別人指手畫腳？還用這種可惡的語氣。」

「所以妳就對他大吼大叫？」

「我說，我們車停哪裡關他屁事。接著他就說，我應該被賞幾記耳光。我很想跑過去掀桌子之類的，但是我不敢。我在漢堡的訓練是自衛，攻擊比較難。」她看著她的手點頭。「你真不錯。擊中靶心。」她的咽喉裡還卡著一個驚嚇的哽咽，可能會轉成哭泣或者大笑。車子裡的熱氣漸漸消散。

「妳的袋子裡有OK繃嗎？找一個給我。」何暮德說。

「我有紗布。我幫你綁條頭巾，像以前一樣好嗎？」

「只要妳不照相發給妳媽看。」

「不會的。反正你留那個鬍子她也認不得是你。」她的眼光在他臉上短暫停留一會兒，然後轉身去後座翻找。他真正的感覺其實既不是勝利也不是羞恥，而是一種今日很難用言語表達出來的感覺。他做了他認為必須做的事。如果有人說你女兒沒教養，你一定要用力反擊，為了女兒，也為了不讓這種字眼之後一直陰魂不散纏著你。真的會如此，他知道，因為他有經驗。這次他逆轉被記憶追緝的危險，其他的都不重要。

13

祖阿嗚把這個房間稱為工作間，雖然他是牙醫，不在家裡工作，而且小小的房間室內簡直像雜物間。紙箱堆置在角落，書桌上的東西多到何暮德還要花幾分鐘整理，才能清出地方放他的筆電。從開著的陽台門，何暮德可以聽見隔壁賣場是如何工作的。他找到一個計算機，打開電腦準備工作，但是他還在喝咖啡，悠閒的看看靠著牆壁的書架，架子上有一些書屬於科幻和奇幻小說的分類，搖滾團體的相片集，很多彎刀和匕首，整體比例正確的摩托車模型，加上文件夾和牙科醫學的專業書籍。最上層鑲框的照片裡是一對年輕人的婚紗照。美麗、莊嚴，已經準備好要幸福。玻璃上一層薄薄的灰塵令他和瑪麗亞顯得奇異的眉飛色舞。

早晨九點半，何暮德懶散的轉過頭去看熟悉的薩爾達尼亞區的街景，賣場後面一棟不顯眼的辦公大樓隆起，玻璃貼了濾紙。大樓旁邊是美國鑽石酒店龍飛鳳舞的招牌字。豐特斯帕萊拉德梅洛大道的棕櫚樹頂上，飛機按照規律的間隔時間出現。飛機從深藍的天空裡由下往上飛過來，消失在北邊里斯本飛機場的方向。天氣預報今天將有三十五度，這個高溫轉眼即到。

「Não te atrevas!（你敢！）」祖阿嗚在客廳喊道，斐莉琶勝利的大叫，回答的速度何暮德來不及聽懂。早餐的時候他們兩人早就仔細審視過，決定玩「武術決鬥」這個電腦遊戲。一個半鐘頭以來，兩人不停鬥嘴吵鬧。瑪麗亞的弟弟對斐莉琶來說，仍然是里斯本的大玩伴，從來不會問她有關學校的無聊問題，而是與她同一個時間點，並且同等熱心的讀《哈利波特》。除了在診所裡，祖阿嗚拒絕當一個成人。昨晚開始兩人在路上就已經互相取笑，興高采烈，拌嘴吵鬧得跟貝根城很久以前那兩個雙胞胎一樣。

何暮德在收件匣中按下卡特琳娜的來件，兩肘撐在桌上讀信。

最重要的是兩件事，她強調，第一件是因為提前離職，他的退休金會成為個案而降低；具體則要根據他究竟何時離職，以決定從他的就職年資中減少四或五年，再從可能的新職補充退休金的權益。不知道他實際收入多少，她就無法進一步說明。另外，他究竟已經在職多少年，她也不清楚，所以她是參考他在大學中的生涯履歷來粗略計算出大約二十八年這個數字，其中包含他早期約聘人員時期。第二件是請他注意二〇〇一年頒布的法令裡，公務員養老金標準的一般性降低。相應因素在逗點之前是一個零，所以最後會比想像的少。簡單的說，除去減少的五年在職時間，他的退休金大約會減少百分之十，二十八年年資的意思是二十八乘以他在波昂薪水的百分之一點八〇三九一，加上家庭津貼。這數目，何暮德算出結果一次再檢查兩次後，簡直是驚人的少。他絞盡腦汁得出服務了二十九年這件事，並沒有讓事情好一些，他有的就剩下麥雅先生看好的房子以及一點都不豐盛的數目，而且還有究竟能不能夠被批准的問題。他想退職的理由該怎麼編造？

何暮德把螢幕從試算表中退出，再簡短的打幾行字，請求亨特維格太太將一份林查爾斯的博士論文送去同事伯伊格曼那邊，然後他合上電腦，到陽台上去。四周房子窗戶的捲簾都是垂下的，讓房子看起來像沒有窗戶的白色穀倉。賣場買了一個新的抽風設備，厚厚的鋁製管子在陽光下閃耀，所有的東西都蒙著一種光輝，這只有一個詞可以形容：發光。天空下充滿光，像一個氣球的內部。瑪麗亞只訂到經過日內瓦的班機，明天晚上九點二十分在波特降落。他該跟她說什麼？祖阿嗚的呻吟和斐莉琶的大笑又傳來。穿過陽台的門，他踏進寬敞、有菸草味的客廳，深垂的窗簾有著舒適的陰涼。

「你女兒快累死我了。」他的小舅子衝著他大叫。桌子已抬到旁邊，兩個人肩並肩坐在巨大的電漿電視前，主要的任務是，侵擾對方控制遙控器。五比二根據顯示是「斐莉琶對big Joe」。雖然對打的是電視裡的兩個人物，穿著無袖T恤的祖阿嗚早已汗淋淋。以前他很健壯，現在快五十了，也多了點贅肉在腰上。他用肩膀去干擾斐莉琶，但是她的人物蹲低，高高彈起，一串連環踢擊倒了對手。一段宣示勝利的音樂也宣告遊戲結束。祖阿嗚學他的人物，笨重的滾到地板上。

「Little bitch（小潑婦）。」他喘息著用英文咒罵，手臂往前伸出。

斐莉琶坐著對他的對手鞠躬，跟她在螢幕上的人物神奇的相似，短褲白色內衣，比上次度假時他的記憶裡還瘦，因為沒有穿胸衣，所以小小的乳尖抵著布料。

「你打得像一隻泰迪熊。」她站起來，喝一口水，假裝她完全不在乎此時爸爸也在場。以前在拉帕時，祖阿嗚和她整個下午都在桌球台邊度過，不只是因為舅舅從沒讓她贏過，他連一分都不肯送給她。當斐莉琶因為沮喪而想哭時，她才上樓來。而祖阿嗚就在露台上坐下，抽菸。在真實生活中，她也是一切靠自己努力，他心裡想。瑪麗亞恨他這一點，但是十分鐘後斐莉琶又下樓去要求復仇。桌球她到現在還沒有贏過她的舅舅。她預測，第一場勝利將會在二〇一〇年到來。

「我得去診所了。」祖阿嗚躺著伸手將額上的汗水抹去。

「懦夫。」

「把你爸痛揍一場，別讓他像昨晚一樣跑了。」昨晚他們三人在碼頭上吃烤魚，祖阿嗚知道了休息站的事後，笑個不停。兩個老男人打架，其中一個還是大學教授！這就是最近大學在推廣的應用哲學嗎？何暮德假裝自衛的在沙發上坐下。大半夜他都醒著，當時的情景在腦中播放，他還是沒有找到字詞形容自己的詭異行為。那個女人是如何去撫摸丈夫的臉，她無助的憤怒，而他的右手握拳，好像身體裡在腫脹的疼痛，但是如果他誠實的話，他感到奇怪的不是為何這麼做，而是居然這麼做了之後感到滿足。

斐莉琶一隻光腳踩在舅舅的胸口上，臉上表情嚴肅。

「我贏了，你輸了。因為你太肥。」

祖阿嗚點頭。

「妳什麼時候才會長出真正的奶頭？」

她踢他一下，不太重也不會太輕，坐到第二張沙發上。螢幕上兩個人物靜止不動。外面工人互相大叫怎麼怎麼做。太陽更高，溫度也更高了，何暮德希望，他們兩個不是因為他的闖入而結束遊戲。

「我在你最喜歡的餐廳訂了位。」祖阿嗚放慢速度，當他跟他的姊夫說葡萄牙語時，總是如此。有時候他們也說英語。

「牆上有瓷磚的那一家？」

「牆上有瓷磚的那一家，名字你老是記不住的，訂八點半。你這種腦袋是怎麼當成大學教授的？」

「需要的只是……」好同事，何暮德想說，但是需要一點時間尋找葡萄牙語字彙，「……Assistência。」

「我想也是。」祖阿嗚丟給斐莉琶一個眼神，但是她沒有回應，反而丟了一個靠枕到他身上，說：「趕快去洗澡，你好臭。」

「我這是男人的味道。」祖阿嗚邊說邊站起來。「男人味和臭味可大有差別。」

「對我來說一樣。」

她舅舅在走廊那邊的回答似乎很粗野，斐莉琶先是一愣，然後才翻白眼笑出來。浴室的門被特意的響動給關上。斐莉琶看著她的手，何暮德的眼睛則瀏覽著祖阿嗚其他的骨董刀劍收藏。這些刀劍掛在一個鑲金邊的框裡，安置在客廳裡的壁爐上方。除此之外，牆上沒有其他裝飾。這些空間會讓人感覺家居舒適——是因為酒紅色的窗簾與和式紙燈——是享受生活的心理諮詢師積極主動的功勞，她和祖阿嗚已經同居很多年，沒想過要結婚。露德絲再念幾千萬次的《玫瑰經》也沒有用。

「為什麼他會想收藏這些醜陋的東西？」何暮德問。瑪麗亞和她的弟弟除了姓氏相同和持續驚異這樣的兩個人怎麼會血濃於水以外，就沒有什麼共同點了。當他們還只相隔一道牆壁，在父母經營的餐廳居住時就是這樣了。餐廳在山下毛拉利亞，現在這些破損不堪的房子裡住的是澳門來的中國人。

「不知道。」斐莉琶沒有抬頭看。「你剛才想說的可能是『assistente』。Assistência意思是支援或者幫助。Assistência médica，assistência religiosa等等。」

「對。雖然誰都不能確定，我未來需要的是哪一種支援幫助。剛剛我計算了一下可以領到的退休金，感到有些幻想破滅。我本來以為會多一些。」

他的小舅子在蓮蓬頭下面開始唱歌。何暮德摸一下自己的臉。祖阿嗚覺得他的新鬍子很酷，而這麼不同的兩人，瑪麗亞的反應恐怕可想而知。緊張在他體內擴散，只要他靜靜坐著，馬上就感覺到得馬上去做什麼事的壓迫感。

「那個傢伙先開始的，對不對？」斐莉琶說，沒有順著他之前的話題。「昨天在休息站的時候。」

「他先開始的，而我們也沒有給他機會，讓他停止。至少我沒有。」

「我也沒有。」她一聲嘆息，躺倒在沙發上，用左手支著頭。「我整夜都在想這件事。有時候我會突然憤怒起來。自從我認識嘉布麗愛拉以後，我好了一點，但是……」

「妳遺傳到我。」

「這個感覺在這裡不肯走，」她用兩個指頭指著她胸口橫膈膜的位置。「一定不是你遺傳給我的。你總是說，一切都可以冷靜的談開。最糟的不過是面對關著的門談。」

他的目光停留在裝著橡皮骨頭和球的小籃子上。擁有這個籃子的狗，已被斐楠妲一起帶走，她要離開三天去探望父親。那一隻牙齒像老鼠、緊張、愛吠叫的狗，每次電話鈴響起，牠就狂奔肇事。他跟他的女兒隔著一道關上的門談話，在女兒的青春期，這樣溝通是家常便飯。

「妳對哈瑙的祖父母還有記憶嗎？」他問。

「當然有。為什麼?」

「什麼樣的記憶?」

「很多種不同的,比如樓下的工廠的味道。我還記得你說:妳祖父和孫子比較合得來,他希望其中有一個將來是修理工人。我是很想成為修理工,但是他無法接受。哈瑙的祖母,我倒是常常想念她,想她煮的那個甜茶,她真的很可愛。」斐莉琶微笑起來,顯然是對一個她腦海中的畫面有感而發,汗水或者乾爽劑在她腋下留下發亮的痕跡。他經常想像告訴她,他問自己,她在他心目中形象有何改變。當女兒的會想要知道這個嗎?

「我父親從來沒有吼叫過,」他說,「或者只是把聲音提高也沒有。如果一定必要,他就說,處罰免不了了。就這樣。」何暮德聳聳肩,似乎他的話無關緊要。有一會兒的時間,只剩下祖阿嗚在洗澡間唱歌的聲音。蓮蓬頭灑水的聲音已經收了,而電視螢幕上還是只有那兩個穿白衣的武功高手。談這些他並不是覺得不舒服,他只是有點悲傷。

「為什麼要處罰?」斐莉琶問。

「他十三或者十四歲時,就沒了父親。人是有罪的,他以前是這麼被教的,所以要嚴懲。處罰是為了他們好,這樣他們才能走上正途。正在長大的男孩和他們腦袋裡的壞主意尤其要嚴懲。」不知不覺何暮德陷進柔軟的沙發裡,下巴搭在胸口。斐莉琶的眼光對著架子上的音樂光碟和電影光碟。他喪父之前,父親一定也拚命壓抑他的感情吧,說出來是不可能的,但是和他現在父親的心情又能有什麼不一樣。「那個時代就是這樣。」他說。

「Okay。」斐莉琵聽起來不知道該說什麼。

「妳媽媽相信，這說明很多事情。她深信，她自己奇異的內疚與她未出生就夭折的兄弟有關。聽起來不可思議，卻有可能是真的——我們事後如何知曉事情經過？我們大家都想知道，我們是誰，我們是怎麼樣的人。但是我們又覺得大部分的解釋太斷章取義，尤其是別人的解釋。例如有人對妳說，妳覺得被女人吸引，因為……」

「我不是覺得被女人吸引，我是女同性戀。」

「這就是我的意思。」

「但是你不說出來，也許某天你會對露忒說我很任性或者還沒調整好我自己，甚至說我捉摸不定。」

「妳本來就是。以前不會，現在是。不過，妳倒是一直很任性。」

「你這麼說，只是不想把女同性戀這個字眼掛在嘴邊。」

「我的重點是，別人的任何解釋都會冒犯到妳。無論人家說，妳孩童時期跟母親太親近或者是父親，或者看了太多茱蒂・福斯特的電影，妳總是會回答：這沒有什麼好解釋的，我生下來就是這樣。」他其實是想逗她笑的，可惜沒有成功。

「本來就是這樣。」斐莉琵簡單扼要的說。

「我的情形也是如此。有可能可以這樣或者那樣解釋，但是我不想定義五十年前發生的事，更不願意由別人來判定，就連妳媽媽也不行。雖然是好意，卻有辱我的尊嚴。」

每當女兒流露出正在轉動念頭時，他總是很喜歡看著她，看她斟酌翻轉她的想法，以她清晰的判斷力反覆思考，好似她自己對結果也很期待。但是她這時卻沉默不語，所以他便繼續說下去，而且對她的專注很開心。

「如果不能夠理解的話，確實很難接受。但是有時候還是必須如此。尋求解釋的結果，得到的往往只是可能和事情不相干的一點東西，沒完沒了。昨晚我又想起來，像妳一樣我也醒著問我自己，在休息站到底發生了什麼事，事情怎麼會發展到我去和一個完全陌生的人廝打在一起？我現在當然可以追溯到四十年前某些事不再任人宰割的決定，但是老實說——伸手去揍那個人，感覺真爽，我不該這麼做的，但是我想這麼做了。這是最有說服力的解釋了。昨天在休息站所發生的是我想讓它發生的。」

「我也是。桌子被踢倒時，我真希望是我掀的。砰！」躺著的斐莉琵用力的空踢一下。也許攻擊的對象根本不是那張露營桌，而是她父親少年時逞勇好鬥的圖像。「我那時候好崇拜你，像以前一樣，當你修好我的腳踏車時或者空手抓到蜘蛛時。我爸爸。」

「可能這也是原因吧，」他說，「讓妳再崇拜我一下的可能性不是很多了。雖然如此，三天前在咖啡館的時候我已經告訴過妳，別低估妳的老爸。」

「我沒有。」她馬上又嚴肅起來。「我只是要讓你清楚，你現在的煩惱沒有比較緩和。」

「以前我會說，等著，等妳自己有了孩子就知道了。」

「現在呢？現在我該等什麼？必要的話你每天站在鏡子前面，複誦十次。我等了多久你知道嗎？」

「多久？」

「很多年。」

「好吧，那妳也會給我一點時間。」

她回答之前，祖阿嗚從浴室出來了，而且聞起來像掉進刮鬍水的瓶子裡一樣。襯衫的三個扣子是開著的，騎摩托車用的皮手套拿在手裡。他看了一眼電視螢幕，鄙視的搖搖頭。

「你怕你女兒嗎？」他問，「不用責備自己，我理解，她的確可怕。」

「我送你到門口。」何暮德從沙發上站起來。

「謝謝，我知道門在哪裡。我也住在這裡。」他試著用眼睛去勾引斐莉琶的注意，但是她完全不看他。「我做錯什麼事了？救命啊！今晚我還能回來嗎？」

何暮德推著他的肩膀去到走廊。用這種酷和粗魯混雜的方式和小舅子說話，他還沒有成功過，而且他也不再試了。祖阿嗚對自己是嘲笑還是接受，他不知道，他們反正合得來。對他的小舅子來說，他就是家人。對他來說，小舅子代表的是葡萄牙的夏天。這就夠了。

「斐莉琶和我會出去看一看。我們幾點在哪裡碰面？」

「就約這裡，除非你自己找得到那家餐廳。你女兒應該找得到。」

「我們回到這裡來。最晚八點。」

他們並排站在走廊上，何暮德下意識的拉上客廳的玻璃門。祖阿嗚緩緩的搖了搖頭。

「已經多少年了，何暮德？」

「八點十五分。」

「幾年了？」

「八點半，八點半，好吧？那我們就有足夠的時間來遲到。」最後那個句子何暮德用的是英文，為了能夠流利不中斷的說完整個句子。

「My man。」他的小舅子拍拍他的肩膀。一條長長的走道通到後面的房間。這是一間很大的公寓。祖阿嗚之所以能夠負擔這樣大的房子，因為他的父母賣了餐廳，遺產已經給了他。當牙醫可以賺的錢當然也不少，但是他給太多病人半價優惠。何暮德是最近才從斐楠妲口中得知。祖阿嗚太在乎維護他的痞子名譽，這比公開他的善行要重要。

「還有，」何暮德尾隨他的小舅子出了公寓大門，「我可以問你一個奇怪的問題嗎？」

「只能在問題真的很奇怪的前提下。」

「你曾經寄過一個裝著影片的箱子給瑪麗亞嗎？DVD啦，你喜歡看的，然後認為瑪麗亞可能也會喜歡？」

「果真是一個奇怪的問題。」祖阿嗚臉上的肌肉動都不動。

「我說嘛。」

他們兩人對視了一會兒。電梯裡傳出無法定義的響聲。這是一道優雅的、白色大理石鋪成的走廊。四扇白色大門，門上有大寫字母的記號，以及一扇通往逃生梯的狹窄過道。祖阿嗚捧著安全頭盔像拿一顆保齡球。

「總之，」他說，轉身要走了。「享受這一天吧。」

「晚上見。」

「你們愛亂逛的德國人要是讓我等，就試試看！」

何暮德關上大門，回到客廳。斐莉琶已經把桌子歸位到中心位置，用疑問的眼光迎著他。她身後的電視螢幕是黑白雪花。

「你們找到大門了嗎？」

何暮德吞了好幾次口水，才有把握開口讓語調聽起來樂觀進取。

「我建議，我們今天下午上去摩爾城牆或者去坐二十八號有軌電車，像以前一樣。或者妳有其他想玩的也行。」

「我想留在家裡。」斐莉琶說，一邊將電線纏在手指上。「我要跟阿嗚哇露講電話。」

「妳明天就見到她了。」

「她一個人在拉帕，擔心得要死。」

「好吧。」

「你去你的摩爾城牆吧。對你有好處。」

他留在室內站著，點頭。他認出斐莉琶的臉上有著宛如瑪麗亞的溫柔眼睛和與他自己相似的堅毅、不屈服。昨天在休息站時，他覺得彷彿是站在鏡子前面對自己吼叫。

「妳那時說，妳不在乎我賣不賣波昂的房子——妳是認真的還是隨便說說？」

「也許不公平，但是也無法改變了。波昂是我不是我自己的一個地方。你想賣房子的話，就賣吧。」

「了解，妳喜歡漢堡。」

「或者聖地牙哥。那邊有新的事物在發生，營養學、生物學、食品化學，所有的系所都在一個校區。我的申請還在審查中，但是被接受的希望很大。」

「像這類的事妳不跟我們先商量了？是嗎？」

這個問題讓她收拾房間的動作中斷。

「你們總是說，總有一天你們要搬到葡萄牙。既然如此，我們大家乾脆都生活在伊比利亞半島。」

「那只能算鄰居。」他再繼續如此站上五、六個小時，她就必須擁抱他了。在這期間，他可以接受沒有腳踏車要修，或者也不能去她的床後面抓蜘蛛。在衣櫥裡沒有住怪獸，萬一有的話，也是嘉布麗愛拉替她趕走。雖然如此，他還是想最後再試一試：「整個下午待在房子裡？這樣好的天氣？」

斐莉琵站到他面前，雖然沒有抱他，但是一隻手放在他肩上，對他鼓勵的點頭，好像她小時候學校裡有考試，他也是這麼送走她的。這也是一個屬於年華漸老的經驗，與孩子之間角色逐漸的互換。此外，她沒想要考驗他什麼，也沒有意思想要他理解她什麼。就這樣了，從此以後。不過是正常罷了。

「幫我問候摩爾人。」她說，「記得擦防曬哦，出門以前。」

「也幫我問候妳的阿嗚哇露。妳有意圖要告訴她嗎？」

「沒有，他們兩人這麼老了，不會理解的。但是這是我唯一的妥協。其他的人要不就接受，要不就……」她沒有把句子說完，只是看著他。

「明白了。」他說，轉身出門。「我們晚上見。」

儘管一切雖然如此，他想，里斯本還是一個如夢之境。以往在坐有軌電車對斐莉琶來說，還是很新鮮的事情時，他們常常兩個人來，瑪麗亞這時就去買日用品或者看訪朋友。現在搖晃著開過來的車廂裡，人潮比何暮德所見過的任何時候都要滿，個別伸出車窗的手與相機，裡面坐著的、站著的乘客人擠人。他乘坐地鐵到達羅基歐，在行人徒步區重新買了太陽眼鏡罩，然後步上他熟悉的路線。他右邊的下面泰加斯河遙遠的閃著藍光，像大海一樣。他爬得愈高，風就愈冷，雖然太陽炙熱的燃燒，天空裡沒有一片雲。他行經坐滿人的咖啡館和小酒館。在達斯佩拉斯內格拉斯路一棟黃色的房子前短暫停下腳步，由下往上看一眼房子的立面。一如既往，長型窗戶的拴板是關上的，他做著夢，三樓的公寓正等著他搬進去。

這些年來他已經養成注意小細節的習慣，發現這兒有許多標明市有房產的四角形海報，或者挖掘羅馬劇場古蹟工程的進度緩慢。從對面博物館的露台看出去，可以看見在巴雷魯靠岸的郵輪正加快行駛以及奧求比陰鬱的圍牆，裡面是反對薩拉查政權政治犯終老之地。他汗流滿面。下一輛有軌電車掙扎著爬上陡坡，何暮德尾隨在後。幾百萬人踩過的人行道鋪路石被打磨得猶如古銅。下一個轉角的後面，他的目的地出現。

摩爾古城牆前面有一個小廣場，每年在廣場上擺出的桌子都在增加。在綠色的菸酒書報攤賣小點心和飲料，何暮德買了大杯啤酒，小心端著滿溢的塑膠杯找到空位坐下。每次到這個城市來，他至少要造訪這裡一次。古城牆在他背後，那個時代建蓋的暗色石牆，摩爾人和西哥特人在那個區域爭鬥不休（注：公元七一一年，北非摩爾人入侵伊比利半島，使西哥特王國滅亡。），葡萄牙語叫做Cerca Moura。現在五個黑人在那裡組裝他們的樂器。

他放下啤酒，坐在似乎是城市之上的露台。最近的一個山頭上聖維森特房屋的白色立面發出亮光，往下的河谷邊阿爾法瑪的紅色屋頂同樣閃閃熾熾。何暮德把腳架上鐵鑄的欄杆，觀察鄰桌躍上躍下的鴿子。餐巾紙和空杯滿地，周圍照相的照相，調情的調情，抽菸的抽菸，沉默的沉默。大家喝著咖啡，或者翻閱他們的導遊書。有一次他坐在這裡的時候，有一個年輕的小姐拜託他拍照。她獨自一人，也只要一人入鏡。他當時五十出頭，而且和瑪麗亞約好了一會兒里斯本上城見。他無奈的笑了笑，照著她的吩咐做，拍了一張再拍一張，接著是一張近照，直到她說：「你夠了沒？（**Don't you ever get enough?**）」搶下他手中的相機，走開消失了。她也許是他見過最美的女人。

海鷗在下面跟看不見的空氣旋流遊戲。離開公寓之前，他本來還要打電話給瑪麗亞，問她明晚想在波特過夜，還是繼續開往拉帕？但是他消除不了心理障礙，心中對地下室那一箱物品的疑慮想像愈久，他就愈覺得羞恥，這麼長時間都沒有察覺，他的太太有多麼無聊，而他拚命賺錢餵養她的無聊感。他感到最痛的是瑪麗亞逃離空洞的方法是懲罰自己——藉由低濫的文學戲劇！她懷孕期間的最後兩個月必須躺在床上，她在身邊堆了一疊書：萊辛、彼得・魏斯、海納穆勒。同樣的瑪麗亞在大白天觀看《慾望師奶》是他不願忍受的畫面。而且他覺得被欺騙，被她欺騙，她居然還移動書籤佯裝一切……

音樂來了，加勒比海式的，很有律動感。站在周圍的人開始搖晃臀部，何暮德則想起，很早以前他有時候會吹看不見的薩克斯風，雙手在空氣中按鍵，在這個世界上自己是唯一的一個能夠聽見自己技巧精準的刺耳樂音。現在他的腳跟著踩拍子。風讓女人的長髮凌亂，把香水味散布在廣場上，然後帶著笑聲離開。何暮德喝一口啤酒，把電話從口袋裡拿出來。前面牆的一端非法移民在賣太陽眼鏡、T恤和便宜的首飾。一個年輕的父親為了讓小孩可以看見樂隊，而將小孩扛在肩頭。

猶如大部分時候，他打電話回貝根城是，只短促響兩聲，妹妹就會接起來。

「布魯納。」

「是我，哈囉。」

「是你。」露忒很高興的說，「我已經給你留言兩次了。你這麼忙嗎？」他不知道為什麼，但是妹妹只打他的室內電話。通常一個星期一次，三十年來幾乎沒有改變。總是星期六中午過後。今天是星期幾，何暮德想不起來。

「我在里斯本，一時興起就來了。」

「里斯本。你一個人在那裡嗎？」

「還有斐莉琶。」他不知道從何說起，所以先提阿圖爾因為心臟有問題入院的事。露忒的聲音是他生活中最大的恆定常數，有些時候這樣也就夠了。他說完事情原委後，很驚訝她居然說：「不知道為什麼，聽起來這次好像很嚴重。」

阿圖爾的心痛幾年來都是問題，他以為他這次也猶如平常一般的敘述。

「可能是吧。他的年紀也大了，兩次心血管阻塞、一次心臟繞道手術之後，我們都必須有心理準備。」

「你太太呢？」

「明天會到。直接從哥本哈根過來。」

老人生病，女婿和孫女趕來，女兒搭上最近一班飛機，聽起來像家庭大聚合。電話裡沉默，何暮德看著樂隊的歌手，他離開了原來的位置，手上拿著一疊音樂光碟匆忙地從一桌走到另一桌。頭上一頂帽子，下面是像肢體一樣靈活運動的眼睛。不知道怎麼辦到的，他可以一邊和女人調情，一邊讓女人身邊的男人買下一張光碟。

「現在我不知道要拿我的好消息怎麼辦？」露忒憂心的說。

「妳就說吧。」何暮德很感興趣的看著那個歌手。有些人做的事雖然沒什麼了不得，但你自己就是永遠做不來，因為你個人的天性就是和那種事相衝突。露忒所謂的好消息，他已經等了將近一年。佛洛里昂在婚禮時就已經說過，他們只不過在等太太博士畢業。她的論文裡分析死海古卷中的兩篇經文，佛洛里昂是天體物理學家，在研究一種距離太陽後面光年記的射線——兩人專業領域間的差距顯然不會造成他們的問題。

「我要做阿嬤了。」露忒說。

「太棒了，恭喜恭喜！」

「我其實現在還不應該告訴你，現在才第十週。但是我一直囉嗦到佛洛里昂耳朵長繭，他才允許我告訴你。」

「我不會說出去的。」

「你不用特意保密，我們是家人。」

「所以你在我電話上留言了？」

「對，這件事，還有想知道你好不好，想知道你下決定了嗎？你在這裡的時候，好像很困擾，壓力很大。」

歌手跟觀眾開著玩笑，拿出一支長長的樂器，一邊敲男人的肩膀一邊快速轉動眼睛。所有的人都在給他加油。

「我記得很清楚，」何暮德說，「我還在美國時，妳懷孕了，我們的母親在信裡是怎麼寫的。她寫，一個受上帝祝福的好消息，這個句子我永遠不會忘記。妳在信的旁邊還塗寫了：你很難相信吧？你的小小妹妹露忒……我讀了信之後，心裡想，確實令人難以置信。我在美國掙扎著長大成人，而妳好像沒事人般已經跳進上一輩了。」何暮德轉過一邊，看向遠方一艘白色的帆船在泰加斯河上滑行，聽著露忒笑著笑著，變了聲調，也許是遼闊的視野讓他察覺，那已經是多久遠以前的事了。他感到手臂上一陣寒慄。

「妳在哭嗎？」

「沒有。就是……」她必須先吸吸鼻子，才能繼續說下去。「很糟！上個星期我打電話給菲利克斯，他還是那個樣子，雖然他比我早知道這件事，而且還取笑我。沒事了，我這個老奶奶。」她重新笑起來。

「但是妳很高興吧。」

「那當然。」

「好，很好。」

距他們一起在哈瑙上墳還不到兩個禮拜，露忒更換墳上的花時，說：你一直想當教授。他站在旁邊，看著墓碑，第一次心裡想，墓碑上的墓誌銘其實不錯，最後一行尤其喜歡。時光飛逝，猶如我們離開。當時是一個美好時刻。上完墳他們駛經那棟母親去世後，在三年前賣掉的房子，母親最後幾年在鹿坡和露忒及海納生活在一起，安靜無怨一如她的一生。

「不知為何，現在又是如此。」何暮德說。

「什麼？」

「妳想到要做祖母，不覺得心情不好嗎？」

「我是阿嬤。」她堅定的說。祖母是用來形容廚房窗戶後面的黑寡婦，那個女人是露忒和他童年時陰影。

「而且是一個很讚的阿嬤，我很確定。剛才的話，我只是隨口說說。」

「我知道你的意思，但是對變老這件事，我內心可沒有障礙。你就單純的為我高興吧。」

當他們坐在車裡，看著石板灰的房子外表，他有那麼一會兒，似乎看見廚房窗戶的簾子後面有一道暗影。那是一個被耽誤的人生凝聚成的，憤慨又無聲的惱怒。她那時候應該是他現在的年紀，只不過是已經守寡了三十五年，孩子是她所憎惡的，村子裡所有的人都知道。而孩子們的報復是編唱難聽的歌謠，邊唱邊跑過屋前，露忒便會消失在自己的房間，用枕頭緊緊捂住耳朵。小笨蛋露忒。

「我很為妳高興，」他說，「真的。」

「反正你努力了。」

新的住民在院子邊的菜園做了大改變。一個變胖的屋頂修理工帶著太太和兩個小孩子。以前甜菜根生長的地方，現在是一架鞦韆和攀緣架。醋栗叢還在，何暮德一看，很久沒再吃過的味道馬上回到舌上，彷彿一層薄薄的軟毛表皮在上顎的感覺，又酸又甜。露忒坐在他身邊，要他說點什麼。

「妳常到這裡來嗎？」他問。

「沒有。」她的腳下站著一個裝著整理花園工具的小桶子，綠色的塑膠手套她拿在手中。

「只有跟我一起來？」

「不然要跟誰？」

那是一個星期六稍晚的下午，運動電視節目的時間。大人和上好蠟的車站在屋前的車道上。當何暮德四下觀看時，想起鄰近房子舊門牌上的名字。施雷瑟的、炯克曼的、李內博恩的，幾代下來都沒有改變的所有格位，標誌著，這是誰的房子。家庭姓氏當時只有教師和牧師才在使用。

「他們跟我們說話會不會還是用門牌上的名字叫我們？」他用下巴指指那塊地。「我是說對搬遷過來的。」他的手放在方向盤上。十二萬五千歐元在哈瑙就可以買到配附糧倉和花園的獨棟房子。賣了房子他得到的部分他用來買了一輛車，剩下的部分他做了投資，但是根據報紙上的最新報導，他很懷疑這樣做是否聰明。

「不知道。」露忒說。

提歐費爾是他們的名字。哈瑙的方言會將發音改變成朵夫費爾（注：Dofels，德語發音和愚蠢相近），在孩子們的嘲謔歌謠中就用上了。何暮德順著窄窄的街道看去，下一個庭院就是施雷瑟的阿菲爾德的細木工作坊。從那裡木頭、膠水和漆的香味會飄進他的房間。自從瑪麗亞不再住在波昂以後，有時候當他晚上坐在書桌前時，他會感覺聞到這種香味。

「我可以重新提出嗎？」露忒的聲音聽起來她為了這個問題已經考慮很久了。

「提出什麼？」他很想把車鑰匙一轉，把車開走。但是他的妹妹以她的方式緊咬不放竟與他如此相似。不然的話，她早就指示回家的路，不會停在這條剛好叫做「上區•海巴赫」的街上。名字中所謂的河（注：海巴赫也是河流名）早就已經地下化，只有哈瑙的上面還看得到河水露出淌在大地，沿著森林的邊緣，經過以前家裡有塊地在那上面的草原。他即刻便想起秋天放假時馬鈴薯收穫的時候，想起伸不直的手指和因為長時間彎腰的背痛。如果馬鈴薯太小，只能拿去餵豬時，這種馬鈴薯就叫豬薯。

「最近我做了一個夢，但是那不是夢。至少我這麼覺得。」露忒從側邊看他，而他看著房子。

「我們曾經到上面我們的地裡去過，你和我。回來的時候我們沒有經過鎮上，而是選擇森林裡的路。雖然你帶了你的腳踏車。我心裡想，你寧願推車也不願意載我。你很討厭載我，對不對？」

「妳要重新提出的是這個？」

「他們埋伏在上面的某處，或者他們只是剛好也在那裡，我已經忘記了。三個或者四個，跟在學校裡欺負你的是同樣一批。有時候我甚至想得起他們叫什麼名字，但是現在記不起來。」

他沒有回答，只是看著方向盤上自己的手，彷彿兩隻害羞的小獸，一不留意便會消失在儀表板之後。他努力思索的話，自己也會記起。起碼想得起來門牌上的名字。

「從第一秒開始就很清楚，」露忒說，「我用盡所有的力氣控制自己不要因為害怕而尿褲子。我這麼的專心用力，以致幾乎沒有看到發生了什麼事。他們搶走了你的腳踏車，推下斜坡。他們沒有動我。然後就走了。」

「就這樣？」

「你爬下坡去想把腳踏車撿回來。我想幫你，但是你對我大叫你自己就可以了。我知道，你生我的氣，第一，因為你總是生我的氣，第二，因為我讓你不能騎車走鎮上那條路。腳踏車被卡在灌木叢裡，你試了很久才把車子解脫出來。你的褲子當然髒掉了，而我知道，父親會因此而責罵你。」露忒嘆息，卻立即接下去敘述。「然後我們到了家，一切都有如預料。我問自己，為什麼你不告訴他發生了什麼事。為什麼你不說出來，這些男孩把你的腳踏車推下坡去，你的褲子因此髒了。」

他在露忒的聲音裡可以聽出，平靜的說話對她是難事。但他可以。「我最近並沒有夢到這件事，但是我相信，褲子是撕裂了，要縫。」廚房窗戶下面一扇門開了。以前這道門可以通向洗作坊，從那裡再到工房。一個年輕的、結實的太太走出來，她腋下斜抱拿著洗衣籃，似乎馬上察覺到，有人在看她。

「不用多久就會有人叫警察了。」

「我到現在還是覺得奇怪，為什麼？說出來可以解釋一切。」

「因為他還是會打我，而我就必須因此而恨他。」他觀看得愈久，就愈覺得，建築物和花園的改變並不大，絕對不會認錯，這是同一棟房子，何暮德的童年就是在朵夫費爾的房子度過的。那位太太往糧倉前張掛好的曬衣繩走去，開始掛起小孩的衣物。露忒點頭。

「當時我有一個感覺，你想要我說出事情經過。」

「但是妳沒說。」

「與我的夢境一模一樣。我想說，但是無法開口。」

「顯然現實生活和夢境一致無二。」他轉過頭去，驚訝的發現露忒看著他，猶如他開了一個非常貼切，以他的為人來說甚至是幽默的玩笑。

「不是的，不是這樣。」她說。「雖然，有的時候，你很想但是做不出來。但是有時候你早就做出來了，只是不願意承認。這兩者都存在，你不覺得？」原來她是欣賞自己的反擊，而不是他的玩笑，這幫助他放棄了思索尖銳的回應。

「妳的意思是，我早就原諒他了？」

「我的意思是，重新提起這件事是多餘的，我很抱歉。我們走吧。」

「是什麼讓妳這麼確定？」

「開車吧，何暮德，我認識你。你是第一個抱怨吃個晚餐要這麼久的人。」

「小笨蛋露忒。」他說，並且讓妹妹在胳臂上搥一拳。站在曬衣繩前年輕的太太已經忙完小孩的衣服褲子。露忒對她友善的揮手，她沒有回應。

不到兩個星期前。

歌手又歸隊回其他樂手身邊。樂隊開始演奏《樂士浮生錄》中的一首曲子。何暮德喝一口啤酒，享受第一波微醺的感覺。他問：「知道是男是女了嗎？」

「第十週？而且他們想到時候再知道。最重要的是，不但美善好好的，孩子也健健康康的出生。」

原來她叫美善。但是她的國家開頭的字母是K。

「問候他們兩位，也問候菲利克斯。他可能不會這麼快就成為父親。」

「有了的話也不是故意的。」露忒嘆息的說，嘆息裡的擔憂比她原先意圖表達的要輕。同樣的語調，幾年來她講述菲利克斯多少有點胡鬧的行為時，都用這個語氣。鹿坡地下室雜沓的箱子裡滿滿的寵物商品，當時菲利克斯和朋友一起創辦網路店，妄想一夜致富，卻泡沫般幻滅。接著菲利克斯為了還債必須打工，他再復學時，講師中已有當初與他一起入學的同窗。當他手頭有點緊時，就從地下室挑幾件東西塞進行李廂，上拍賣網站賣掉。要不然就是去找喜歡他的舅舅，因為他讓他想起以前很多大學生都在大學裡待到像他這樣的年紀，也像他一樣追求廣泛的異國情調的興趣。

「他會開竅的。」何暮德說。

他的外甥會做風箏、會吹山笛而且可以倒立用手跑二十公尺。即使毫無希望，至少有些個人必須反抗整個大環境加速運行的轉輪。國教時間縮短，大學追求時間效益，自由的空間愈來愈少，後果昭然可見。不是有跡象顯示，愈來愈多的銀行家在工作場合表現出來的態度，好像在彌補他們失落的青春期。

「不久你就知道滋味了。」露忒取笑他。「何暮德爺爺。」

「也許吧。誰知道呢？」雖然心中掠過一絲疼痛，他還是忍不住笑。「我的女兒是一個固執孤傲的小姐。我看不透。」誰叫斐莉琶不一起來呢，他語帶報復的說，為什麼她就不能滿足他一下？尤其是在他們這幾天的經歷之後。

「在她的年紀這是正常的。而且你不也一樣是這樣嗎？你笑什麼？」

「我也不知道。這一切都……你不覺得嗎？我們說的和做的，在說和做時所想的和所意圖的。我們以為，我們必須如此，但是實際上不過是很多可能性之一罷了。真實是，我們根本沒有概念。我們不過在瞎子摸象。」

「哲學家。」露忒沒有一絲諷刺。

「我跟妳說過我上次去明尼亞波利斯的事了嗎？」他問，「三年前，史丹・賀維茲下葬的時候。」

「我知道你去了。」

「我那時也像現在這樣，突然決定要動身，也許是因為這樣，所以我想起來。」因為史丹的女兒算錯時差，所以她的電話來的時候，是清晨五點。他的第一個念頭是，電話是露忒因為母親的壞消息而打來的。他的名字在她父親所列的即刻通知名單上，克蕾爾說。幾年前第一次中風，讓老人從此被綁在輪椅上，這次中風一切就結束了。離舉行葬禮還剩兩天，那是四月，即將開學之際。雖然如此，何暮德還是穿著睡衣就買了機票。飛在大西洋上空時，他才問自己，如此奔波勞頓僅僅就為賀維茲？

「葬禮上我幾乎累得無法感覺悲傷。」他說。「很多人都來了，其中不乏熟識的臉孔。但是我完全沒有興趣社交，只和女兒短短的談了一點史丹來德國那時的事。顯然他之後就中止了喬伊之死的調查。他說完『我這輩子過得很好』，就沒有再提起這件事。克蕾爾想知道，我對此有沒有解釋。我不知道能夠怎麼回答。在埃菲爾那個時候他說，他這一輩子都以為，他無法原諒自己讓喬伊代替他上了戰場。事實上這卻是對弟弟的嫉妒。他在許爾特根瓦爾德時才清楚意識到，這才是無法原諒自己的原因。也許那之後他能平靜了，誰知道。我對他的女兒說，我不知道。我覺得，我沒有權利替他說什麼，後來我沒有繼續留在那裡，而是回到校園，在校園裡循著舊時走過的路逛逛。」從西岸到校園裡，再到史丹的房子。早春剛剛開始，空氣裡還有雪的味道，雖然鳶尾花已經綻放。何暮德沿著大學林道，瓦色提劇院仍在，只是不再是電影院，而是一個音樂俱樂部。繼續往西走，越過大橋。這段路比他記憶中的還長。「那棟房子現在是一間民宿，但是外觀並沒有很大的改變。仍舊是鴿子灰的屋瓦，三級階梯上前廊。我站在房子前面，然後直接就去按門鈴。屋主是位女士，很和善，而且覺得我認識賀維茲家的人很有趣。她是跟房地產經紀人買下這棟房子的，還有房子裡大部分擺設。一樓和當初簡直一模一樣，鋼琴、舊式家具，還有瑪莎無法抗拒而買回來的很多小擺設。一整套咖啡餐具底印『Württemberg Germany』。這一切又重新出現眼前，感覺真古怪。這個我沒跟妳說過吧？」

「哪個呀，何暮德？你怎麼不講重點。不是很貴嗎？從葡萄牙打來又講這麼久。你是用手機打的吧？」

「沒關係，讓我說吧。我們坐在餐桌邊，我以前都坐在那裡吃瑪芬糕。我沒帶照片回來覺得很遺憾。史丹在那一天下葬，那位女士並不知道。瑪莎過世後，他就住到最小的女兒那裡去了。」歌手又重新混進觀眾裡，開玩笑，賣音樂光碟。何暮德換一個耳朵聽電話。他坐在此處，里斯本的摩爾古城牆邊，想著大學林道那棟房子。另外，那棟房子不是維多利亞式的，而是安妮女王時期流行的英式巴洛克建築，和他談話的女士相機糾正了他。

「我本來訂了旅館，」他說，「因為第二天晚上我想留在城裡。但是聊了半小時之後，我隨即決定晚上要在這裡過夜。一樓還有一個空房。」

「好吧。」露忒似乎很難壓抑下不耐。「為什麼？」

「因為我想。那裡很長一段時間是我第二個家，甚至比我瓦特宿舍裡的房間更是一個家，不知道為什麼，反正我就是想住那裡。」

「然後呢？」

「樓上改變很大，原先兩個書房都變成客房。稱做書房的本來還有一個房間，但是用來做什麼的，我已經忘記了。裝潢也變了一個樣子，架子上沒有書了，但是仍像那個時候一樣，是壞的。對我來說，這是和原來一模一樣的地方。我關上門，坐在床上──在他稱作小牢房的房間裡。**This is where I pay for it all**（這是我贖罪的地方），他總是這麼說。我坐在那裡，突然間制止不住哭了起來。我哭得沒完沒了。那之前和從那以後我再也沒有這樣哭過。我必須用枕頭捂住我的臉，才不會被人聽到我的哭聲。我以前就知道，牆壁有多薄。」

「你的行李呢？」只有露忒才可能在這種時候問這種問題。

「還在另一家旅館裡。我後來才去拿。」

一陣沉默充斥，在沉默裡，何暮德等待著當時淹沒他的情緒再次湧現，但沒有發生。他覺得自己像三年前終於止住哭泣，能夠清晰看見房間裡的東西時一樣，這樣也很好。床前是一扇窗，在床的位置上原先是一張書桌。壁紙是新的，地毯是新的，房間本身卻仍然有很多與舊時相似之處，人也一樣。

「了解。」露忒說。

「我以為在葬禮上，我的麻痺是因為太疲倦了，遲來的情感占據了心思。事後想想，很難決定，是否……」他驚跳起來，因為有什麼東西打在他肩膀上。不會痛，但是太突然了，他的膝蓋撞到桌子，啤酒灑了出來。他轉身，入眼的是剛才那個歌手的臉。他將光碟拿到何暮德的鼻子前面，臉上的表情似乎在說：買下吧，我的朋友，所有的憂愁便會離你而去。

「你那邊發生什麼事了嗎？」露忒問。

「沒事，音樂而已。」他示意那個歌手，他有事在忙，歌手繼續用木頭做的樂器敲了他兩下，才轉身跳到別桌去。其他客人的注意力跟隨著他。「我得回去了，露忒。今天晚上我們要和祖阿嗚一起去吃飯。」

「結果你完全沒講你到底做了決定沒有。」

「我做了一個決定，決定必須和瑪麗亞商量這件事。」

「你在這裡的時候，你說，你必須先知道你想要什麼。」

「但沒有成功，我試過了，這是一條死巷。」

「了解，」她又再說一次，「我也得掛了。」

「有什麼新的消息我再告訴妳。」

「好好保重，跟大家問聲好。」他妹妹聽起來似乎若有所思，他也在問自己，他對她所敘說的事究竟要告訴她什麼。此刻他自己其實也不明白。足夠了，他想。他喝光啤酒，暑氣漸漸散去，到摩爾古城牆來的人愈來愈多，像葡萄般一串一串的人圍繞著這五個樂手。這裡依然是里斯本最美麗的地方。只要太陽還昇起，他還走得動，他永遠都會再回來。樂曲終了，掌聲像驚濤拍岸般響起，沒有講最後一句話，何暮德闔上電話。

14

當他終於抵達波特南邊城區時，太陽已經下山。多線道的高速公路橫跨多羅河上。他上次到這個城市來的時候，新的火龍足球場還在興建中。現在他經過完成的球場建築物，跟著機場的指標開去。他沒有使用衛星導航，隨著大大的弧度，所有的車都環繞著城市朝馬托辛紐去，屋頂上空第一架飛低降落的飛機出現。雙手放在方向盤上，何暮德擴展一下肩膀，頭左右擺動。他的肌肉僵硬已經升級到癢癢的麻木，從上手臂延伸下來到手肘了。晚上下班的車流幸好他沒趕上。再幾個彎，最後一個標示「aeroporto」（機場），然後經過倉庫，迎面就是長寬的機場大廈。後面陸地結束，地平線燃燒的光線又紅又黃。

在地下停車場的機器裡他扯出一張票，找到一個停車位。中午時除了盥洗包，他還帶了第二件襯衫放在後座，現在他抓起這些東西，拾起副駕駛座上的手機，檢查一下螢幕。斐莉琵仍然沒有消息。照後鏡裡的臉，他覺得有點紅，鬍型現在鮮明多了，賦予他另一種典型的感覺，一個抽小雪茄、但是對現代藝術感興趣的男人。今早在祖阿嗚的浴室裡他用指甲刀修了一下鬍子，心想，一副鏡框是暗色的眼鏡比現在這副戴了很久的無框眼鏡要適合。希望瑪麗亞會喜歡他的新造型的想法，從里斯本出發時就一直跟著他，彷彿這就是決定未來唯一的問題似的。

法蘭西斯克薩卡內羅是一個小型、一切都井井有條的機場。何暮德只要走幾公尺，乘一次電梯，就已經站在長型的航廈大廳，大廳中間，旅客從提領行李處出關的地方，纍纍的人群圍繞，一旁是不可少的咖啡廳以及租車服務處，看板上顯示，從日內瓦來的TP九三七班次將會提早二十分鐘抵達。一手提著乾淨的襯衫，另一手抓著盥洗包，何暮德匆匆步進化妝室，很慶幸裡面除了自己沒有別人。日光燈反射在地磚上。他急忙脫下上身的衣物，擦洗胳肢窩，用廁紙印乾水分，換上乾淨的襯衫。在厚厚的牆壁後面，他覺得似乎聽見烘乾機啟動，但是應該是多慮。

斐莉琶和祖阿嗚接近中午時出發去拉帕。瓜達那邊來過電話，說阿圖爾的血值改善很多，明天應該會出院。在祖阿嗚來說是警訊，卻讓他的外甥女雀躍的宣布，要一起騎摩托車去埃什特雷拉山。儘管費楠妲的龍頭可以讓斐莉琶的瘦骨的身型像風向袋一樣被拋扔，與何暮德的責難，都阻止不了兩人。他朝摩托車尾巴揮手道別後，一個人坐在客廳裡，聽著從敞開門的廚房裡傳來時鐘的滴答聲。他喝著剩下的咖啡，打開筆電，開始在網上尋找卡特琳娜•米勒葛芙括號起來的問題的答案。留職停薪是可以被批准的，他查到。如果有重大事由，而且不妨礙職務。他一邊看枯燥的地方公務員法規，一邊想著今晚會如何，景況一直變換著新花樣。在某個時間點他換到別的網頁，記下機場附近幾個過夜的可能性，再跳回原先的條文。六個月以上的長假需要工作單位最高長官的批准。國家僱員的話，兩年以上的休假則需要內政部和經濟部的許可。他對這些步驟了解愈多，就愈覺得以前的想法是對的，這個意圖是個狂想。拯救婚姻恐怕不是一個在國家聯邦法律中第十二節所說重大事由的意義，而伯伊格曼會提出一連串的職務緣由，反對同事海巴赫中輟，從上次電話後就清楚了。何暮德雙臂交抱瞪著螢幕。緊閉的窗簾後面，里斯本的上空，太陽在燃燒。

中午他到相鄰的購物中心地下樓吃一個三明治，觀察中午休息的上班族吃中餐，無可無不可的看了場來自澳洲的橄欖球比賽轉播，之後空空的公寓似乎在對他說：該上路了！他收拾行李，將車從地下車庫開出來，出發。離瑪麗亞降落還有八個小時，開到波特這一段路會花去他三個半小時。他既沒有概念，白天要在哪裡度過，也不知道晚上見到太太應該說什麼。他可以請託家庭醫生寫一個健康理由嗎？以經濟狀況和彼得重新談薪水？手機的震動將他從臆想中叫回到現實。不是電話，是簡訊。斐莉琶報告，祖阿嗚和她平安到達拉帕，其他的還沒有新的消息。祝幸運，好好開車。心上一塊石頭落地，何暮德把牙刷放回盥洗包，再漱一次口，離開化妝室。

當他又站在看板下時，顯示資訊的字迅速跳動。TP九三七班機降落了。他快速移動腳步，三步併作兩步跑下樓，把東西塞進車子裡，重新回到抵達這一區。他挑了顯示所有時區的時鐘下的位置，通道的側邊，通道還被一張巨大的海報框住，上面的企鵝蹣跚的走向一瓶玫瑰酒。上面一行字「清涼飲品由此進」（This Way for Refreshments）。

他所開的路程超過三千公里，現在他的手心冒汗，臉上灼熱。他必須非常克制自己，才能不躲到被蒼白的綠色植物圍繞的柱子後面去。另外兩架飛機也在差不多時間抵達，第一批旅客從門裡出來了，推著裝滿行李的推車，搜尋的四處張望。等待的人踮起腳尖，打電話，驚叫出聲，當等候對象終於出現，迫不及待隔著半人高的柵欄就擁抱起來，也不管擋住了後面一堆人。小男孩臉上頑強的表情，手上兩支筷子，正在敲打座椅，似乎在向全世界宣布，那個出現時母親用顫抖的雙唇渴求迎來的人，他並不在乎。

瑪麗亞的眼光找到他，她似乎知道他會站在那裡。她微笑的提起手揮動，閃躲過一對除了衝向自己的兒子，什麼都看不見的老父母。手提袋掛在肩上，身後拖著一個紅色行李箱，那是他送的一個禮物。Déjà-vu（似曾相識），他想。過去兩年他們這樣相見十幾次，在車站和機場。說哈囉，互相擁抱，暫時忘記兩人以外的世界，手腳不靈便的處理行李和感情。他遲疑猶豫的舉手回應。再幾步路，然後瑪麗亞和她的煙味及新鮮的面霜味都一起來到他身前，他一看到她眼睛周圍的小皺紋，就知道她有多疲倦。她穿著長版針織外套，在飛機上抵禦冷氣的寒冷，疑問的挑高眉毛。

「Olá（哈囉）。」他說。「Bem-vinda（歡迎）。」

「Olá amor（哈囉，親愛的）。」她彷彿想確定，真的是你嗎？一個多餘的、為了擁抱他的疑惑，她馬上用微笑抹去。

舊相識之間有令人驚異的感動。瑪麗亞的味道和她熟悉的身形，是他前兩個星期所思思念念的，突然之間都來到他身邊，他只能緊緊擁著她，並詫異著，他們周遭的陌生人也和他與瑪麗亞做著一樣的事。幾千個親吻、擁抱和第一聲話語，已經是成人的兒子讓父母簇擁著，猶如活生生的捕獵物往出口走去。然後畫面逐漸模糊消失，而他必須眨好幾次眼睛，才能重新看見瑪麗亞。

「你哭了，而且長了鬍子。」瑪麗亞想要笑，但是她的眼睛裡同樣有淚光。

「你覺得怎麼樣？」

「你哭了還是長鬍子？」

「鬍子，瑪麗亞。妳喜歡嗎？」

她詳細的打量他。二十多年了，他想，現在居然還有這種無助的喜悅。她臉頰上流下來的眼淚她沒有去注意，反而伸手撫摸他黑白相間、剛表出來又短又硬的鬍子。

「嗯，我喜歡。」她說，「你看起來有點像波托•史特勞斯（注：德國劇作家）。」

「那還可以。」

「你還曬傷了。」她踮起腳尖，給他一個吻，他重新將她拉近自己。他以為，他因為激動臉正在發紅。

「我爸有什麼新的發展嗎？」她在他耳邊輕聲問。

「斐莉琶和祖阿嗚剛剛才發消息來，他們平安到達拉帕。阿圖爾的血值又比較好了。明天他應該可以出院。」

瑪麗亞的頭朝後仰，嘴唇抿緊。

「你會說我總是這樣說，但是我真的覺得，這次情況很嚴重。」

「醫生似乎不這麼認為。」他真的希望，她的注意力還能多一點時間停留在他一個人身上，這次離別的時間比其他的時候短暫，但是距離比任何時候都大。「妳想馬上趕過去嗎？今天晚上還出發嗎？」

「我不想，但是我跟媽媽保證過。這是什麼傷口？」她的手又撫上他頰上被不來梅露營人的婚戒打傷的地方已經結痂，一半被長長的鬍子遮蓋。

「小傷，沒事。我們可以打電話說已經太晚了。這也不是說謊。馬上就十點了，到那裡要三個小時。」

瑪麗亞再吻他一下，然後又脫離他的懷抱，把包包換一個肩膀揹。她點頭的意思只是她聽懂他想說的話。現在是九點半，在現在這種時刻到那裡當然要不了三個小時，頂多兩個小時。從阿威羅開始，都是山裡空蕩無人的道路。

「你真的是開我們的車來的，整段路？」

「對。」他拉起行李和她汗濕的手。他們無語的穿過大堂，玻璃窗外停下的、開走的燈在夜裡閃爍爍。汗濕的手是一個預警，而何暮德不知道，她為何在這種時刻還安慰他。地下停車場裡他嗶的打開車鎖，將瑪麗亞的行李抬進行李廂。兩人站在車子兩邊，蒙塵的車頂蓋上眼光相遇。

「那兩個人是不是騎著摩托車去拉帕的？」她問。「希望不是吧。」

「斐莉琶寫了簡訊來，他們平安到了。」

「我弟弟很清楚，我不喜歡這樣，你也是，為什麼你沒有阻止他們？」

這個問題他沒有回應，他只聽見自己的笑聲，並且暗暗驚異，這笑聲聽起來是這麼隨興，這麼自然。瑪麗亞遲疑了一下，然後對自己搖頭。

「真是瘋狂，對吧？」她迷惘的望著並排停著的車，「我們一直都這樣嗎？」

「也許她在場，時妳想再問一次。」他的笑沒有退去。「妳如果嘗試禁止看看，會很有趣的。」

他們一起上車，正好撞見在他們眼前一輛紅色的BMV Coupé車裡有一對年輕的情侶正親熱得難分難捨。

「你還記得幾天前你在電話裡說，我們是自己滑稽諷刺的分身。我的腦子再也無法將這句話揮去。為什麼是滑稽諷刺？因為我們眼前這種事？」

「那不過是我的一個注解，我已經不記得我是什麼意思了，應該跟斐莉琶有關，我好像是想說，我們早就察覺，只是裝作不知道，因為這樣我們就可以裝作不在乎。最終我們其實也會如此要求自己，要求自己不去在乎這種事情。我們的父母會在乎，我們不會。對嗎？」

「你有沒有問她，她在拉帕也要公開嗎？」

「別緊張，她沒有想這麼做。但是這會是她唯一的妥協，絕對沒有商量的餘地。其他人要不就接受，要不就滾。」

「也就是說我們愚弄了自己。」瑪麗亞解開安全帶，脫下針織外套。何暮德現在才發覺，車裡的空氣有多令人窒息、廢氣有多少。「我不知道是否是對的，但是自從我知道之後，我就東想西想，當然會有些跡象是可能可以察覺到，但是……我真的作夢都沒想到……」

「我可能表達得不好。我是說，我們沒有認為這有多麼糟糕，我們只不過是無所適從。我其實應該說，我們的生命裡，夢想才是滑稽諷刺的另一個自己？這個說法可能更切中。」他其實不想談斐莉琶的事，而是模仿前面那兩人。兩輛車子的位置是面對面，保險桿挨著保險桿，但是車裡的那兩人根本不管，親吻撫摸，落落大方像在自己家裡。男人的手已經消失在女伴的襯衣底下。從他們動彈不得的特殊包廂裡看去，畫面異常詭異。為了不聯想到卡特琳娜和他自己，何暮德找一個尖酸的評語來說，聳聳肩，轉頭去看副駕駛座。瑪麗亞吃驚的看著他。

「你怎麼能這麼說？我們的生命是什麼？」

「我是說……」他愣了一會兒，根本不知道他說了什麼。那是隨便丟出來的一句話，沒有什麼意義，但話語裡的殘酷性他太晚才察覺到。「我不是那個意思。」

「不是那個意思是什麼意思？」瑪麗亞克制著自己的脾氣，他只能搖頭。

「我不知道我什麼意思，我什麼都沒有在想。我們走吧，在那兩個人真的認真幹起來之前。」

那兩人驚跳起來，當何暮德扭開車頭大燈倒車時。出了地下停車場，經過五顏六色的廣告霓虹燈，進入黑夜的陰森。衛星導航打開，螢幕上出現他們位置的緩慢變動。何暮德自動的避開去波特和里斯本的方向，轉了幾次無目標的彎，終於找到北向的N十三公路。他打開音樂對抗車裡的沉默，忍耐著右腳的痙攣，暫時擱置所有必須下決定的事。如果瑪麗亞要去拉帕，她必須開口說出來。那是她的父親，不是他的。她緊張的轉著冷氣，尋找一個中立之處，他可以在她提出問題的語調裡聽出來：

「這是什麼音樂？」

「一個維德角的樂團的，昨天在摩爾古城牆那邊看到的，那張封面在前面的手套箱裡。」

「摩爾古城牆。」她說，坐進椅子裡往後靠。「自從你在電話裡跟我說，你上路已經一個星期了，我就試著想像——你如何旅行，你在做什麼，你好不好。然後我吃一驚，因為我無法一個人旅行。」

「這是一個問題嗎？」

「不是。你昨天一個人在那裡嗎？」

「斐莉琶不想跟我去啊，她急著打電話。」

寬廣的大馬路，他比較喜歡行駛，但是有時候大馬路也會變窄路，穿過小小的、穿針不進交織在一起的許多村鎮，包括公寓房子、銀行分行、餐廳。一個路標上寫著孔迪鎮，幾年前他們在那裡的一個美麗旅館住過，他今天下午在網上沒能找到。左手邊隱約可以知道是海，但是見不到。清爽無雲的星空籠罩大地，半月高高掛著，彷彿在計算自己何時圓滿。生活在不連續中，他不知道自己到底如何感覺。昨天在摩爾古城牆那裡，喝了一杯啤酒，再一杯啤酒，直到他的內在冷卻下來為止。晚上他們一起去里斯本上城，在歡笑中度過。如果祖阿嗚真的卯起來，可以讓整個餐廳笑個不停。

「你生我氣嗎？因為我沒有告訴你？」瑪麗亞問。

「那是她的決定。如果妳告訴我的話，她也不會原諒妳。我們的女兒變得很強硬。她一人就可以決定所有的事。」

「你們吵架了？」

「沒有。有的話，一下下吧，我們只是把話說得很清楚而已。這場對話早就該進行，如果讓這件事感覺起來像失去什麼，也許也是我的錯。」他剛剛如果沒有說錯話，此刻瑪麗亞一定會將手放在他的大腿上，說她了解他在想什麼，她也是如此。但是她沒有這麼做，只是抿緊嘴唇點頭，他心裡想：我們的生命不過是我們夢裡另一個滑稽的自己。他說的確實是他所想的。

「她要搬去聖地牙哥。」他說，「但是妳也許也在我之前就知道了。下個或者下下個學期。她的申請已經在審查中。」

「不，我不知道。」

「她當然是為了嘉布麗愛拉，我想。她有一點太依賴了。」今早吃早餐的時候，他調查了那邊大學新設立了些什麼，一個新的總合科目的研究學院，雖然只在聖地牙哥也必須稱大學精英群集。他對所有掛上精英字眼的高等學院向她提出警告，他也知道斐莉琶會當作耳邊風。

「我們會嗎？」

「她認為，總有一天我們大家都會生活在伊比利亞半島上。」他補充，而瑪麗亞沉默不語。

衛星導航螢幕上左邊一條藍色的線出現，而且緩緩的愈來愈粗。有一次他們開著租來的車要去租車公司還車，沿路找到這附近。結果要找的地方就在機場附近，聯結公路的旁邊，連指示牌都沒有。

「會的，如果我們決定搬來的話。」

「我們現在去哪裡？」

「盲目開進夜裡。妳要打電話去拉帕還是不要？」

「我必須打，但是我現在無法和母親說話，何暮德。她一定恐懼得要死，但是我不要聽什麼最終一切都握在上帝的手中，我們只能希望和祈禱。我怕我會對她說，她的頭腦不正常，除了《聖經》之外她也該讀讀別的書。」

「在哥本哈根很辛苦嗎？」

「太可怕了。」

「那打電話給斐莉琶。」他說，「說來也好笑，二十多年了，人家問我妳信不信教，我居然不知道怎麼回答。」

他很驚訝瑪麗亞不僅是轉頭看他，還把手放在他大腿上平緩的來回撫摸，是不是在旅館過夜，或者直接去埃什特雷拉，在他們擇一之前，他想要看到海。沒有原因。他就是要。

「問你，你信不信教，你有答案嗎？」她問，「在將近六十年之後。」有牌子指示往沙灘和露營地的路。這裡和那裡都有酒館入口處上面啤酒廣告閃亮的招牌。「妳說的對。雖然如此，我還是要問我自己，我們已經結婚超過兩個十年，而這些事情互相還不知道，怎麼可能？」

「你的意思是，除了這個，我們還有什麼其他互相不知道的。」

他摸了一下她的手，接著他又得換檔。他在看什麼時候能夠左轉。從瑪麗亞告訴他曬傷的事後，他就一直感覺到臉上曬傷的灼熱，手臂上也是。

「今天下午我在科英布拉，」他說，「記得嗎？」

她點頭，卻沒有回答。

「斐莉琶和祖阿嗚早上就出發了，我沒興趣一個人坐在公寓裡亂想。所以我也出發了。當高速公路上路標出現科英布拉時，我就想，為什麼不休息一下。上次去那裡已經很久以前了，而且我時間多得是。」

「那裡改變很多嗎？」

「老城幾乎沒怎麼變，山上大學在整修。我不記得我們那時候有沒有去看圖書館，只記得帶著斐莉琵坐在門口，跟她說蝙蝠的事。我其實不喜歡巴洛克，但是裡面真是美，美得近乎不真實，都是書，已經沒有人要讀的書。我相信，我們是在柏林拒絕我的申請那年夏天去的。」

「我知道。」她說。

「而且，我還不知道原來中古世紀的大學還有自己的監牢，至少科英布拉有，是個沒有窗戶的土牢，可以參觀。」他哈哈一笑。「妳可以想像我站在一個牢房裡時，腦子裡在想什麼嗎？」

他在她缺席的答案中覺察到不快，或者他自己感到不快？天氣很熱，他從車子裡出來時，忘了塗防曬油，一如當時，蒙德古河上的大橋尾端，這座白色的城市從河另一邊隆升而起，它被建立在陡峭的山崖上，散發一股神祕的憂鬱氣息。何暮德認出亞斯托里亞飯店，想起木板牆光線陰暗的用餐大廳，到處都是衰亡的痕跡，但是驕傲的慢慢倒下，以及長長的夏日曝曬之後的疲乏。

「兩個星期以前，」他說，「我從家裡出發，因為我想靜靜的思考，結果反而被旅行本身移轉了注意力。在路上有很多新的事物，也會跟平常不會來往的人談話，沒有要你依循慣例的日常生活，有一點像從前我們還在思索我們想要什麼樣的生活的時候。妳了解嗎？」

「我不喜歡你這樣說話。」她說，聽起來卻不是拒絕。「如果你想知道什麼，問我。」

「我好想念妳。我離開波昂，因為我不想一個人在家，但是大部分時候在路上也沒有比較好。有一次我喝得酩酊大醉，夜裡跑到一個營火邊去和陌生人跳舞。在西班牙某處的海邊，我一個人！」他笑著轉過頭，但是瑪麗亞直直的看著前面。他們兩人一直以不同的方式做一樣的事，真是令人驚異。每個人為自己試著找出想說的到底是什麼；他滔滔不絕，她靜默無語。「妳坐飛機來的，我猜妳身上應該不會有大麻煙?是嗎?」

「我跟祖阿嗚說讓他帶一點來，不知道他會不會帶。」

「為什麼我們沒有再抽一次大麻?」

「在電話裡我已經說了，你沒有讓我覺得你想。」

「我常常想像，我想坐在拉帕的陽台上，和妳一起抽支大麻。第一次抽的時候，我有點害怕。但是現在……」沒有什麼明顯的理由，這個想像讓他發笑，實際上他的恐懼在增長。「我們的女兒會說，我們不像話。」

「那麼我們就會讓她清楚的知道，她管好自己的事就可以了。」瑪麗亞清冷的回答。

下一個環形十字路口何暮德離開幹道，開過一個購物中心空蕩的停車場，順著愈來愈顛簸的路沿著高高的玉蜀黍田。下一個村子裡的路窄到居民必須在牆上貼反光紙。街上一個人都沒有，感覺像是開進無人照料的荒蕪迷宮裡，壓過路邊沒有固定的石塊路面。塵土被揚起，後照鏡裡一片不真實的紅色煙霧。

「這公平嗎?」瑪麗亞說，「我們不能干涉她的生活，但是她可以干涉我們的。將來她對我們的每一個意見都會帶著責備反抗，說我們不能接受她……真生氣。」

「她怎麼了?」他問。

「嘉布麗愛拉在柏林的時候，她不准我在她在的時候抽菸，這就是我們教育小孩的成果，她像一個凡庸、同性戀的交通警察，不許我們這個那個。」

車燈長長的光束忽明忽滅。他們共同的笑聲聽起來有點誇張，幾近歇斯底里。瑪麗亞雙手蒙住臉。她的肩膀在震動。迎面一輛車開過來時，何暮德幾乎開下路面。

「交通警察真是好形容。」他說，擦擦自己的眼睛。

他們所在的這個村子，房子很少。一個接觸不良的藍色霓虹燈招牌屬於一家已經打烊的餐廳。沙灘上的步道，一支一支路燈有序的按照距離排列。黃色的燈光越過圍牆落在骯髒的沙灘上、黑色的海藻上和捲收好的魚網上。船停泊在靠右的黑暗裡。何暮德車停好，引擎熄滅，寂靜即刻收束他們剩餘的笑聲。

「停這裡？」瑪麗亞問。

「停這裡。」他降下車窗，吸入鹽味和腐味，似乎牛糞味也在裡面，他相信有的，雖然看不到放牧的草地。海是黑色的，幾乎不會動。「我們坐到長椅上？」

「之前還有時間給我一個吻嗎？」聽起來她似乎想提醒他，他們又來到葡萄牙，在一起，而且是度假。這裡是另外一個世界，她彷彿想說。她的唇顫抖，他卻覺得有人在窺伺，當他們親吻的時候。

他們下車的時候，天氣轉涼了。長椅上積了一層露水。何暮德用手抹去，然後他們並肩坐下，一起瞪著這片沙灘破敗可憐的景象，彷彿明信片所示風景的醜陋背面。

「很奇怪，」他說，「人是如何記得景況，卻忘記細節。今天在科英布拉我去看了舊教堂。我還記得，斐莉琶和我那時候單獨在那裡面。她拉扯著我的手，因為她要我離開某處或者要帶我去某處。到底是什麼我忘記了，但是一定和裡面擺著的其中一只巨大的貝殼有關。一只在入口處，第二只在前面祭壇的旁邊。這些巨貝來自印度洋，被用來當裝聖水的盆子。」他停止敘述，為了伸手做出直徑一公尺的樣子。「這就是讓我們的女兒著迷的東西，一只巨大的貝殼，葡萄牙語叫做**chamadas tridácmas**，寫在旁邊一個牌子上。」

「你該先警告我的。」瑪麗亞又穿上針織夾克，雙手交抱胸前。「我多期待我們的再見，一整段時間都是。」

「我也是。我橫越歐洲，為了思考未來。我的和妳的。我想再見妳，告訴妳，我要放棄教授職位搬去柏林。彼得的出版社這個位置雖然不怎麼吸引人，但是——我不知道妳怎麼看。我辦不到，這是我在過去幾年中得出的結論。到我退休的時候雖然不遠了，但是還是太久了。我們過去兩年所過的日子，並不是婚姻生活。」

沙灘近處可以隱約看見岩石，輪廓在黝暗的水中並不凸出。來來回回一閃而過的手電筒亮光讓人隱約意識到岩石的線條。村子裡的居民在尋找螃蟹或者其他海生動物。瑪麗亞坐在他身邊，一動不動。

「但是在旅途中，」他說，「我意識到別的事，就是我不知道妳到底願不願意我搬去柏林，或者我們之間是否有什麼改變了，我們開始各過各的生活，而且在妳搬走前就已經開始了。我為了工作生活，而妳……妳自己說吧。」

「沒有工作。」她小聲的回答。「這是對我夢想的一齣諷刺劇。」

「幾天前跟斐莉琶說話時，我順口說出，這一步只有在我很確定妳願意時，才會做。今天我坐在科英布拉教堂裡思考在女兒身上發生的事，如果我連這個都不知道，連這個都不確定，更不必說沒有察覺——那我錯過的事還有多少？妳那個時候就已經在想，自己搬去柏林嗎？我是說，我的申請被拒絕那時候。」

「現在你才問我？過了十六或者十七年之後？」

「妳說，妳無法想像我的旅行是什麼樣子，我只是在試著跟妳解釋。」

「那就解釋。」

「兩個星期前我去出版社和彼得碰面，在我們在哈齊雪廣場吃中飯之前。他想給我看出版社的空間、我未來的辦公室以及介紹一些同事給我。他對他的主意很有自信，而我——我不知道如何形容那個感覺。我坐在他對面，問我自己，我怎麼會走到這步田地？突然之間我跟年紀可以是我學生的人握手，但是我在應徵成為他們同事的工作。」

「很恐怖的感覺，不是嗎？」

「是。」

「你第一次考慮做我做了二十年的事——降低對職業的要求。」

「我覺得，更恐怖的是，因為不知道妳是否贊成。」他說。「結婚二十年之後不清楚我的太太是否想與我在同一個屋簷下生活，很恐怖，即使是我在旅行途中才意識到，我的不確定性居然這麼深。」他閉口停止敘述，舉起手來。她也沉默，就只剩下海的聲音，小小的浪從沙灘上退去的唏嗦。

「說點什麼，瑪麗亞，我正在做資產結算，數字不比妳的好多少。」

「我知道你去出版社談工作的事。」她的眼光朝著前方，用他想念很久了的溫柔聲音說。「我在你們商談這件事之前已經知道了，關於彼得和你。」

拿著手電筒的人離開了岩石邊，正跋涉過沙灘。他臉上的灼熱溫度更高了。

「妳知道？」

「這甚至是我的主意。」現在她看著他了，帶著不明所以的微笑，她驕傲的說出來，帶著內疚感、徒勞、靜謐的勝利。「剛開始只是一個隨興拈來的想法。彼得告訴我他對出版社的計畫，找到對的人有多難，這份工作需要只有很少人具有很專業的知識，而他很不喜歡和他不認識的人一起工作。你也知道他是怎麼樣的人，他需要朋友之間友善的氣氛，所以我就推薦你了。多少年來你對你的工作只有抱怨，而你獨自一人生活在波昂感覺很不舒服，我反正知道，即使你偶爾責備我不在乎這一點。」她作了一個手勢阻擋他的抗辯。「你相信我把自己的需求置於我們的之上，也並不算錯。我想去柏林，雖然我知道，我一走會傷害你。而這也是對的，我多年前就已經開始在考慮這件事。當事情非常清楚，我們不可能一起走的時候，這麼多年來，我一直把我們的需求置於我自己的之上，我就想，為什麼不能顛倒過來？我從來就不屬於那種，家庭至上，只為家人而活的女人，更何況——這是什麼家庭？一個最好完全忽略我的女兒，一個從來不在的丈夫。如同你坐在出版社裡所想，我坐在家裡想：我在這裡做什麼？我不需要大房子，我也不用每天在丈夫身邊入睡，但是我不能沒有那種我度過了充滿意義的一天的感覺。如果你那時候說，要不我留在波昂，要不我們就分手，我們會已經分手了。我已經準備走到這一步。」瑪麗亞吸一口氣。她美麗纖長的手一直在舞動，這種堅毅性，絕不屈服，他昨天在斐莉琶的臉上也見過，還認為是遺傳自己，但是女兒這種個性也可能遺傳自她的母親。只不過斐莉琶的堅毅並不需有愧疚，這種拉帕的特質她沒有承襲到。

「我們既然在談可怕的感覺，」他說，「我覺得，我這個感覺可以追溯到出版社談話之前很遠。它的構成是，我知道但是不願承認，我所能提供給妳的生活，以及知道妳夢想過的生活是什麼，也害怕妳所夢想的生活裡沒有我。多年來我一直嘗試逃避這個現實。」

「我們從來沒有這種你供養我的約定，何暮德。我既沒有要求也沒有期待如此。」

「我們的約定是什麼？」

「我們沒有約定什麼。我們突然有了孩子。」

路燈在兩人身後，讓他們兩人的影子長長的投射在沙灘步道往村子去的柏油路面上。有聲音傳來，但不見人影。何暮德感覺手臂上起了雞皮疙瘩。他不是被驚嚇，而是訝異她話語裡的平靜。雖然他自己發出的語調同樣平靜。

「聽其來好像妳想說：那不是愛情，而是境遇。關於這點我想納入紀錄，我不是這樣想的。」

「我們搬去多特蒙德，然後又搬到波昂，何暮德，這些不是境遇是什麼？與此相關的還有，你賺錢，但我沒有。我們不要再為過去爭執。你究竟明不明白我早就回答了你在旅途上苦苦思索的問題？我要你到柏林來，那是我的主意。」

「Okay。」他說，但是縱觀全局卻有困難。他們的位置在哪裡？他們想告訴對方什麼？會得出什麼結果？他們愈是誠實的對待彼此，這場談話就愈不明確。「意思是，妳一直都知道我想轉換跑道的想法，吃午餐的那個時候和之後在電話裡也是。」

「你要不要，我並不知道。對我來說，看起來像是一個解決辦法，而彼得覺得這個主意很好，他可以想像問題只剩下，你是否準備好要冒這個險。因為這本來就意味著風險。我不想說服你因為我做一些要是沒成功你會後悔的事，如果你不喜歡那個工作或者你和彼得之間有問題之類，所以我什麼都沒有說，而是讓彼得向你提供工作。從晚餐開始你就知道我知道這件事。你可以和我討論或者和你自己講定。不論是這樣或者是那樣，都是你的自由意志。為的就是這個。」她看看自己的手，看看何暮德，往前看向海面。「這是一個突發的想法，沒錯，但是也是一個好計畫。」

「好計畫，」他說，「除了什麼現實條件都不考慮。」

「你決定不要。」她點頭，靠他緊一點。「我想也是。你不要，你放不下你的工作。」

「我在找出路。但是要請假到退休，我需要一個好理由。一個我的最高等上司能夠接受的理由。如果我不這麼做而乾脆辭職，我會失去退休金的權利。我是公務員，瑪麗亞，我不能夠就這樣拍拍屁股走人。」

「你可以的。你只是不願意。」

「妳喜歡宣稱不一定要有穩定的收入，但是這是不是有點癡人說夢。妳能夠用妳父母的遺產撐過二十年嗎？還是要斐莉琶養我們？我們要搬去拉帕種橄欖嗎？」

「我想知道原因是什麼。」她臉上的嚴肅開始龜裂，因為她覺得他的花招很有趣。「純粹是假設，如果沒有這麼大的經濟損害在背後，你會犧牲你的教授職位嗎？說！」

「妳還留了這手牌。」他搖頭，試著想笑。「我現在如果說會，妳就會把我釘死。說，阿圖爾是不是終於告訴妳他積攢了多少錢？」

「沒有。」瑪麗亞沒有追究，深吸一口氣。「相反的，我最後一手牌裡什麼都沒有。你們在出版社談完之後，彼得後悔了。他認為，這是行不通的。你是哲學家。作為一個哲學家，你對所有的事物都有疑問，會將之分析到最後一個細節。而且，你不習慣接受命令。他告訴我的時候，幾乎要哭了。他不想說不，他也可以在出版社時就當面對你說，但是他必須為他的出版社著想。相信我，我很想對他生氣，但是他坐在我的對面那麼的痛苦。他很喜歡你，深怕你再也不跟他說話。那是我飛去哥本哈根前一天的星期日。」瑪麗亞嘆氣。「他有辦法說出來之前，喝掉一整瓶的酒。」

「了解。」他說，而且很驚訝，幻想破滅怎麼能夠如此無痛。對彼得的評斷，他居然認為準確恰當。

「我很抱歉，何暮德，我不是設計騙你。而且，彼得已經看出，你在商談時，並沒有給人你想要這個工作的印象。從那以後，你也沒再寫信給他，不是嗎？」

「是。」

「因為你不知道我願不願意。但是你自己是否願意，你也不知道。」

「你們怎麼約定的？彼得如何通知我他改變主意了？」

「我跟他說，這是我的主意，所以我想親自對你說。彼得當然很高興他不需要做這件事。如果你聯絡他，告訴他你接受這個職位，那麼他沒有別的可能性只好自己對你說。他可能兩個禮拜以來，每天都心驚膽戰的開收件匣。我不想在電話裡和你談這件事。有兩次我差點要開口了，然後——我想要我們面對面談這件事。」她的確試著與他面對面，但現在換他直勾勾看著前方。海面上很遙遠的地方有燈光。他是如釋重負，還是大失所望？都不是，也都是。

「斐莉琶會說，所有的事情都能在電話裡說反而會更好。」

「不要把斐莉琶扯進來。你覺得受騙上當的話，對我說出來。你是對的，現在回頭看的話，那的確是一個錯誤。」

何暮德聳聳肩。他確切知道的少數事情之中，他不覺得憤怒是其中之一。他心裡似乎有個抽屜標著「怒」，裡面的內容是屬於他少年時期的書。再拿起來翻閱，對不起，沒有興趣。

「我不覺得面試結果會有所不同，如果我早就知道是妳的主意的話。彼得是對的，我不適合他的團隊。面試時如果沒有搞砸，那遲一些也會發生。」他伸過手臂，挽緊瑪麗亞。「沒法度，我母親總是這麼說。如果早知會失敗，那就遲不如早。」

她將頭靠在他肩膀上，彷彿一切都解釋了，而他們可以開始話家常。

「這兩個星期真難過。哥本哈根的客座演出。知道你為了做這個其實沒有著落的決定在折磨自己。那種想倒酒給你喝，但是不知道什麼時間怎麼做才好的感覺。當我得知，你在外頭已經一個禮拜的時候，我什麼主意都沒了。我以為，現在一切都會瓦解，而且是因為我才導致如此。」

「對我來說，做一趟旅行比坐在家裡孵蛋考慮或者絞盡腦汁寫出下一篇論文好。我去了歐羅巴山，妳記得嗎？在波特斯附近，山裡一個羅馬式教堂。教堂沒有開門，所以我們就順坡去了溪邊，躺在草地上。」

「誰是『我們』？」

「妳和我，當時。」

「我們沒有去歐羅巴山。」

「有，我們第一個葡萄牙之旅。教堂的名字叫做聖母瑪利亞，和其他的教堂一樣。」

「我們的路線是經過高原，何暮德。布哥斯、薩拉曼卡。在布哥斯時，我們的車子拋錨。叫做聖母瑪利亞的教堂我們兩天就參觀一座，但是不在歐羅巴山裡。」

「我認出那個地方。」他點頭，很確定。他們從那裡開車去薩拉曼卡，布哥斯是回程時的點，而他們總共拋了三次錨，他的老爺車歐寶Kadett常常發不動，車內經常有機油味。

一隻狗走在沙灘步道和海中間的圍牆上。那時候他們時時停車下水游泳，在海邊或者河岸邊。只有她和他，有時候全裸。現在雖然意興闌珊，但是他還是想下海泡一泡。整段旅程中他只游過一次泳。他的曬傷感覺像發高燒。

「你不生我的氣？」她問，「真的？」

「真的。」

「我們現在怎麼辦？」

「我們找一家旅館和好吃的餐廳。我今天沒吃什麼。我們打個電話到拉帕，明天去那裡。明天也不遲。」

「我是說以後怎麼辦。你說你不能再過過去兩年那樣的生活，但是你又不願意到柏林來，所以呢？」

「瑪麗亞，兩個禮拜以來我一直在考慮一個根本不存在的選擇，以及可能性，現在我的腦袋空了。我很想，但是我沒有辦法馬上變出下一個可能性。這麼做也許不好。」

「你等著我搬回波昂。」

「絕對不會。」為了強調這一點，他站起來，坐到瑪麗亞對面的牆頭上。圍牆另一邊比預期還深許多。幾個臨時性的更衣室站在沙上，除此之外還有收起來的陽傘和中間沒有網子的兩根柱子，看起來並不吸引人，但是他急需讓自己冷卻下來。

「我考慮過。」瑪麗亞說。

「妳再也無法忍受住在波昂。」他斷然的回答。「妳自己說過，那裡的日子無聊、無所事事、空房子裡長日漫漫，當時我不願意理解，但是現在我很清楚這種感覺。我的情形不過是晚上，但是我也受不了了。妳怎麼想呢？妳在波昂要做什麼？」

「我沒有說這是容易的事，但是首先我一直在對抗自己的罪惡感，為此感到很難過。第二是，哥本哈根是一個大災難，我不能再這樣繼續下去。」

「那妳先跟我說哥本哈根的事吧。」他說，並且開始解襯衫的扣子。

「你不會像你所想的那樣喜歡聽。」她的臉一半在暗影裡。街道後面有一排房子，沒有一扇窗戶透出光來。「你在做什麼？」

「我想去游泳。」

「別發瘋，我們在談事情。你不是要我敘述？」

「這有什麼？在一個海水浴場下水游泳？我曬傷了，在科英布拉好熱。」他脫下襯衫，想丟到長椅上。但是沒丟準，掉到地上。也許他也中暑了。五公尺遠處有一段階梯通往沙灘。

「我們回不去妳搬走以前的生活。」誰能料到他居然說出這句話。

「為什麼不能？」

「因為我們不是知道太多，就是太少。抱歉，瑪麗亞，我真的得下水了。我也不知道，我們以後怎麼辦，但是我們絕不能又馬上選擇下一個出路。我們多年來一直這麼做，而我們沒有因此前進半步。就像那次吵架之後。我們必須終於……想清楚。」

「你要和我分手嗎？」她問，「這是你想說的結論？」

「也許妳也該冷卻一下。」

「你不能再這樣下去。你不來柏林，你不要我回去。我該得到什麼結論？何暮德？你到底要什麼？」

「游泳。」他堅決的站起來。

她不知所措靠在椅背上看著他。他脫下手錶，塞進她手裡。瑪麗亞不是忘了地下室的箱子就是在哥本哈根發生了什麼事，所以她在波昂的不幸不再算數。他的皮膚在灼燒，同時又感覺到夜裡海邊空氣的寒冷。首先他的感知力已經疲乏。他想穿著褲子，到海邊再脫下。

「妳知道，分手是我最不想要的。」他安靜的說，「我連想像都不能想像。但是以前有些事我並不知曉，而現在我知道了，事情因而改變。我跟斐莉琵談過，她都告訴我了。我能說什麼？我無法責怪妳，甚至我也有錯，因為我不常陪著妳，也不諒解妳。雖然如此，事情還是改變了。」

瑪麗亞坐在長椅前端彎下腰，他看不清她的臉。他朝她點點頭，甚至還對她微笑。

「我先是完全不相信，我就是不能想像妳和這些……」「俗濫」這個字眼他硬生生吞下。「這是由於我的盲目，我沒有看見情況對妳而言變得有多糟。我很心痛，但是這比什麼都不知道好。要我再次直接閉上眼睛，是行不通的。妳還記得妳對我說過，我們夠堅強，我們辦得到。我不知道那個時候這是否是對的，但是現在我們必須夠堅強。」

「如果不夠呢？」

他一動也不動，像她一樣，過了一會兒他才轉身向樓梯走去。在下面他脫去鞋、襪，走過粗礪沙灘向水邊靠近。到處都布滿海藻，潮濕而且閃著綠光。

沙灘的另一端有一排木板棚，木棚前赤裸的燈泡發出光亮。有人坐在那裡，一群暗影和輕輕的聲音。然後沙子變得堅實，海的味道更強烈。一塊岩石碎塊旁邊何暮德停下腳步，向後轉。停車場上僅有一輛車，車子旁邊的長椅上坐著瑪麗亞。他舉起手揮一揮，我下去一下馬上就上來，他對自己說。脫下褲子，將眼鏡放在上面。

一開始感覺水有些冰冷，但是到了膝蓋的高度時，就不冷了，且不會比空氣的溫度低，可能更暖。他之前能夠辨認的岩石，變成黑影溶進黑暗中。何暮德往前踏幾步，感覺到水在大腿上，便投入水中，比預想中的還舒服，小小的亮光在水面上跳躍，似乎在為他引路。他鬆弛下來，手臂舉起放下，在黑暗中滑行，因為腳尖碰觸到尖銳的邊緣，稍稍吃一驚，然後最後一塊岩石也過去了，面前只有開闊的海面。

雲朵掠過月亮。波特起飛的飛機閃著燈轉向海洋的方向。有時候他的雙腿間有冷冷的暗潮流過，但是如果他靜止不動，隨波逐流，那麼就猶如躺在溫暖的浴缸裡。下午在教堂裡，他心一橫，朝一間告解室走去。一個實心木頭的箱子，外表看起來像一個舊式衣櫥。當何暮德往裡面看時，他的眼光落在一個桶子上，桶子裡是用過的抹布，清潔劑的瓶子排排站在以前虔誠的信徒跪著的地方。他所希望知道或害怕知道的，在這一眼中煙消雲散。何暮德必須控制自己才能不笑出來。現在他問自己，驅使他的究竟是什麼。不只是今天，不只是這趟旅程，而是一直以來的生活。他在尋找什麼？他在逃避什麼？這種摸不到、總是在改變形貌的什麼是什麼？它有時候有愛情和雄心的外表，也可以被渴慕和慾求代替，什麼都能夠幻變出來，除了停止一切。

水承載著他，遠遠的他聽見車門關上的聲音。海岸更遼闊了，何暮德都快能看見鄰村的燈火，眼前景象令他持續不斷的驚奇，游幾個動作後他轉身躺在水上，停止所有的動作，聽從海水的潮湧。也許他必須開車開足三千公里才能得來這一刻。為了在別的元素裡飄流一次，沒有目標、沒有恐懼。終於，他想。伸直手臂和雙腿，看著月亮。

所有的離心力都靜止下來。

他漂著。

小說精選
離心旋轉

2014年4月初版　　定價：新臺幣460元

著　者　Stephan Thome
譯　者　宋淑明
發行人　林載爵

出版者　聯經出版事業股份有限公司
地址　台北市基隆路一段180號4樓
編輯部地址　台北市基隆路一段180號4樓
叢書編輯電話　(02)87876242轉224
台北聯經書房：台北市新生南路三段94號
電話：(02)23620308
台中分公司：台中市北區崇德路一段198號
暨門市電話：(04)22312023
台中電子信箱：e-mail：linking2@ms42.hinet.ne
郵政劃撥帳戶第0100559-3號
郵撥電話：(02)23620308
印刷者　世和印製企業有限公司
總經銷　聯合發行股份有限公司
發行所：新北市新店區寶橋路235巷6弄6號2樓
電話：(02)29178022

叢書編輯　邱靖絨
內文圖片　施益堅
封面設計　莊謹銘
校對　吳美滿
內頁設計　許晉維

行政院新聞局出版事業登記證局版臺業字第0130號

本書如有缺頁，破損，倒裝請寄回台北聯經書房更換。　ISBN 978-957-08-4381-1 (平裝)
聯經網址：www.linkingbooks.com.tw
電子信箱：linking@udngroup.com

The translation of this work was supported by a grant from the Goethe-Institut which is funded by the German Ministry of Foreign Affairs.
感謝歌德學院(台北)德國文化中心 協助
歌德學院(台北)德國文化中心是德國歌德學院(Goethe-Institut)在台灣的代表機構，四十餘年來致力於德語教學、德國圖書資訊及藝術文化的推廣與交流，不定期與台灣、德國的藝文工作者攜手合作，介紹德國當代的藝文活動。

歌德學院(台北)德國文化中心
Goethe-Institut Taipei
地址：100 臺北市和平西路一段 20 號 6/11/12 樓
電話：02-2365 7294
傳真：02-2368 7542
網址：http://www.goethe.de/taipei
電子郵件信箱：info@taipei.goethe.org

國家圖書館出版品預行編目資料

離心旋轉/ Stephan Thome著．宋淑明譯．初版．
臺北市．聯經．2014年4月（民103年）．488面．
14.8×21公分（小說精選）
譯自：Fliehkräfte

ISBN　978-957-08-4381-1（平裝）

875.57　　103005166